Sabine Kornbichler

Das Richterspiel

Sabine Kornbichler

Das Richterspiel

Roman

KNAUR

Besuchen Sie uns im Internet:
www.droemer-knaur.de

Copyright © 2009 Knaur Verlag
Ein Unternehmen der Droemerschen Verlagsanstalt
Th. Knaur Nachf. GmbH & Co. KG, München
Alle Rechte vorbehalten. Das Werk darf – auch teilweise –
nur mit Genehmigung des Verlages wiedergegeben werden.
Umschlaggestaltung: boooxs.com
Umschlagabbildung: shutterstock.com
Satz: Adobe InDesign im Verlag
Druck und Bindung: CPI – Ebner & Spiegel, Ulm
Printed in Germany
ISBN 978-3-426-66361-5

2 4 5 3 1

Für Inge

Der Geruch des Raumes war Ausdruck immerwährender Kälte. Mit jedem Atemzug drang diese Kälte in ihre Lunge. Sie spürte sie nicht. Konzentriert lenkte sie ihren Blick von Gegenstand zu Gegenstand. Alles musste seine Ordnung haben, musste sich ihrer Dramaturgie fügen. Der Zufall war ein unberechenbarer Feind.

Sie öffnete die Holzkiste. Unerträglicher Gestank schlug ihr entgegen. Ranziges Fett gemischt mit billigem Fusel und Schweiß. Ihr Magen rebellierte. Sie hatte sich nicht schnell genug abgewandt. Überzeugt von ihrer Mission schluckte sie gegen den Ekel an. Sie hatte lange darüber nachgedacht und sich schließlich für diesen Weg entschieden. Er war der richtige, der Königsweg.

Dennoch hatte sie ihn verteidigen müssen. Aber hatten nicht alle guten Wege, alle brillanten Visionen verteidigt werden müssen? Von den Mutigen, den Beherzten?

Die Zeit arbeitete für sie. Der Erfolg würde nicht lange auf sich warten lassen. Die Aussicht half, den Gestank zu ertragen, diesen Gestank, der hinter dem Nebel lauerte, selbst wenn die Kiste verschlossen war.

Voller Verachtung betrachtete sie die wirren Haare, die blutunterlaufenen Augen und die verwischte

Schminke; die falsch geknöpfte Bluse über der löchrigen Hose.

Das Wissen um die Genugtuung, die gewiss folgen würde, lieferte ihr einen Vorgeschmack. Sie gab sich ihm hin, kostete ihn aus. Es war der richtige Weg! Die Vorbereitungen hatten sich gelohnt. Mit einem Knall ließ sie den Deckel der Holzkiste zufallen.

1

Kalte Dezemberluft strömte durch das geöffnete Fenster herein und wirbelte den Staub der vergangenen Monate auf. Fast ein Jahr lang hatte ich das Zimmer meines Vaters gemieden. Nicht wegen der Erinnerungen an Krankheit und Tod, sondern wegen des Parts, den ich so lange Zeit übernommen hatte – freiwillig, und doch verkehrt. In dem Versuch, etwas wiedergutzumachen, das nicht wiedergutzumachen war, weder von mir noch von einem anderen.

In dem Maße, in dem sich der Staub in dem Zimmer niederließ, war es mir gelungen, Abstand zu gewinnen und aus einem anderen Blickwinkel zurückzuschauen. Wut und Groll hatten einem versöhnlicheren Gefühl Platz gemacht – versöhnlich meinem Vater, aber auch mir selbst gegenüber. Ein Anfang. Immerhin.

Es war der letzte Tag des Jahres. Ich trat ans Fenster, atmete tief ein und sah dabei zu, wie sich die neblige Luft aus meinen Lungen mit der Dunkelheit vermischte. Seit Tagen schon wachte ich viel zu früh auf, ohne noch einmal einschlafen zu können. Etwas fehlte. Es war das vertraute Geräusch der Katzenklappe, das ich unterbewusst wahrnahm und das mir sagte, dass Twiggy von einem ihrer nächtlichen Streifzüge heimgekehrt war. Bilder von überfahrenen Katzen drängten sich vor mein geistiges Auge. Mit einem Kopfschütteln wehrte ich sie ab.

Im Regal neben dem Fenster schob ich einige Bücher beiseite, um Platz für eine Aromalampe zu schaffen. Nachdem ich die Kerze unter der Wasserschale angezündet hatte, tröpfelte ich ätherisches Weihrauchöl hinein. »Reinigend« stand auf dem Fläschchen. Es würde einige Zeit dauern, bis der Duft in jede Ecke des Zimmers gelangt war.

Leise, als könne ich jemanden stören, schloss ich das Fenster, atmete die von Weihrauch durchzogene Luft ein und lief die Treppe hinunter ins Erdgeschoss meines Elternhauses. Wann immer ich diesen Begriff benutzte, hörte er sich falsch an. Für mich war es immer eher ein Vaterhaus gewesen, im Gegensatz zu meinem Bruder Fabian, der unsere Mutter noch kennengelernt hatte, bevor sie vor fünfunddreißig Jahren bei meiner Geburt gestorben war. Vier wertvolle Jahre lang hatte er sie erlebt. Ich müsste lügen, würde ich behaupten, ihn nicht darum zu beneiden. Um diese Jahre, um einen Geburtstag, der nicht gleichsam auch ein Todestag war, und um das Freisein von Schuldgefühlen.

Ich drehte die Heizung in meiner Wohnküche hoch und setzte Wasser auf. Anstatt das Radio einzuschalten, lauschte ich, ob die Katzenklappe nicht vielleicht doch Entwarnung gab und Twiggy auftauchte. Vor acht Jahren war sie mir zugelaufen, unterernährt und dem Tod näher als dem Leben. Ihren Namen hatte sie behalten, obwohl schon bald nichts mehr an seinen Ursprung erinnert hatte.

Mit einem Becher Kaffee setzte ich mich in die Sofaecke und ließ meinen Blick durch diesen Raum wandern, der den Großteil meines Hausstandes barg. Nebenan bewohnte ich noch ein kleines Schlafzimmer mit angrenzendem Bad. Die Möbel meines Vaters, die meinen hatten weichen müssen, lagerten in Fabians ehemaligem Zimmer im ersten Stock. Mein Bruder drängte mich seit Monaten, mir eine günstige Wohnung zu suchen, damit wir das Haus verkaufen konnten. Jedes Mal, wenn die Sprache darauf kam, rechnete er mir vor, wie viel Geld das Grundstück uns beiden einbringen würde. Aber ich war noch nicht so weit, obwohl das Geld einige meiner Probleme lösen würde. Vor allem anderen würde ich meine Unabhängigkeit zurückgewinnen, die ich vor drei Jahren mit meiner Arbeit als Biologin in einem Forschungslabor aufgegeben hatte. Zwar war ich seit einem Jahr selbständig, aber wegen meines immer noch mageren Verdienstes auf die Unterstützung meines Bruders angewiesen.

Vor ein paar Tagen hatte meine Freundin Anna mich gefragt, warum ich mich nach dem Tod meines Vaters eigentlich wirklich dafür entschieden hatte, einen Seniorenservice zu betreiben, anstatt in meinen alten Beruf zurückzukehren. Die Sorge, irgendwann doch mit Tierversuchen konfrontiert zu werden, hatte ich meine Aufzählung begonnen. Die Erfahrung, die ich während der zweijährigen Pflege meines Vaters hatte sammeln können. Das Wissen um die Bedürfnisse alter und auch kranker Menschen. »Und?«, hatte sie gefragt und mich dabei angesehen, als habe ich etwas Entscheidendes vergessen. »Kein Und«, hatte ich geantwortet.

Während ich einen großen Schluck Kaffee trank und spürte, wie er mich wärmte, wurde mir bewusst, was in meiner Aufzählung noch fehlte: Mein Seniorenservice brachte mich vornehmlich mit Frauen zusammen, die so alt waren wie meine Mutter, hätte sie meine Geburt überlebt.

Der Silvestertag versprach ruhig zu verlaufen. Nur einige wenige meiner Schützlinge hatten mich noch mit letzten Besorgungen beauftragt. Bis zum Mittag würde ich alles erledigt und ausgeliefert haben. Anschließend wollte ich mir ausgiebig Zeit in der Badewanne gönnen, um entspannt in den Abend zu starten. Fabian war zu einer Silvesterparty in Wilmersdorf eingeladen und hatte mich zu seiner Begleitung auserkoren. Es gab Alternativen, die ich bei weitem vorgezogen hätte, aber mein Bruder hatte unmissverständlich klargemacht, was er von mir erwartete: unauffällige Akquisition. Auf der Party bewegte sich angeblich die Klientel, die sich einen Seniorenservice für die betagten Eltern leisten konnte. Davon, dass sie sich vielleicht nicht unbedingt an Silvester mit diesem Thema beschäftigen wollten, war Fabian nicht zu überzeugen. Seit einem Jahr bestritt er einen Teil meines Unterhalts, also hatte ich mitzukommen und damit basta! Ich würde das Beste daraus machen, nahm ich mir vor.

Wie nicht anders zu erwarten, war ich an diesem Tag nicht die Einzige, die noch schnell ein paar Einkäufe zu erledigen hatte. In Zehlendorf einen Parkplatz zu finden, war fast unmöglich. Als ich endlich einen ergattert hatte, versuchte ich, im Gedränge so schnell wie möglich voranzukommen. Irgendwann gab ich es jedoch auf und löste mich von meinem Zeitplan. Nachdem ich ewig lange an mehreren Kassen angestanden hatte, begann ich mit der Auslieferung der Einkäufe.

Den Besuch bei Heidrun Momberg hob ich mir bis zum Schluss auf. Vor einem Jahr war sie eine meiner ersten Kundinnen gewesen und hatte innerhalb kurzer Zeit mein Herz erobert. Seitdem machte ich regelmäßig Besorgungen für sie, kümmerte mich um ihren Garten und las ihr hin und wieder vor. Es gab Tage, da empfand sie ihren vierundsiebzig Jahre alten Körper nur noch als Last und beneidete all jene Altersgenossinnen, die beschwerdefreier waren als sie. Die Illusion, es könne noch einmal besser werden, hatte sie längst aufgegeben. Ohne Bitterkeit, was sie mir nur noch sympathischer machte.

Ich parkte vor ihrem Haus in der Musäusstraße in Dahlem und klingelte kurz darauf an ihrer Tür. Da es stets eine gewisse Zeit dauerte, bis sie öffnete, war ich überrascht, als sich die Tür so schnell auftat. Ein untersetzter Mann mit schütterem Haar und Blaumann öffnete mir. Wie sich schnell herausstellte, hatte er nicht mich, sondern den Notarzt erwartet. Heidrun Momberg liege in der Küche, berichtete er aufgeregt, sie sei von der Leiter gestürzt.

Mit den Tüten in der Hand drängte ich mich an dem Mann vorbei, eilte durch den Flur und wäre fast über Kater Schulze gestolpert, der angelaufen kam, um mich zu begrüßen. Mit drei großen Schritten stand ich in der Küche. Wie ein Häufchen Elend lag die alte Frau neben der umgekippten Leiter und versuchte, sich aufzurichten.

»Nein, bleiben Sie liegen, Frau Momberg. Der Arzt muss jeden Augenblick hier sein. Ich hole Ihnen schnell eine Decke.« Nachdem ich aus dem Wohnzimmer Kissen und Plaid geholt hatte, versuchte ich, sie auf dem kalten Steinfußboden bequemer und wärmer zu lagern, ohne ihr zusätzliche Schmerzen zu bereiten. Dann setzte ich mich neben sie auf den Boden und nahm ihre linke Hand vorsichtig in meine.

Mit der rechten hielt sie das Telefon umklammert, während sie unablässig den Kopf schüttelte. »So etwas Dummes. Ich weiß gar nicht, wie das passieren konnte, ich steige doch seit Jahren auf diese Leiter.« Unter Schmerzen verzog sie das Gesicht. Von ihrer sonst so gesunden Gesichtsfarbe war an diesem Tag nicht ein Hauch geblieben. Dafür schienen sich ihre Falten tiefer eingegraben zu haben. Der Haarreifen, der ihr die grauen Haare aus der Stirn halten sollte, war verrutscht.

Während ich ihn behutsam zurechtrückte, wurde mir einmal mehr bewusst, wie penibel sie stets auf ihre Erscheinung achtete. Mancher alte Mensch schraubte im Alter seine Ansprüche herunter – der eine gezwungenermaßen, der andere freiwillig. Für Heidrun Momberg wäre Letzteres nie in Frage gekommen.

»Marlene, könnten Sie, falls ich ins Krankenhaus muss, hier warten, bis der Handwerker fertig ist? Er repariert den Rollladen im Wohnzimmer.« Sie schluckte und schloss sekundenlang die Augen, bevor sie erneut ansetzte zu sprechen, langsamer dieses Mal. »Ich habe versucht, Dorothee zu erreichen, aber anscheinend ist sie unterwegs. Und ihr Handy ist ausgeschaltet. Sie müsste Schulze füttern. Am liebsten wäre mir, Dagmar würde sich um den Kater kümmern, sie liebt ihn. Aber …«

»Scht, Frau Momberg«, versuchte ich sie zu beruhigen, »für all das wird später noch Zeit sein, jetzt …«

»Nein«, unterbrach sie mich, »wir müssen jetzt darüber sprechen, wer weiß, was später ist. Also: Dagmar ist über Silvester nach Bayern gefahren. Und Simone und Karo kann ich den Kater nicht überlassen, sie tun sich schwer mit ihm. Sollte ich tatsächlich fortmüssen, rufen Sie dann Dorothee an, ja? Sie müssen nur die Wahlwiederholung drücken.« Das Sprechen hatte sie angestrengt. Sie holte tief Luft und ließ sie mit einem Stöhnen entweichen.

Behutsam strich ich über ihre Hand. »Ich werde alles so machen, wie Sie es mir aufgetragen haben, Frau Momberg, Sie können sich darauf verlassen.«

»Das weiß ich, Marlene, danke.« Sie legte das Telefon neben sich und zeigte auf ein Schlüsselbrett. »Dort hängt ein Hausschlüssel. Schließen Sie gut ab, wenn Sie gehen, und vergessen Sie nicht, alle Läden herunterzulassen. Es wird so viel eingebrochen. Den Schlüssel bringen Sie mir dann später ins Krankenhaus, ja?«

»Soll ich Ihnen eine Tasche mit dem Nötigsten packen?«

Sie schüttelte den Kopf und legte die Hand flach auf die Brust, als könne sie dadurch ihr Herz beruhigen. »Das kann später eine meiner Töchter tun.« Den Blick zu Schulze gewandt, der sich zwischen uns auf dem Boden räkelte, meinte sie: »Es bricht mir das Herz, wenn ich mir vorstelle, dass er heute Abend hier alleine ist. Er zittert sich doch jedes Jahr an Silvester halb zu Tode. Ausgerechnet an so einem Tag muss ich von der Leiter fallen.«

Als es in diesem Moment an der Tür klingelte, sprang ich auf, sperrte Schulze vorübergehend ins Wohnzimmer und öffnete dem Notarzt.

Es dauerte keine fünf Minuten, bis feststand, dass Heidrun Momberg die Klinik nicht erspart bleiben würde. Der Arzt vermutete einen Oberschenkelhalsbruch. Die Sorge, was nun mit ihr geschehen würde, stand meiner Kundin ins Gesicht geschrieben. Ich bot ihr an, sie ins Krankenhaus zu begleiten, aber sie winkte ab. Einer müsse schließlich bei dem Handwerker bleiben. Den Schlüssel könne ich ihr am Nachmittag vorbeibringen. Kurz bevor sie in den Wagen geschoben wurde und die Tür sich hinter ihr schloss, drückte ich noch einmal ihre Hand.

Nachdem die Ambulanz um die Ecke gebogen war, ging ich zurück ins Haus und rief Dorothee Momberg an. Nach mehrmaligem Klingeln schaltete sich der Anrufbeantworter ein. Ich hinterließ der Tochter eine ausführliche Nachricht. Dann machte ich mich daran, Heidrun Mombergs Küche aufzuräumen, um schließlich in den ersten Stock zu laufen und dort alle Rollläden herunterzulassen. Im Vorbeigehen machte ich ihr zum Lüften aufgeschlagenes Bett.

Gerade wollte ich mir die Fotos auf dem Nachttisch ansehen, als der Handwerker mir von unten zurief, dass er fertig sei. Am Fuß der Treppe stehend, hielt er mir seinen Auftragsbogen zur Unterschrift entgegen.

Normalerweise hätte er an diesem Tag gar keinen Auftrag angenommen, erzählte er mir, aber Heidrun Momberg sei Stammkundin, da hätte er nicht nein sagen können. Im Nachhinein sei er doppelt froh, dass er gekommen sei, sonst wäre sie nach ihrem Sturz mutterseelenallein gewesen.

Als er gegangen war, schmuste ich noch ein paar Minuten mit Schulze, füllte Wasser- und Futternapf und ließ die Rollläden herunter. Zum Glück war das Fenster in der Küche vergittert, so dass der Kater zumindest hier Tageslicht zu sehen bekam.

Sollte sich keine der Töchter um das Tier kümmern können, bestand immer noch die Möglichkeit, dass ich es zu mir nahm. Was für Twiggy, sollte sie endlich nach Hause zurückkehren, kein Problem sein würde, da sie Gesellschaft liebte. Noch kein einziges Mal hatte sie eine der Nachbarskatzen, die hin und wieder durch die Katzenklappe zu Besuch kamen, vertrieben.

Nachdem ich die Tür abgeschlossen hatte, machte ich

mich auf den Heimweg in die Ihnestraße. Ich hatte noch nicht ganz den Motor abgestellt, als mein Handy klingelte. Es gab einen weiteren Notfall.

Ich stellte meinen Wagen auf dem Parkplatz des Forsthauses Paulsborn ab und joggte von dort aus die paar hundert Meter bis zum Jagdschloss Grunewald. Gegenüber der Toreinfahrt zum Schlosshof sah ich Luise Ahlert sitzen. Klein und dünn, in einem viel zu großen Mantel saß sie auf einer Holzbank und hielt einer jungen Mutter, die ein paar Meter weiter stand, mit erhobenem Zeigefinger einen Vortrag. Worüber sie sich so ereiferte, konnte ich aus der Entfernung nicht verstehen. Erst als ich näher kam, schnappte ich ein paar Worte auf. Allem Anschein nach hatte das Kind der Frau ein Bonbonpapier auf den Boden fallen lassen.

»Hallo, Frau Ahlert«, begrüßte ich die Neunundsiebzigjährige mit dem schlohweißen Haar, dem sie in unregelmäßigen Abständen immer noch selbst mit einer Schere zu Leibe rückte, was an manchen Stellen nicht zu übersehen war.

»Marlene!« Ihr Lächeln drückte Erleichterung aus. »Wie gut, dass du da bist.«

Die junge Mutter nutzte die Gelegenheit, um Luise Ahlert zu entkommen. Einen Augenblick lang sah ich ihr hinterher, um dann die alte Frau auf der Bank gründlicher in Augenschein zu nehmen. Trotz der Minustemperaturen trug sie weder Mütze, Schal noch Handschuhe. »Wo ist denn Ihre Winterausrüstung?«, fragte ich.

»Als ich losgelaufen bin, war mir noch warm.«

Ich hielt ihr beide Hände entgegen und zog sie hoch. Dann nahm ich meinen Schal ab und schlang ihn ihr um

Kopf und Hals. »Mein Auto steht am Forsthaus Paulsborn, bis dahin werden Sie laufen müssen. Wird das gehen?«

Sie nickte und hakte sich bei mir ein.

Für ihr Alter war Luise Ahlert noch relativ gut zu Fuß. Nur dachte sie selten an den Rückweg, wenn sie loslief. Waren ihre Kräfte dann irgendwann erschöpft, hielt sie kurzerhand ein Auto an und überredete den Fahrer, sie vor ihrer Wohnung abzusetzen. Führte sie ihr Spaziergang durch den Grunewald, rief sie mich an, damit ich sie abholte.

Während wir eingehakt den Weg zum Parkplatz zurücklegten, fragte sie mich, ob Twiggy inzwischen wieder aufgetaucht sei. Ich rechnete ihr diese Frage hoch an, da sie eine jener Vogelliebhaberinnen war, die Katzen verabscheute.

»Vielleicht vergnügt sie sich«, meinte sie, nachdem sie eine Weile nachgedacht hatte. »Ich meine, mit einem Kater.«

»Das könnte sie auch bei mir zu Hause. Die Katzenklappe steht jedem offen.«

Sie blieb stehen und sah mich an. »Ich weiß, wie sehr du Käfige verabscheust, Marlene. Ich sehe es jedes Mal an deinem Blick. Aber für meine Piepmätze ist ihr Käfig ein Schutz. Verstehst du?«

»Der Käfig kommt mir nur ein wenig klein und beengt vor«, wiederholte ich, was ich ihr bereits mehrmals zu bedenken gegeben hatte, wenn es um die Unterbringung ihrer beiden Kanarienvögel gegangen war.

»Klein und beengt ist meine Wohnung auch. Aber beklage ich mich etwa?« Sie schien sich unter dem weiten Mantel aufzuplustern. »Die Werner aus dem Dritten, die beklagt sich ständig. Nichts ist gut genug für die. Dabei hat die auch schon ganz andere Zeiten erlebt. Aber ...«

Vorübergehend schaltete ich meine Ohren auf Durchzug. Die Werner aus dem Dritten war Luise Ahlerts Nachbarin und Erzfeindin in Personalunion. Wenn man es pragmatisch sah, hielten die beiden sich mit all der Energie, die zwischen ihnen hin- und herschoss, gegenseitig am Leben. Nur für Außenstehende waren die Tiraden manchmal schwer zu ertragen.

»Marlene?«, übertönte ihre fordernde Stimme meine Gedanken.

»Da vorne steht mein Auto«, sagte ich. »Schaffen Sie es bis dahin noch?«

»Selbstverständlich. Schließlich habe ich es auch bis hierher geschafft.«

Irgendwie schon, gab ich ihr im Stillen recht und musste schmunzeln.

»Es ist doch sicher kein Problem, noch beim Supermarkt vorbeizufahren, oder? Mir fehlt noch das eine oder andere.«

Ein Blick auf die Uhr sagte mir, dass meine ersehnte Zeit in der Badewanne mehr und mehr zusammenschrumpfte. Wenn ich noch bei Heidrun Momberg im Krankenhaus vorbeifahren wollte, würde es eng werden mit einer Verschnaufpause im Schaumbad.

»In Ordnung«, sagte ich und bog in den Hüttenweg, wo ich wenig später vor dem Discounter parkte. »Soll ich mit reinkommen?«, rief ich noch hinter Luise Ahlert her, während sie bereits mit einem Einkaufswagen im Laden verschwand. Ich erkundigte mich in der Klinik nach Heidrun Momberg.

Wie ich erfuhr, wurde sie bereits operiert. Also konnte ich sie genauso gut am nächsten Tag besuchen, um ihr den Schlüssel vorbeizubringen.

Ich schaltete das Radio ein, lehnte den Kopf gegen den Sitz und behielt die automatischen Türen im Auge. Als mein Schützling wenige Minuten später den Wagen hindurchschob, stieg ich aus, um ihr die beiden Tüten zu tragen.

»Diejenigen, die behaupten, man könne sich für vier Euro am Tag gesund ernähren, würde ich gerne mal zum Einkaufen mitnehmen«, wetterte sie und ließ sich mit einem Stöhnen in den Autositz fallen. »Mich müsste es ja nicht scheren, ich brauche nicht viel, aber vor mir an der Kasse stand eine Mutter mit zwei halbwüchsigen Jungs. Wie soll die denn das machen, frage ich dich? Die futtern doch in dem Alter für drei.« Sie sprach laut, um die Nachrichtensprecherin im Radio zu übertönen. »Ich weiß schon, warum ich keine Kinder habe. Überleg es dir gut, Marlene. Du ersparst dir jede Menge Ärger.«

»... gibt es von dem fünfjährigen Leon immer noch keine Spur«, war in diesem Moment aus dem Radio zu erfahren.

»Meint die den Jungen, der im Wald verschwunden ist?«, fragte Luise Ahlert.

Ich nickte.

»Hübsches Kind«, meinte sie.

»Woher kennen Sie ihn?«

»Ich hab mir sein Foto vorhin auf so einem Suchplakat im Wald angesehen. Es ist dasselbe wie in der Zeitung. Die Eltern tun mir leid. Ich kann ja verstehen, dass sie die Hoffnung nicht aufgeben und alles versuchen, um ihr Kind lebend wiederzubekommen. Aber am Ende werden die armen Dinger ja doch nur tot aus einem See geborgen. Und das nur, weil irgend so einem Verrückten in seiner Kindheit mal eine Ohrfeige verpasst wurde. Sind doch alles nur Ausreden. Wenn du mich fragst, hat so eine Ohrfeige noch keinem geschadet.«

»Das sehe ich anders, Frau Ahlert.«

»Hat es dir etwa geschadet?« Ihr Ton war herausfordernd. Sie sah mich von der Seite an.

»Ich habe nie eine bekommen. Und Sie?«

»Wenn ich mir eine eingefangen habe, dann habe ich es auch verdient.«

»Niemand verdient es, geschlagen zu werden.«

»Manche schon. Nimm nur diese gewalttätigen Jugendlichen. Hätte man denen beizeiten gehörig eins hinter die Löffel gegeben, wären die auch besser geraten, das kannst du mir ruhig glauben.«

»Die meisten von ihnen haben gehörig eins hinter die Löffel bekommen, genau das ist das Problem.«

Unzufrieden schnalzte sie mit der Zunge. »Mit dir ist nicht zu reden, Marlene. Du stellst alles auf den Kopf. Denk doch nur mal an die Eltern von dem kleinen Jungen. Wie sollen denn die jemals wieder froh werden?« Ohne wirklich eine Antwort zu erwarten, saß sie da, starrte vor sich hin und stupste mit dem Schuh gegen zwei leere Wasserflaschen, die im Fußraum lagen. »Willst du hier drin nicht mal aufräumen?«, fragte sie.

»Nächstes Jahr.«

»Das macht aber keinen guten Eindruck auf deine Kunden. Lass dir von mir gesagt sein, dass alte Menschen …«

»Wir sind da, Frau Ahlert. Ich bringe Ihnen noch schnell die Tüten hoch, und dann muss ich weiter.«

»Für einen Kaffee wirst du ja wohl noch Zeit haben. Heute ist schließlich Silvester!«

Ja, genau, heute war Silvester, und ich sehnte mich nach einem heißen Bad und lauter Musik. Um den Kaffee kam ich trotzdem nicht herum.

2

Mit geschlossenen Augen lag ich in der Badewanne und lauschte Herbert Grönemeyer. Hin und wieder ließ ich heißes Wasser nachlaufen. Nach einer Weile wanderten meine Gedanken von den Songtexten zu Heidrun Momberg. Es tat mir leid, dass sie ausgerechnet den Jahreswechsel nicht zu Hause, sondern im Krankenhaus erleben würde, obwohl ich nicht hätte sagen können, ob dieser Tag von besonderer Bedeutung für sie war.

Für mich war er, wie für viele andere auch, ein Bilanztag, an dem ich das zurückliegende Jahr bewertete. Auf einer Skala von eins bis zehn bekam es die Note vier. Ich war immer noch nicht wieder unabhängig, wusste nicht, wie es mit meinem Seniorenservice weitergehen würde und ob er mich langfristig tatsächlich finanzieren konnte. Ich war unentschlossen, ob es besser war, das Haus zu behalten oder zu verkaufen. Und ich war in diesem Jahr mit zwei Männern aus- und ins Bett gegangen, ohne mich jedoch in einen von beiden zu verlieben. Außerdem ... Das Klingeln des Telefons riss mich aus meinen Gedanken.

Meine Freundin Grit war am Apparat. Sie klang elektrisiert. »Du glaubst es nicht«, sprudelte sie los. »Ich kann es immer noch nicht fassen, Marlene, aber wir drei können heute Abend in der ›Bar 1000‹ feiern. Ich hab da einen Typen kennengelernt, der weiß, wo sie ist, und der auch hineinkommt. Ist das nicht unglaublich? Das ist wie ein Sechser im Lotto.«

»Mit Zusatzzahl«, stimmte ich ein. Diese Bar war *der* Geheimtipp unter den angesagten Bars.

»Anna und Jördis wissen schon Bescheid. Wir treffen uns um zehn bei den beiden.«

»Ich kann nicht mitkommen.«

Einem ungläubigen »Was?« folgte ein Lachen. »Netter Scherz«, meinte sie aufgekratzt.

»Es ist mein Ernst, Grit, ich kann nicht. Ich gehe doch mit Fabian auf diese Party in Wilmersdorf.«

»Oh Gott, Marlene, willst du dir das wirklich antun?«

»Ich habe es Fabian versprochen. Außerdem kann ich die Hand, die mich füttert, nicht ausschlagen.«

»Mit einer Einladung für die ›Bar 1000‹ in der Tasche schon. Außerdem bist du diejenige gewesen, die ihren Job aufgegeben hat, um euren Vater zu pflegen. Dein Bruder musste keinen Finger rühren. Ich finde es nur gerecht, dass er jetzt dich unterstützt, bis du wieder richtig Fuß gefasst hast.« Sie überlegte einen Moment. »Eigentlich ist es ganz einfach. Du lässt dich auf dieser Party kurz blicken und kommst um zehn zu Anna und Jördis. Solltest du es nicht rechtzeitig schaffen, schicke ich dir eine SMS, sobald ich weiß, wo der Eingang zur Bar ist.«

»Wunderbare Idee!«, sagte ich und spürte, wie Vorfreude in mir aufkeimte.

Kaum hatten wir aufgelegt, stieg ich aus der Wanne, zog mir Socken und Bademantel über und stellte mich vor meinen Schrank. Kleidungstechnisch gab es keinen Kompromiss zwischen der Wilmersdorfer Party und der »Bar 1000«, nur ein Entweder-Oder. Ich entschied mich für das Oder.

»Marlene, das ist eine Silvester-Party«, sagte Fabian anstelle einer Begrüßung. Der Wind schlug eine Seite seines Mantels auf und ließ darunter dunklen Anzug, weißes Hemd und Krawatte zum Vorschein kommen.

»Ja, und die findet in Berlin statt«, verteidigte ich mein Outfit. »In dieser Stadt kann zum Glück jeder tragen, wozu er Lust hat.«

»Nicht immer. Und nicht überall. Längst nicht überall!«

»Jetzt sei kein Spießer, Fabian! Free Style ist in.« Ich breitete die Arme aus und drehte mich einmal um die eigene Achse.

»Wenn Spießertum bedeutet, diese seltsame Kombination von lila Kleid, hautenger Jeans und Stiefeln als misslungen zu empfinden, bin ich gerne Spießer.« Mein Bruder fuhr sich durch die rötlich blonden Locken, die er genau wie ich von unserer Mutter geerbt hatte. Manchmal kam es mir so vor, als seien sie das einzig Ungeordnete an ihm, die letzte Bastion, die nicht zu bändigen war – weder mit Disziplin noch mit Beharrlichkeit.

»Ich habe dir ausdrücklich gesagt, dass es eine Kleiderordnung gibt.« Seine Stimme wurde eine Nuance lauter. »Hättest du nicht ausnahmsweise kooperieren können?«

»Glaubst du allen Ernstes, ich wäre im kleinen Schwarzen überzeugender? Ganz davon abgesehen, dass ich so etwas gar nicht besitze.«

»Unauffälliger wärst du allemal.«

Ich trat näher an ihn heran und senkte die Stimme. »Um was zu tun? Um mich da oben *unauffällig* an zahlungskräftige Leute heranzupirschen und sie davon zu überzeugen, dass ich die Lösung all ihrer Probleme mit den betagten Eltern bin?«

»So etwas nennt man Akquisition«, sagte er in dem Oberlehrerton, mit dem er mich auf die Palme bringen konnte. »Marlene, ich kann dich nicht ewig unterstützen.«

»Sollst du auch gar nicht. Gib mir nur noch ein wenig Zeit. Ich werde es schaffen, glaub mir.«

»Das behauptest du seit einem Jahr. Nenn mir einen Grund, warum ich darauf vertrauen sollte.«

»Die Gene. Immerhin verdienst du inzwischen so viel Geld, dass locker zwei davon leben können.«

»Hast du mal daran gedacht, dass ich lieber die zukünftige Mutter meiner Kinder unterstützen würde als dich?«

Ich nahm seine Hände in meine, löste die Fäuste und drückte ihm einen Kuss auf die Wange. »Sobald sie auftaucht, verschwinde ich aus deinem Leben. Versprochen!«

»Hallo, Fabian.« Die Stimme gehörte einem Vermummten. Lediglich Mund, Nase und Augen waren hinter einer ovalen Nickelbrille zu sehen.

Fabian musste genau hinschauen, bevor er ihn erkannte. »Max, hallo! Schön, dich zu sehen.«

Der Mann floh vor dem scharfen Wind zu uns in den Hauseingang, zog die Mütze vom Kopf und den Schal ein Stück vom Kinn. Mit hochgezogenen Schultern trat er von einem Fuß auf den anderen. Trotz seines dicken Daunenmantels schien er zu frieren. »Wollen wir nicht hineingehen?« Sein Blick flog zwischen uns hin und her.

»Sind Sie erkältet?«, fragte ich und tat einen Schritt von ihm weg.

»Keine Sorge, nur verfroren.« Er streckte mir seine Hand entgegen. »Ich heiße Max. Und du?«

»Das ist meine Schwester Marlene«, kam Fabian mir zuvor und drückte fest auf den Klingelknopf. Als der Summer ertönte, stieß er die Tür auf. Zu mir gewandt meinte er: »Max und ich kennen uns aus Frankfurter Zeiten. Er ist vor kurzem nach Berlin gezogen.«

Während ich neben dem Neuzugang die Treppe hinaufstieg, betrachtete ich ihn von der Seite und versuchte, mir ein Bild von ihm zu machen. Seine Kleidung unter dem Daunenmantel war ebenso konventionell wie die meines Bruders, mit seiner Ausstrahlung schien er diese Schranken jedoch gleichzeitig einzureißen.

»Und?«, fragte er, ohne den Kopf in meine Richtung zu drehen. »Wie habe ich abgeschnitten?«

»Kann ich noch nicht sagen.«

»Weil du noch nicht weißt, ob ich auf Reisen einen Rollkoffer benutze, stimmt's?« Sekundenlang war sein Grinsen das eines kleinen Jungen, dann wurde es erwachsen und sehr anziehend.

Mitten auf der Treppe blieb ich stehen und lachte. »Mein Bruder hat also aus dem Nähkästchen geplaudert.« Mein Blick folgte Fabian, der eine Wohnungstür aufstieß, hinter der – dem Stimmengewirr und der Musik nach zu urteilen – die Party bereits in vollem Gange war.

Max trat neben mich. »Was ist an Rollkoffern eigentlich so verwerflich? Ich finde sie praktisch und kräftesparend.«

»Und ich finde sie unmännlich.«

»Ich dachte, du heißt Marlene und nicht Jane.«

»Welche Jane?«

»Die von Tarzan.« Er maß mich mit einem Blick, den ich nicht zu interpretieren vermochte.

Sekundenlang hielt ich ihm stand, dann stieg ich die

letzten Stufen hinauf und folgte Fabian in die Wohnung der Gastgeber. Mein Bruder hatte nicht übertrieben, es gab tatsächlich eine Kleiderordnung: dunkler Anzug und kleines Schwarzes. Neunundneunzig Prozent der Anwesenden hatten sich daran gehalten. Der von mir bevorzugte Free Style lag auf diesem Fest eindeutig nicht im Trend. Einen Moment lang sehnte ich mich nach einer Tarnkappe, dann holte ich tief Luft, straffte die Schultern und mischte mich als avantgardistischer Farbklecks unter die Menge.

Die Party fand in einer Flucht aus drei riesigen, ineinander übergehenden Räumen statt – unter mir Parkett, hoch über mir Stuck, die Möbel eine erlesene Mischung aus Alt und Neu. Auf der Suche nach einem bekannten Gesicht kam ich an meinem Bruder und Max vorbei, die bereits in einer großen Runde in ein Gespräch vertieft waren. Ich wanderte durch den nächsten Raum, bis ich schließlich ins hintere Zimmer gelangte, mir ein Glas Wein von einem Tablett nahm und vor einer Regalwand voller Bücher stehen blieb.

»Sag mir, was du liest, und ich sage dir, wer du bist!«, kommentierte Max, der mir offensichtlich gefolgt war. Mit einem schnellen Blick überflog er die Buchreihen.

»Oft funktioniert es.«

»Und was für Menschen sind demnach unsere Gastgeber?«, fragte er.

»Sie sind wohlhabend. Es steht kein einziges Taschenbuch im Regal.«

»Vielleicht sind sie ganz einfach Ästheten, die Prioritäten setzen. Zumindest …«

»Entschuldige, Max«, unterbrach Fabian ihn. »Marlene, ich würde dich gerne kurz vorstellen.« Mein Bruder hielt eine sehr attraktive, blonde Mittdreißigerin im Arm. »Irene, darf ich dir meine Schwester vorstellen? Marlene, das ist Irene Schiefer, unsere Gastgeberin.«

Sie löste sich von Fabian und kam auf mich zu. »Schön, dass du kommen konntest«, sagte sie mit einnehmender Herzlichkeit. »Fabian schwärmt in den höchsten Tönen von dir. Ich hoffe, du amüsierst dich bei uns.«

»Ganz bestimmt«, antwortete ich. »Gerade haben Max und ich eure Bücher bewundert.«

Irene Schiefer ließ ihren Blick übers Regal schweifen und seufzte. »Mein Mann meint, ich gäbe zu viel Geld dafür aus, ein Taschenbuch täte es zur Abwechslung auch mal. Aber ich finde, man muss die schönen Dinge pflegen. Abgesehen von den Inhalten sind Bücher doch auch ein ästhetischer Genuss.« Sie lächelte. »Apropos Genuss: Der Koch hat mir versprochen, dass es heute Abend die eine oder andere Überraschung geben wird.«

»Irenes Koch ist sterneverdächtig«, sagte Fabian in die Runde.

Die Gastgeberin schenkte ihm ein zustimmendes Lächeln und wandte sich zwei Neuankömmlingen zu.

»Ich bin sicher, es wird auch etwas für Vegetarier geben«, raunte mein Bruder mir zu.

»Und wenn es die Beilagen sind«, entgegnete ich trocken und sah dabei verstohlen auf die Uhr. Vermutlich würde ich ohnehin nur in den Genuss der Vorspeise kommen und mich dann heimlich aus dem Staub machen.

»Ich könnte dir den einen oder anderen vorstellen.«

»Du hast mir bereits Max vorgestellt. Sollte ich allerdings Gesprächsfetzen aufschnappen, in denen es um hilfsbedürftige Eltern geht, werde ich sofort meine Dienste anpreisen.«

»Marlene, bitte …«

Ich legte den Arm um Fabian und lehnte mich sekundenlang an ihn. »Mach dir keine Sorgen.« Dann gab ich ihm einen kleinen Schubs. »Und jetzt wirfst du dich am besten ins Getümmel und hältst Ausschau nach der zukünftigen Mutter deiner Kinder.«

Fabian sah mich an, als habe er es mit einem aussichtslosen Fall zu tun, und schüttelte resigniert den Kopf. Erst als Max sich zu ihm neigte, um ihm etwas ins Ohr zu flüstern, schien sich seine Miene um eine Nuance aufzuhellen. Die beiden tauschten einen Blick, der für meinen Bruder offensichtlich der Startschuss war, mich endlich aus seiner Kontrolle zu entlassen.

»Was hast du zu ihm gesagt?«, fragte ich, nachdem Fabian sich unter die Leute gemischt hatte.

»Dass ich vorübergehend für ihn die Aufsicht übernehme.« Eine seiner Brauen hob sich eine Nuance. »Die Frage ist jetzt nur, wie du deine frisch gewonnene Freiheit nutzen wirst.«

Beflissen ließ ich meinen Blick über die Gästeschar schweifen. »Ganz die brave Schwester, werde ich tun, was von mir erwartet wird, nämlich unauffällig akquirieren.«

»Warum fällt es mir schwer, das zu glauben?«

»Vielleicht bist du ein Opfer deiner Phantasien?« Ich stieß mein Weinglas vorsichtig gegen seines und prostete ihm mit einem Lächeln zu.

In diesem Moment verkündete Irene Schiefer laut in die Runde, im Flur sei das Vorspeisenbuffet eröffnet. Mir fiel ein Stein vom Herzen, da ich kurz davor war zu verhungern.

»So, ich muss jetzt etwas essen. Wir sehen uns sicher später noch«, verabschiedete ich mich von Max und steuerte Richtung Flur. Nach dem Umweg übers Buffet würde ich mich auf den Weg zu meinen Freundinnen machen. Wenn der Silvesterverkehr es zuließ, blieb vielleicht sogar noch genug Zeit, um bei mir zu Hause und in Heidrun Mombergs Haus nach den Katzen zu sehen.

Ich füllte mir gerade einen Teller mit vegetarischen Antipasti, als Max neben mir auftauchte.

»Bist du Vegetarierin, weil du nichts essen möchtest, das ein Gesicht hat?«, fragte er.

»Ich möchte nicht, dass irgendein Wesen meinetwegen sterben muss.« Mit Befremden sah ich dabei zu, wie der Koch just in diesem Augenblick frisch gekochte Hummer auf dem Buffet plazierte. Von einer Sekunde auf die andere verschlug es mir den Appetit. Ich wendete mich ab und ließ Max stehen, der vom Anblick der Hummer eingenommen zu sein schien.

Nachdem ich meinen Teller abgestellt hatte, drängte ich mich zu den Garderobenständern am anderen Ende des Flurs durch – vorbei an meinem Bruder, der am Buffet in ein Gespräch mit einer zarten Brünetten vertieft war. Er würde meinen Abgang hoffentlich nicht so schnell bemerken.

Da auch meine Winterjacke farblich heraus stach, war es nicht schwer, sie zu finden. Möglichst unauffällig nahm ich sie vom Bügel und schlich hinaus. Kaum hatte ich die Tür hinter mir ins Schloss gezogen, atmete ich auf. Ich hatte den Fuß allerdings noch nicht auf die erste Treppenstufe gesetzt, als sich hinter mir die Wohnungstür öffnete. Mit hochgezogenen Schultern machte ich mich auf Fabians Donnerwetter gefasst.

»Marlene?«

Es dauerte einen Moment, bis ich begriff, dass nicht

mein Bruder hinter mir stand. Ich wandte mich um und sah Max fragend an.

»Die Hummer«, sagte er, als wäre das Erklärung genug, zog seinen Daunenmantel über und kam auf mich zu. »Die Tiere stehen Todesqualen aus, wenn sie ins kochende Wasser geworfen werden. Manchmal minutenlang. Und das, nachdem man sie bereits lebendig in Kühlhäuser gesteckt und um die halbe Welt geflogen hat.«

»Ich weiß. Und es wird mir auf ewig ein Rätsel bleiben, wie Menschen so etwas genießen können.« Ich lehnte mich gegen das Geländer und musterte ihn.

»Ehrlich gesagt, habe ich mir lange Zeit auch keine Gedanken darüber gemacht. Aber eine meiner Schwestern ist in dieser Hinsicht sehr sensibel. Sie hat mir das Versprechen abgenommen, keine Gänsestopfleber und keinen Hummer zu essen.«

»Und daran hältst du dich?« Von einer Sekunde auf die andere sah ich ihn mit anderen Augen.

Er nickte. »Obwohl es mir manchmal schwerfällt. Gänsestopfleber auf Toast ist …« Er deutete meinen Blick richtig und verstummte.

»Gänsestopfleber ist eine Delikatesse aus der Folterkammer, genau wie Hummer, Froschschenkel und Haifischflossen. Mein Bruder würde allerdings auf keinen einzigen Bissen verzichten, nur weil mir die Tiere leidtun. Wie hat deine Schwester das geschafft?«

»Es war so eine Art Handel. Sie hat mir einmal sehr aus der Patsche geholfen.«

»Mhm.« Ich sah ihm einen Moment zu lang in die Augen. Als hätte ich mir einen Stromschlag geholt, zuckte ich zurück.

Max schien jede meiner Regungen genau zu registrieren, aber er war offensichtlich klug genug, sie nicht zu kommentieren.

»Und was machst du jetzt mit deinem angebrochenen Silvesterabend?«, fragte ich mit einem Frosch im Hals.

»Hast du eine Idee?«

»Schon mal was von der ›Bar 1000‹ gehört?«

Er schüttelte den Kopf.

»Dann komm einfach mit und lass dich überraschen. Ich muss nur vorher noch etwas erledigen.«

»Worauf warten wir dann noch?« Er nahm meine Hand und zog mich hinter sich her.

Bei meinem Auto angekommen, öffnete ich Max die Tür. Während er sich neben mich setzte, schob er die leeren Wasserflaschen beiseite, um für seine Füße Platz zu haben. Dann sah er sich im Innenraum um.

»Wie alt ist das Auto?«, fragte er in einem Ton, als nähere es sich zumindest vom Alter her einem Oldtimer.

»Zwölf Jahre.« Ich startete den Motor und fuhr los.

Er betrachtete eingehend das Armaturenbrett. »Gibt es hier drin eine Sitzheizung?«

»Wenn, dann ist sie gut versteckt. Ich hab bisher keine gefunden. Bist du sicher, dass du nicht krank bist?«

»Ich bin nur verfroren, das ist alles.« Sich die Hände reibend, sah er aus dem Fenster. »Wohin fahren wir?«

»Erst zu mir nach Hause, um zu sehen, ob meine Katze endlich wieder aufgetaucht ist. Und dann noch zu einer meiner Kundinnen. Sie ist heute mit einem Oberschenkelhalsbruch ins Krankenhaus eingeliefert worden. Zwar habe ich einer ihrer Töchter auf Band gesprochen, dass sie sich um den Kater kümmern soll, aber ich schaue lieber selbst, ob mit dem Tier alles in Ordnung ist.« Die Ampel vor uns sprang auf Rot.

»Könntest du da vorne an der Tankstelle bitte kurz anhalten?«

Ich hielt neben dem Eingang, ließ den Motor laufen und folgte Max mit Blicken. Er war nahe daran, mich in seinen Bann zu ziehen. Ich war mir jedoch nicht sicher, ob ich das wollte.

Das Öffnen der Wagentür drängte meine Gedanken in den Hintergrund. Max hatte eine Flasche Sekt und belegte Brötchen gekauft. Er befreite eines aus der Klarsichtfolie und hielt es mir hin. »Mozzarella mit Tomate ist alles, was sie für Vegetarier zu bieten hatten.«

Erst jetzt spürte ich, wie groß mein Hunger immer noch war. Dankbar nahm ich das Brötchen und biss hinein, während er für sich ebenfalls eines auspackte.

»Seit wann wohnst du in Berlin?«, fragte ich.

»Seit drei Monaten. Ich habe hier eine Stelle am Krankenhaus angenommen.«

»Du bist Arzt?«

»Kinderarzt mit dem Traum, mich irgendwann niederzulassen.«

»Ist das inzwischen nicht eher ein Alptraum? Es wird doch mit jeder Gesundheitsreform schlimmer. Du wirkst nicht wie einer von denen, die jeden Kassenpatienten am liebsten ausmustern würden.«

Er lachte. »Wenn ich so einer wäre, würde ich es dir gegenüber jetzt ganz bestimmt nicht zugeben. Ich will mir ja nicht meine Chancen bei dir verderben.«

»Mach dir keine falschen Hoffnungen!«

»An Hoffnungen kann nichts falsch sein«, sagte er mit einer Stimme, die dazu angetan war, Türen zu öffnen.

Ich musste lächeln und hoffte, er sehe in diesem Moment geradeaus. Es fiel mir schwer, mich auf den Verkehr zu konzentrieren. Der Abstand zwischen uns schien immer mehr zu schrumpfen. Um auf andere Gedanken zu kommen, fragte ich ihn über seinen Krankenhausalltag aus, hörte jedoch nur mit halbem Ohr zu.

Als ich vor unserem Haus in der Ihnestraße hielt, wollte er mit aussteigen, ich bat ihn aber zu warten. Im Nachbargarten waren ein paar Kinder zu hören, die gemeinsam mit ihrem Vater schon die ersten Raketen losließen. Ich hoffte, dass die allmählich anschwellende Geräuschkulisse Twiggy bewegen würde, nach Hause zu kommen. Nachdem ich draußen und drinnen mehrfach nach ihr gerufen hatte, gab ich es jedoch auf und ging zurück zum Auto. Der Gedanke, dass ich meine Katze vielleicht nie wieder sehen würde, machte mir das Herz schwer. Ich drängte ihn beiseite und setzte unsere Fahrt fort.

Nur wenige Minuten später fand ich vor Heidrun Mombergs Haus in der Musäusstraße eine Parklücke. Bei diesem Stopp bestand Max darauf, mich zu begleiten. Als ich das Gartentor öffnete, stand er dicht hinter mir. Zu dicht für die Schmetterlinge in meinem Bauch. Sie begannen, aufgeregt mit den Flügeln zu schlagen.

Er sah sich um. »Wo sind wir hier eigentlich?«

»Mitten in Dahlem.«

»Also da, wo das alte Geld wohnt.«

»Auch hier gibt es Menschen, die jeden Cent umdrehen müssen, sie prägen nur nicht das Bild. Dafür haben sie es schwerer in so einer Umgebung.« Ich blieb im Hauseingang stehen.

»Entschuldige, das war blöd von mir. Fabian hat erzählt, dass du ziemlich zu kämpfen hast mit deinem Seniorenservice.«

Mit Heidrun Mombergs Hausschlüssel in der Hand drehte ich mich zu ihm um. »Gibt es irgendetwas, das Fabian über mich ausgelassen hat?«

»Das kann ich noch nicht sagen.« Er kam einen Schritt näher und betrachtete mein Gesicht, als wolle er es sich einprägen. Dann küsste er mich auf den Mund. Nicht fragend, sondern gewiss, dass ich damit einverstanden war. »Könntest du jetzt endlich die Tür aufschließen? Ich erfriere hier draußen.«

Als ich den Schlüssel ins Schloss zu stecken versuchte, fiel er mir aus der Hand. Ich bückte mich, hob ihn auf und versuchte es erneut. Dabei war ich mir jedes Zentimeters bewusst, der mich von Max trennte. Endlich fand ich das Schloss, nur um überrascht festzustellen, dass die Tür nicht abgeschlossen war. »Seltsam«, murmelte ich, »ich bin mir ganz sicher, dass ich heute Mittag den Schlüssel zweimal herumgedreht habe.«

»Vielleicht ist diese Tochter ja doch da und sieht nach der Katze«, meinte Max. Er trat von einem Fuß auf den anderen.

»Möglich.« Vergebens versuchte ich, hinter den heruntergelassenen Rollläden einen Lichtschein zu entdecken, und drückte schließlich den Klingelknopf. Als sich im Haus nichts rührte, drückte ich noch einmal. Sekunden später ging ich hinein und tastete nach dem Lichtschalter. Augenblicklich war der Windfang in grelles Licht getaucht. Blinzelnd öffnete ich die Tür zum Flur. Sie war aus Holz, gab also nichts von dem preis, was dahinter lag – auch nicht das Licht aus dem Wohnzimmer. Während ich darauf zuging, rief ich laut: »Hallo, ist jemand zu Hause?«

»Lass uns lieber gehen, Marlene«, flüsterte Max, dem die Situation unangenehm zu werden schien.

36

»Warte, ich will nur schnell nachsehen. Vielleicht hat sie das Licht für den Kater angelassen.«

»Katzen können im Dunkeln sehen.«

»Das weiß aber nicht jeder.« Ich gab der Wohnzimmertür, die nur angelehnt war, einen Stoß und sah mich im Raum um. Es war jedoch niemand dort, zumindest kein Mensch. Den Kartäuserkater entdeckte ich in seinem Lieblingsversteck: hinter der halb offen stehenden Tür im untersten Fach des großen Wandschranks. »Schulze«, sprach ich ihn leise an. »Wir leisten dir einen Moment Gesellschaft, was hältst du davon?« Unverwandt sah er mich an. In der Absicht, ihn zu streicheln, streckte ich die Hand nach ihm aus. Schneller, als ich sie zurückziehen konnte, landete eine Pfote mit ausgefahrenen Krallen darauf. Schulzes Fauchen und mein Schmerzensschrei gingen ineinander über.

»Davon hält er schon mal nichts«, meinte Max trocken, während er sich meine Hand besah. »Gibt es hier eine Hausapotheke?«

»Diese kleinen Kratzer werde ich ja wohl überleben.«

»Wenn du keine Blutvergiftung bekommst, sicher.« Max zog sich die Handschuhe aus, öffnete die andere Seite des Schranks und besah sich die Flaschensammlung, die dort zum Vorschein kam. »Deine Kundin hat einen guten Geschmack.« Er griff sich eine Flasche heraus, öffnete sie, kippte ein wenig auf ein Papiertaschentuch und betupfte damit die aufgeritzten Hautstellen.

»Ich weiß gar nicht, was mit Schulze los ist«, überlegte ich laut, »er hat mich noch nie gekratzt.«

»Vielleicht lässt er sich nicht gerne in seinem Versteck stören.«

»Bisher hat er immer geschnurrt.«

»Dann liegt es an der Knallerei da draußen. Lassen wir ihn einfach in Ruhe.« Nachdem Max Mantel, Mütze und Schal auf einen Stuhl hatte fallen lassen, befreite er mich aus meiner Jacke und zog mich an sich.

Durch mein Kleid hindurch spürte ich seine Hände. Sie ließen sich Zeit, während er mich auf eine Weise küsste, die mich fast das Atmen vergessen ließ. Als das Rauschen in meinem Kopf fast übermächtig wurde, zog Max mich hinter sich her Richtung Biedermeiersofa.

Sanft, aber bestimmt befreite ich mich aus seinen Armen. »Mir geht das zu schnell.«

»Ich möchte dich nur küssen«, sagte er in einem Ton, als entdecke er gerade eine seltsame Marotte an mir.

»Und ich kann mir vorstellen, wohin das führt.«

»Ich auch«, meinte er mit einem Grinsen, rutschte vom Sofa hinunter auf den Teppich und bedeutete mir mit einer Handbewegung, mich neben ihn zu setzen.

Ich sah ihn an: sein schmales, in klaren Linien gezeichnetes Gesicht, das ohne die Lebendigkeit seiner graublauen Augen und die Wärme, die sein Mund zum Ausdruck brachte, hart gewirkt hätte.

»Ich bin siebenunddreißig, habe drei Beziehungen und ein paar kurze Affären hinter mir, zwei ältere Schwestern, die sich hin und wieder mit meiner Mutter verbünden und dann gemeinsam versuchen, sich in mein Leben einzumischen, und einen Vater, der sich allem durch ein Übermaß an Arbeit entzieht. Reicht dir das an vertrauenerweckender Information, um dich neben mich zu setzen?« Er streckte seine Hand nach mir aus und zog mich zu sich. Kaum saß ich neben ihm, fuhr er damit fort, mich zu küssen.

Meine innere Stimme reagierte mit einiger Verzögerung. Sie riet mir zu einem gemäßigteren Tempo, doch da
lagen wir längst auf dem Teppich. Max' Mund wanderte
an meinem Hals hinab und ließ eine andere innere Stimme zu Wort kommen, die sich ganz entschieden gegen
eine Geschwindigkeitsbegrenzung aussprach. Ich drehte
den Kopf zur Seite – und erstarrte.

»Was ist?«, fragte Max irritiert, als ich ihn von mir
schob und aufsprang.

»Da liegt jemand.« Mit wenigen Schritten war ich um
das Sofa herum. Vor Schreck hielt ich den Atem an und
starrte auf den Körper zu meinen Füßen.

In Sekundenschnelle stand Max neben mir und ging in
die Hocke. Er gab einen undefinierbaren Laut von sich.

Mit klopfendem Herzen starrte ich auf die halb geöff-
neten Augen und die bläulich violette Gesichtsfarbe. »Ist
sie tot?«, fragte ich überflüssigerweise und ging ebenfalls
in die Hocke.

Max antwortete nicht. Während er die Frau untersuch-
te, nahm sein Gesicht einen konzentrierten Ausdruck an.
»Dreh die Lampe mal so, dass sie auf ihr Gesicht scheint.«
Er wartete, bis der Lichtkegel genau auf den Kopf fiel,
und besah sich die Augen. Dabei beugte er sich näher zu
ihrem Gesicht, zog die Haut unter den Augen vorsichtig
nach unten, so dass er in die Unterlider sehen konnte.
Anschließend griff er in den Rollkragen ihres Pullovers
und besah sich den Hals. Augenscheinlich war er bei alldem zu einem Ergebnis gekommen, denn er erhob sich.
»Wir müssen die Polizei rufen«, sagte er nach einer Weile,
die mir wie eine Ewigkeit vorkam.

Ich stand auf, hielt mich einen Moment an der Sofa-
kante fest, bis sich mein Kreislauf stabilisiert hatte, und

ging zu dem kleinen Tisch, auf dem das Telefon stand. Beklommen betrachtete ich die Frau, die ungefähr in meinem Alter sein musste. Ihr dunkelbraunes, langes Haar lag wie ein Kissen unter dem Kopf und bildete einen harten Kontrast zu den fahlen Lippen. Mein Blick tastete sich von dem feinen Rinnsal getrockneten Blutes zwischen Nase und Oberlippe weiter nach unten. Ich registrierte einen kurzen, selbstgestrickten Rollkragenpullover, unter dem eine weiße Bluse hervorlugte, enge Jeans und halbhohe Lederstiefel mit Fell.

»Marlene, ruf bitte die Polizei an!«

Ich griff nach dem Telefonhörer, wählte die 110, berichtete von der Toten und gab die Adresse durch. Der Beamte am anderen Ende der Leitung sagte, wir sollten im Haus bleiben und nichts anfassen. Alles müsse unverändert bleiben, er schicke sofort jemanden vorbei.

»Kennst du sie?«, fragte Max.

Ich schüttelte den Kopf. »Vielleicht ist sie eine der Töchter von Frau Momberg.«

»Lass uns unsere Sachen nehmen und in den Flur legen. Hier wird es gleich zugehen wie in einem Taubenschlag. Es sieht so aus, als sei die Frau umgebracht worden.«

Umgebracht? Von einer Sekunde auf die andere hatte ich das Bedürfnis, das Haus so schnell wie möglich zu verlassen. Doch dann fiel mir Schulze ein. »Der Kater – er kann auf keinen Fall hier bleiben. Ich schaue nach, ob ich einen Katzenkorb finde.« Weiter als bis in den Flur schaffte ich es nicht. Was, wenn der Mörder immer noch im Haus war? Mit einer Stimme, die eher wie ein Stimmchen klang, rief ich nach Max.

Er schien zu ahnen, was in mir vorging. »Lass uns hier

warten, bis die Polizei kommt. Wir schließen den Kater so lange im Schrank ein.«

»Aber ...«

»Keine Sorge, Luft bekommt er darin genug. Später wird immer noch Zeit sein, nach dem Korb zu suchen.«

Zögernd ging ich zurück ins Wohnzimmer. Während ich die Schranktür schloss, redete ich beruhigend auf Schulze ein. Ich selber wurde erst ruhiger, als ich die Türklingel und kurz darauf Stimmen im Flur hörte.

Max erklärte den beiden uniformierten Beamten, mit denen er ins Wohnzimmer kam, wer er war und dass die Frau seiner Überzeugung nach Opfer eines Verbrechens geworden war. »Sie hat punktförmige Einblutungen an Augenlidern und Bindehäuten. Sieht aus, als sei sie erdrosselt worden.«

Während einer der beiden die Kollegen von der Kripo anforderte, lotste sein Partner uns in den Flur, um unsere Personalien aufzunehmen. Anschließend bat er uns, auf die Kripobeamten zu warten.

Mein Blick wanderte zu der Wanduhr, die ein ruhiges, gleichmäßiges Ticken von sich gab. Als könne nichts sie aus der Ruhe bringen. In einer Viertelstunde würde sie zwölfmal schlagen und damit das neue Jahr einläuten. Irgendjemand hatte dafür gesorgt, dass für die Frau im Wohnzimmer Zeit nicht mehr existierte.

3

In null Komma nichts nahmen die Kripobeamten das Haus in Beschlag. Mit ihrem Erscheinen verlor es jede Privatsphäre. Ich dachte an Heidrun Momberg, deren Zuhause jetzt ein Tatort war. Und ich dachte an die Tote, für die solche Überlegungen keine Rolle mehr spielten.

Während von draußen Silvesterfeuerwerk zu hören war, nahm eine Beamtin Faserproben von unserer Kleidung – um sie von den tatrelevanten unterscheiden zu können, wie sie uns erklärte. Anschließend befragte sie uns, in welchem Verhältnis wir zur Hauseigentümerin stünden, was wir am Silvesterabend hier getan hätten, wann wir eingetroffen seien und ob wir etwas beobachtet hätten, ein Auto vielleicht? Oder jemanden, der davonlief? Aber uns war nichts aufgefallen.

Gemeinsam mit ihr verfrachtete ich schließlich den sich heftig wehrenden Kater in einen Katzenkorb, den wir im Keller gefunden hatten. Eingedeckt mit seinem Spezialfutter für die nächsten Tage, wurden wir mit der Maßgabe entlassen, noch am selben Tag im Landeskriminalamt bei den Kollegen von der Mordkommission detailliertere Angaben zu machen. Als uns schließlich einer der Uniformierten das Gartentor öffnete, atmeten wir beide auf.

»Gibt es hier in der Nähe einen einsamen Flecken, wo wir trotz alledem das neue Jahr begrüßen können?«, fragte Max mit Blick auf die Neugierigen, die sich auf der gegenüberliegenden Straßenseite versammelt hatten.

»Nicht weit von hier ist ein kleiner Park, der Schwarze Grund, aber in einer solchen Nacht werden wir ganz sicher nicht die Einzigen dort sein.«

»Egal, lass uns hinfahren.«

Während ich mich langsam durch die Einsatzfahrzeuge der Polizei schlängelte, gab Schulze jämmerlich klagende Laute von sich. Am liebsten wäre ich direkt mit ihm nach Hause gefahren. Von den Raketen, die immer noch in den Himmel schossen und für Sekunden einen Regen bunter Sterne hinterließen, fühlte ich mich wie durch eine Wand getrennt. Das Feuerwerk war dazu da, um böse Geister zu vertreiben. Für die tote Frau war es zu spät gekommen. Für sie würde es nie wieder ein neues Jahr geben.

Ein paar schweigsame Minuten später parkte ich den Wagen am Straßenrand, holte eine alte Decke aus dem Kofferraum und legte sie um den Katzenkorb. Schulze war eine Hauskatze, und draußen war es bitterkalt.

»Es muss leider ohne Gläser gehen«, sagte Max, als ich zu ihm kam. Er stand am Rand des Parks, trat frierend von einem Fuß auf den anderen und hielt die geöffnete Sektflasche in der Hand. »Frohes neues Jahr, Marlene!« Er hielt mir die Flasche hin.

Während ich einen Schluck trank und ihm die Flasche zurückreichte, dachte ich an die Tote. »Sie war ungefähr in unserem Alter«, sagte ich leise. »Als sie heute Morgen aufstand, hat sie ganz bestimmt nicht ans Sterben gedacht.«

Max nahm mich in den Arm und legte seine Wange an meine.

»Sie sah so, so …« Ich fand nicht die richtigen Worte. »Warum tut jemand so etwas?«

Statt einer Antwort schlang er seine Arme fester um mich.

»Wenn sie tatsächlich eine Tochter von Frau Momberg war, wird es schlimm für die alte Frau werden.« Ich löste mich von ihm, um ihn anzusehen. »Verlierst du manchmal Kinder?«

»Ja.«

»Nur dieses Ja? Kein einziges Wort darüber, dass du darunter leidest, dass es dir nahegeht? Bringen sie euch diese Emotionslosigkeit im Medizinstudium bei?« Meine innere Anspannung suchte sich ein Ventil.

Er hielt meinem Blick stand. »Ohne professionelle Distanz würde ich in diesem Beruf kaputtgehen, Marlene. Ich darf mein Herz nicht an jeden Patienten hängen. Es ist niemandem damit gedient, wenn ich mitleide.« Seinem Gesichtsausdruck nach zu urteilen, hatte ich einen wunden Punkt getroffen. »Die Kinder, die zu mir gebracht werden, haben ein Recht auf die bestmögliche Behandlung. Gefühlsduselei verstellt nur den Blick.«

»Gefühlsduselei.« Ich gab einen entrüsteten Laut von mir.

»Sterben nicht auch dir hin und wieder deine betagten Kunden weg, Marlene? Und zerreißt es dir dann jedes Mal das Herz? Oder hast du dich nicht auch für einen professionellen Standpunkt entschieden und sagst dir, dass ein alter Mensch ein Leben hatte? Dass es der natürliche Lauf der Dinge ist?«

Ich sah ihn mit stummem Vorwurf an.

»Dennoch ist es aus einer persönlichen Sicht für die meisten Menschen selbst mit achtundachtzig noch zu früh«, fuhr er fort. »Es gibt Söhne und Töchter, die es tragisch finden, wenn die hochbetagte Mutter stirbt. Wenn du denen mit dem natürlichen Lauf der Dinge kommst …«

»Bei einem Kind ist es etwas anderes!«, unterbrach ich ihn.

»Was erwartest du von mir?«

»Anteilnahme.«

Er streckte die Hand nach mir aus, aber ich sah darüber hinweg.

»Warum bist du ausgerechnet Kinderarzt geworden?« Meine Worte waren eine einzige Anklage. Ich mochte mich selbst nicht in diesem Moment.

»Das erzähle ich dir ein anderes Mal.«

»Lass uns zurück zum Auto gehen«, sagte ich, »der Kater soll nicht erfrieren.«

Er hielt mich zurück. »Marlene, ich bin kein emotionsloser Eisklotz, also behandle mich bitte auch nicht so.«

Mit einer schnellen Bewegung riss ich mich los und lief Richtung Auto. Ich wusste, ich tat ihm unrecht. Aber die Hürde, es zuzugeben, schien mir in diesem Moment unüberwindbar. Ich fühlte mich einfach überfordert.

Das alte Jahr hatte mit einer Leiche geendet und das neue im Streit begonnen. Eine ernüchternde Bilanz, dachte ich, als ich am Morgen erwachte und mich alles andere als erholt fühlte. Ich kroch unter der Decke hervor, lief auf Zehenspitzen über den kalten Steinfußboden in die Wohnküche und setzte Wasser auf, um einen Kaffee zu brühen. Nachdem ich Müsli in eine Schale gefüllt und Milch darüber gegossen hatte, machte ich mich auf die Suche nach Schulze.

Der Kater hatte während der gesamten Heimfahrt in hohen, unerträglichen Lauten miaut und heftig an meinen ohnehin schon strapazierten Nerven gezerrt. Da kein Taxi zu bekommen gewesen war, hatte ich mich bereit erklärt, Max nach Hause zu fahren. Den Weg zu seiner Wohnung in der Apostel-Paulus-Straße in Schöneberg hatten wir weitgehend schweigend zurückgelegt. Beim Abschied hatte er sich im Auto zu mir herübergebeugt, mir einen Kuss auf die Wange gedrückt und gesagt: »Mach's gut.«

»Du auch«, hatte ich ihm leise hinterhergerufen, als die Autotür längst zugefallen war. Keiner von uns hatte etwas von einem Wiedersehen gesagt.

Durcheinander und aufgewühlt war ich zurück nach Dahlem gefahren. Zu Hause angekommen, hatte ich mich erst einmal um Schulze gekümmert, um schließlich die Nachrichten auf meinem Handy zu lesen. Grit hatte mir zwei SMS geschickt. In der ersten hatte sie mir den Eingang zur »Bar 1000« beschrieben, in der zweiten hatte sie gefragt, wo ich bliebe. Ich hatte an die zurückliegenden Stunden gedacht und daran, wie weit Plan und Wirklichkeit manchmal auseinanderdrifteten.

Zum x-ten Mal rief ich nach dem Kater. Als ihn selbst das Schütteln der Trockenfutterpackung nicht aus seinem Versteck lockte, gab ich es auf, zog einen warmen Pulli über den Schlafanzug und dicke Socken über die Füße und kuschelte mich auf mein durchgesessenes Sofa. Wegen der zugigen alten Holzfenster und meines mageren Einkommens war es ziemlich kalt im Haus. In der Hoffnung, dass er mich von innen wärmte, nippte ich an dem Kaffee.

Fast augenblicklich schob sich das Bild der toten Frau vor mein inneres Auge, ihre unnatürliche Gesichtsfarbe und der starre Blick. Wieder spürte ich den Schreck des vergangenen Abends. Ich fragte mich, wie eine Situation beschaffen sein musste, um so zu eskalieren, dass es am Ende ein Opfer und einen Mörder gab. Doch dann fand ich die Frage falsch. Es war nicht die Situation, die schuld war, es war der Täter.

In meine Gedanken hinein schrillte das Telefon. Sekundenlang hoffte ich auf einen Anruf von Max. Doch es war Grit, die mir vorschwärmte, ich hätte wirklich etwas verpasst. Warum um alles in der Welt ich mir das hätte entgehen lassen? Ich brachte es nicht über mich, ihr am Neujahrsmorgen von einer Leiche zu erzählen. Deshalb entschied ich mich für eine Ausrede. Und an diese Ausrede hielt ich mich auch, als ich mit meinen beiden anderen Freundinnen, Anna und Jördis, telefonierte, um ihnen ein gutes neues Jahr zu wünschen. Kaum hatte ich aufgelegt, klingelte es erneut.

»Warum machst du das?«, polterte mein Bruder los. »Weißt du, wie unangenehm mir das war?«

»Willst du etwa behaupten, dass unser Verschwinden irgendjemandem aufgefallen ist? Es haben doch sicher alle nur Augen für die leckeren Hummer gehabt.«

»Es ist nicht jeder ein Tierquäler, der einen Hummer isst.«

»Jeder, der einen isst, unterstützt Tierquäler.« Sehnsüchtig dachte ich an Max, der seiner Schwester ein Versprechen gegeben hatte, das ich meinem Bruder nicht einmal im Delirium würde abringen können.

»Marlene, ich bitte dich, treib es nicht auf die Spitze.« Er blies genervt Luft durch die Nase. »Wenn du als Vegetarierin leben möchtest, okay, aber verlang nicht von allen anderen, das auch zu tun. Das ist …«

»Was? Politisch nicht korrekt?« Ich zog die Knie an und lehnte mich zurück. »Von mir aus kann jeder so viele Tiere essen, wie er mag, vorausgesetzt, sie wurden artgerecht gehalten und kurz und schmerzlos umgebracht.« Beim Klang dieses Wortes wurde mir mulmig.

»Was ist los?«, fragte Fabian.

Ich schluckte. »Nachdem Max und ich die Party verlassen hatten, waren wir noch bei einer meiner Kundinnen, um nach deren Kater zu sehen. In ihrem Wohnzimmer lag eine Leiche.«

»Deine Kundin ist tot?«, fragte er in einem Ton, als ginge es nicht um das Leben dieser Frau, sondern um meine magere Habenseite, auf der nun ein weiterer Verlust zu verbuchen sein würde.

»Meine Kundin liegt im Krankenhaus und hat eine ihrer Töchter gebeten, sich um den Kater zu kümmern. Ich befürchte, dass die Tote diese Tochter ist.«

»Und woran ist sie gestorben?«

»Sie wurde umgebracht.«

»Was ist denn das jetzt schon wieder, Marlene?«

»Du tust gerade so, als hätte ich sie umgebracht. Wenn es so wäre, könntest du froh sein, dann würde ich für die nächsten Jahre auf Kosten des Staates leben.«

»Marlene, bitte!«

»Max und ich haben sie dort im Haus gefunden und die Polizei alarmiert.«

Seinem nachdenklichen »Hm« folgte erst einmal Schweigen. Schließlich fragte er vorsichtig: »Hast du dich mit Max amüsiert?«

»Vor der Leiche schon.«

»Verstehe.« Er räusperte sich. »Möchtest du, dass ich später zu dir hinauskomme und wir anfangen, Vaters Sachen zu sichten? Irgendwann müssen wir es schließlich tun. Und ich hätte heute Zeit.«

Stumm kaute ich auf meiner Unterlippe herum.

»Marlene, es muss sein. Du liegst mir seit einem Jahr auf der Tasche!«

»Dein Geld ist gut investiert. Du bist jetzt neununddreißig. Mit fünfzig gehörst du im Marketing zum alten Eisen. Ich hingegen kann meinen Seniorenservice noch mit fünfundsechzig betreiben. Deshalb bestehen gute Aussichten, dass ich dich fünfzehn Jahre lang unterstützen und mich für deine Großzügigkeit revanchieren kann.«

»Manchmal wundert es mich nicht, dass du Single bist«, sagte er müde.

Der leichte Schneefall färbte alles weiß, als habe jemand Puderzucker verstreut. Selbst der Silvestermüll, den die Nachtschwärmer auf den Bürgersteigen zurückgelassen hatten, wirkte unter dieser Schicht weniger abstoßend.

Ich stand vor dem Gebäude in Tiergarten, in dem das LKA untergebracht war, und betrachtete das Schild: *Delikte am Menschen*. Gestern noch wäre ich an diesem Schild vorübergegangen und hätte keinen weiteren Gedanken daran verschwendet. Inzwischen hatte ich ein Delikt an einem Menschen plastisch vor Augen.

Mit einem beklommenen Gefühl in der Brust meldete ich mich am Empfang. Kriminaloberkommissar Spieß holte mich ein paar Minuten später dort ab und fuhr mit mir in sein Büro im vierten Stock. Der Kripomann hatte Ringe unter den Augen und einen alles andere als frischen Teint. Er setzte sich an seinen Schreibtisch und wies mir den danebenstehenden Stuhl zu. Während er die vor ihm liegenden Unterlagen durchblätterte, klopfte er in unrhythmischem Takt mit seinem Bleistift auf den Tisch. Ich versuchte, mich von diesem Geräusch zu lösen, und ließ meinen Blick durch den nüchtern und funktional wirkenden Raum wandern. Charme bekam er allenfalls durch sein Alter. An einem zweiten Tisch saß eine Kollegin und telefonierte. Die Luft im Raum war verbraucht, nur zu gern hätte ich ein Fenster geöffnet.

»Also …«, begann er, den Blick noch immer in seine Akte vertieft, »unsere Schreibkraft kommt jeden Moment. Sie wird Ihre Angaben mitschreiben.« Endlich nahm er Blickkontakt zu mir auf.

Ich schätzte ihn auf Anfang vierzig. Seinen Lachfalten um die Augen nach zu urteilen, war er nicht immer so ernst. Nachdem er den Bleistift aus der Hand gelegt hatte, ging er dazu über, seinen Ehering am Finger zu drehen. Als wäre dies das Startzeichen gewesen, kam in diesem Moment eine Frau zielstrebig auf seinen Schreibtisch zu, stellte einen dampfenden Kaffeebecher vor ihn und setzte sich. Sie war die Schreibkraft, von der er gesprochen hatte. Nachdem er ein paar Worte mit ihr gewechselt hatte, wandte er sich wieder mir zu.

»Frau Degner, möchten Sie auch einen Kaffee?«

»Nein danke.«

Er nahm einen Schluck und legte los: »Sie haben ja bereits heute Nacht den Kollegen von der Bereitschaft einige Angaben gemacht. Demzufolge sind Sie und Doktor Viereck am Silvesterabend zum Haus von Heidrun Momberg gefahren, um dort nach der Katze zu sehen.«

Ich nickte. »Wissen Sie eigentlich inzwischen, wer die Tote ist?«

»Es handelt sich um Dagmar Momberg, eine der Töchter der Hausherrin.«

Obwohl ich es bereits vermutet hatte, tat mir die Gewissheit für Heidrun Momberg in der Seele weh. »Wurde sie tatsächlich umgebracht?«

»Nach vorläufigem Stand der Dinge, ja. Endgültigen Aufschluss werden uns die Rechtsmediziner geben. Um welche Uhrzeit kamen Sie beim Haus an?«

Ich rechnete nach. »Es muss gegen halb zehn gewesen sein.«

»Ist Ihnen auf der Straße oder beim Haus etwas Ungewöhnliches aufgefallen?«

»Nein, nichts.«

»Parkte vielleicht ein Auto vor dem Haus?«

Mit geschlossenen Augen versuchte ich, mich an die nächtlichen Verhältnisse der Straße zu erinnern. »Es müssen Autos dort gestanden haben, denn ich habe eingeparkt. Ich habe jedoch nicht weiter darauf geachtet.«

»War die Haustür verschlossen?«

»Das Schloss war nur eingeschnappt. Darüber habe ich mich noch gewundert, da ich mittags beim Verlassen des Hauses den Schlüssel zweimal herumgedreht hatte.«

»Da sind Sie sich ganz sicher?«

»Ja«, antwortete ich, »Frau Momberg hatte mich am Vormittag extra darum gebeten. Deshalb nahm ich an, dass jemand im Haus war, und habe zur Sicherheit geklingelt. Als sich nichts rührte, sind wir hineingegangen und haben gesehen, dass im Wohnzimmer Licht brannte. Als auf mein Rufen hin niemand geantwortet hat, habe ich vermutet, dass das Licht für den Kater eingeschaltet war.«

»Geben alle Ihre Kunden Ihnen einen Schlüssel?«, fragte er.

»Einige, den von Frau Momberg habe ich aber normalerweise nicht. Bevor sie gestern Vormittag wegen eines Oberschenkelhalsbruchs ins Krankenhaus gebracht wurde, hat sie mir ihren Schlüssel anvertraut. Zu dem Zeitpunkt war noch ein Handwerker im Haus, der einen der Rollläden im Wohnzimmer reparieren sollte. Er war noch nicht fertig, als der Krankenwagen vorfuhr. Deshalb sollte ich warten, bis er seine Arbeit beendet hatte, dann abschließen und ihr den Schlüssel ins Krankenhaus bringen. Eigentlich hatte ich vorgehabt, das noch am selben Tag zu erledigen. Es ist mir jedoch etwas dazwischengekommen, eine andere Kundin brauchte dringend Hilfe.«

»Wann haben Sie und der Handwerker das Haus verlassen?«

»Gegen dreizehn Uhr.«

»Es grenzt an ein Wunder, dass gestern überhaupt ein Handwerker bereit war zu arbeiten.«

»Er sagte, wäre sie keine Stammkundin, hätte er ganz sicher an seinem freien Tag nicht eingewilligt.«

»Gegen dreizehn Uhr haben Sie also das Haus verschlossen. Was haben Sie im Anschluss daran gemacht?«

»Auf dem Heimweg bekam ich den Anruf einer Kundin: Luise Ahlert. Manchmal läuft sie einfach los, ohne an den Rückweg zu denken. Gestern habe ich sie am Jagdschloss Grunewald abgeholt, und dann haben wir bei ihr zu Hause noch einen Kaffee zusammen getrunken. Da Frau Momberg gestern noch operiert wurde, hatte ich beschlossen, ihr den Schlüssel heute vorbeizubringen.«

»Seit wann arbeiten Sie für Frau Momberg?«

»Ungefähr seit einem Jahr.«

»Worin besteht Ihre Aufgabe?«

»Hauptsächlich kaufe ich für sie ein und arbeite in ihrem Garten. Hin und wieder lese ich ihr auch etwas vor. Sie ist vierundsiebzig und fit genug, um noch vieles alleine zu erledigen.«

»Warum hat sie Sie überhaupt beauftragt? Immerhin wohnen ihre Töchter in Berlin. Gibt es da möglicherweise Reibereien? Irgendwelche Streitigkeiten?«

Ich schüttelte den Kopf. »Frau Momberg redet sehr liebevoll von ihren Töchtern. Ich denke, sie zahlt lieber für meine Dienste, als eine ihrer Töchter zu sehr zu beanspruchen.«

»Wie häufig arbeiten Sie für sie?«

»Einmal in der Woche kaufe ich für sie ein. Jetzt im Winter fällt kaum Gartenarbeit an. Im Sommer mähe ich alle zwei Wochen den Rasen. Und das mit dem Vorlesen ist sehr unregelmäßig.«

»Wie kommen Sie an Ihre Kunden?«

Einen Moment lang kam es mir so vor, als stünde ich meinem Bruder Rede und Antwort. Fehlte nur, dass Kommissar Spieß sich wie Fabian nach meinem Businessplan erkundigte. »Durch Inserate in Zeitungen, Aushänge in Supermärkten, durch meine Website und Mundpropaganda.«

»Läuft Ihr Geschäft gut?«

»Ich stehe noch ganz am Anfang.«

»Kennen Sie die Töchter von Frau Momberg?«

»Nein. Bis auf den Handwerker bin ich im Haus von Frau Momberg noch nie jemandem begegnet.«

»Wissen Sie, ob es im Haus Ihrer Kundin Familienfotos gibt?«

»Ich kenne nur das Foto ihres Mannes, das im Wohnzimmer steht.«

»Das heißt, Sie haben noch nie ein Foto von einer der Töchter gesehen?«

»Nein.«

»Finden Sie es nicht ungewöhnlich, dass eine alte Frau, die liebevoll von ihren Töchtern spricht, wie Sie sagen, Ihnen nicht einmal ein Foto zeigt?«

»Darüber habe ich mir bisher noch nie Gedanken gemacht.«

Er nahm einen Schluck Kaffee. »Wo befindet sich der Schlüssel, den Ihre Kundin Ihnen gegeben hat?«

Ich zog ihn aus der Tasche und legte ihn auf den Tisch.

»Das heißt, Sie haben ihn noch nicht abgegeben?«

»Ich wollte Frau Momberg ein wenig Zeit lassen, da jetzt bestimmt eine ganze Menge auf sie einstürmt.«

»Ich denke, Sie wussten nicht, wer die Tote ist.«

»Außer den Töchtern hatte, soweit ich weiß, niemand einen Schlüssel. Die Frau muss ja irgendwie ins Haus gelangt sein. Und die Haustür war nicht aufgebrochen.«

»Sie hätte auf anderem Weg ins Haus gelangen können.«

»So wie ihr Mörder?«, fragte ich.

Er überging meine Frage. »Haben Sie, bevor Sie gestern mit dem Handwerker das Haus verließen, geprüft, ob alle Fenster geschlossen waren?«

»Ja, ich bin durchs ganze Haus gegangen.«

»Haben Sie auch Frau Mombergs Schlafzimmer betreten?«

Ich nickte.

»Haben Sie sich dort umgesehen?«

»Worauf wollen Sie hinaus?«

»Dort stehen jede Menge Fotos ihrer Töchter.«

Ich zuckte die Schultern. »Ich hatte es eilig.«

»Sie sagten, der Handwerker habe den Rollladen im Wohnzimmer repariert. Haben Sie sich dieses Fenster auch angesehen, bevor Sie gingen?«

»Das Fenster war verschlossen. Zusätzlich habe ich die Rollläden heruntergelassen. Frau Momberg hatte mich darum gebeten. Sie machte sich Sorgen, dass während ihrer Abwesenheit eingebrochen werden könnte.«

»Was war mit den Rollläden, als Sie am Abend zurückkehrten?«

Mit geschlossenen Augen versetzte ich mich in Heidrun Mombergs Haus. Dann schüttelte ich den Kopf. »Das kann ich nicht sagen, die Gardinen waren zugezogen.«

»Und als Sie am Mittag das Haus verließen?«

»Waren sie offen.«

»Hat Frau Momberg Sie gebeten, sich um die Katze zu kümmern?« Er betrachtete mich aufmerksam und drehte dabei den Bleistift zwischen seinen Fingern.

Ich ahnte, worauf er hinauswollte. Nachdem ich davon erzählt hatte, dass ich den Schlüssel ins Krankenhaus bringen sollte, konnte es wohl kaum so sein, dass Heidrun Momberg mir den Auftrag mit der Katze erteilt hatte. »Nein, das hat sie nicht. Frau Momberg sagte mir, dass eine ihrer Töchter sich um Schulze kümmern würde.«

»Und warum sind Sie trotzdem abends noch einmal dorthin gefahren? Zudem in Begleitung?«

»Ich kenne die Tochter nicht, aber ich konnte mir nicht vorstellen, dass sie sich abends neben den Kater setzt und ihm erzählt, dass diese Silvesterraketen nur laut, ansonsten aber harmlos sind.«

»Sagten Sie nicht, Sie hätten selbst etwas vorgehabt an diesem Abend? Eine Einladung?«

»Das ist richtig. Ich bin jedoch früher gegangen … zusammen mit Max.«

»Doktor Viereck. In welchem Verhältnis stehen Sie zu ihm?«

»Er ist ein Bekannter meines Bruders, ich habe ihn gestern Abend kennengelernt.«

»Ist es nicht etwas ungewöhnlich, zu einer Silvestereinladung zu gehen und vor dem Jahreswechsel wieder zu verschwinden, nur um nach einer Katze zu sehen?« Sein Blick war skeptisch.

»Wenn man weiß, wie sehr manche Tiere unter der Knallerei leiden, ist es nicht ganz so ungewöhnlich. Außerdem hat es mir auf der Party nicht gefallen.«

»Was war mit Herrn Doktor Viereck?«

»Er hat sich mir angeschlossen.« Sekundenlang stellte ich mir vor, wie der Abend verlaufen wäre, hätte ich nicht beschlossen, nach Schulze zu sehen.

»Sind Sie am Silvesterabend im Haus von Heidrun Momberg deren Tochter Dagmar begegnet?«

»Sie meinen lebend?«

»Ja.«

»In dem Fall wären wir sofort wieder gegangen.«

»Und wenn Dagmar Momberg Sie beide dort überrascht hätte?«

Ich dachte daran, wobei sie uns hätte überraschen können. »Das wäre mir peinlich gewesen, aber ich hätte sie deswegen nicht umgebracht.«

»Sich um eine verschreckte Katze zu kümmern ist nicht verwerflich.«

Jetzt hatte er mich. Blieb zu hoffen, dass sich mein Gesicht nur so anfühlte, als sei es rot. »Wir haben uns nicht ausschließlich um Schulze gekümmert.«

Endlich kamen seine Lachfalten zum Einsatz. Zwar nur kurz und verhalten, aber immerhin. »Ist Frau Momberg eine strenge Kundin?«

Ich hielt seinem Blick stand. »Wenn man sie ein wenig besser kennenlernt, ist sie eine sehr zugewandte Frau, aber sie ist auch jemand, der seine Privatsphäre schützt. Ich war vorher noch nie allein in ihrem Haus. Sollte es also nicht unbedingt erforderlich für Ihre Arbeit sein, wäre ich Ihnen dankbar, wenn ...«

»Versprechen kann ich Ihnen nichts«, sagte er in einem Ton, der weder hoffen noch fürchten ließ. »Wie hat die alte Dame sich eigentlich diesen Oberschenkelhalsbruch zugezogen?«

»Sie wollte wohl etwas aus dem obersten Schrank in der Küche holen und ist dabei von der Leiter gefallen. Zum Glück war der Handwerker im Haus, denn sie konnte nicht aufstehen. Ich hatte für sie eingekauft und klingelte kurz danach an der Tür.«

Er unterdrückte ein Gähnen und trank einen weiteren Schluck Kaffee. »Haben Sie gestern Abend am Tatort irgendetwas verändert?«

»Nein.«

»Haben Sie die Leiche angefasst?«

»Ich nicht, aber Max. Er musste ja irgendwie herausfinden, ob die Frau tatsächlich tot ist.«

Mit einem nachdenklichen Nicken öffnete er einen kleinen Kasten. »Ich werde Ihnen jetzt noch Ihre Fingerabdrücke abnehmen, damit wir sie zum Vergleich haben.« Nachdem er meine geschwärzten Fingerkuppen auf einem Vordruck verewigt hatte, fragte er mit Blick auf meinen Handrücken: »Woher haben Sie diese Verletzung?«

»Frau Mombergs Kater hat mich gestern Abend gekratzt, als ich ihn streicheln wollte.«

Sekundenlang ruhte sein Blick auf mir, dann schien er eine Entscheidung zu treffen. »Vorerst habe ich keine weiteren Fragen.« Er begleitete mich zu einer Toilette, wo ich mir die Hände waschen konnte.

Zurück in seinem Büro steckte ich Heidrun Mombergs Schlüssel wieder ein und ließ mich von dem Kripobeamten hinunter zum Ausgang begleiten.

»Sollten sich noch Fragen ergeben, melde ich mich bei Ihnen«, sagte er zum Abschied.

Froh, dem Gebäude und der Situation zu entkommen, ließ ich wenige Sekunden später die schwere Tür hinter mir ins Schloss fallen.

»Hallo, Marlene«, riss mich eine vertraute Stimme aus meinen Gedanken.

»Max.« Ich kam mir vor wie ein schüchterner Teenager, dem es die Sprache verschlug.

Er deutete eine Bewegung an, als wolle er mich umarmen. Allem Anschein nach bekam er jedoch seinen Impuls schnell in den Griff. Nach einem Blick auf die Uhr sagte er: »Ich bin schon spät dran, ich muss mich beeilen.«

»Ich auch.« Weswegen hätte ich allerdings nicht zu sagen vermocht. »Mach's gut«, sagte ich leise.

»Was hältst du davon, wenn wir es irgendwann noch einmal versuchten?«

Mein Brustkorb fühlte sich an, als mache mein Herz darin einen Luftsprung. »Gute Idee!«

4

Am Tag darauf klopfte ich im fünften Stock des Krankenhauses Waldfriede in Steglitz an Heidrun Mombergs Tür. Der Stimme nach zu urteilen, war es eine jüngere Frau, die »Herein« rief. Sie sah mir entgegen, als ich das Zimmer betrat. Aus der Art, in der sie die Hand meiner Kundin hielt, schloss ich, dass es sich um eine der Töchter handelte. Ich nannte ihr meinen Namen und entschuldigte mich für die Störung. Sie streckte mir ihre Hand entgegen, stellte sich mir flüsternd als Simone Fürst vor und bedeutete mir, mich an die andere Seite des Bettes zu setzen.

Ich zog mir einen Stuhl heran und betrachtete Heidrun Momberg, die halb aufgerichtet die Wand anstarrte und von dem, was um sie herum vor sich ging, nichts mitzubekommen schien. Sie wirkte über Nacht um Jahre gealtert und tat mir unendlich leid. Wie es war, ein Kind zu verlieren, konnte ich mir nur vorstellen. Sie wusste, wie es sich anfühlte.

Mein Blick begegnete dem von Simone Fürst. Ihr von großen blauen Augen beherrschtes Gesicht hatte etwas Barockes, ebenso ihr kurzes dunkelblondes Haar, dessen Wellen dicht am Kopf anlagen. Ihrem Gesichtsausdruck nach zu urteilen war Dagmar Mombergs Tod nicht allein für ihre Mutter ein schwerer Schlag. Zärtlich strich sie über deren Hand.

»Du hast Besuch«, sagte sie leise.

Heidrun Momberg wandte den Kopf zu meiner Seite. Es dauerte einen Moment, bis ihr Blick klar wurde und sie mich erkannte.

»Hallo, Frau Momberg.«

Ihr schienen die Worte zu fehlen. Mühsam atmend sah sie mich an.

»Gibt es irgendetwas, das ich für Sie tun kann?«, fragte ich.

Heidrun Momberg machte eine kleine, kraftlose Bewegung mit dem Kopf.

Ich zog den Hausschlüssel aus der Hosentasche. »Ich lege den Schlüssel hier auf den Nachttisch. Schulze habe ich mit zu mir genommen. Ich hoffe, es ist Ihnen recht.«

Zum Zeichen ihres Einverständnisses bewegte sie die Augenlider. Sie waren rot umrandet und geschwollen.

»Er kann gerne bei mir bleiben, bis Sie aus dem Krankenhaus entlassen werden.«

»Wenn es Ihnen nichts ausmacht ...« Mit einer Hand strich sie unruhig über die Decke. »Sie war ... Dagmar war ...« Was immer sie sagen wollte, schluckte sie mit den Tränen hinunter. Nach einer Weile sagte sie: »Die Polizei sagt, Sie hätten sie gefunden. Wie ...?« Sie räusperte sich. »Wie sah sie aus?«

Wie sollte man einer Mutter den Anblick ihrer toten Tochter beschreiben? »Friedlich, ganz friedlich. Äußerlich völlig unversehrt.«

Sie presste die Lippen aufeinander. Es war eine Geste der Abwehr, die sie jedoch vor nichts bewahren konnte. Nicht vor der Wahrheit und nicht vor ihrer Phantasie.

»Haben Sie jemanden gesehen?«, fragte Simone Fürst. »War jemand im Haus?«

Ich schüttelte den Kopf.

In den Augen der Mutter sammelten sich Tränen. Sie schloss die Lider.

Ein paar Minuten lang verharrte ich ruhig auf meinem Stuhl und betrachtete sie voller Mitgefühl. Ich suchte nach tröstenden Worten, fand jedoch keine. Wie hätten sie auch lauten sollen? Leise stand ich auf, verabschiedete mich mit Zeichen von Simone Fürst und ging hinaus.

Ich hatte gerade die Aufzüge erreicht, als mich ihre Stimme zurückhielt. »Frau Degner, bitte warten Sie!« Sie kam eilig auf mich zu. »Ich wollte mich noch bei Ihnen bedanken für all das, was Sie für unsere Mutter tun. Sie spricht oft von Ihnen.«

»Von ihren Töchtern auch. Sie ist sehr stolz auf Sie.«

»Meine Mutter hat mir immer wieder geraten, mich mit Ihnen in Verbindung zu setzen. Sie meinte, wir könnten uns beruflich gut ergänzen. Vielleicht hat sie erzählt, dass ich Physiotherapeutin bin.« Mit einem traurigen Lächeln hob sie die Schultern. »Und nun lernen wir uns auf diese Weise kennen.« Sie zögerte. »Wenn Sie irgendwann einmal Zeit haben …«

Ich nickte und zog eine Karte aus meinem Portemonnaie. »Rufen Sie an, wann immer Ihnen danach ist.«

An diesem Tag standen nur noch die Aufträge für zwei Kunden aus. Ich kaufte ein, brachte ein Päckchen zur Post und mehrere Überweisungen zur Bank, lieferte die Einkäufe ab, hielt jeweils einen kurzen Schwatz und fuhr nach Hause. Unterwegs besorgte ich Krabben, die Schulze liebte, wie Heidrun Momberg mir einmal erzählt hatte.

Als ich die Küchentür öffnete, begrüßte mich der Kater mit einem Maunzen und strich mir um die Beine.

Ich bückte mich und streichelte ihn. »Du bleibst ein paar Tage hier, mein Kleiner.« In der Küche öffnete ich die Packung mit den Krabben und füllte ihm ein paar in sein Schälchen.

Der Anrufbeantworter blinkte rot. Im Vorbeigehen drückte ich die Abfragetaste. »Guten Tag, Frau Degner, Claussen mein Name. Ich bitte Sie umgehend um Rückruf.« Seine Nummer hatte der Mann im selben Befehlston hinterlassen.

Claussen – der Name sagte mir nichts. Ich griff nach dem Telefon und wählte die angegebene Nummer. Nach mehrmaligem Klingeln meldete sich der Mann, dessen Stimme ich von meinem Anrufbeantworter kannte.

»Marlene Degner, Sie haben um meinen Rückruf gebeten.«

»Ja. Gut, dass Sie anrufen! Sie betreiben einen Seniorenservice, ist das richtig?« Seine Stimme war nicht die eines alten Menschen.

»Ja.«

»Dann möchte ich, dass Sie noch heute bei mir vorbeikommen.«

»Vielleicht könnten Sie mir zunächst einmal sagen, um wen es geht. Um Ihre Mutter oder Ihren Vater? Wichtig ist auch die Adresse, da ich ausschließlich in Zehlendorf und Steglitz arbeite.«

»Um wen es geht, sage ich Ihnen dann schon.«

»Ist es ein Geheimnis?«, fragte ich eher amüsiert als neugierig.

»Frau Degner, möchten Sie nun einen Auftrag, oder sind Sie in der glücklichen Lage, sich Ihre Auftraggeber aussuchen zu können?« Er schien keine Antwort zu erwarten. »Wann passt es Ihnen? In einer Stunde?«

»Ich schlage vor, dass wir uns hier in Dahlem in der *Luise* treffen«, entgegnete ich kühl.

»Das geht nicht. Sie müssen zu mir nach Hause kommen.«

Als er mir die Goltzstraße in Schöneberg nannte, musste ich unwillkürlich an Max denken. Er wohnte nur ein paar hundert Meter entfernt. Nur mit Mühe konzentrierte ich mich wieder auf den Mann am anderen Ende der Leitung. »Solange ich nicht weiß, worum es geht, mache ich generell keine Hausbesuche, Herr Claussen. Zu meinem eigenen Schutz.«

»Sie meinen, weil es Menschen gibt, die den Begriff des Seniorenservice missverstehen? In dieser Hinsicht brauchen Sie bei mir keine Angst zu haben.«

»So etwas Ähnliches hat Rotkäppchen auch vom Wolf zu hören bekommen. Also entweder Sie sagen mir, worum es geht, oder wir treffen uns in der *Luise*.«

»Wenn Sie es all Ihren potenziellen Kunden so schwermachen, ist es kein Wunder, dass Ihr Service mehr schlecht als recht läuft.«

»Wie kommen Sie darauf, dass …?«

»Ich habe mich erkundigt«, unterbrach er mich barsch.

Sekundenlang spürte ich einen unangenehmen Schauer. Natürlich war es nicht schwer, sich von meiner Geschäftslage ein Bild zu machen, vorausgesetzt, man wusste, wer darüber Auskunft geben konnte. Meine Kunden konnten es jedenfalls nicht. »Stehen Sie im Telefonbuch?«, fragte ich.

»Unter Arnold Claussen.«

»Dann werde ich Ihre Angaben dort überprüfen und sie meinem Mitbewohner aufschreiben.«

»Kluge Vorgehensweise«, sagte er. »Also in einer Stunde bei mir?«

»Ich werde mich bemühen.«

Es dauerte ewig, bis er auf mein Klingeln reagierte. So eilig schien es wohl doch nicht zu sein, überlegte ich, als durch die Sprechanlage seine Stimme ertönte: »Hinterhaus, zweiter Stock, der Aufzug ist defekt.«

Ich drückte die Tür auf und folgte seinen Instruktionen. Im Innenhof kickte ein Junge einen Ball gegen die Mauer.

»Darf ich dich kurz stören?«

Er fing den Ball mit dem Fuß ein und drehte sich zu mir um.

»Kennst du Herrn Claussen aus dem Hinterhaus?«

»Klar.«

»Und? Ist der nett?«

»Geht so.«

»Weißt du, was er beruflich macht?«

»Wieso wollen Sie das wissen?«

»Er hat mit mir gewettet, dass ich es nicht herausfinde.«

»Er ist Rentner.«

Für einen Rentner hatte seine Stimme jung geklungen. »Und gibt es eine Frau Claussen?«

»Nee.«

»Irgendwelche Mitbewohner?«

»Nee.«

»Danke«, verabschiedete ich mich, ging zum Hinterhaus und stieg die Treppen in den zweiten Stock.

Die Tür neben dem Namensschild war angelehnt. »Herr Claussen?«

»Den Flur entlang, zweite Tür links!«

Ich schloss die Wohnungstür und ging durch den dämmrigen Flur in Richtung des Zimmers, in dem er mich erwartete. Er saß mit dem Rücken zum Fenster in einem Sessel.

»Guten Tag, Frau Degner«, begrüßte er mich. »Setzen Sie sich.« Mit einer knappen Handbewegung wies er mir den Sessel ihm gegenüber zu.

»Guten Tag.« Ich nahm Platz und versuchte, meine Augen an das schwache Licht zu gewöhnen. Stromsparen war mir nicht fremd, aber ein wenig mehr Helligkeit hätte die seltsame Situation durchaus angenehmer gestaltet.

Er saß mit übergeschlagenen Beinen in einem Sessel. Ich schätzte ihn auf Anfang fünfzig, für einen Rentner zu jung. Sein Kopf war kahlgeschoren. Er trug Jeans, hellblaues Hemd und darüber einen dunklen Pullover. »Benötigen Sie immer so lange für zwei Stockwerke?«, fragte er mehr interessiert als vorwurfsvoll.

»Mit meiner Kondition ist alles in Ordnung, falls Ihre Frage darauf abzielt.«

»Was haben Sie so lange gemacht?«

»Erkundigungen über Sie eingezogen.«

»Und das Ergebnis?«

»Sie leben allein und sind Rentner, was ich mir allerdings kaum vorstellen kann. Wenn schon, dann Frührentner.«

»Mit wem haben Sie gesprochen?«

»Mit einem Jungen, der im Hof Fußball spielt.«

»Beschreiben Sie ihn!«

»Herr Claussen, sollen wir nicht besser Ihr Anliegen besprechen?«

»Ich bezahle Ihnen dieses Erstgespräch, also beantworten Sie meine Frage. Wie sah der Junge aus?«

Wenn er sich weiter so benahm, würde diesem Gespräch kein weiteres folgen. Ich kam mir vor wie in einem Verhör. »Was wollen Sie damit testen?«

»Ihr Wahrnehmungs- und Erinnerungsvermögen.«

Mit einem Kopfschütteln stand ich auf. »Wen immer Sie suchen, ich bin die Falsche. Ich betreue Senioren, die auf meine Hilfe angewiesen sind.«

»Setzen Sie sich wieder. Bitte. Ich brauche Ihre Hilfe.«

Während ich ihn betrachtete, fragte ich mich, wobei er Hilfe benötigte. Er wirkte sowohl geistig als auch körperlich äußerst fit. Jemand wie er brauchte niemanden, der für ihn einkaufte, ihm vorlas oder seine administrativen Angelegenheiten ordnete. »Der Junge ist schätzungsweise elf oder zwölf Jahre alt, sehr schlank. Er trug Markenturnschuhe, eine wattierte dunkelblaue Jacke und eine Wollmütze.«

»Was ist mit Handschuhen?«

»Nein.«

»Dialekt?«

»Nein.«

»Brillenträger?«

»Nein.« Ich musste lachen, weil die Situation immer absurder wurde.

Er faltete die Hände im Schoß. »Gut«, meinte er schließlich, als habe ich gerade eine Prüfung bestanden. »Wie hoch ist Ihr Stundenlohn?«

»Fünfundzwanzig Euro, aber …«

»Das ist zu viel.«

»Entschuldigung, Herr Claussen, aber Sie haben mir

immer noch nicht gesagt, worum es Ihnen eigentlich geht.«

»Sie werden mich zu einigen Terminen begleiten …«

Ich unterbrach ihn: »Wenn es Ihnen um weibliche Begleitung geht, ist ein Escort-Service wohl eher das Richtige. Ich arbeite ausschließlich für Menschen mit Einschränkungen.«

»Damit kann ich dienen, Frau Degner.« Seine Stimme klirrte vor Kälte. »Reicht Ihnen Blindheit als Einschränkung?«

Wie vor den Kopf geschlagen, schwieg ich. Dann berappelte ich mich wieder. »Wieso haben Sie mich dann nach dem Aussehen des Jungen gefragt?«

»Sie meinen, weil ich Ihre Angaben nicht überprüfen kann? Das kann ich auf meine Art sehr wohl. Ich höre, ob Sie beim Antworten zögern, ob Sie unsicher sind, was Sie gesehen haben. Außerdem konnten Sie all meine Fragen beantworten. Sie scheinen also genau hinzusehen. Jemanden wie Sie brauche ich.«

»Wie ich Ihnen bereits am Telefon sagte, arbeite ich ausschließlich in den Stadtteilen Zehlendorf und Steglitz. Ich kann Ihnen jedoch gerne eine Kollegin hier in Schöneberg empfehlen. Sie hat vielleicht noch Kapazitäten frei.«

Er senkte den Kopf und atmete tief durch, als müsse er sich beherrschen. »Ich stelle Ihnen eine längerfristige Tätigkeit in Aussicht, und Sie beharren auf der Grenzziehung zwischen Steglitz und Schöneberg? Das ist unwirtschaftlich.«

»Bei den derzeitigen Benzinkosten wäre es unwirtschaftlich, nicht darauf zu beharren.«

»Zum einen sind die Benzinpreise gerade erst wieder

gefallen. Zum anderen übernehme ich selbstverständlich Ihre Fahrtkosten. So, und jetzt zu Ihrem Stundenlohn. Wie weit können Sie mir da entgegenkommen?«

Innerlich focht ich einen Kampf aus, den meine pragmatische Seite gewann. Ich war auf das Geld angewiesen. »Wir können uns auf fünfzehn Euro einigen. Dafür können Sie dann allerdings keine Rechnung von mir erwarten.«

»Das Einzige, was ich von Ihnen erwarte, ist, dass Sie von heute an jeden Tag bei mir vorbeikommen. So, und jetzt schauen Sie sich bitte um. Auf dem Tisch rechts von mir liegen die Berliner Zeitung, der Tagesspiegel und die Morgenpost. Ich möchte, dass Sie mir daraus vorlesen.«

Sekundenlang beschlich mich ein seltsames Gefühl. Es war wie eine diffuse Vorahnung, als würde ich in einen Strudel geraten, sobald ich die Zeitungen zur Hand nahm. »Darf ich das Licht einschalten?«, fragte ich.

»Selbstverständlich.«

Ich stand auf und drückte den Schalter neben der Tür. Im Licht der Deckenlampe nahm ich als Erstes die penible Ordnung wahr. Hier lag nichts herum, jeder Gegenstand schien seinen festen Platz zu haben. Ich holte die Zeitungen und erkundigte mich, ob er Interesse an bestimmten Artikeln habe.

»Lesen Sie mir alles vor, was von dem Silvestermord in Dahlem handelt.«

Erst glaubte ich, nicht richtig gehört zu haben. Als ich mir seine Worte jedoch im Stillen wiederholte, bekam ich eine Gänsehaut. Ganz offensichtlich ging es ihm um den Mord an Dagmar Momberg. Ich warf die Zeitungen in den Sessel, griff mir meine Umhängetasche und stellte mich in den Türrahmen. »Ich habe meine Meinung geändert, Herr Claussen. Ich bin nicht die Richtige für diese Aufgabe.«

»Und ich treffe selten die falsche Wahl. Also setzen Sie sich!«

Ich nahm mir Zeit, ihn zu betrachten und abzuwägen, ob von ihm irgendeine Gefahr ausging. Er schien meinem Blick zu begegnen. Hatte er nur vorgegeben, blind zu sein? Sekundenlang spürte ich meinen Herzschlag bis in den Hals. Dann sah ich die stark vergrößerten Pupillen. Immer noch zögernd ging ich auf den Sessel zu und setzte mich. »Seit wann sind Sie blind?«, fragte ich.

»Seit drei Jahren.« Er drehte den Kopf zur Seite und deutete auf eine Narbe an der Schläfe. »Schussverletzung. Im Dienst.«

»In welchem Dienst?«, hakte ich nach.

»Ich war bei der Kripo.«

Innerlich atmete ich auf. »Und welcher Ihrer ehemaligen Kollegen hat Ihnen verraten, dass ich die Leiche gefunden habe?«

Seine Augenbrauen hoben sich. »Vielleicht werden Sie ihn noch kennenlernen. Jetzt lesen Sie erst einmal vor!«

Widerwillig zog ich die Zeitungen unter mir hervor und begann zu blättern. Es waren kurze Meldungen, die ich fand, Randnotizen, aus denen nicht mehr hervorging, als dass die Leiche einer Frau gefunden worden war, die allem Anschein nach vor dem Jahreswechsel ermordet wurde. »Sagten Sie nicht, Sie seien pensioniert?«, fragte ich, als ich die letzte Zeitung zuschlug.

»Faktisch ja, in meinem Kopf nein.«

»Diese Artikel hätte Ihnen jeder andere auch vorlesen können. Haben Sie mich nur deshalb kontaktiert, weil ich die Leiche gefunden habe?«

»Sie arbeiten für die Mutter der Toten. Was können Sie mir über die Frau sagen?«

Voller Befremden musterte ich ihn. Was mir auf der Zunge lag zu sagen, würde ihn nicht interessieren: dass *die Frau*, wie er sie nannte, litt wie ein Tier, weil sie ihre Tochter verloren hatte, dass sie den Moment verfluchen würde, in dem sie von der Leiter gefallen war, dass ihr Wohnzimmer von nun an nur noch der Ort sein würde, an dem ihre Tochter umgebracht worden war. »Was wird das hier, ein Verhör?«

»Eine Befragung – für die ich bezahle.«

Ich stand auf. »Befragen Sie am besten Ihre Ex-Kollegen, denen habe ich bereits alles gesagt, was ich weiß.«

»Sie wissen weit mehr, dafür lege ich meine Hand ins Feuer. Also setzen Sie sich bitte wieder! Erzählen Sie mir von Heidrun Momberg. Was für ein Mensch ist sie?«

»Meine Kunden können sich auf meine Verschwiegenheit verlassen.«

»Das will ich hoffen. Sie sollen mir hier auch keine intimen Details preisgeben, sondern Ihren Eindruck vermitteln. Dagegen kann niemand etwas einwenden.«

Zögerlich ließ ich mich auf der Armlehne des Sessels nieder. »Heidrun Momberg ist eine meiner Lieblingskundinnen«, begann ich, während ich mich zurück in den Sessel rutschen ließ. »Sie lebt seit Jahren allein, ihr Mann starb …«

»Was macht sie zu einer Ihrer Lieblingskundinnen?«, unterbrach er mich.

»Sie nimmt immer noch großen Anteil an den Menschen um sie herum, an den Geschehnissen in der Welt. Viele Senioren kreisen irgendwann nur noch um sich selbst, sind unzufrieden und haben an allem und jedem etwas auszusetzen. Heidrun Momberg wirkt zwar auf den ersten Blick verschlossen, aber wenn man sie besser kennenlernt, erfährt man, dass dieser Eindruck täuscht. Sie behält das Wohlergehen anderer immer im Blick. Dadurch ist der Umgang mit ihr keine Einbahnstraße. Ich vermute, dass ihre Töchter sie deshalb so gerne besuchen.«

»Warum machen Sie diesen Job, wenn er so wenig angenehm ist?«

»War Ihrer immer angenehm?«, stellte ich die Gegenfrage. »Außerdem empfinde ich meine Arbeit nicht als unangenehm, das haben Sie missverstanden. Ich mache lediglich die Erfahrung, dass Menschen auf das Altern auf sehr unterschiedliche Weise reagieren. Die einen werden in dem Bewusstsein, nicht mehr viel Zeit zu haben, grantig. Bei den anderen sind es Beschwerden oder Einsamkeit, die sie unausstehlich werden lassen. Und dann gibt es Menschen wie Heidrun Momberg, in denen dieser Prozess keine Bitterkeit auslöst. Sie nimmt ihre altersbedingten Gebrechen als den natürlichen Lauf der Dinge. Damit macht sie es ihren Mitmenschen leicht.«

Er nahm einen Zigarillo vom Tisch links neben ihm und zündete ihn geschickt mit dem Feuerzeug an. Nach dem ersten Zug fragte er: »Und Sie glauben, dass ihre Töchter sie deshalb gerne besuchen?«

»Sie werden ganz sicher noch andere Gründe haben. Auf jeden Fall sind sie häufig dort.«

»Das könnte auch aus einem Gefühl der Verpflichtung heraus geschehen.« Er tastete nach einem großen Aschenbecher und deponierte ihn auf seinem Schoß. »Haben Sie eigentlich Ihre Eindrücke rund um den Leichenfund aufgeschrieben?«

»Nein, wozu auch.« Ich beobachtete ihn dabei, wie er mit einer Hand die Umrisse des Aschenbechers abtastete und mit dem Zeigefinger der anderen auf den Zigarillo tippte, so dass die Asche genau ins Ziel fiel.

»Tun Sie es, solange Ihre Erinnerung noch frisch ist. Am besten heute Abend. Versuchen Sie, sich dabei möglichst genau an alles zu erinnern. Jedes Detail könnte wichtig sein.«

Ich wedelte den Rauch in eine andere Richtung. »Wollen Sie Ihren ehemaligen Kollegen Konkurrenz machen?«

»Mit dem einen oder anderen verbindet mich eine langjährige Freundschaft.«

Was auch immer das in diesem Zusammenhang hieß. Mein Blick wanderte wieder durch diesen Raum, der nicht den Hauch einer weiblichen Note besaß. Sollte hier jemals eine Frau mit ihm gelebt haben, hatte er sämtliche Spuren beseitigt. Das Mobiliar wirkte spartanisch: Neben den beiden dunkelbraunen Sesseln, deren Leder längst abgewetzt war, gab es den Beistelltisch an seiner Seite, außerdem ein Sofa und einen gläsernen Couchtisch. An der Wand befanden sich zwei Hometrainer – einer zum Fahrradfahren, einer zum Rudern. »Seit wann wohnen Sie hier?«, fragte ich ihn.

»Sie wollen wissen, ob ich die Wohnung blind eingerichtet habe.« Er legte den Kopf zurück gegen die Lehne und schien die Decke anzuschauen. »Ich bin vor zwanzig Jahren hier eingezogen. Die Lage der Wohnung war ideal, nur etwa zwei Kilometer von meiner ehemaligen Dienststelle entfernt. Ich konnte mit dem Fahrrad hinfahren.«

Das Fahrrad, das er jetzt benutzte, führte ihn nirgendwohin. Aber es trainierte ihn. Wenn mich mein Eindruck nicht täuschte, benutzte er die Hometrainer jeden Tag. Ich war versucht, ihn zu fragen, wie er die restliche Zeit des Tages füllte, aber das war pure Neugier.

»Wie wirkte die Tote auf Sie?«, holte er mich aus meinen Gedanken.

»Tot«, antwortete ich spontan. »Ihre Augen waren leicht geöffnet und ihre Gesichtsfarbe war bläulich violett.« Wie lange würde ich dieses Bild noch so präsent vor meinem inneren Auge haben? Ich kam jedoch nicht dazu, weiter darüber nachzudenken, da seine Fragen wie Maschinengewehrsalven kamen.

Er interessierte sich für ihre Kleidung, die Stellung ihres Körpers, er wollte wissen, ob es nach einem Kampf ausgesehen hatte, ob wir etwas berührt, aufgehoben oder umgestellt hätten – aus einem Impuls heraus. Vielleicht hätte ich benutzte Gläser vom Wohnzimmertisch in die Küche gebracht, bevor wir die Leiche gefunden hatten. Möglicherweise habe ein Schal auf dem Boden gelegen, den ich aufgehoben und irgendwo abgelegt hätte. Geduldig beantwortete ich seine Fragen. Anfangs war ich noch versucht, mich zu sträuben, da ich den Sinn nicht erkannte, doch dann vergegenwärtigte ich mir, dass es sich hier um leicht verdientes Geld handelte. Wenn ich es auch lieber anders verdient hätte.

Als ihm schließlich die Fragen ausgingen, drückte er einen Knopf seiner Armbanduhr und ließ sich die Uhrzeit ansagen. »Eineinhalb Stunden«, fasste er die Zeit zusammen, für die er mich bezahlen würde. Aus der Gesäßtasche zog er sein Portemonnaie, maß die Größe der Geldscheine zwischen den Fingern ab und hielt sie in meine Richtung. »Können Sie mir auf fünfundzwanzig Euro herausgeben?«

Ich kramte in meiner Umhängetasche und zählte ihm schließlich zwei Euro fünfzig in die Hand.

»Für unsere weitere Zusammenarbeit schlage ich vor, dass wir jeweils am Ende des Monats abrechnen. Sind Sie damit einverstanden?«

»Mir wäre eine wöchentliche Abrechnung lieber. Außerdem würde ich, bevor ich zusage, gerne erfahren, wie diese Zusammenarbeit aussehen soll.«

»Das entscheide ich von Tag zu Tag. Morgen werden Sie mich auf einen kleinen Ausflug begleiten. Seien Sie bitte pünktlich um acht Uhr dreißig hier.«

Ich holte meinen Terminkalender hervor und schlug den nächsten Tag nach. Um acht Uhr sollte ich eine Kundin zum Bahnhof fahren und samt Gepäck zum Zug bringen. »Ich kann frühestens um neun Uhr fünfzehn bei Ihnen sein.«

Seine Miene verriet unterdrückten Ärger. »Gut, dann eben neun Uhr fünfzehn.«

Es erschien mir wie ein Wunder, dass er nicht gleich noch hinterherschickte, ich solle nicht trödeln. Ich stand auf und nahm meine Umhängetasche. »Soll ich das Licht ausschalten, bevor ich gehe?«

»Ja, bitte.«

»Kann ich sonst noch etwas für Sie tun?« Dieser Satz war mir bei meiner Arbeit inzwischen in Fleisch und Blut übergegangen.

»Ich komme zurecht.« Er schien selbst zu merken, wie ruppig das klang. »Bis morgen«, sagte er eine Nuance freundlicher. »Und grüßen Sie mir Ihren Mitbewohner.«

»Den habe ich erfunden.«

»Ich weiß.«

Ich hatte versprochen, noch auf einen Sprung bei Luise Ahlert vorbeizufahren und mir ein Schreiben ihrer Krankenversicherung anzusehen. Sie wohnte in einem der langgezogenen Mietshäuser im Eschershauser Weg.

»Komm rein, Marlene.« Die dünnen, knochigen Finger legten sich um meine Schulter, zogen mich in den Flur und weiter in die Küche.

Der Tisch war für zwei gedeckt, die Sache mit dem Brief also nur ein Vorwand. Warum fiel ich immer wieder darauf herein? »Frau Ahlert, ich habe nicht viel Zeit«, sagte ich in dem Versuch, das Unvermeidliche noch abzuwenden.

»Dann essen wir eben ein bisschen schneller.«

Widerstrebend setzte ich mich an den kleinen quadratischen Tisch vor dem Fenster, der von einem gemusterten Wachstuch geschützt wurde. Brötchen, Butter, Schnittkäse und Milch ignorierend, sagte ich: »Am besten schaue ich mir gleich mal den Brief an.«

Die alte Frau winkte ab. »Der hat Zeit. Erst wird mal gegessen.«

Mein Blick wanderte zu dem Vogelkäfig, der im Fenster hing und von Cindy und Bert bewohnt wurde. Obwohl der Anblick mir regelmäßig einen Stich versetzte, wusste ich, dass die Kanarienvögel es bei Luise Ahlert gut hatten. Ich gab mir einen Ruck. Bevor ich nicht mindestens ein Brötchen gegessen und mir die neuesten Geschichten angehört hatte, kam ich hier nicht heraus. Einmal mehr haderte ich mit meiner Unfähigkeit, in einer solchen Situation nein zu sagen. Ganz zu schweigen von der Unmöglichkeit, Luise Ahlert meine Dienste zu berechnen. Ihre Rente war so gering, dass sie ohnehin jeden Cent umdrehen musste und das Geld trotzdem oft nicht reichte.

Mit einem Seufzer ließ sich die alte Frau auf dem Stuhl nieder und begann, eine Brötchenhälfte mit Butter zu bestreichen. »Ist es nicht viel schöner, zu zweit zu essen? Du bist Single, ich bin Single, da …«

Eine halbe Stunde, dann stehe ich auf, nahm ich mir vor.

Luise Ahlert befestigte eine Strähne ihres schlohweißen Haares mit einer Haarklammer. »Wie war dein Silvesterfest? Ich habe an dich gedacht. Hast du dir etwas vorgenommen für das neue Jahr? Ich fand die Ballerei schrecklich. Cindy und Bert haben sich fürchterlich aufgeregt. Dass aber auch niemand an die Tiere denkt. Die Werner aus dem Dritten hat es sich natürlich nicht nehmen lassen, sich aus dem Fenster zu hängen und die Raketen zu bejubeln. Ist weit über siebzig und muss sich derart produzieren. Als könnte sie nicht mal ein Vergnügen auslassen. Aber ich sage dir, die macht das extra. Nur um mir eins auszuwischen. Na ja, der hab ich's gegeben. Hab ihr den Müll von den Raketen auf ihre Fußmatte gekippt.«

Wenn es um Frau Werner ging, war Luise Ahlerts Unrechtsbewusstsein auf Stand-by geschaltet, und sie verlor jedes Gefühl für Verhältnismäßigkeit. »Na, die hättest du mal im Hausflur hören sollen. Gebrüllt hat die. Geschieht ihr recht. Die Leute lernen nur, wenn es ihnen selbst an den Kragen geht.«

Anfangs hatte ich solche Tiraden noch kommentiert, inzwischen wusste ich, dass es zwecklos war. Dieser Krieg würde erst durch den Tod einer der beiden Frauen enden. Ich schaltete meine Ohren auf Durchzug und dachte an Max. Vielleicht sollte ich über meinen Schatten springen und ihn anrufen? Was vergab ich mir damit? Das Klingeln des Handys holte mich unsanft in die Wirklichkeit zurück. »Degner?«

»Hallo, Marlene«, sagte Max. »Ich bin gerade in der Nähe und dachte, ich besuche dich auf einen Sprung. Bist du zu Hause?«

Einen Moment lang dachte ich ernsthaft über Telepathie nach.

»Marlene?«

»Ich bin unterwegs.«

»Wie lange noch?«

»Ungefähr eine halbe Stunde.«

»Dann warte ich vor deiner Haustür auf dich.«

Mit einem nur schwer zu unterdrückenden Lächeln steckte ich das Handy zurück in meine Tasche.

»Das war ein Mann, habe ich recht?« Luise Ahlert hatte den Kopf in die Hände gestützt und sah mich neugierig an.

Ich nickte, pulte die Mohnkörner von meinem Brötchen und erinnerte mich daran, wie Max mich geküsst hatte.

»Wo hast du ihn kennengelernt?«

»Auf der Silvesterparty.«

»Und verdient er gut?«

Hatte sie das wirklich gefragt? Ungläubig schüttelte ich den Kopf.

»Schau mich nicht so an. Es ist wichtig, dass ein Mann gutes Geld nach Hause bringt.«

»Frau Ahlert, wir leben nicht mehr im letzten Jahrhundert. Ich kann für mich selbst sorgen.« Zumindest hoffte ich, dass es in absehbarer Zukunft so sein würde.

»Sei nicht dumm, wenn erst mal Kinder da sind, …«

Ich trug meinen Teller zur Spüle und ließ Wasser darüber laufen. »Ich kenne den Mann erst seit vorgestern.«

»Du bist jetzt fünfunddreißig, da bleibt nicht mehr viel Zeit.«

Gegen die Spüle gelehnt, trocknete ich meine Hände ab und wunderte mich über die alte Frau, die bisher bei jeder sich bietenden Gelegenheit betont hatte, dass einem ohne Kinder einiges erspart bleibe.

»Triffst du dich jetzt mit ihm?«, fragte sie zum Abschied.

Ich schmunzelte. »Was ist mit dem Brief von der Krankenkasse?«

»Der hat Zeit bis zum nächsten Mal.«

Die Straßenlaterne warf Licht auf sein Profil. Er hatte mich nicht kommen hören, mein Klopfen gegen die Fensterscheibe ließ ihn erschreckt zusammenfahren. Als er mich erkannte, öffnete er augenblicklich die Wagentür. Vermummt wie zwei Tage zuvor schloss er den Wagen ab, zog den Handschuh von seiner Rechten und streckte mir die Hand entgegen.

»Max Viereck«, stellte er sich vor, ohne auch nur eine Miene zu verziehen. »Ich habe beschlossen, dir eine zweite Chance zu geben. Irgendwo habe ich gelesen, dass man eher die Dinge bereut, die man nicht getan hat.«

Ich ergriff seine Hand und hielt sie einen Moment lang fest. »Woran denkst du denn dabei?«, fragte ich lachend, um mich ihm sogleich wieder zu entziehen. Mit ein paar Schritten erreichte ich die Haustür, schloss auf und suchte mit schnellen Blicken den Windfang nach Twiggy ab. Sie war nicht da. Als ich die Tür zum Flur öffnete, begrüßte Schulze mich mit einem Maunzen. Vorsichtig drängte ich ihn zurück ins Innere des Hauses, damit er nicht durch die Katzenklappe im Windfang entwischen konnte.

»Deinen Mantel behältst du am besten erst einmal an, bis es hier wärmer ist«, sagte ich zu Max, ging voraus in die Wohnküche und drehte die Heizung höher.

Max folgte mir und sah sich um. »Gemütlich«, kommentierte er die Unordnung, räumte eine Ecke meines Sofas frei, ließ sich hineinfallen und hauchte sich die Hände warm.

Nachdem ich Futter in Schulzes Napf gefüllt hatte, setzte ich Wasser auf. »Magst du Kaffee oder lieber Tee?«, fragte ich. »Ich habe schwarzen, grünen oder roten?«

»Roten?« Er zog ein Gesicht, als würde er sich ekeln.

»Rooibos.«

»Ein Glas Wein würde ich vorziehen.«

»Du bist mit dem Auto hier.«

»Hast du Sorge, mich über Nacht am Hals zu haben?« Sein Grinsen wirkte ansteckend.

»Das letzte Mal, als ich dich am Hals hatte, haben wir eine Leiche gefunden.«

Er stand vom Sofa auf und kam zu mir. Seine Hände steckten in den Manteltaschen, während sein Mund von meiner Nase zu meinen Lippen wanderte. »Dann lassen wir den Hals eben dieses Mal aus.«

5

Hundert Meter von Arnold Claussens Haus entfernt fand ich einen Parkplatz. Es war kurz vor neun, er rechnete erst in einer Viertelstunde mit mir. Aus meiner Thermoskanne goss ich Kaffee in einen Becher, versank beim Anblick der Schneeflocken in mich hinein und dachte an Max. Er war um kurz nach sechs gegangen, um sich zu Hause umzuziehen und rechtzeitig zu seinem Dienst zu erscheinen. Geschlafen hatten wir so gut wie nicht.

Nach dieser Nacht würde keiner von uns beiden bereuen, etwas nicht getan zu haben, was Verliebte üblicherweise in den ersten Nächten taten. Das Einzige, das ich vielleicht irgendwann bereuen würde, war meine Offenheit. Ich hätte nicht sagen können, was mich geritten hatte, Max so viel von dem zu erzählen, was ich sonst gut unter Verschluss hielt. Vielleicht war es seine Art zuzuhören – als sei das, was er erfuhr, gut bei ihm aufgehoben.

Ich hatte ihm von meiner Geburt erzählt, die meine Mutter mit dem Leben bezahlt hatte. Davon, dass sowohl mein Bruder als auch mein Vater mir diese Tatsache bis zu meinem zehnten Lebensjahr verschwiegen hatten. Und ich es dann durch einen Zufall erfuhr. Davon, dass ich in dem Moment begriffen hatte, warum mein Vater an meinen Geburtstagen feuchte Augen bekam. Dass ich begann, mich verantwortlich zu fühlen für sein Glück.

Dass ich etwas wiedergutmachen wollte. Mit Zeit, die andere Kinder, andere Jugendliche mit Gleichaltrigen verbrachten. Dass ich meinem Vater in gewisser Weise meine Jugend geschenkt und er dieses Geschenk angenommen hatte. Dass ich ihm, als er krank wurde, zwei weitere Jahre meines Lebens geschenkt hatte. Und dass sich, als er starb, all mein Groll gegen ihn und mich selbst gerichtet hatte.

Max hatte in Worte gefasst, was ich ausgespart hatte: dass ich aus alldem die Konsequenz gezogen hatte, allzu engen Bindungen aus dem Weg zu gehen. Und er hatte kein Hehl daraus gemacht, dass er im Gegensatz zu mir durchaus auf der Suche nach einer engen Bindung war. Ungünstiger hätten die Voraussetzungen also nicht sein können. Dennoch ließen sich meine Gefühle einer solchen Erkenntnis nicht so einfach unterordnen. Ich wärmte meine Hände an dem Kaffeebecher, drehte den Zündschlüssel und schaltete den Scheibenwischer ein, da der Schnee mir die Sicht versperrte. Der Blick auf die Uhr sagte mir, dass ich mich allmählich beeilen musste. Mein neuer Kunde würde sicher bereits ungeduldig werden.

Er musste neben der Sprechanlage gestanden haben, denn auf mein Klingeln ertönte sofort seine Stimme: »Ich komme hinunter.«

Gegen die Hauswand gelehnt, sah ich dem Treiben auf der Straße zu. Ein paar Kinder bewarfen sich und die parkenden Autos mit Schneebällen.

»Frau Degner?«, fragte Arnold Claussen, als er wenig später die Tür öffnete. Dabei bewegte er den Kopf wie ein Tier, das Witterung aufnimmt.

»Hier bin ich«, antwortete ich und ging auf ihn zu.

Er trug eine dunkelblaue Wollmütze, einen gleichfarbigen kurzen Mantel, zweireihig mit hochgeschlagenem Kragen, modische Jeans und Wildlederschuhe. »Haben Sie Erfahrung in der Begleitung eines Blinden?«, fragte er in einem Ton, der keinen Zweifel daran ließ, dass ein Nein in seinen Augen bestraft gehörte.

»Eine meiner Kundinnen ist stark sehbehindert.«

»Hat sie an Ihrer Seite überlebt?«

»Bisher schon.« Ich stellte mich neben ihn und sagte: »Sie können meinen Arm nehmen. Mein Auto steht etwa hundert Meter entfernt Richtung St.-Matthias-Kirche.«

Nachdem er sich eingehakt hatte, liefen wir los, wobei ich darauf achtete, ihn unversehrt über die festgetretene Schneedecke und um die Metallpfosten in der Mitte des Bürgersteigs zu lotsen. An der Ampel bedeutete ich ihm, stehen zu bleiben. Ich sah mich um und konnte kein einziges Hilfsmittel für Blinde und Sehbehinderte entdecken. »Barrierefrei ist Ihre Straße nicht gerade«, stellte ich fest. »Wie kommen Sie ohne Hilfe über diese Ampel?«

»Gar nicht!«, erwiderte er trocken.

Ein Stück weiter auf der anderen Seite blieben wir neben meinem Auto stehen. Ich öffnete die Tür, legte Claussens Hand auf den oberen Rand und ließ ihn einsteigen. Als sein Fuß gegen die leeren Wasserflaschen stieß, runzelte er die Stirn, beugte sich nach vorn und tastete danach.

»Lassen Sie nur, ich mache das«, sagte ich, ergriff die Flaschen und legte sie auf die Rückbank.

Nachdem er mir die Adresse genannt und ich sie in mein Navigationsgerät eingegeben hatte, ließ ich den Motor an. Beim Versuch, aus der Parklücke zu fahren, würgte ich ihn jedoch gleich wieder ab.

»Das Geheimnis liegt im sensiblen Zusammenspiel von Kupplung und Gas«, meinte mein Beifahrer.

»Möchten Sie fahren?« Ohne seine Antwort abzuwarten, fädelte ich mich in den fließenden Verkehr ein. »Wäre es nicht ohnehin günstiger für Sie, sich von einem Taxi herumkutschieren zu lassen?«

»Die günstige ist nicht immer die beste Lösung«, antwortete er und signalisierte durch seine Körperhaltung, dass er alles andere als gewillt war, die gemeinsame Fahrt mit einem Gespräch zu bereichern.

Dann eben nicht. Schweigen konnte ich ebenso gut wie er. Nach einer Weile stellte ich allerdings die Frage, die mir auf der Seele brannte. »Wissen Sie, wann genau Heidrun Mombergs Tochter ermordet wurde?«

»Was Sie eigentlich wissen möchten, ist, ob Sie zu dem Zeitpunkt in der Nähe des Hauses waren. So genau lässt sich das nicht eingrenzen. Außerdem bringen diese Hätte-wäre-wenn-Überlegungen überhaupt nichts. Das Ergebnis wäre dasselbe, selbst wenn Sie direkt vor der Haustür gestanden hätten, als sie umgebracht wurde. Es ist das Gefühl, das Sie nicht mögen.«

Nein, ich mochte es nicht. Und ich mochte seine emotionslose Art nicht. Ich fuhr ruppiger, als es nötig gewesen wäre, so dass er nach dem Haltegriff tastete.

Als er ihn schließlich gefunden hatte, sagte er: »Ich würde gerne unversehrt wieder aussteigen.«

»Sie glauben an Wunder?«

Sein Lachen kam ohne die kleinste Verzögerung und entlud die angespannte Atmosphäre. »Der Punkt geht an Sie.«

»Geben Sie sich jetzt bloß keine Mühe, aufzuholen, für ein solches Gefecht bin ich heute zu müde.«

»Gesumpft?«, fragte er.

Ich tat, als habe ich seine Frage nicht gehört.

»Wie aussagekräftig ein Schweigen ist, weiß ich auch erst, seitdem ich blind bin.«

»Wir sind da.« Ich stieg aus, lief ums Auto herum und war Claussen beim Aussteigen behilflich.

Auf der Straße bat er mich, einen Moment zu warten. Er zog sein Handy aus der Manteltasche, gab eine Nummer ein, wartete einen Augenblick und sagte schließlich: »Wir stehen jetzt vor dem Haus.« Dann forderte er mich auf, ihn Richtung Eingang zu führen.

Es dauerte keine zwei Minuten, da öffnete ein etwa fünfzigjähriger, untersetzter Mann in Jeans und zerschlissener Bomberjacke die Tür. Die dunklen Ringe unter den Augen und der Dreitagebart zeugten von Schlaf- und Zeitmangel. Einen Augenblick lang musterte er mich in einer Weise, als würde er mich scannen. Dann hielt er mir die ausgestreckte Hand hin. »Trapp.«

Ich ergriff sie und stellte mich ebenfalls vor.

»Klaus und ich sind alte Freunde«, erklärte Claussen.

»Ich begleite euch schnell hoch«, sagte dieser alte Freund. »In einer Stunde bin ich zurück.«

Wir folgten ihm in eine der Wohnungen im ersten Stock. Kaum standen wir im Flur, verabschiedete sich der Mann und zog die Tür ins Schloss.

»Was wird das hier?«, fragte ich irritiert. »Wieso lässt er uns in seiner Wohnung allein?« Ich ließ Claussen stehen und prüfte, ob die Tür abgeschlossen war.

»Es ist nicht seine Wohnung, er macht hier bloß seinen Job.«

Ich sah mich um. »Was für ein Job ist denn das, den er in der Wohnung einer Frau macht? Zumindest nehme ich an, dass es die Wohnung einer weiblichen Person ist, wenn ich mich so umblicke.«

»Klaus gehört der Mordkommission an, die den Tod von Dagmar Momberg untersucht. Dies ist ihre Wohnung.«

Hier hatte sie gewohnt? Sekundenlang sah ich mich in sprachloser Betroffenheit um. Irgendwann am Silvestertag hatte sie ihre Wohnung verlassen, ohne zu wissen, dass sie nie zurückkehren würde. »Sind Sie von allen guten Geistern verlassen?« Ich packte ihn am Arm. »Kommen Sie!«

Mit einem Ruck entzog er mir seinen Arm. »Wir haben hier nur eine Stunde. Durch Ihr Gezeter haben wir fünf Minuten verloren. Sie begleiten mich jetzt Schritt für Schritt durch diese Wohnung und beschreiben mir, was Sie sehen! Und bevor Sie mich das nächste Mal anfassen, warnen Sie mich gefälligst!«

Ich wollte ihm meine Meinung sagen, kam jedoch nicht einmal ansatzweise dazu.

»Los jetzt, Frau Degner! Oder dachten Sie, der Job bei mir sei leicht verdientes Geld? Ich habe mein Geld noch nie zum Fenster hinausgeworfen.«

Sein gelassener Gesichtsausdruck brachte mich noch mehr in Rage. Am liebsten hätte ich auf dem Absatz kehrtgemacht und ihn kurzerhand seinem Schicksal überlassen. Aber etwas hielt mich an diesem Ort, etwas, das stärker war als das Gefühl, ein Eindringling zu sein. Es war das völlig widersinnige Bedürfnis, Dagmar Momberg vor Claussens *Blick* in ihre Privatsphäre zu beschützen.

»Atmen Sie tief durch, und geben Sie sich einen Ruck, dann wird es gehen.«

»Wie hätten Sie es denn gern?«, fragte ich in sarkastischem Ton. »Jeden Gegenstand einzeln oder doch eher eine Zusammenfassung?«

»Folgen Sie Ihrem Gefühl, sagen Sie mir, was Ihnen auffällt.«

»Ich kann Ihnen genau sagen, was mir auffällt – nämlich, dass Sie absolut skrupellos sind. Haben Sie auch nur einen Gedanken daran verschwendet, dass mir das Eindringen in die Privatsphäre der Toten unangenehm sein könnte?«

»Mordopfer haben keine Privatsphäre.« So, wie er es sagte, hätte man meinen können, er bedaure diese Tatsache und empfinde so etwas wie Mitgefühl.

»Und wenn ich hier Spuren hinterlasse? Dass ich bei jedem Schritt Fasern, Haare und Hautschuppen zurücklasse, muss ich Ihnen als ehemaligem Kripomann wohl nicht sagen, oder? Von meinen Fingerabdrücken ganz zu schweigen. Wollen Sie mich mit aller Macht in den Kreis der Verdächtigen zerren?« Ich konnte meine Wut kaum noch zügeln.

»Ich nehme an, Sie schauen regelmäßig CSI«, sagte er mit kaum verhohlenem Spott. »Sie können sich beruhigen, diese Wohnung ist nicht der Tatort. Und jetzt legen Sie endlich los!«

Anfangs war ich viel zu aufgebracht, um meinen Blick zu beruhigen und zu justieren. Claussen zwang mich jedoch durch stetes Nachfragen, ins Detail zu gehen. Der kurze Flur der Zweizimmerwohnung wurde eingenommen von einem hüfthohen Schuhregal. Die darüber angebrachten Garderobenhaken hielten fast ausnahmslos sportliche Jacken und Mäntel. Schuhe und Stiefel entsprachen dem gleichen Stil. Im Wohnzimmer fiel mein Blick als Erstes auf ein weißes Regal voller Bücher und bespielter VHS-Kassetten, deren Rücken mit der Hand beschriftet waren. Den Titeln nach zu urteilen, hatte Heidrun Mombergs Tochter eine Vorliebe für Filmklassiker gehabt. Ihr Geschmack bei Büchern war vielseitiger, obwohl die Reiseliteratur überwog, sie umspannte die halbe Welt.

An der Wand gegenüber befand sich ein dunkelblaues Sofa, darauf lagen eine Fleecedecke und ein Reiseführer über Nepal. Die Seite dreiundfünfzig war mit einer Ecke markiert. Über dem Sofa hing ein großformatiges Foto springender Delphine. Fernseher und VHS-Player standen auf einem kleinen Tisch schräg davor. Die Pflanzen auf der Fensterbank zeugten vom grünen Daumen ihrer Besitzerin.

»Die Wohnung wirkt, als kehre sie jeden Augenblick zurück«, sagte ich leise. »Alles ist so ordentlich, so gepflegt.«

»Lassen Sie uns ins Schlafzimmer gehen und anschließend in die Küche.« Claussens Stimme klang konzentriert.

Ich folgte seiner Aufforderung, charakterisierte ihm das Schlafzimmer als weiblich und sehr gemütlich, beschrieb ihm die Kleidung im Schrank und las ihm die Titel der Bücher auf dem Nachttisch vor. In einer der Schubladen hatte sie persönliche Briefe verwahrt. Obwohl ich wusste, wie sinnlos das war, ließ ich sie in meiner Aufzählung für Claussen aus. Wir hatten kein Recht, hier zu sein. Wir hatten kein Recht, in jeder Ecke herumzuschnüffeln und noch den kleinsten Rest von Privatsphäre zu zerstören. Als wir die Küche betraten, musste ich schlucken.

»Was ist?«, fragte Claussen.

»Auf dem Tisch steht ein kleiner Topf mit Glücksklee und einem Schornsteinfeger.«

Für einen Moment presste er die Lippen zusammen. »Machen Sie weiter … bitte.«

Ich sah mich in dem kleinen Raum um und ging näher zu der Pinnwand, die über dem Küchentisch hing. Postkarten vermischten sich mit Fotos. Auf einem erkannte ich Heidrun Momberg. Die Personen auf den anderen Fotos hatte ich nie zuvor gesehen. Neben der Pinnwand hingen Bilder, die zweifellos von Kinderhänden gemalt worden waren. Sie zeigten eine heile, fröhliche Welt.

»Haben die Kinder ihre Namen auf die Bilder geschrieben?«, fragte Claussen.

»Ja.«

»Lesen Sie vor.«

»Paul, Larissa, Alexander, Charlotte, Hannah, Leon, Roberta …«

Wie aus dem Nichts tauchte in diesem Augenblick Klaus Trapp im Türrahmen auf. »Fertig?«, fragte er.

Während ich erschreckt zusammenfuhr, zuckte Claussen nicht einmal mit der Wimper. Allem Anschein nach hatte er seinen Freund kommen hören. »Ja, danke«, antwortete er mit einem Unterton, in dem Vertrautheit lag. »Ich melde mich bei dir.«

»Hast du sie instruiert?«, fragte der Kripobeamte.

»Keine Sorge.« Claussen wandte sich zum Gehen. »Frau Degner?«

Ich trat neben ihn, hielt ihm den Arm hin und nickte Klaus Trapp zum Abschied zu. »Was meinte er mit *instruiert*?«, fragte ich skeptisch, als wir wieder auf der Straße standen.

»Sie dürfen niemandem davon erzählen, dass wir in dieser Wohnung waren. Was wir hier tun, ist …«

»Wir tun gar nichts«, unterbrach ich ihn, »Sie tun es.

Wie kann es überhaupt sein, dass Sie munter in diesem Fall mitmischen? Ich denke, Sie sind pensioniert?«

»Rein inoffiziell darf ich durchaus Hinweise geben, Vorschläge machen und alles gedanklich mit nachvollziehen. Daran kann mich niemand hindern. Nur offiziell darf ich mich nicht beteiligen. Sollte Klaus' Chef ein Problem darin sehen, könnte er es mir untersagen.«

»Wenn er davon wüsste«, fasste ich meine Vermutung in Worte.

Claussens Gesichtsausdruck zeigte den Hauch eines Lächelns. »Ich arbeite sozusagen im Hintergrund. Die erste vollständige Tatortaufnahme ist deshalb absolut tabu. Wenn jedoch erst einmal alle Spuren gesichert sind und sich nichts mehr verändern lässt zum Vor- oder Nachteil des Täters, kann ich ...«

»Was heißt zum Vor- oder Nachteil des Täters?«

»Aufgabe der Kripo ist es nicht nur, nach Fakten zu suchen, die einen Tatverdächtigen belasten, sondern auch nach solchen, die ihn möglicherweise entlasten.«

»Was ist mit Ihrem Freund? Bekommt er keinen Ärger, wenn herauskommt, dass er Ihre Einsätze unterstützt?«

»Vielleicht schätzt er die Informationen, die er von mir bekommt.«

Ich hielt ihm die Autotür auf, ging um den Wagen herum und setzte mich neben ihn. »Nehmen Sie mir die Frage nicht übel, aber was können Sie herausfinden, was ihm nicht selbst gelänge?«

»Nichts«, gab er unumwunden zu. »Aber ich habe Zeit, sehr viel Zeit. Besonders in den ersten Tagen nach einem Tötungsdelikt zählt jede Minute. Da darf die Spur nicht kalt werden.«

»Gibt es denn überhaupt eine Spur?«

»Fahren Sie mich jetzt bitte nach Hause, Frau Degner, und halten Sie sich bereit, falls ich Ihre Hilfe heute noch einmal benötigen sollte.«

Nach dem zweiten Versuch sprang der Motor an. Schweigend fuhr ich durch den Vormittagsverkehr. Die Bilder der Wohnung, die wir gerade verlassen hatten, waren immer noch ganz präsent vor meinem inneren Auge. Irgendjemand würde diese zwei Zimmer samt Küche und Bad in absehbarer Zeit ausräumen müssen. Ich hatte im vergangenen Jahr zweimal bei Wohnungsauflösungen meiner Kundinnen geholfen. Immer war es mir nahegegangen, die Dinge, die ein Mensch über lange Jahre gehütet hatte, die ihm zu Lebzeiten viel bedeutet hatten, in Kisten, manchmal aber auch in Müllsäcke zu packen.

»Hat Ihnen das nie etwas ausgemacht?«, fragte ich Claussen.

Er wusste sofort, worauf ich anspielte. »Ich hätte keine gute Arbeit leisten können, hätte ich meine Gefühle nicht im Griff gehabt. Und damit hätte ich den Opfern einen Bärendienst erwiesen.«

»Hat man dann irgendwann überhaupt noch Gefühle? Geht einem diese Haltung nicht in Fleisch und Blut über?«

Er gab einen brummenden Laut von sich und schien nicht gewillt, auf meine Frage einzugehen. »In den nächsten Tagen werde ich Ihre Hilfe möglicherweise ein wenig häufiger als geplant beanspruchen«, meinte er stattdessen. »Werden Sie das einrichten können?«

»Was ist an dem Tod von Dagmar Momberg für Sie so interessant?«, fragte ich. »Sie ist ganz sicher nicht der einzige Todesfall in dieser Stadt.«

»Ihr Name ist vor kurzem schon einmal aufgetaucht. Im Zusammenhang mit einem anderen Verbrechen.«

Minutenlang starrte ich auf die SMS: *War schön mit Dir, Max.* Fünf kurze Worte, und ich grübelte über eine Antwort. Alles, was ich formulierte, verwarf ich sofort wieder. Schließlich beschloss ich, gar nicht zu antworten. Was sollte ich auch schreiben? Dass ich mich verliebt hatte, dem Ganzen aber nicht den Hauch einer Chance gab?

Mit viel Disziplin quälte ich mich durch den Nachmittag, machte drei Hausbesuche und landete gegen fünf auf dem Sofa. Zu müde, um zu lesen, schaltete ich den Fernseher ein und ließ mich berieseln. Bis eine Frau auf dem Bildschirm erschien und ihre Stimme das Leid in Worte fasste, das sich in ihr Gesicht gegraben hatte. Es war die Mutter des Jungen, der im Grunewald verschwunden war. Sie hielt sein Foto in die Kamera und flehte darum, ihren Jungen unversehrt freizulassen. Sie rief die Zuschauer dazu auf, sich an die Polizei zu wenden, sollten sie auch nur die kleinste Beobachtung gemacht haben. Die Frau tat mir unendlich leid. Sie focht einen aussichtslosen Kampf aus. Sie würde es wissen und sich dennoch an die Hoffnung klammern.

Ich hatte Luise Ahlerts Worte noch im Ohr: »Am Ende werden die armen Dinger ja doch nur tot aus einem See geborgen.« Die Mutter auf dem Bildschirm schien einem Zusammenbruch nahe. Ihre Lippen zitterten, und sie kämpfte die Tränen zurück. Ich wünschte ihr, dass wenigstens die Qual der Ungewissheit bald ein Ende haben würde. Als der Sender zum nächsten Beitrag wechselte, schaltete ich den Fernseher aus. Mit geschlossenen

Augen wanderte ich im Geiste in das Gebiet im Grunewald, wo der Junge während eines Ausflugs seiner Kita verschwunden war. Es war ein Waldstück, das von drei Hauptwegen umschlossen war. Also alles andere als einsam und abgelegen. Wie hatte ein Kind dort einfach so verschwinden können? Zudem unter Aufsicht?

Während ich darüber nachdachte, wurden mir die Lider schwer. Vor dem Einschlafen spürte ich noch, wie Schulze zu mir aufs Sofa sprang und sich an mich kuschelte.

Der Schlaf verlieh mir Flügel und versetzte mich zurück in Heidrun Mombergs Haus. Ich stand vor der Leiche der Tochter und starrte auf deren sich bewegende Lippen. Sie formten Worte, denen es nicht gelang, die Totenstille zu durchdringen. Das gelang erst dem Schrillen der Türklingel. Schulze machte einen Satz und entwischte aus der Küche. Mit einem Gähnen ließ ich mich zurücksinken und schloss wieder die Augen, als die Klingel erneut ertönte. Ich lief zur Tür.

»Ich dachte schon, du bist gar nicht da«, sagte Fabian und drängte sich an mir vorbei.

»Ich bin eingeschlafen. Wie spät ist es?«

»Viertel nach sieben. Wollen wir ein Brot zusammen essen und uns später dann vielleicht eines der oberen Zimmer vornehmen?«

Ich schloss die Tür, folgte ihm in die Küche und nahm die Zutaten für ein kaltes Abendbrot aus dem Kühlschrank.

Fabian stand mitten in der Küche und sah sich um. »Ich weiß nicht, wie du so leben kannst. Dieses Chaos würde mich verrückt machen.«

»Mich beruhigt es.«

Mit einem Seufzer ließ er sich auf einen Stuhl fallen.

Als Brot, Käse, Karotten und Kohlrabi auf dem Tisch standen, holte ich noch ein Bier für ihn aus dem Kühlschrank und setzte mich. »Das mit dem Essen geht in Ordnung, das mit dem Zimmer müssen wir verschieben. Ich habe noch eine Verabredung heute Abend.« Die Lüge kam mir problemlos über die Lippen.

»Max?«

»Nein, ein neuer Kunde.« In den vergangenen Wochen hatte sich hinsichtlich Neukunden bei mir nicht viel getan. Vermutlich lag es an der Weihnachtszeit, in der die Menschen anderes im Sinn hatten.

»Glückwunsch«, sagte er. »Wie alt?«

Ich lachte. »Dreiundfünfzig, blind und willens, mich regelmäßig zu beschäftigen. Zufrieden?« Ich kaute auf einer Karotte und betrachtete meinen Bruder.

»Was ist mit dieser Leiche, die ihr gefunden habt?«

»Dagmar Momberg, sie ist die Tochter meiner Kundin.«

»Was hast du überhaupt in diesem Haus gemacht?«, fragte er mit einem Anflug von Missbilligung in der Stimme, während er sich ein Brot mit Käse belegte.

»Ich habe nach dem Kater gesehen.«

Sein Blick sprach Bände.

»Meine Tierliebe ist nur ausgeprägt, aber nicht übertrieben.«

Er fuhr sich durch die Haare und schloss einen Moment die Augen, als müsse er Kraft sammeln. »Marlene, hast du dir Gedanken darüber gemacht, wie es weitergehen soll? Wäre es nicht möglicherweise doch sinnvoller, wieder als Biologin zu arbeiten? Du hast sehr gut verdient, hast auf eigenen Beinen gestanden. Könnte es nicht sinnvoll sein, einmal mit deinem früheren Chef Kontakt aufzunehmen?«

Auf keinen Fall wollte ich dorthin zurück. Ich wusste nicht, ob ich meinen Seniorenservice tatsächlich bis zu meiner Pensionierung betreiben würde. Aber ich wusste, dass mich die Arbeit, die ich bis vor drei Jahren in der Pharmaforschung abgeleistet hatte, nicht ausfüllte.

»Marlene?«, fragte Fabian vorsichtig in mein Schweigen hinein.

»Erinnerst du dich noch daran, wieso ich auf die Idee verfallen bin, Biologin zu werden?«

Er legte den Kopf in den Nacken und sah zur Decke. Dann richtete er seinen Blick wieder auf mich. »Du wolltest einen Zoo leiten und Tiere vorm Aussterben retten.«

»Diese romantische Vorstellung treibt dir die Realität eines Forschungslabors ziemlich schnell aus.«

»Aber es gibt doch auch andere Jobs, die …«

Ich griff nach seiner Hand und drückte sie. »Wenn ich es bis zum Sommer nicht geschafft habe, verkaufen wir das Haus. In Ordnung?«

»Ich möchte das Haus in jedem Fall verkaufen. Es war allein deine Entscheidung, deinen Job aufzugeben und Vater zu pflegen, als er krank wurde. Das hat niemand von dir erwartet, geschweige denn verlangt.«

»Ich verstehe nicht, was das mit dem Hausverkauf zu tun hat.« Die Arme vor der Brust gekreuzt, lehnte ich mich zurück.

»Es hat insofern damit zu tun, als ich permanent ein schlechtes Gewissen hatte, dass ich mich nicht auf diese intensive Weise um Vater kümmern konnte. Und dass ich deshalb das Gefühl nicht loswerde, dir etwas schuldig zu sein. Obwohl ich weiß, dass das Quatsch ist. Du hast schon immer das getan, was du wolltest. Schon von klein auf.«

Es fehlte nicht viel, und ich hätte ihm die Wut, die mich in diesem Augenblick packte, entgegengeschleudert. Seine Sicht der Dinge war zu einfach, und sie tat mir weh.

»Jetzt sieh mich nicht so vorwurfsvoll an. Bin ich etwa verantwortlich dafür, dass du ein Stubenhocker warst und Vater nicht von der Seite gewichen bist? Ich habe mehr als einmal versucht, dich in die Disko mitzunehmen, aber du wolltest ja nie, hast stattdessen Abende lang mit ihm Schach gespielt.«

»Mit dem Ergebnis, dass sich mir heute die Haare sträuben, wenn ich ein Schachbrett sehe.«

»Marlene, ich bin nicht verantwortlich dafür. Das war ganz allein deine Entscheidung.«

»Weißt du, wie ein Kind entscheidet, eine Jugendliche, die sich verantwortlich für das Unglück ihres Vaters fühlt? Wenn er wenigstens wieder eine Frau gefunden hätte, aber er ist nie wieder eine neue Beziehung eingegangen. Das hat es für mich umso schwerer gemacht. Ich habe das wie einen Vorwurf empfunden, der nie in Worte gekleidet wurde, aber immer im Raum stand. Und ich habe dich um deine Freiheit beneidet.«

Er stand auf, ging zum Küchenfenster und starrte in die Dunkelheit. »Wäre es dann nicht eher eine Befreiung für dich, dieses Haus und all die Erinnerungen, die daran hängen, hinter dir zu lassen?« Er drehte sich zu mir um. »Ich meine das ernst, Marlene, es ist kein Versuch, dich von hinten um die Ecke zu einem Verkauf zu überreden.«

Als in diesem Moment das Telefon läutete, stürzte ich mich darauf, als handle es sich um einen Rettungsanker.

»Degner?«, sagte ich etwas zu laut in den Hörer.

»Claussen. Haben Sie Zeit? Ich brauche Sie heute Abend noch einmal.«

»Wohin soll ich kommen?«

»Zu mir nach Hause.«

»Kein Problem, ich bin in zwanzig Minuten bei Ihnen.« Ich legte das Telefon zurück auf den Tisch. »Das war mein neuer Kunde. Ich muss leider los. Du kannst gerne noch bleiben und in Ruhe fertig essen. Wenn du nachher gehst, pass bitte auf. Ich habe den Kater von Frau Momberg hier, er darf nicht in den Windfang.«

»Wo ist er?« Er sah sich suchend um.

Ich zuckte die Schultern. »Als es klingelte, hat er sich verzogen. Er lernt sehr schnell. Beim letzten Klingeln kamen Polizisten in sein Zuhause, und er wurde von mir hierher entführt.«

Die Fahrt in die Stadt tat mir gut. Ich schaltete das Radio ein, hörte laut Musik und freute mich wie ein Kind über den Schnee. Inzwischen waren es keine dicken Flocken mehr, sondern Schneeregen, der vom Himmel fiel. In den nächsten Tagen sollten die Temperaturen bis auf minus fünfzehn Grad sinken. Ein Alptraum für meine Heizkostenrechnung. Aber die Arbeit für Arnold Claussen würde meine finanzielle Situation etwas entspannen.

»Danke, dass Sie so spät noch gekommen sind«, begrüßte er mich, dirigierte mich in den Sessel ihm gegenüber und informierte mich, dass er Papier und Stift bereitgelegt habe. »Wir werden uns jetzt gemeinsam ein paar Gedanken über diese Tat machen. Bevor wir loslegen, habe ich allerdings noch eine Frage. Sie waren am Silvesterabend in Begleitung dieses Max Viereck. Wer von Ihnen beiden kam auf die Idee, ins Haus von Frau Momberg zu fahren?«

»Ich.«

»Ganz sicher? Oder könnte er Sie so manipuliert haben, dass Sie es nur für Ihre eigene Idee hielten? Überlegen Sie in Ruhe.«

»Halten Sie mich für so manipulierbar?«

»Jeder Mensch ist manipulierbar, wenn man seinen wunden Punkt kennt.« Äußerlich völlig ruhig, saß er im dämmrigen Licht und schien buchstäblich seine Ohren zu spitzen, um sich nicht einmal die kleinste meiner Regungen entgehen zu lassen.

»Ich hatte die Entscheidung längst getroffen, als ich Max einlud, mich zu begleiten.«

»Und als Sie im Haus waren – hätte er da Gelegenheit gehabt, sich ungestört im Wohnzimmer zu schaffen zu machen?«

Ich lachte über seine Umschreibung. »Max hat Dagmar Momberg nicht umgebracht. Ich war es auch nicht, und wir gemeinsam schon gar nicht. Haben Sie hier irgendwo Wasser? Ich habe Durst.«

»In der Küche. Die Flasche steht links neben dem Kühlschrank. Ein Glas finden Sie im Hängeschrank, zweite Tür von rechts. Achten Sie aber bitte darauf, dass Sie die Flasche exakt wieder an dieselbe Stelle zurückstellen. Andernfalls suche ich mich später zu Tode.«

Ich folgte seinen Anweisungen und setzte mich zwei Minuten später wieder zu ihm. Das Glas stellte ich neben mich auf den Boden.

Offensichtlich erkannte er das Geräusch, denn er runzelte die Brauen.

»Keine Sorge, Sie werden nicht darüber stolpern. Ich stelle es nachher in die Küche.«

»Gut. Legen wir los. Es gibt ein paar Fragen, über die wir uns Gedanken machen sollten. Die erste ist: Was wollte diese junge Frau am Silvesterabend im Haus ihrer Mutter?«

»Vielleicht wollte sie genau wie ich nach dem Kater sehen.«

»Frau Degner, es war Silvester.«

»Eben deshalb. Sie hatten noch nie ein Tier, oder?«

Die Frage war ihm keine Antwort wert. Er tat sie mit einer knappen Geste ab. »Die Tote war in etwa so alt wie Sie. Stellen Sie sich die Situation vor: Sie befinden sich im Haus Ihrer Mutter, es ist ein besonderer Tag – was könnten Sie im Schilde führen?«

»Möglicherweise habe ich eine Verabredung«, begann ich meine Phantasiereise. »Oder ich möchte mich in aller Ruhe im Haus umsehen. Vielleicht gibt es dort etwas, das wichtig für mich ist, an das ich aber in Anwesenheit meiner Mutter nicht herankomme. Die Gelegenheit ist günstig, und ich packe sie beim Schopf – meine Mutter ist im Krankenhaus, meine Schwestern sind vermutlich alle auf Partys unterwegs.«

»Vielleicht braucht sie Geld«, spann er weiter. »Den vielen Reiseführern in ihrer Wohnung nach zu urteilen, zieht es sie in die Ferne. Das ist ein teures Hobby, das sie sich mit ihrem Gehalt als Erzieherin keinesfalls leisten kann.«

»Alte Menschen bewahren ihr Geld gerne zu Hause auf. Darauf könnte sie spekuliert haben. Möglicherweise war sie in Begleitung, und diese Begleitung hat sich mit dem Geld aus dem Staub gemacht.«

»Hm.« Claussens Gesichtsausdruck war hochkonzentriert. Unbewusst fuhr er sich in kreisenden Bewegungen mit der Hand über seine Glatze.

Zum ersten Mal nahm ich bewusst die Konturen seines Haaransatzes wahr. Wenn ich mich nicht täuschte, hatte er in unrasiertem Zustand volles Haar ohne jede Lichtung. Warum also diese Glatze? Weil sie sich leichter pflegen ließ als Haare? War er tatsächlich so eitel?

»Es gibt keinerlei Einbruchsspuren, auch keine Fußspuren unterhalb der Fenster«, sagte er in meine Überlegungen hinein. »Sie muss den- oder diejenige hereingelassen haben oder …«

»Vielleicht haben die Nachbarn etwas beobachtet.«

Er schüttelte den Kopf. »Bisher gibt es da keine Anhaltspunkte. Es besteht allerdings noch die Möglichkeit, dass der Täter bereits im Haus war und Dagmar Momberg ihn überrascht hat.«

»In dem Fall muss er einen Schlüssel benutzt haben.«

»Oder sich anderweitig Zugang zum Haus verschafft haben.«

»Ich denke, es gibt keine Einbruchsspuren.«

»Er hätte sich im Haus einschließen oder ein Fenster angelehnt lassen können.«

»Der Handwerker, der den Rollladen repariert hat, hat kurz vor mir das Haus verlassen.«

»Hätten Sie es bemerkt, wenn eines der Fenster nur angelehnt gewesen wäre?«

Ich dachte über seine Frage nach. »Bemerkt vielleicht nicht unbedingt, aber das hätte ihm wenig genützt. Vor den Fenstern im Erdgeschoss habe ich die Rollläden heruntergelassen. Es sind diese schweren alten Dinger, die bekommt keiner so leicht hoch. Also kann niemand das Haus betreten haben, der selbst keinen Schlüssel hatte.«

Er bewegte seine ausgestreckten Hände auf und ab, um mich zu bremsen. »Nicht so vorschnell, denken Sie nach! Sie wissen überhaupt nicht, was den Nachmittag über in dem Haus vor sich gegangen ist. Die Fragen bleiben: Hat sie jemanden mitgebracht, jemanden erwartet oder jemanden überrascht – möglicherweise jemanden, der dort nicht mit ihr, sondern mit ihrer Mutter gerechnet hat? Oder jemanden, der in ähnlicher Absicht wie sie im Haus war?« Die Brauen gerunzelt, schüttelte er den Kopf. »Ein Sexualdelikt können wir nach bisherigen Erkenntnissen ausschließen. Bleibt Bereicherung als mögliches Motiv, ebenso ein Beziehungskonflikt oder auch die Verdeckung einer anderen Straftat.«

»Vielleicht war es ein Zufallstäter.«

»Der Täter war mit ihr im Raum, sie muss völlig arglos gewesen sein, denn er konnte nah genug an sie herankommen, um sie zu erdrosseln. Zwischen den beiden muss eine Beziehung bestanden haben.«

»Womit hat er sie eigentlich erdrosselt?«

Er ließ den Kopf gegen die Lehne seines Sessels sinken und verschränkte die Arme vor der Brust.

»Ich habe Ihnen versprochen, dass ich meinen Mund halte.«

Er lachte, als habe ich etwas wirklich Komisches gesagt. »Das Drosselwerkzeug ist bisher nicht gefunden worden. Aber da Sie offensichtlich eine Anhängerin von CSI sind, können Sie mir vielleicht sagen, wie sich herausfinden lässt, was es war.«

»Sie wird versucht haben, sich das Ding vom Hals zu reißen. Also wird es Spuren an ihren Handinnenflächen oder unter ihren Nägeln geben. Und sicher auch Hautpartikel des Täters.«

»Dann hätten wir möglicherweise verwertbare DNA.«

»Und? Haben wir?«

Dieses Mal geriet sein Lachen freundlicher. »Sie können sicher sein, die Experten arbeiten mit Hochdruck daran, aber Geschwindigkeitsrekorde bleiben der Fiktion vorbehalten.«

Schweigen breitete sich aus, während jeder von uns den eigenen Gedanken nachhing. Ich stellte mir Heidrun Mombergs Tochter vor, sah sie im Wohnzimmer ihrer Mutter und versuchte, mich mit ihren Augen dort umzusehen. Mein Blick wanderte zu Schulze, der in seinem Versteck kauerte. Das war das Stichwort. »Vielleicht wollte sie im Haus gar nichts suchen oder stehlen, vielleicht wollte sie dort etwas verstecken. Sagten Sie nicht, Dagmar Mombergs Name sei im Zusammenhang mit einem anderen Verbrechen aufgetaucht?«

Er setzte sich aufrecht hin und klatschte mit beiden Händen auf die Oberschenkel. »Schluss für heute. Morgen früh starten wir um acht Uhr. Ich brauche Sie voraussichtlich bis zum frühen Nachmittag – nur damit Sie planen und sich den Tag einteilen können.«

6

Es war bereits die zweite Nacht, in der ich zu wenig schlief. Mein Stoffwechsel spielte verrückt, woran Max nicht unschuldig war. Ich lag im Bett, hatte sein Gesicht vor Augen, spürte seine Hände, die für einen Mann fast filigran wirkten und dennoch Kraft besaßen. Und ich hörte seine Stimme und sein Lachen, besonders das, mit dem er sich über sich selbst amüsierte. Er stammte aus einer Medizinerfamilie. Sein Vater hatte ihn vor die Wahl gestellt: entweder ein Medizinstudium mit großzügiger finanzieller Unterstützung von zu Hause oder ein Studium seiner Wahl – ohne einen Cent aus der Familienkasse. Kinderarzt war er schließlich nur deshalb geworden, weil diese Fachrichtung bisher noch von keinem seiner Verwandten favorisiert worden war.

Ich hatte ihm seinen Mangel an Überzeugung und sein Übermaß an Bequemlichkeit vorgehalten, seinen fehlenden Kampfgeist. Er hatte mir entgegnet, ich solle keine Scheingefechte führen mit dem ausschließlichen Zweck, ihn auf Distanz zu halten. Wir hatten uns die Köpfe heißgeredet und waren schließlich erschöpft auf meinem Bett gelandet. Bis die Erschöpfung nachgelassen und wir die Gegensätze für eine Weile vergessen hatten.

Kaum war er gegangen, sehnte ich mich nach ihm. Konnte man jemanden vermissen, den man kaum kannte? Während ich um sechs Uhr morgens mit Schulze in der in Kerzenschein getauchten Küche saß, grübelte ich über diese Frage nach. Bis ich dazu überging, das Handydisplay anzustarren. Schließlich tippte ich die Worte ein, für die ich mich nach langem Ringen entschieden hatte: *Wie wäre es mit einem Abendessen? Völlig unverbindlich!* Bevor ich es mir anders überlegen konnte, drückte ich auf Senden. Dann nahm ich das Radio mit ins Bad, stellte die Musik laut und stieg in die Badewanne. Um kurz nach sieben verließ ich gut duftend, mit frisch gewaschenen Haaren das Haus und machte mich in der vom Schnee erhellten Dunkelheit auf den Weg zur nächsten Bäckerei. Eine halbe Stunde zu früh klingelte ich bei Claussen.

»Was ist mit Ihrer Uhr los?«, tönte es unwirsch aus der Sprechanlage. Gleich darauf summte der automatische Türöffner.

»Ich habe Brötchen mitgebracht«, verkündete ich, als ich ihm gegenüberstand. »Wie wär's mit einem gemeinsamen Frühstück?«

»Morgens esse ich nichts«, kam die mürrische Antwort.

»Sollten Sie aber, dann würde vielleicht auch Ihr Ton eine Spur freundlicher.« Ich machte kehrt und sagte über die Schulter hinweg: »Um acht Uhr warte ich vor Ihrer Haustür.«

»Sie können Ihre Brötchen auch hier essen, sofern Sie nicht von mir erwarten, dass ich für diese halbe Stunde zahle.« Er wandte mir den Rücken zu und verschwand in dem dunklen Flur.

Unangenehm berührt schaute ich ihm hinterher. Ob es schon einmal jemand längere Zeit mit ihm ausgehalten hatte? Ich bezweifelte es. Dem Zuschlagen einer Zimmertür entnahm ich, dass ich für die nächsten dreißig Minuten auf mich allein gestellt sein würde. Ich drückte den Lichtschalter und tauchte erst den Flur und schließlich die Küche in Helligkeit. Auf Claussens Ordnung achtend, machte ich Kaffee und stellte die Zutaten für mein Frühstück zusammen. Dem Inhalt des Kühlschranks nach zu urteilen, spielte Essen durchaus eine Rolle im Leben meines Kunden, wenn auch nicht unbedingt am Morgen.

Als ich gerade in ein mit Butter und Honig bestrichenes Brötchen biss, kam er herein und prüfte als Erstes, ob noch alles an seinem Platz stand. Dann holte er sich einen großen Becher aus dem Schrank und füllte Kaffee hinein.

»Wo sind Sie?«, fragte er.

»Ich sitze am Tisch, mit dem Rücken zum Fenster.«

Er tastete nach dem gegenüberstehenden Stuhl, setzte sich und schlug die Beine übereinander. Ein Hauch von Rasierwasser wehte über den Tisch und vermischte sich mit dem Duft des Kaffees. »Es gehört sich nicht, jemanden so unverhohlen zu mustern«, sagte er in das Schweigen hinein.

»Wer erledigt die alltäglichen Dinge für Sie?«, fragte ich.

»Ein Student.«

»Ist er auch für die Auswahl Ihrer Kleidung zuständig?« Er betastete erst seine Jeans, dann den Pullover. »Was ist es?«

»Die Socken. Einer ist grau, einer blau. Ziehen Sie ihm etwas von seinem Stundenlohn ab, damit er sich das nächste Mal mehr Mühe gibt.«

Er schüttelte den Kopf. »Das habe ich bereits getan,

weil er nicht auf die Lebensmittelverfallsdaten achtet. Die Socken sind seine Revanche.«In der Hoffnung, sie verbergen zu können, zog er die Hosenbeine herunter.

»Eine ziemlich gemeine Revanche«, sagte ich. »Dafür kommt er nicht in den Himmel.«

Sein Lächeln war spöttisch. »Sie glauben an einen solchen Ort?«

Ich zuckte die Schultern. »Mein Vater hat ihn mir als Zuhause meiner Mutter beschrieben. An sie erinnere ich mich nicht, aber diesen Ort habe ich immer noch vor Augen. Dort ist es warm, sehr lebendig und schillernd bunt.« Als mir bewusst wurde, was ich gesagt hatte, presste ich beschämt die Lippen aufeinander.

»Es ist kein Verbrechen, einem Blinden von der Farbe zu erzählen.«

Ich zögerte. »Darf ich Sie etwas fragen?«

Sein Brummen war nur schwer zu deuten.

»Was sehen Sie vor Ihrem inneren Auge?«

»Schwarz.« Er holte tief Luft und ließ sie langsam entweichen. »Was möchten Sie noch wissen? Wie es um mein Liebesleben bestellt ist? Ob es schwer ist, in diesem Zustand eine Frau kennenzulernen? Es ist schwer.« Wider Erwarten wurden seine Gesichtszüge weicher, zugänglicher.

»Waren Sie nie verheiratet?«

Den Kaffeebecher in Händen, stützte er die Ellenbogen auf dem Tisch ab und blies Luft in die heiße Flüssigkeit. »Wir haben uns scheiden lassen. Ich würde gerne behaupten, sie hätte meine Blindheit nicht ertragen, aber so war es nicht. Sie hat vor acht Jahren ihre Sachen gepackt und ist gegangen. Meine Arbeitszeiten waren nicht gerade familienfreundlich.«

»Haben Sie Kinder?«

»Ist das der übliche Fragenkatalog, mit dem Sie Neukunden traktieren?«

Der Ton, in dem er es sagte, war mir vertraut. Ich griff auf ihn zurück, wenn mir jemand zu nahe kam. »Entschuldigung.«

Er fingerte an seiner Armbanduhr herum und ließ sich die Zeit ansagen: fünf vor acht. »Wir brechen pünktlich auf«, meinte er eine Spur versöhnlicher. »Ich wäre Ihnen dankbar, wenn Sie den Tisch abräumen würden. Geben Sie mir drei Minuten. Ich erwarte Sie dann an der Wohnungstür. Vergessen Sie bitte nicht, die Lichter auszuschalten.«

Als wir – streng in seinem Zeitplan – im Auto saßen und Richtung Dahlem fuhren, wurde es allmählich hell. Noch immer fiel Schnee vom Himmel und verlangsamte den Verkehr. Ich hätte ihm gerne beschrieben, wie wunderschön Berlin in Weiß aussah, aber ich wagte es nicht. Er würde es auf seine Weise wahrnehmen, manches sicher intensiver als ich. Vielleicht konnte er den Schnee sogar riechen.

Claussens Ziel an diesem Morgen war Heidrun Mombergs Haus. Während er mich über die Familienverhältnisse meiner Kundin ausfragte und meine Informationen dort ergänzte, wo sie Lücken aufwiesen, versuchte er, sich einen Zigarillo anzuzünden. Meinem Protest begegnete er mit einem saftigen Fluch, ließ jedoch die Schachtel wieder in der Manteltasche verschwinden.

Ich wusste, dass Heidrun Momberg vor Jahren ihren Mann verloren hatte. Dass ihre vier Töchter allesamt Pflegetöchter waren, war mir allerdings neu. Meine Kundin hatte mir einmal erzählt, was ihre Töchter beruflich machten, aber ich hatte es mir nicht gemerkt. Claussen frischte meine Erinnerungen auf: Dagmar Momberg, zum Zeitpunkt ihres Todes sechsunddreißig, hatte als Erzieherin in einer privaten Kita im Grunewald gearbeitet. Die vierunddreißigjährige Dorothee Momberg war Krankenschwester – derzeit arbeitslos, Karoline Goertz, zweiunddreißig, Fitnesstrainerin und Simone Fürst Physiotherapeutin und vierunddreißig Jahre alt. Nur zwei der Töchter, so Claussen, hatten den Familiennamen der Mombergs annehmen dürfen. Ich verschwieg ihm, dass ich eine von ihnen bereits kennengelernt hatte.

Als ich in die Musäusstraße bog, legten sich die Erinnerungen an den Silvesterabend wie Gewichte auf meinen Brustkorb. Vor vier Tagen hatte es hier von Einsatzfahrzeugen, Ermittlungsbeamten und Neugierigen nur so gewimmelt. An diesem Morgen lag das Haus ruhig und friedlich da, als wäre nie etwas geschehen. Ich gab dem Gartentor einen Stoß, führte Claussen hindurch und klingelte, während er eine getönte Brille aus der Manteltasche zog und sie aufsetzte. Eine hochgewachsene Frau mit sehr kurz geschnittenen hellblond gefärbten Haaren und einem blassen Gesicht öffnete die Tür.

»Ja, bitte?«, fragte sie.

»Hauptkommissar Trapp erwartet uns«, antwortete Claussen. Er streckte der Frau die Hand hin. »Mein Name ist Claussen, und das ist Frau Degner. Sie begleitet mich, da ich blind bin.«

»Karoline Goertz«, stellte sie sich vor. »Herr Trapp ist in der Küche.« Einen Moment lang schien sie unentschlossen. Dann bat sie uns mit einer fahrigen Geste herein und ging voraus.

»Sie sind eine der Schwestern, nicht wahr?«, fragte Claussen rhetorisch. »Mein Beileid.«

»Danke.«

Wir blieben vor der Küche stehen, wo Klaus Trapp gerade am Handy sprach. Als er Claussen sah, bat er im Blickkontakt mit mir um eine Minute Geduld.

»Es dauert einen Moment«, kleidete ich die Nachricht für ihn in Worte.

»Frau Goertz«, setzte Claussen an, »wäre es Ihnen recht, wenn wir uns am Wochenende ein wenig über Ihre Schwester unterhielten? Ich würde mir gerne einen Eindruck von ihr verschaffen.«

»Was wollen Sie denn noch wissen, ich habe Ihren Kollegen schon alles gesagt, was ich weiß.« Sie sprach sehr schnell. Ihr Ton war ebenso abweisend wie ihre Körpersprache.

Anstatt die Sache mit den Kollegen richtigzustellen, legte Claussen eine Sanftheit in seine Stimme, die ich ihm nicht zugetraut hätte. »Oft weiß man viel mehr, als einem bewusst ist. Diese offiziellen Vernehmungssituationen sind nicht gerade dazu angetan, ein entspanntes Nachdenken zu gewährleisten. Ich habe die Erfahrung gemacht, dass den meisten Menschen noch sehr viel mehr einfällt, wenn sie sich in ihren eigenen vier Wänden aufgehoben fühlen. Und wenn das Gespräch einen rein inoffiziellen Charakter hat. Früher habe ich mir oft gewünscht, auf solch hilfreiches Instrumentarium zurückgreifen zu können. Das ist mir jedoch erst seit meiner Erblindung möglich. So hat der Abschied aus dem aktiven Dienst auch sein Gutes.« Er betonte das Wort aktiv und überließ seiner Gesprächspartnerin die Schlussfolgerung. »Ich kann Ihnen versichern, dass der Inhalt eines solchen Gespräches nur dazu dient, mir einen Eindruck zu verschaffen. Es gibt keine Mitschnitte, keine Protokolle, nichts dergleichen.«

Zum Glück gaukelte er ihr nicht vor, dass ein solches Gespräch keine Konsequenzen haben würde, denn die hatte es sicher, sollte etwas Interessantes dabei herauskommen. Schließlich betrieb er den ganzen Aufwand, um einen Mord aufzuklären.

»Vielleicht lassen Sie es einfach auf einen Versuch ankommen«, fuhr er in einem Ton fort, als sei es bereits abgemachte Sache. »Würde es Ihnen morgen Vormittag gegen elf Uhr passen?«

»Ich weiß nicht … ich meine …«

»Ich richte mich gerne nach Ihnen. Wenn es Ihnen davor oder danach lieber ist?«

Mit vor der Brust verschränkten Armen trat sie von einem Fuß auf den anderen. »Elf Uhr ist okay, wenn es nicht allzu lange dauert.« Sie gab ihm ihre Anschrift, die er zweimal laut wiederholte, um sie sich einzuprägen.

Als Klaus Trapp sein Telefonat beendet hatte und in den Flur kam, entschuldigte Karoline Goertz sich und verschwand in der Gästetoilette. Claussen wurde von seinem Freund beiseite genommen. Die beiden sprachen so leise, dass kein Wort zu verstehen war. Als Heidrun Mombergs Tochter zurückkam, dirigierte Claussens Freund sie in die Küche und schloss die Tür.

»Auf geht's«, sagte Claussen. »Zuerst ins Wohnzimmer.« Kaum standen wir in dem Raum, sagte er: »Stellen Sie sich dorthin, wo die Leiche gelegen hat, sehen Sie aus dem Fenster, und beschreiben Sie mir den Ausblick.«

Widerstrebend näherte ich mich der Stelle, wahrte jedoch einen kleinen Abstand. Eigentlich hätte ich Claussen den Garten aus dem Gedächtnis beschreiben können, da ich oft genug darin gearbeitet hatte, aber er legte Wert auf Präzision, nicht auf meine Erinnerungen.

Von welchem Haus in der angrenzenden Nachbarschaft aus hätte jemand das Geschehen im Wohnzimmer beobachten können? War es überhaupt möglich, etwas zu beobachten, oder war die Sicht durch zugewachsene, immergrüne Hecken versperrt? Ich folgte seinen Anweisungen, war mir allerdings sicher, dass seine Ex-Kollegen all diese Beobachtungen längst in ihren Akten vermerkt hatten. Als ich ihm das sagte, fuhr er mir über den Mund und meinte, vier Augen würden bekanntermaßen mehr sehen als zwei. Und das gelte auch für Tatorte. Hier seien häufig die wichtigsten Informationen zum Täter zu finden. Außerdem besitze er eine gesunde Skepsis, die ihn immer wieder veranlasse, die Dinge zu hinterfragen. Ob diese Skepsis tatsächlich gesund war, bezweifelte ich.

»Beschreiben Sie mir bitte den Raum.«

Auch das hätte ich mit geschlossenen Augen gekonnt. Und einen Moment lang wünschte ich mir sogar, die Augen in und vor diesem Raum zu verschließen. Es war nicht allein die Stelle, an der Dagmar Momberg gelegen hatte. Es war auch der liebevoll geschmückte Weihnachtsbaum, der mir einen Stich versetzte.

»So, und jetzt zu den Schränken und Schubladen. Beschreiben Sie mir bitte, was Frau Momberg darin aufbewahrt«, forderte er mich auf.

Alles in mir sträubte sich.

»Das geht zu weit, Herr Claussen. Fragen Sie Ihren Freund, lassen Sie sich von ihm die Akten vorlesen, auf meine Hilfe können Sie dabei nicht zählen. Frau Momberg ist meine Kundin, zwischen uns besteht ein Vertrauensverhältnis. Ich wühle nicht in ihren Sachen herum.«

»Aber Sie verlustieren sich in ihrem Wohnzimmer.

Oder haben Sie hier am Silvesterabend mit Ihrem Begleiter nur Händchen gehalten?«

»Ich habe nach dem Kater gesehen.«

Sein Lachen klang hart und sarkastisch. »Das Vertrauensverhältnis, das zwischen Ihnen und Ihrer Kundin
bestand, haben Sie längst gebrochen. Also stellen Sie sich
jetzt nicht so an!«

Ich baute mich dicht vor ihm auf. »Nein! Haben Sie
mich verstanden? Ich tue das nicht.«

Er tastete mit einer Hand nach dem neben ihm stehenden Sessel und setzte sich hinein. Als er die Beine überein-
anderschlug, kamen seine Socken zum Vorschein. Er hatte
sie gewechselt. »Wissen Sie noch, was Sie mir in unserem
ersten Gespräch vorgeschlagen haben? Als es um Ihre Ho-
norarvorstellungen ging?« Seine Stimme war leise, gefährlich leise. »Sie sagten, für den vereinbarten Stundenlohn
könne ich keine Rechnung von Ihnen erwarten.«

Ich hielt die Luft an, da ich ahnte, was jetzt kam.

»Mein Riecher sagt mir, dass Sie eine solche Abspra-
che nicht zum ersten Mal treffen. Und wissen Sie, wer
sich brennend für so etwas interessiert? Ganz richtig: das
Finanzamt.«

Meine Kiefer mahlten aufeinander. Es kostete mich
Mühe, meine Wut zu zügeln. Im Stillen warf ich ihm jede
Menge Schimpfwörter an den Kopf. Um nicht die Fassung zu verlieren, ging ich zum Fenster und beobachtete
zwei Spatzen, die sich im Futterhaus einen Kampf lieferten. »Das ist Erpressung«, sagte ich nach einem Moment
des Schweigens.

»Wenn überhaupt, dann Nötigung«, korrigierte er.
»Und jetzt machen Sie schon! Glauben Sie allen Ernstes,
dass es eine Rolle spielt, wenn nun auch noch Sie in die

Schränke schauen? Das haben in den vergangenen Tagen einige vor Ihnen getan.«

»Aber dies ist der Tatort.«

»Er ist seit heute freigegeben.«

»Und was macht Ihr Freund dann hier?«

»Er unterhält sich mit Frau Goertz.«

Um mich nicht vollständig seinem Diktat zu unterwerfen, wählte ich sorgfältig aus, was ich ihm beschrieb. So sah ich bewusst über eine offene Schachtel mit Briefen von Heidrun Mombergs Mann hinweg. Dafür schilderte ich ihm ausführlich den Inhalt der Fotoalben, die die Mombergs seit Jahrzehnten begleiteten. Es waren Alben, wie sie in vielen Familien zu finden waren. Aus Sorge, etwas zu beschädigen, blätterte ich die Seiten sehr vorsichtig um.

Sie dokumentierten Einschulungen, Urlaube, Kindergeburtstage und Konfirmationen. Fotos wie diese waren schon im Normalfall kleine Schätze. Nach dem Tod einer ihrer Töchter würden sie für meine Kundin einen noch größeren Wert erlangen.

Im Schrank standen aber nicht nur Alben, sondern auch Ordner. Als ich Claussen deren Beschriftungen vorlas, fragte er: »Gibt es irgendwo einen Hinweis auf ein Testament?«

Nacheinander zog ich drei Ordner aus dem Schrank und überflog die Inhalte. Wozu machte ich das hier? Nicht Heidrun Momberg war tot, sondern ihre Tochter. »Ich verstehe ehrlich gesagt nicht, was das soll.«

»Ich möchte nichts auslassen. Möglicherweise war nicht die Tochter gemeint, sondern die Mutter. Und in deren Fall könnte ein Testament durchaus eine Rolle spielen.« Er schien seine Worte in sich nachklingen zu lassen.

»Wenn Sie hier nichts Bemerkenswertes mehr entdecken, lassen Sie uns hinauf ins Schlafzimmer gehen.«

Ich begleitete ihn durch Schlaf- und Ankleidezimmer sowie durch zwei Zimmer, die unzweifelhaft die Jugendzimmer der Töchter gewesen waren und mittlerweile mit allerlei Krimskrams, für den es keinen anderen Platz gab, zugestellt worden waren. Ich beschrieb sachlich und in knappen Worten, was ich sah. Meine Eindrücke behielt ich für mich. In diesem Haus waren die Töchter meiner Kundin groß geworden. Jetzt war eine von ihnen darin gestorben. Es musste schlimm für Heidrun Momberg sein, in dieses Haus zurückzukehren, das ihrer Tochter eigentlich Schutz hatte bieten sollen. Wie sollte sie sich hier je wieder wohl fühlen?

Aber das waren Fragen, die Claussen vermutlich nur von seinem Ziel abgelenkt hätten. Er trug mir auf, ihn in den Keller zu führen. In der Waschküche trafen wir auf Simone Fürst, die am Bügelbrett stand und ein Nachthemd glättete. Sie war so tief in Gedanken, dass sie uns erst bemerkte, als ich mich mit Claussen durch den Türrahmen schob. Ihr Hallo galt mir. Ich ließ Claussen los und bat sie mit hoffentlich verständlichen Gesten, unsere Bekanntschaft zu unterschlagen.

»Guten Tag«, sagte Claussen in ihre Richtung. Er stellte uns vor, wobei auch das Wort Kripo fiel, und fragte nach dem Grund ihrer Anwesenheit in diesem Haus.

»Ich bin Simone Fürst, Dagmar Momberg war meine Schwester.« Sie sah mich fragend an.

»Was tun Sie da gerade?«, fragte Claussen.

»Ich bügle«, antwortete sie. »Nachthemden und Unterwäsche für meine Mutter. Irgendetwas muss ich tun …« Sie fuhr mit dem Bügeleisen wieder und wieder über dieselbe Stelle. Schließlich bemerkte sie, was sie tat, und stellte das Eisen aufrecht hin. »Dagmar war ihr erstes Kind. Wie soll sie darüber hinwegkommen?« Fast liebevoll faltete sie das Nachthemd, legte es auf einen Stapel, strich noch einmal darüber und nahm sich ein weiteres ungebügeltes Wäschestück.

Claussen drückte auch ihr einen Termin für den nächsten Tag auf. Er tat es mit fast denselben Worten wie zuvor bei Karoline Goertz. Geschickt, dachte ich. Er erweckte den Eindruck, als sei er in die Ermittlungen eingebunden, und schaffte dabei die Gratwanderung, sich so auszudrücken, dass ihm niemand an den Karren fahren konnte. Am liebsten hätte ich Simone Fürst zu verstehen gegeben, dass sie sich nicht darauf einlassen musste. Aber da hatte sie bereits eingewilligt und ihm gesagt, dass sie sich mit ihrer Schwester Karoline eine Wohnung teile.

Claussen verabschiedete sich mit einfühlenden Worten bis zum nächsten Tag und bedeutete mir, ihn zurück nach oben zu begleiten. Am Fuß der Treppe zum Erdgeschoss stoppte er abrupt, zog etwas aus der Manteltasche und flüsterte mir zu, ich solle es nahe dem Eingang zur Waschküche deponieren.

Ungläubig starrte ich auf das Ding in seiner Hand und protestierte mit unverhohlenem Ärger. »Das tue ich nicht. Das ist verboten.«

»Verboten ist nur, es als Beweis zu verwenden. Jetzt machen Sie schon! Ich habe Sie angeheuert, um handlungsfähig zu sein, nicht, um meine Handlungen zu hinterfragen.«

»Sie degradieren mich zur Handlangerin für Ihre üblen Tricks.« Die Aufnahmelampe des Diktaphons leuchtete rot. Ich nahm das Ding, drückte die Stopptaste, griff

114

grob nach seinem Arm und zog ihn nach oben. »Wenn überhaupt, mache ich es auf meine Weise. Ich bin gleich zurück. Warten Sie hier!« Alles andere als leise sprang ich die Kellertreppe hinunter und lief zurück in die Waschküche.

Simone Fürst sah auf. »Seit wann arbeiten Sie für die Kripo?«, fragte sie mich mit gerunzelten Brauen. »Ich dachte ...«

»Herr Claussen ist so eine Art Kripoberater«, unterbrach ich sie. »Er hat mich engagiert, ihn zu seinen Terminen zu begleiten. Leider bin ich finanziell noch nicht in der Lage, mir meine Kunden aussuchen zu können. Ich wollte nur, dass Sie das wissen.«

»Verstehe.« Sie stellte das Bügeleisen in die Halterung. »Wenn Sie möchten, werde ich bei meinen älteren Patienten mal ein bisschen für Sie werben.«

Ich verfluchte Claussen, dass er mich in eine solche Situation brachte. »Das ist lieb, aber im Augenblick haben Sie bestimmt andere Sorgen. Es muss weh tun, eine Schwester zu verlieren.«

»Ich denke die ganze Zeit, sie müsste gleich zur Tür hereinkommen.« Sie schluckte. Selbst in dem dämmrigen Licht des Kellers wirkten ihre Augen wie Magneten. »Ich habe gestern Abend Ihren Bruder kennengelernt. Er ist sehr nett. Und sehr fürsorglich.« Sie begegnete meinem irritierten Blick mit einem fast schüchternen Lächeln. »Ich bin bei Ihnen vorbeigefahren und habe geklingelt, da ich Sie noch so vieles fragen wollte über ... über den Abend. Na ja, Sie waren nicht da, dafür hat mir Ihr Bruder geöffnet. Er meinte, Sie müssten sicher bald zurückkommen, und bat mich herein. Ich habe eine Weile auf Sie gewartet, musste dann aber wieder los.«

Fabian war fürsorglich gewesen? Das war bei ihm ein sicheres Zeichen für Interesse. »Melden Sie sich einfach, wenn Sie noch Fragen wegen des Abends haben.« Ich verabschiedete mich von ihr. Auf dem Weg nach oben machte ich einen kleinen Umweg und deponierte das eingeschaltete Diktaphon hinter einem großen Koffer, der auf einem Schrank nahe der Treppe lag. Von hier aus würden Geräusche aus der Waschküche so gut wie nicht zu hören sein.

Als ich nach oben kam, standen Klaus Trapp und Karoline Goertz immer noch in ein Gespräch vertieft in der Küche. Claussen schien jedem Wort aufmerksam zu folgen. Als er mich kommen hörte, tastete er sich in meine Richtung.

»Und?«, fragte er flüsternd.

»Befehl ausgeführt«, antwortete ich eine Nuance lauter.

Claussen drehte sich zur Küche, rief nach Karoline Goertz und meinte, es könne ratsam sein, nach ihrer Schwester Simone zu schauen. Sie sei in der Waschküche und habe den Eindruck erweckt, als gehe es ihr nicht so gut. Karoline Goertz bedankte sich und lief augenblicklich in den Keller hinunter.

Kaum war sie außer Hörweite, bat er mich, ihn mit Klaus Trapp allein zu lassen. Ich hatte mich noch keine zwei Schritte entfernt, als die beiden schon die Köpfe zusammensteckten und flüsterten. Ich wollte gerade in den Garten gehen und frische Luft schnappen, da kamen die beiden Frauen bereits die Treppe herauf und blieben unentschlossen im Flur stehen – so dicht beieinander, als suche eine die Nähe der anderen. Klaus Trapp rief ihnen zu, dass wir jeden Moment das Haus verlassen würden.

Sie sollten sich nicht weiter durch unsere Anwesenheit stören lassen. Die beiden verabschiedeten sich und steuerten das Obergeschoss an, nicht ohne den Kommissar zu bitten, die Haustür fest ins Schloss zu ziehen.

Claussen, der ihre Schritte auf der Treppe hörte, zitierte mich zu sich. »Sie wissen, was Sie zu tun haben«, sagte er und wandte sich gleich darauf wieder seinem Freund zu.

Ohne den Spielraum, den ich mir auf meine Weise erkämpft hatte, wäre ich mir vorgekommen wie die Marionette dieses Mannes. Während ich noch einmal in den Keller ging, um das Diktaphon zu holen, beschloss ich, trotz meiner angespannten finanziellen Situation den Job bei ihm zu kündigen. Lieber war ich meinem Bruder dankbar als von diesem Mann abhängig. Er sollte mir das Honorar für meine bisherige Arbeit zahlen und sich dann eine andere Begleitung suchen. Eine mit weniger Skrupeln. Eine mit pathologischer Neugier und einem Hang zum Voyeurismus. Ich nahm das Diktaphon vom Schrank, schaltete es aus und verstaute es in meiner Umhängetasche.

Einen Moment lang lehnte ich mich mit dem Rücken gegen die kühle Wand und versuchte die Anspannung loszuwerden, die mir die Brust hatte eng werden lassen. Bis vor ein paar Tagen hätte ich es nicht gewagt, mich in diesem Haus zu bewegen, als wäre es meines. Claussen hatte recht, wenn er sagte, ich hätte das Vertrauen meiner Kundin bereits am Silvesterabend missbraucht, als ich mit Max hierhergekommen war. Aber ich hatte mich Heidrun Momberg nah gefühlt und aus diesem Gefühl der Nähe heraus einen Fehler gemacht. Vielleicht war er in ihren Augen genauso wenig verzeihlich wie das, was ich an diesem Tag in ihrem Haus getan hatte. Für mich bestand jedoch ein Unterschied. Ich hoffte inständig, sie würde nie erfahren, dass ich sämtliche ihrer Schränke geöffnet und darin herumgewühlt hatte.

»Frau Degner? Wo bleiben Sie?« Claussens Ton klang ungehalten.

Betont langsam ging ich nach oben und führte ihn wortlos hinaus auf die Straße, wo wir uns von Klaus Trapp verabschiedeten. Kaum saßen wir im Auto, wollte er wissen, was ich so lange dort unten gemacht hatte.

»Ich habe meine Taten hinterfragt.« Ohne ihm Zeit für eine Entgegnung zu lassen, fuhr ich fort: »Wissen Sie, was ich erschreckend finde? Die Methoden, mit denen die Kripo arbeitet.«

»Die Ex-Kripo. Nur ich bediene mich dieser Mittel. Meine Kollegen im aktiven Dienst halten sich streng an die Gesetze.«

»Ist mir neu, dass man auch Gesetzen gegenüber in Pension gehen kann. Was kommt als Nächstes? Vielleicht ein bisschen Folter?«

»Sie haben keine Ahnung, wovon Sie reden.«

»Wie wäre es mit der Würde des Menschen, mit Persönlichkeitsrechten, mit dem Schutz der Privatsphäre?«

Voller Verachtung schnaubte er. »Sie waren noch nie Opfer, nicht wahr?«

Es kostete mich Mühe, ihn nicht direkt an Ort und Stelle aus dem Auto zu werfen und seinem Schicksal zu überlassen. »Das Bespitzeln von Angehörigen geht weit über meine Vorstellung von einem Seniorenservice hinaus.«

»Fahren Sie bitte Richtung Grunewald.« Er nannte mir die Straße und hörte sich die Zeitmeldung seiner Armbanduhr an. Elf Uhr fünfzehn.

»Ich werde Sie dort absetzen«, sagte ich. »Am besten nehmen Sie sich später ein Taxi. Außerdem wäre es mir lieb, wenn Sie mir mein Geld für die vergangenen Tage geben würden.«

»Ich habe nicht vor, Sie aus meinen Diensten zu entlassen.«

»Und ich habe nicht vor, Ihre Art von Dienst weiter zu unterstützen. Sie hätten keine Freude mehr an meiner Begleitung. Ich kann nicht tun, was Sie von mir verlangen.«

»Wo ist das Diktaphon? Geben Sie es mir!«

Ich hielt am Ende einer Bushaltestelle und zog das Aufnahmegerät wie einen Fremdkörper aus meiner Umhängetasche. Während ich mich in den fließenden Verkehr einordnete, spulte er das Band zum Anfang zurück und drückte die Wiedergabetaste. Die Stimmen waren viel zu weit entfernt, um auch nur ein einziges Wort zu verstehen. Insgeheim beglückwünschte ich mich.

Nachdem Claussen sich die Hintergrundgeräusche ein paar Minuten lang angehört hatte, stoppte er die Wiedergabe. »An Ihrer Aufnahmetechnik müssen wir noch feilen«, sagte er trocken.

»Glauben Sie allen Ernstes, dass die beiden etwas mit dem Mord zu tun haben? Schwesternkrieg im Hause Momberg? Das ist doch Blödsinn. Wie weit haben Sie es mit Ihrem Riecher bei der Kripo gebracht?«

»Zum Kriminalhauptkommissar. Dafür war aber weniger mein Riecher verantwortlich, sondern eher Skepsis, Selbstkritik, analytischer Verstand und jede Menge Erfahrung. Am gefährlichsten sind übrigens die Fälle, die einen verleiten, sich mit dem Offensichtlichen zufriedenzugeben. Wenn ich etwas über den Täter erfahren will, muss ich mich mit dem Tatort beschäftigen. Ich muss das Opfer analysieren, ebenso sein Umfeld. Und wenn ich böse Überraschungen vermeiden will, muss ich vorbauen.«

»Mit einem Band, auf dem Hintergrundgemurmel zu hören ist? Wirklich bemerkenswert.«

»Möchten Sie nicht wissen, wer die Tochter Ihrer Kundin getötet hat?«

»Frau Momberg wird es mir sicher irgendwann erzählen. Vorausgesetzt, Ihr Herr Trapp findet es heraus.«

»Ist es, weil ich blind bin?«, fragte er.

»Sollten Sie es herausfinden, siegen Ihre Methoden.« Ich hielt vor dem Haus an, dessen Nummer er mir genannt hatte. »Wir sind da«, sagte ich und gab meiner Stimme den Beiklang einer Verabschiedung.

Claussen machte keine Anstalten auszusteigen. »Ich arbeite gerne mit Ihnen zusammen, Frau Degner. Deshalb ist mir daran gelegen, unsere Zusammenarbeit bis zur Aufklärung der Tat fortzusetzen. Sie sollen mich nicht in Ihr Herz schließen, sondern mir lediglich für eine Weile Ihre Augen leihen.«

Da war er wieder, dieser Ton, der so gefährlich sanft und einfühlsam klang. Ich war mir sicher, dass er ihn einsetzte, wann immer er ihm von Nutzen war. »Wissen Sie, was ein Herz ist, Herr Claussen?«

»Ich habe einige zu sehen bekommen. In der Pathologie.«

Was machte mich schwankend? Ich hätte es nicht sagen können. Ich wusste nur, dass ich es nicht fertigbrachte, ihm meine Dienste zu verweigern. Nicht in diesem Moment, in dieser Situation, in der er neben mir saß. Vielleicht würde es mir am nächsten Tag gelingen, am Telefon.

Vor ihr hatte sie sich gefürchtet? Ein Blick genügte, und sie beruhigte sich. Von ihr drohte keine Gefahr. Sie war ein Leichtgewicht. Dumm, anspruchslos, ungebildet. Manipulierbar, wenn man die richtigen Knöpfe drückte. Oder täuschte sie sich?

Sie kalkulierte ihre Chancen. Wie ein Wolf, der sich das schwächste Schaf sucht, um es von der Herde zu trennen.

Dieses Schaf. Voller Verachtung glitt ihr Blick darüber. Es war schwach. Doch ihre innere Stimme warnte sie. Sie solle sich nicht darauf verlassen, sich nicht in Sicherheit wiegen. Das Schaf konnte ihr schaden, sich ihr in den Weg stellen. Noch wusste es nichts davon. War sich seiner Macht nicht bewusst.

Sie musste rechtzeitig handeln. Musste auf Nummer sicher gehen. Bevor das Schaf zurückforderte, was es nie verdient hatte. Dessen es nicht wert war. Und nie sein würde.

Mit einem Lächeln fing sie es ab. Sie malte ihm eine Zukunft aus, die düsterer nicht hätte sein können. Und beschrieb ein Leben voller Einschränkungen und Entbehrungen.

Dann schürte sie Sehnsüchte und Wünsche. Sie sah dabei zu, wie die Wirkung einsetzte. Wie sich ein Leuchten in die Augen dieses Schafes stahl. Sie sagte, es würde leicht sein, die Wünsche zu erfüllen. Das Schaf musste nur zugreifen.

Der Schlüssel war Geld. Ein Schlüssel, für den sie gekämpft hatte. Mit Tränen, voller Wut. Sie hatte alles auf eine Karte gesetzt. Jetzt hielt sie die Scheine in Händen. Hielt sie fest wie einen Schatz. Nur um sie schließlich in die Hände dieses Schafes zu zählen. Damit es davonlief und sie es nie wieder sah. Und damit es sein Lamm vergaß.

7

Bunt und fröhlich. Das war mein erster Eindruck von der Kita und deren Leiterin, die sich Umfeld und Aufgabe optisch angepasst hatte: geflochtene Zöpfe, eine mit Blumen bestickte weite Hose, darüber ein lachsfarbener Pulli. Fehlten nur noch die Sommersprossen, um das Bild perfekt zu machen. Ihr Naturell war ähnlich kindgerecht. Sie hatte etwas Schelmisches, das vermutlich keinen ihrer Schützlinge unberührt ließ.

Manuela Schmidt bat uns in ihr Büro, das durch eine Glaswand von der lichtdurchfluteten Halle abgetrennt war. Während sie uns zwei Stühle anbot, setzte sie selbst sich auf einen großen Gymnastikball. »Sie haben mich neugierig gemacht, Herr Claussen«, begann sie das Gespräch. »In den vergangenen Wochen kamen Terminanfragen fast ausnahmslos von der Presse. Ich hoffe nicht, dass …«

»Keine Sorge, Frau Schmidt, mit den Medien habe ich nichts zu tun. Ich bin Kriminalbeamter, wegen meiner Erblindung allerdings vor kurzem aus dem aktiven Dienst ausgeschieden. Mein Interesse an der Materie, insbesondere an außergewöhnlichen Fällen, hat jedoch nicht nachgelassen. Ich bringe mich nach wie vor intensiv ein und versuche, meinem Team mit ein paar Gedanken und Analysen zur Seite zu stehen. So auch in den beiden Fällen, die Ihre Arbeit berühren.«

Ich horchte auf. In beiden Fällen? Claussen hatte gesagt, der Name Dagmar Momberg sei noch in einem anderen Fall aufgetaucht. Es war, als fiele es mir wie Schuppen von den Augen. Wir waren in einer Kita. Die Tochter meiner Kundin war Erzieherin gewesen. Der fünfjährige Leon war bei einem Ausflug seiner Kita im Grunewald spurlos verschwunden. Leon … Eines der Kinderbilder, die in Dagmar Mombergs Küche hingen, war von einem Leon gemalt worden.

»Ich bin also nicht in offizieller Mission unterwegs, sondern agiere lediglich beratend im Hintergrund, sammle Eindrücke, die uns möglicherweise weiterbringen«, hörte ich Claussen sagen. »Frau Degner leiht mir dabei ihre Augen.«

In diesem Augenblick lieh ich ihm nicht nur meine Augen, er hatte auch meine volle Aufmerksamkeit. Ebenso wie Manuela Schmidt, die aus der Hüfte heraus kleine kreisende Bewegungen auf dem Ball machte. Sie ließ das Gehörte einen Moment im Raum stehen, um schließlich zu nicken, als sei sie zu einem Entschluss gekommen. »Verstehen Sie es bitte nicht als übersteigertes Misstrauen, aber ich möchte mir zur Sicherheit Ihre Ausweise ansehen.«

Ohne zu zögern, zog Claussen seine Brieftasche aus der Mantelinnentasche, fingerte darin herum und holte schließlich seinen Personalausweis hervor. Ich tat es ihm gleich.

Manuela Schmidt sah sich die Ausweise in aller Ruhe an und notierte unsere Namen. »Wenn es dazu dient, Leon zu finden …« Als sie den Namen des Jungen aussprach, war es, als würde sich eine Wolke vor die Sonne schieben.

Ich hatte mich nicht getäuscht, Leon war der andere Fall, um den es Claussen ging.

»Seit wann arbeitete Dagmar Momberg hier?«, fragte er.

»Seit drei Jahren. Sie als Erzieherin zu verlieren ist sehr, sehr traurig. Sie war eine überaus engagierte, gewissenhafte und zuverlässige Mitarbeiterin.« Für einen Moment wandte sie den Kopf zum Fenster. Sie presste die Lippen aufeinander. »Es ist schlimm, von Dagmar in der Vergangenheit zu reden. Ich mochte sie. Umso schwerer ist es mir gefallen, sie zu beurlauben, nachdem das mit Leon passiert war. Aber es ging nicht anders, ich war dazu verpflichtet, solange die Frage einer Aufsichtspflichtverletzung nicht abschließend geklärt war. Dagmar hat das zutiefst getroffen. Verständlicherweise. Ich bin mir sicher, sie hat sich nichts zuschulden kommen lassen. Sie hat immer eher zweimal hingesehen. Dennoch war der Junge in ihrer Obhut, als er verschwand.« Wieder sah sie aus dem Fenster.

Draußen bauten einige der Kinder Schneemänner, die anderen lieferten sich lautstark eine Schneeballschlacht. Aber ich war mir sicher, Manuela Schmidt hatte keine Augen für das, was im Garten vor sich ging. Stattdessen würde sie das Kind vor Augen haben, für das sie und ihre Mitarbeiter die Verantwortung übernommen hatten. Mit leiser Stimme erzählte sie von den Polizeiwagen, die tagelang durch den Grunewald und die angrenzenden Wohngebiete gefahren waren und über Lautsprecheransagen nach Zeugen gesucht hatten. Sie beschrieb die Fahndungsplakate und ihre Hoffnung, die sich aus der Tatsache nährte, dass der Wald mehrmals erfolglos nach dem Jungen durchkämmt worden war. Das bedeute doch, dass es Chancen gebe, dass er noch lebe, oder?

Claussens Miene war nichts zu entnehmen. Er ließ ihre Frage einen Moment im Raum stehen, ohne sie am Ende zu beantworten. »Wie standen denn die Kinder zu Dagmar Momberg?«

»Die Kinder?« Manuela Schmidts Lächeln beschrieb ihre ehemalige Mitarbeiterin weit mehr, als Worte es konnten. »Die haben sie geliebt. Sie vermissen sie, fragen jeden Tag nach ihr. Wollen wissen, wann sie zurückkommt.«

»Verstehe«, meinte er. »Wie war ihr Verhältnis zu Kolleginnen und Kollegen? Sind da vielleicht Freundschaften entstanden?«

Sie schüttelte den Kopf. »Dagmar war im Kollegenkreis eher zurückhaltend.«

»Ihnen gegenüber aber nicht, habe ich recht?«

Ihr bestätigendes Lächeln erreichte ihn nicht, dafür aber ihr Tonfall. »In mancher Hinsicht war sie eine Träumerin, sie hat noch an die große Liebe geglaubt. Und sie hatte eine Sehnsucht – die Ferne. Immer wieder hat sie davon gesprochen, irgendwann eine große Reise machen zu wollen.«

Nepal, konkretisierte ich in Gedanken und sah wieder den Reiseführer auf dem blauen Sofa vor mir. Bis zur Seite dreiundfünfzig war sie gekommen. Dieses Detail hatte sich mir eingeprägt. Es war wie ein Sinnbild dafür, dass der Tod in jedem Moment zuschlagen konnte. Er wartete nicht, bis eine Sache zu einem Ende gebracht war. Er war das Ende – manchmal schon auf den ersten Seiten.

»Hätte sie sich solche Reisen mit ihrem Gehalt überhaupt leisten können?«, fragte Claussen.

»Sie hat jeden Cent gespart. Außerdem wollte ihre Mutter ihr etwas dazugeben.« Manuela Schmidt hielt abrupt in ihrer Bewegung inne und fixierte Claussen, als könne sie diesen Blick für ihn spürbar machen. »Hören Sie! Ihre Kollegen haben sich bereits auf diesen Punkt versteift. Aber es ist völlig absurd, anzunehmen, Dagmar habe etwas mit Leons Verschwinden zu tun. Niemals hätte sie einem der Kinder etwas angetan. Sie war viel zu sehr auf das Wohl ihrer Schützlinge bedacht.« Die Kita-Leiterin sah zu mir, als wolle sie sich meiner Rückendeckung versichern. »Gibt es irgendeinen Hinweis darauf, wer sie umgebracht haben könnte?« In ihrer Stimme schwang eine diffuse Angst mit.

»Darüber bin ich nicht im Bilde«, antwortete Claussen. »Aber seien Sie beruhigt, die Kollegen arbeiten mit Hochdruck daran.«

An Letzterem bestand kein Zweifel. Dass Claussen nicht im Bilde war, glaubte ich jedoch nie und nimmer. Sein Freund und Ex-Kollege würde ihn ganz bestimmt nicht im Dunkeln tappen lassen.

Claussen räusperte sich. »Hat Frau Momberg vor dem Verschwinden des Jungen irgendein auffälliges Benehmen an den Tag gelegt? Wirkte sie beunruhigt oder verängstigt?«

Manuela Schmidt schüttelte den Kopf.

»Nein«, übersetzte ich für ihn.

»Worauf wollen Sie denn hinaus?«, fragte sie unglücklich.

»Jemand könnte Druck auf sie ausgeübt haben.«

»Um sie zu zwingen …?«

»Ganz ausschließen lässt sich so etwas nie«, antwortete er einfühlsam. »Fällt Ihnen noch irgendetwas ein, etwas Offensichtliches vielleicht, das man auch anders interpretieren könnte?«, fragte er.

»Ich weiß nicht, was Sie damit meinen.«

»Wie hat Dagmar auf das Verschwinden des Jungen reagiert?«

»Völlig aufgelöst. Wir alle waren völlig aufgelöst und zutiefst erschüttert. Haben immer wieder gemeinsam versucht, jede Minute zu rekonstruieren. Zum Zeitpunkt, als Leon verschwand, suchten die Kinder Material zusammen, um im Wald eine Hütte aus Ästen zu bauen. Die Kollegin, die mit Dagmar und der Gruppe im Wald war, hielt sich mit einigen Kindern an der Stelle auf, an der die Hütte entstehen sollte. Dagmar hatte sich mit den anderen auf die Suche nach Ästen gemacht. Es muss geschehen sein, als sie sich gerade um ein Kind kümmerte, das hingefallen war und weinte. Als sie kurz darauf prüfte, ob sich die anderen in Sichtweite befanden, konnte sie Leon nicht entdecken. Sie nahm zunächst an, er habe sich hinter einem Baum versteckt. Deshalb war ihr Suchen auch erst nur spielerisch. Dann wurde es panisch. Nach einer Viertelstunde hat sie die Polizei gerufen.«

»Ist das nicht ein wenig übereilt?«

»Es ist angemessen, wenn Sie ein Kind kennen und einschätzen können. Leon war seit zwei Jahren in Dagmars Gruppe, sie wusste, wie er agierte und reagierte. Als sie ihn nach intensivem Suchen nicht fand, sind bei ihr alle Alarmglocken angegangen. Sie hat richtig gehandelt.« Da war keinerlei Rechtfertigung in ihrer Stimme, sondern tiefe Überzeugung. »Als Leon verschwand, war es, als würde einer von Dagmars Alpträumen wahr. Sie hat unglaublich darunter gelitten, den Jungen nicht ausreichend beschützt zu haben, wie sie sich ausdrückte. Dabei wissen wir alle, dass kein Mensch seine Augen in jedem Moment überall haben kann.«

»Wann haben Sie Frau Momberg zuletzt gesprochen?«

»Zwischen den Jahren«, erinnerte sie sich. »Dagmar rief mich an, um für Anfang Januar einen Termin mit mir zu vereinbaren. Sie wollte gleich am Zweiten kommen. Es war ihr sehr wichtig.«

»Um was drehte es sich dabei? Wissen Sie das?«

»Um ihre Beurlaubung natürlich.«

»Waren das ihre Worte?«

»Sie brauchte nichts zu sagen, ich wusste auch so, worum es ihr ging«, erklärte die Kita-Leiterin. »Zu Hause wird ihr die Decke auf den Kopf gefallen sein. Sie wird nach einem Weg gesucht haben, ihre Beurlaubung abzukürzen.« Fast automatisch begann sie wieder, mit ihrem Sitzball kreisende Bewegungen auszuführen.

Claussen fragte, ob er im Anschluss noch mit der einen oder anderen Kollegin der Toten sprechen könne. Vielleicht sogar mit derjenigen, die an dem Tag dabei war, als Leon verschwand. Mit fast unmerklichem Zögern verwies Manuela Schmidt ihn auf Gaby Wiechmann.

Es war nur eine winzige Bewegung. Hätte ich ihn nicht in diesem Moment angesehen, wäre sie mir entgangen. Claussen schien seine Ohren aufzustellen – wie ein Wolf, der seine Wachsamkeit auf ein weit entferntes Geräusch konzentriert. Und dieses Geräusch wurde lauter, als Manuela Schmidt ihn vorwarnte: Dagmar und Gaby hätten sich nicht sehr gut verstanden, sie hätten sich eher geduldet. Aber solange es auf die Zusammenarbeit der beiden keine Auswirkungen gehabt hätte, habe sie alles so belassen. Personelle Veränderungen seien für die Kinder nie schön.

Während Manuela Schmidt bei ihren Erinnerungen verweilte, fragte ich mich, wie ein schwieriges Miteinander unter Kolleginnen sich nicht auf deren Zusammenarbeit auswirken sollte. Claussens Überlegungen schienen in eine ähnliche Richtung zu gehen, denn er hakte nach, wie Dagmar Momberg sich typischerweise verhalten habe, wenn sie mit jemandem nicht zurechtkam. Eigentlich sehr professionell, bekam er zur Antwort. Bei ihr hätten die Kinder absoluten Vorrang gehabt.

Nachdenklich fasste er die Beschreibung der Toten zusammen: Engagiert, gewissenhaft und zuverlässig sei sie gewesen. Diese Eigenschaften verbinde er mit Besonnenheit und Verantwortungsbewusstsein. Einen Menschen mit diesen Tugenden müsse das Verschwinden eines Kindes aus dem eigenen Aufsichtsbereich auf unerträgliche Weise in Frage gestellt, ja nachgerade aus der Bahn geworfen haben. Wer ihr Stabilität gegeben habe in dieser Situation? Ihre Familie, meinte Manuela Schmidt. Dort habe sie großen Rückhalt und Verständnis erfahren.

Seine Frage, ob sie von Menschen wisse, die Dagmar Momberg schlaflose Nächte bereitet hätten, beschied sie mit einem klaren Nein. Ob die Tote ein Lebensthema gehabt habe, etwas, das eine starke Motivation auf sie ausgeübt habe? Er fragte in einer Weise, die sein Gegenüber mit ins Boot zog.

Das kann er, überlegte ich in widerwilliger Anerkennung, während mein Handy meldete, dass eine SMS gekommen war. Ich las, was Max geschrieben hatte: *Abendessen ja, unverbindlich nein*. Mit einem Lächeln ließ ich das Handy zurück in die Tasche gleiten.

»Ein Lebensthema«, wiederholte Manuela Schmidt Claussens Worte und dachte darüber nach. Sie erhob sich von dem Ball, blieb vor dem Fenster stehen und sah den herumtollenden Kindern in dem schneebedeckten Garten zu. »Ja, vielleicht beschreibt es dieses Wort ganz gut. Obwohl ich es oft übertrieben, manchmal sogar fast ein wenig fanatisch fand.«

Fanatisch? Dieser Vorwurf war mir vertraut. Fabian charakterisierte mich so, wenn es um meine Beziehung zu Tieren ging. Ich musste nur meine Meinung zu Tiertransporten, Tierversuchen oder artgerechter Haltung zum Ausdruck bringen, schon landete – bildlich gesprochen – der Stempel *fanatisch* auf meiner Stirn.

»Fanatisch in welcher Hinsicht?«, formulierte Claussen die Frage, die auch mich brennend interessierte.

»Na ja, wie soll ich es beschreiben?« Sie breitete die Hände aus. »Wenn es um das Wohl eines Kindes ging, hörte Dagmar die Flöhe husten. Dabei sind manche Kinder einfach ungeschickter als andere, fallen häufiger hin und holen sich dadurch natürlich auch eher einmal blaue Flecken. Dagmar hat sich jeden Bluterguss, jede noch so kleine Verletzung genau angesehen. Irgendwie kann ich es sogar verstehen, schließlich steht jede Woche etwas über Kindesmisshandlung in den Zeitungen. Aber dadurch darf man sich nicht in der Weise beeinflussen lassen, wie es bei ihr geschah. Da gilt es, einen kühlen Kopf zu bewahren und nicht hysterisch zu werden.«

»Ist sie mal hysterisch geworden?«, fragte er.

Sie drehte sich um, sah zu uns herüber und ging vor dem Fenster auf und ab. »Hysterisch ist vielleicht das falsche Wort«, machte sie einen Rückzieher. »Insistierend trifft es besser. In einem Fall wollte sie vorschnell das Jugendamt einschalten. Ich hatte damals alle Hände voll zu tun, sie zurückzupfeifen. Verstehen Sie mich bitte richtig: Wir nehmen es gerade mit dieser Thematik hier sehr genau. Aber wir haben auch die Verantwortung dafür, niemanden fälschlich zu beschuldigen. Sonst treten wir eine Lawine los, die vielleicht völlig unschuldige Menschen unter sich begräbt. Dagmar war in dieser Hinsicht naiv, sie hätte es in Kauf genommen, jemanden ungerechtfertigterweise zu bezichtigen. Sie war jederzeit bereit, dieses Risiko einzugehen.«

Und das nannte sie naiv? Mir kam es eher mutig vor.

»Um welches Kind handelte es sich in dem konkreten Fall?« Claussens Ton war beiläufig, aber ich spürte die Wachsamkeit dahinter.

Vielleicht hatte Manuela Schmidt sie auch wahrgenommen, denn ihre Miene verschloss sich augenblicklich. »Wenn Dagmar mit einem Verdachtsfall kam, haben wir das betreffende Kind genau beobachtet. Es handelte sich ausnahmslos um blinden Alarm, übergroße Vorsicht.«

»Hat sich Frau Momberg auch davon überzeugen lassen, oder halten Sie es für möglich, dass sie auf eigene Faust …?«

»Nein, nein«, unterbrach sie ihn. »Sie war erleichtert, dass es sich um blinden Alarm handelte.«

Claussen lehnte sich zurück. Tief in Gedanken rieb er seine Handflächen aneinander. »Mir geht da gerade etwas durch den Kopf«, sagte er gedehnt. »Ich stelle mir diese – wie Sie sagen – etwas überengagierte junge Frau vor. Eines der ihr anvertrauten Kinder ist möglicherweise in ihr ganz spezielles Blickfeld geraten. Sie weiß jedoch aus Erfahrung, dass sie …« Claussen suchte nach dem richtigen Wort. Dabei schnippte er mit den Fingern.

Dass sie zurückgepfiffen wird, lag es mir auf der Zunge zu sagen. Um nur ja niemandem fälschlicherweise auf die Füße zu treten. Schließlich stand der Ruf der Kita auf dem Spiel.

»Ich weiß, worauf Sie hinauswollen«, sagte Manuela Schmidt. Sie klang außer Atem. Vermutlich hatte sie in Gedanken gerade einen Sprint hingelegt. »Dass sie heimlich Erkundigungen eingezogen haben könnte. Das meinen Sie doch. Zuzutrauen wäre es ihr. Sie war nicht der Typ, der schnell aufgibt. Aber selbst wenn sie etwas entdeckt hätte, etwas, das einer Überprüfung standgehalten hätte … sie wäre damit zu mir gekommen, da bin ich mir sicher.«

»Und wenn ihre Erkundigungen noch gar nicht so weit gediehen waren«, meldete ich mich zu Wort. »Ist es nicht denkbar, dass sie jemanden aufgeschreckt und auf sich aufmerksam gemacht hat? Jemanden, der mit allen Mitteln verhindern wollte, dass sie auch nur den leisesten Verdacht äußert?«

Manuela Schmidt runzelte die Brauen, während sie einen ihrer Zöpfe um den Finger kringelte.

»Vielleicht wollte sie zu Jahresbeginn darüber mit Ihnen reden«, schickte ich hinterher.

Dagmar Mombergs ehemaliger Chefin schien diese Überlegung jedoch zu weit hergeholt. Sie tat sie mit einer entschiedenen Handbewegung ab. »Zugegeben, es sind nicht alle Elternteile in gleicher Weise sympathisch, aber wir haben es hier nicht mit einer Vereinigung von Kriminellen zu tun …«

»Ein Krimineller würde schon reichen«, sagte Claussen und nahm seinen Worten mit einem schiefen Lächeln die Schärfe. Trotzdem zuckte Manuela Schmidt zusammen. In ihrem Blick lag unverkennbar die Weigerung, dieser Theorie auch nur ansatzweise zu folgen.

Glaubte denn jeder, die Kriminellen tummelten sich ausschließlich bei den anderen?

Manuela Schmidt hatte uns hinaus in den Garten begleitet, um uns mit Gaby Wiechmann bekannt zu machen,
und hatte sich dann verabschiedet.

Dagmar Mombergs ehemalige Kollegin in Leons
Gruppe hatte Modelqualitäten. Man hätte sie eher auf einem Laufsteg vermutet denn in einer Kita, und sie schien
mit diesem Eindruck zu kokettieren. Während Claussen bereits in die Vollen ging und ihr seinen Spruch von
wegen Hintergrundarbeit aufsagte, fragte ich mich, wie
oft am Tag sie vor einem Spiegel stand, um ihr perfek-
tes Make-up zu erneuern. Ihre Bemühungen, sich selbst
vor Claussen in Positur zu werfen, waren filmreif. Seiner Blindheit zollte sie dadurch Tribut, dass sie mit ihrer
Stimme spielte.

Als Claussen an der Schulter von einem Schneeball
getroffen wurde, schrie er auf. Ihm war anzusehen, dass
es ihn Mühe kostete, nicht loszubrüllen und das Kichern
der Kinder zu ersticken. Gaby Wiechmann dirigierte uns
zur Hauswand. Nachdem sie die Kinder zurechtgewie-
sen hatte, entschuldigte sie sich bei ihm.

Claussen berappelte sich schnell und begann, sie sys-
tematisch zu befragen. Gaby Wiechmann antwortete be-
reitwillig: Über ihr Privatleben habe Dagmar eigentlich
nie gesprochen, und an gemeinsamen Verabredungen
habe sie kein Interesse gezeigt. Sie habe ihr vielmehr immer ein wenig den Eindruck vermittelt, als halte sie sich
für etwas Besseres.

»Das klingt nicht gerade sympathisch«, meinte
Claussen und gaukelte ihr mit seinem Tonfall Solidarität
vor.

»Das haben jetzt Sie gesagt.« Sie tat, als würde sie sich
zieren.

Einen Moment lang hatte ich die Vision, sie träume davon, Schauspielerin zu werden, und habe uns als ihr Testpublikum erwählt.

»Sie haben eine ungeheuer junge Stimme, wie alt sind Sie eigentlich?«, fragte Claussen, ihre offenkundige Eitelkeit ausnutzend.

»Fünfundzwanzig.«

»Wie ich erfahren habe, waren Sie mit Dagmar in einer Gruppe tätig. Wenn mich mein Eindruck nicht trügt, haben Sie einen guten Blick fürs Detail. Also können Sie mir bestimmt etwas darüber sagen, welches Verhältnis sie zu dem kleinen Leon hatte. War es in irgendeiner Weise besonders? Was meinen Sie?«

»In welcher Hinsicht denn besonders?«

»In jeder Hinsicht«, antwortete er.

Gaby Wiechmann schüttelte den Kopf, wobei ihr eine Strähne ihres stark blondierten Haares ins Gesicht fiel. Seine Kollegen hätten sie all das schon gefragt. Das mit Leon sei tragisch, aber sie könne sich überhaupt nicht vorstellen, was Dagmar mit seinem Verschwinden zu tun gehabt haben solle. Außer … Sie wand sich wie jemand, der unbedingt etwas loswerden will. Claussen ging darauf ein – wie ein Hai, der seine Beute umkreist. Außer? Sie ließ sich Zeit, bevor sie antwortete, dass Dagmar vielleicht einen winzigen Moment abgelenkt gewesen sei. Dort, wo bei Manuela Schmidt professionelles Verständnis vorgeherrscht hatte, war hier nur kaum verhüllte Schadenfreude.

Claussen entging das nicht. Er wirkte zufrieden, was sein Opfer als Bestätigung interpretierte. Ob sie sich denn vorstellen könne, dass ihre ehemalige Kollegin das Verschwinden des Jungen sozusagen *unterstützt* habe.

Nein!, kam es spontan, das glaube sie nun auf keinen Fall. Außerdem müssten wir sie jetzt entschuldigen. Sie müsse sich wieder um die Kinder kümmern.

Wir verabschiedeten uns von ihr, ließen die Kinderstimmen hinter uns und gingen zurück ins Gebäude. Erst jetzt bemerkte ich, wie kalt es draußen gewesen war. Um mich aufzuwärmen, schlug ich die Arme um den Oberkörper. Claussen hingegen schien die Kälte nichts ausgemacht zu haben.

»Und?«, fragte er.

»Die ist ihrer Kollegin wirklich nicht grün gewesen.«

»Das will ich meinen.« Er bat mich, ihn bis zur Toilette zu begleiten und davor einen Moment auf ihn zu warten.

Ich stieß die Tür zur Gästetoilette auf und gab ihm die entsprechenden Koordinaten durch, damit er sich zurechtfand. Vor der Tür ließ ich in Gedanken noch einmal das Gespräch mit Dagmar Mombergs ehemaliger Kollegin Revue passieren. Ihre Art war mir unsympathisch gewesen. Aber da war noch etwas anderes. Gaby Wiechmann hatte nicht einmal ein Minimum an Mitgefühl zum Ausdruck gebracht. Für mein Empfinden verdiente auch der Tod einer ungeliebten Kollegin zumindest ein paar Worte des Bedauerns. Innerlich ging ich für die Tote auf die Barrikaden. Ich hatte das Bedürfnis, sie verteidigen und ihr gerecht werden zu müssen. Allem voran gegen diese unerträgliche Schadenfreude ihrer Kollegin.

Als aus einem der gegenüberliegenden Kinderwaschräume ein Mädchen kam, das ich bereits zuvor in Gaby Wiechmanns Gruppe beobachtet hatte, folgte ich einem Impuls. Ich wusste nicht, wohin er mich führen würde, aber ich nahm ihn als Chance wahr, die Tochter meiner

Kundin zurück in das Licht zu rücken, das ihr meiner Meinung nach gebührte.

»Hallo«, sagte ich mit einem Lächeln. »Ich habe eben draußen im Garten deinen Schneemann bewundert. Er ist wunderschön.«

Sie blieb stehen und musterte mich stumm.

»Ich heiße Marlene. Und du?«

»Hannah.«

»Hannah.« Ich tat, als würde ich angestrengt nachdenken. »Ich glaube, meine Freundin Dagmar hat mir mal von dir erzählt.«

»Unsere Dagmar?« Sie kam ein paar Schritte auf mich zu und sah gebannt zu mir hoch.

Ich ließ mich auf einer an der Wand stehenden Bank nieder und nickte. »Ja, eure Dagmar. Die ist nämlich meine Freundin.«

»Wann ist sie denn endlich wieder gesund?«, fragte Hannah, die zusehends zutraulicher wurde.

»Das weiß ich leider nicht. Aber ...«

»Kann sie uns nicht einfach mal besuchen?«, unterbrach sie mich aufgeregt.

»Du hast sie lieb, oder?«

»Alle haben Dagmar lieb.« Hannah kam nah heran und flüsterte mir ins Ohr: »Sogar Larissas Papa. Der hat sie nämlich geküsst.«

Dieses Wort löste eine Flut von Bildern in meinem Kopf aus, sie alle zeigten Max. »Oh«, hauchte ich, riss mich jedoch gleich darauf zusammen. »Ist Larissa in deiner Gruppe?«

Hannah nickte.

»War auch schon einmal jemand böse zu Dagmar?« Es war ein Schuss ins Blaue.

Von einer Sekunde auf die andere wirkte das Mädchen unglücklich. Es sah betreten zu Boden.

Ich beugte mich vor und versprach leise, dass ich es auch ganz bestimmt niemandem weitersagen würde.

»Die Gaby«, sie zögerte und stellte sich in Position, »die hat neulich ganz doll mit der Dagmar geschimpft.«

»Wann war denn das?«, fragte ich.

»Na, neulich. Hab ich doch gesagt.«

»Und weshalb hat die Gaby mit der Dagmar geschimpft?«

Hannah zog die Schultern hoch und ließ sie wieder fallen. »Weiß ich nicht.«

Als die Tür zum Garten aufging und eine Stimme nach ihr rief, winkte sie mir zu und rannte aus meinem Blickfeld.

»Wenn Sie auf ein Erfolgshonorar spekulieren, muss ich Sie enttäuschen«, sagte Claussen von der Gästetoilette her. Mit einem angedeuteten Lächeln streckte er die Hand nach mir aus. »Kommen Sie! Wir müssen noch einmal mit der Kollegin sprechen. Sie erkundigen sich nach Larissas Vater, ich nach dem Streit.«

»Ich muss mir merken, dass Sie das Gras wachsen hören«, erwiderte ich trocken.

Die Frage nach Larissas Vater war schnell beantwortet. Er heiße Johannes Kaast und hole seine Tochter jeden Mittwoch von der Kita ab. Larissa war also offensichtlich eines der vielen Trennungskinder. Als Claussen Gaby Wiechmann fragte, ob sie von einer Beziehung zwischen der Toten und Larissas Vater wisse, musste sie passen. Sie könne es sich aber auch nicht vorstellen. Dagmar sei nicht der Typ gewesen, den ein Mann ... na ja, er wisse schon.

Claussen nickte verständig und winkte sie näher zu sich heran. Er habe noch eine sehr persönliche Frage. Worum denn der Streit mit ihrer toten Kollegin gegangen sei? Der Schatten, der über ihr Gesicht huschte, entging mir nicht. Wenn es einer weiteren Bestätigung bedurft hätte, dass ihr die Frage unangenehm war, dann lieferte sie der schnelle, prüfende Blick, der mir galt. Sie schien sich nicht sicher zu sein, ob ich ihr gefährlich werden konnte, denn sie versuchte, mich mit einem gewinnenden Lächeln ins Boot zu ziehen. Ich tat ihr den Gefallen und ging zum Schein darauf ein.

Der Streit mit ihrer Kollegin sei nicht der Rede wert gewesen, eine Lappalie, nichts weiter. Ach, kommen Sie, meinte Claussen und signalisierte, dass ihr Geheimnis gut bei ihm aufgehoben sei. Sie versuchte, Zeit zu gewinnen, und kümmerte sich um eines der Kinder, dem die Nase lief. Als sie sich wieder zu uns gesellte, tat sie so, als müsse sie sich einen Ruck geben. Schließlich erzählte sie, Dagmar habe in extremen Situationen hin und wieder unbeherrscht reagieren können. Darauf habe sie sie angesprochen, und so sei es eben zu diesem dummen Streit gekommen, den sie im Nachhinein bedaure. Immerhin sei Dagmar jetzt tot. Und über eine Tote wolle sie nicht schlecht reden.

»Verstehe«, meinte Claussen. »Was genau meinten Sie mit unbeherrscht?«

Gaby Wiechmann sah sich nach allen Seiten um, ob jemand zuhören konnte. »Ihr ist halt schon mal die Hand ausgerutscht«, sagte sie so leise, dass sie gerade noch zu verstehen war.

Fast hätte ich lautstark protestiert. Ich glaubte ihr kein Wort. Dagmar Momberg, die gerade eben von ihrer Chefin als fanatisch beschrieben worden war, wenn es um den Schutz der ihr anvertrauten Kinder ging, sollte selbst zugeschlagen haben?

»Haben Sie das gemeldet?« Claussen passte sich perfekt der Lautstärke an.

»Nein, um Gottes willen, das kann schließlich jedem mal passieren. Ich würde doch nie jemanden anschwärzen. Allerdings habe ich ihr gedroht, mit Manuela zu sprechen, sollte so etwas noch einmal vorkommen.«

Claussen hob die Brauen. »Frau Wiechmann, Sie sprachen von extremen Situationen, in denen Ihrer Kollegin die Hand ausgerutscht ist. Ich frage mich gerade, wie ich mir solch eine extreme Situation vorzustellen habe.«

»Also«, begann sie und befestigte elegant eine Haarsträhne hinter dem Ohr, »extrem wird es, wenn ein Kind sich völlig verweigert, nicht mehr hören will und die ganze Gruppe aufmischt.«

Er atmete kurz und scharf ein. »Darf man von einer Erzieherin nicht erwarten, dass sie damit fertig wird, und zwar ohne ein Kind zu schlagen?« Sein Tonfall hatte etwas Drohendes.

Gaby Wiechmann schwieg, senkte den Blick und drehte den Kopf betreten zur Seite.

»War der kleine Leon eines der Kinder, bei denen ihr mal die Hand ausgerutscht ist?«

Sie schien sich zu einem Entschluss durchzuringen. »Bitte … Dagmar ist tot, ich möchte wirklich nicht schlecht über sie reden.«

»War Leon eines dieser Kinder?«, insistierte Claussen.

»Ein- oder zweimal.«

»Haben Sie das beobachtet?«

»Nein, das nicht, aber Leon hat sich bei mir darüber

beklagt. Er hat geweint. Als ich Dagmar zur Rede stellte, meinte sie, der Junge habe sie provoziert.«

»Müsste man an einem Ort wie diesem nicht damit umgehen können?« Claussen klang müde, als habe er eine solche Frage schon viel zu oft gestellt.

»Sicher«, gab sie ihm recht. »Aber ich habe Schlimmeres vermeiden können.«

»Indem?«

»Ich habe Leon gebeten, zu Hause nichts davon zu erzählen.«

8

Der Nachmittag war geflogen. Durch die Arbeit für Claussen war die Zeit, die mir für meine anderen Kunden zur Verfügung stand, zusammengeschrumpft. Es war eine ziemliche Hetze, alle für diesen Tag zugesagten Aufträge zu erledigen. Vor dem verabredeten Abendessen mit Max musste ich sogar noch zwei Stunden für Claussen erübrigen. Wohin ich ihn dieses Mal begleiten sollte, hatte er mir nicht verraten.

Schwankender, welche Entscheidung die richtige war, hatte ich mich lange nicht gefühlt. Wäre es bei dem Mordfall, den er aufklären wollte, um mir unbekannte Menschen gegangen, hätte ich die weitere Begleitung längst abgelehnt. Aber es ging um Heidrun Momberg und ihre Tochter. Ich wollte wissen, warum jemand diese engagierte junge Frau umgebracht hatte, warum jemand meiner Kundin das angetan hatte. Aber wollte ich tatsächlich auch Claussen dabei unterstützen, es herauszufinden? Ich hätte diese Frage weder mit Ja noch mit Nein beantworten können. Letztlich verschob ich die Entscheidung von einem Tag auf den nächsten.

Claussen war einsilbig, als wir Richtung Mitte fuhren. Ich stimmte in sein Schweigen ein, zumal die schwierigen Straßenverhältnisse meine ganze Aufmerksamkeit forderten. Besonders an Ampeln waren die Straßen so vereist, dass einige Autos beim Bremsen und Anfahren ins Rutschen gerieten. Es waren die kältesten Wintertage seit langem.

Während ich an einer roten Ampel auf Grün wartete, wanderte mein Blick zu der Weihnachtsbeleuchtung, die immer noch eingeschaltet war. Ich hatte das Gefühl, das Glitzern der Lichter stärker als sonst wahrzunehmen – als würde Claussens Blindheit mein Sehen intensivieren.

Nachdem ich zweimal um den Block gefahren war, fand ich in der Gormannstraße endlich einen Parkplatz. Als wir ausstiegen, fragte ich Claussen, mit wem er dort verabredet sei. Mit mir, antwortete er kryptisch und ließ sich zur Nummer vierzehn geleiten. Der Bürgersteig war zwar mit Sand gestreut worden, trotzdem setzte Claussen seine Schritte sehr vorsichtig. Die klirrende Kälte ließ in null Komma nichts unsere Gesichtszüge erstarren.

Wenig später gelangten wir zum Eingang der »unsichtBar«. Jördis hatte mir davon erzählt. Es handelte sich um ein Restaurant, in dem in absoluter Dunkelheit gegessen wurde. Blinde und sehbehinderte Kellner übernahmen die Bedienung. Jördis hatte für die Zeitung eine Reportage darüber geschrieben und mir ihre Erfahrung als ganz außergewöhnlich geschildert. Allem Anschein nach wollte Claussen hier gemeinsam mit mir essen.

Er schien nicht zum ersten Mal Gast an diesem Ort zu sein, denn er wurde mit Namen begrüßt. Wir ließen die Mäntel in der Garderobe und setzten uns in die schweren Ledersessel des Foyers. Während er mir erklärte, dass er mich selbstverständlich zum Essen einlade, wanderte mein Blick durch den in warmes Licht getauchten Raum. Ich mochte die Atmosphäre, aber ich hätte sie viel lieber mit Max geteilt, den ich um ein paar Stunden hatte vertrösten müssen.

Nachdem wir unser Essen bestellt hatten, begrüßte uns unser Kellner, der sich während unseres Aufenthalts um uns kümmern würde. Er wies uns an, mit den Händen auf seinen Schultern eine kleine Polonaise zu bilden. Wir würden über keine Stufen gehen müssen, lediglich um ein paar Kurven, die dazu dienten, das Licht zu brechen und absolute Dunkelheit herzustellen. Claussen verzog bei diesen Instruktionen keine Miene. Wozu auch? Für ihn würde sich nichts ändern.

Ich legte meine Hände auf die Schultern unseres Begleiters und vertraute mich seiner Führung an. Bereits nach der dritten Kurve sah ich nichts mehr. Oder besser gesagt: Ich sah nur noch undurchdringliches, absolutes Schwarz. Während er uns zu unserem Tisch geleitete, nahm ich um uns herum Stimmen wahr. Sie kamen mir vor wie die Stimmen von Geistern.

Kaum saßen wir, fuhren meine Hände die Tischkante entlang und tasteten sich schließlich vorsichtig über die Holzplatte und die Gegenstände, die darauf standen: Gläser, Wasser- und Weinflasche, Besteck und Brotkorb. Das Schwarz vor meinen Augen war undurchdringlich und grenzenlos. Einen Moment lang fühlte ich mich unendlich einsam, so als wäre ich von jeder Kommunikation abgeschnitten. Am liebsten wäre ich aufgesprungen, um zurück ins Licht zu laufen. Aber ich hatte vollkommen die Orientierung verloren und hätte nicht einmal mehr sagen können, aus welcher Richtung wir an den Tisch gelangt waren. Meine Welt war mit einem Mal klein und begrenzt. Fühlte Claussen sich so? Allein und ausgeliefert, unfähig, Kontakt zu anderen aufzunehmen?

Ich hätte nicht einmal annähernd sagen können, wie groß der Raum war, in dem wir uns befanden. Ich hatte keine Vorstellung davon, wie viele Menschen um uns herum saßen. Es hätten ebenso zehn wie hundert sein können. Es dauerte nur Minuten, da waren meine Sinne in dem Versuch, mich in dieser Situation zurechtzufinden, überanstrengt. Das Schwarz legte sich wie ein Gewicht auf meine Brust. Ich fühlte mit Claussen, dem dieses Gewicht zum ständigen Begleiter geworden sein musste. Und ich begann zu begreifen, auf welch elementare Weise Blindheit das Leben eines sozialen Wesens auf den Kopf stellte.

Claussen hatte mich bislang völlig meinen Eindrücken überlassen. Jetzt brach er sein Schweigen. »Nur keine Panik, Frau Degner, ich bin bei Ihnen.« Seine Hand drückte sekundenlang meine.

»Würden Sie alleine hier herausfinden«, fragte ich.

»Nach nunmehr dreijähriger Übung …« Es klang wie ein Ja.

»Wie lange hat Ihre Panik angehalten?«

»Lange. Und es gibt immer wieder Situationen, da flammt sie von neuem auf.«

In diesem Moment brachte unser Kellner die Vorspeise, plazierte die Teller vor uns und wünschte guten Appetit. Den Geräuschen mir gegenüber nach zu urteilen, nahm Claussen dies als Startzeichen und machte sich über sein Essen her. Ich hatte alle möglichen Visionen, was sich auf meinem Teller befinden könnte. Nachdem ich das pastetenartige Gebilde, das angeblich garantiert vegetarisch war, vorsichtig betastet hatte, entschied ich mich zu verzichten und nahm mir stattdessen ein Stück Brot aus dem Korb.

»Sie haben es hier noch gut«, sagte Claussen, »Sie können ohne weiteres Ihre Finger benutzen. Ihnen kann niemand beim Essen zusehen. Für einen Blinden unter Sehenden ist Essen Stress. Im ersten Jahr habe ich in Restaurants immer nur Geschnetzeltes bestellt. Überhaupt sind Restaurantbesuche für Blinde eine interessante Erfahrung.« Sein Ton wurde eine Spur sarkastisch. »Sobald die Kellner bemerken, dass Sie nicht sehen können, werden Sie behandelt, als könnten Sie auch nicht frei entscheiden, geschweige denn denken. Nach Ihren Wünschen werden nur noch Ihre Begleitpersonen gefragt. Und wissen Sie, welcher Satz am häufigsten an den Nebentischen fällt? ›Ich müsste auch mal wieder zum Augenarzt und meine Augen untersuchen lassen.‹« So redselig erlebte ich ihn an diesem Abend zum ersten Mal.

»Warum haben Sie mich hierher eingeladen?«, fragte ich.

»Weil ich möchte, dass Sie mit vollem Einsatz für mich arbeiten.«

»Wie stellen Sie sich das vor? Soll ich all meinen anderen Kunden kündigen?«

»Ich meine nicht Ihren zeitlichen, sondern Ihren inneren Einsatz. Ihre Unentschlossenheit ist auf Schritt und Tritt zu spüren. Was macht es Ihnen so schwer? Meine Intuition sagt mir, dass es Ihnen nicht allein um das Eindringen in die Privatsphäre anderer geht. Hat es mit Frau Momberg zu tun? Ich meine mit der Mutter?«

War es Absicht, dass er mir diese Frage ausgerechnet an einem Ort stellte, an dem ich ihm nicht entkommen konnte?

»Zwischen Ihnen und ihr hat sich im zurückliegenden Jahr ein besonderes Verhältnis entwickelt. Und Sie wollen diese Frau nicht enttäuschen, habe ich recht?«, bohrte er weiter.

»Ist das so verwunderlich? Ich brauche sie schließlich als Kundin«, entgegnete ich steif.

»Nehmen Sie mir meine Offenheit nicht übel, Frau Degner, aber ich werde das Gefühl nicht los, dass Sie mehr in ihr sehen als nur eine Kundin. Wäre es möglich, dass sie für Sie eine Art Mutterersatz ist?« Um meinen Protest im Keim zu ersticken, legte er seine Hand auf meine. »Manchmal hat man es mit der eigenen Mutter sehr schwer und sucht vielleicht unterbewusst nach einem Menschen, mit dem es leichter ist. Ohne sie zu kennen, könnte ich mir diese Heidrun Momberg als ein wahres Muttertier vorstellen. Immerhin hat sie vier Mädchen als ihre eigenen Töchter angenommen.«

Vorsichtig tastete ich nach dem Wasserglas und trank einen Schluck. »Meine Mutter starb bei meiner Geburt.«

»Sie haben also Ihre Mutter verloren«, sagte er nach einem längeren Moment des Schweigens. »Und zwei Mütter haben ihre Kinder verloren. Heidrun Momberg wird an nichts anderes denken können. Leons Eltern können nicht mehr schlafen. Seine Mutter verlässt das Haus nicht – aus Sorge, sie könne einen Anruf verpassen oder nicht da sein, wenn ihr Kind zurückkommt.«

Ich holte tief Luft und gab meinen inneren Widerstand auf. »Was glauben Sie, ist mit ihm geschehen?«, fragte ich.

»Anfangs hatte es den Anschein, als laufe alles auf eine Entführung mit Lösegeld hinaus. Leons Vater ist erfolgreich, ein millionenschwerer Unternehmer. Aber je länger es dauert, ohne dass es eine Nachricht gibt ...« Er ließ das Ende des Satzes offen. »Solange keine Leiche auftaucht, muss alles getan werden, um den Jungen zu finden. Und es müssen alle Möglichkeiten in Betracht gezogen werden. Selbst die, dass die Eltern etwas mit seinem Verschwinden zu tun haben. Oder auch seine Erzieherin.«

»Können Sie sich tatsächlich vorstellen, dass Dagmar Momberg darin verstrickt war?«

»Die Frage ist, warum Sie es sich nicht vorstellen können.«

»Die Bilder der Kinder, die in ihrer Küche hängen. Eines davon ist von Leon. Nur jemand, der auch eine Bindung an ein Kind hat, hängt sich dessen Bild auf. Außerdem hat Manuela Schmidt sie als fanatisch beschrieben, wenn es um das Wohl eines Kindes ging.«

»Würden Sie als Kita-Leiterin nicht auch lieber ein solch positiv gefärbtes Bild von Ihren Mitarbeitern zeichnen? Würde das Gegenteil ruchbar, würden die privaten Geldgeber ganz schnell das Weite suchen und ihre Kleinen woanders unterbringen. Denken Sie an das, was Gaby Wiechmann gesagt hat.«

»Der glauben Sie doch hoffentlich kein Wort. Wenn Sie mich fragen, würde die alles von sich geben, Hauptsache, es macht sich im Spiegel gut.«

»Dass sie Ihnen unsympathisch ist, bedeutet nicht, dass sie lügt. Genauso wenig wie eine Sympathieträgerin wie Manuela Schmidt zwingend die Wahrheit sagt. Lassen Sie es uns doch einmal durchspielen. Stellen Sie sich vor, Dagmar Momberg ist die Hand ausgerutscht und sie hat Leon geschlagen.«

Nach einigem Zögern ließ ich mich darauf ein. Es war ein Gedankenspiel, mehr nicht. »Er könnte durch den Schlag gestürzt sein und sich tödlich verletzt haben. Um das Ganze zu vertuschen, lässt sie ihn verschwinden.«

»Er müsste sich dabei noch nicht einmal verletzt haben. Es reicht, wenn er damit gedroht hat, seinen Eltern davon zu erzählen. Sie sieht ihren Job gefährdet und will ihn daran hindern.« Claussen schwieg einen Moment. »Ohne einen Komplizen wäre ihr das allerdings nicht möglich gewesen, nicht in dieser Situation. Sie hat die Suche nach dem Jungen selbst veranlasst. Sollte sie etwas damit zu tun gehabt haben, hätte sie erst absolut sicher sein müssen, dass ihr Komplize das Kind fortgeschafft hat.«

Claussens Worte waren wie ein Nährboden für meine Phantasie. »Ich versuche gerade, diese Situation auf meine Arbeit zu übertragen. Angenommen, ich hätte einen meiner betagten Kunden misshandelt und der drohe, seiner Familie davon zu erzählen. Um ihn loszuwerden, benötige ich jedoch Hilfe. Also frage ich eine Freundin.« Absurd! Es gab niemanden in meinem Umfeld, an den ich mit so einer Bitte hätte herantreten können. »Wissen Sie etwas über den Freundeskreis von Dagmar Momberg?«

»Völlig unauffällig«, antwortete er. »Die zwei, drei Freundinnen, die sie hatte, sind genauso unbescholten wie die Schwestern. Und wenn schon ein Komplize, dann doch jemand, der einem nah ist, dem man hundertprozentig vertrauen kann.«

Inzwischen stand der Hauptgang auf dem Tisch. Der Essensduft, der mir in die Nase stieg, ließ mich meinen Hunger deutlich spüren und drängte die Furcht vor unliebsamen Überraschungen in den Hintergrund. Es dauerte nicht lange, bis mein Teller leer war. Allerdings hatte ich dafür ausschließlich meine Finger zu Hilfe genommen. »Diesem Komplizen oder auch einer Komplizin könnte es nicht gereicht haben, das Kind nur verschwinden zu lassen«, spann ich meine Gedanken weiter fort.

»Er oder sie hätte auf die Idee kommen können, aus dem Ganzen Kapital zu schlagen. Und sollte Dagmar Momberg versucht haben, dem einen Riegel vorzuschieben, könnte das ihr Todesurteil gewesen sein.«

»Oder man hat sie erpresst und sich ihrer entledigt, nachdem sie getan hatte, was man von ihr verlangte.«

»Und wenn beide Verbrechen gar nichts miteinander zu tun haben?«, fragte ich.

»Möglich, halte ich aber für unwahrscheinlich.« Claussen goss sich Wein nach und stieß mit seinem Glas gegen meines. »Sind Sie mit im Boot?«, fragte er.

Ich starrte in die Dunkelheit und sehnte mich nach Licht. »Sie wissen nicht einmal, wie ich aussehe«, antwortete ich hilflos.

»Aber ich habe eine Vorstellung von Ihnen. Über die Stimme lässt sich viel schwerer eine Fassade aufbauen. Das gelingt nur Menschen, die darin sehr geübt sind. Ich spüre Stimmungsschwankungen und Gefühlszustände. Und ich merke, ob jemand lügt.«

»Was ist mit Gaby Wiechmann?«

»Sie hat nicht die Wahrheit gesagt.«

»Wusste ich es doch!«

»Nicht so voreilig! Deshalb wissen wir noch lange nicht, was wirklich geschehen ist. Wir haben lediglich einen Hinweis, worum es hier gehen könnte: um mangelnde Impulskontrolle. Irgendjemandem ist die Hand ausgerutscht. Und möglicherweise ist deshalb ein Kind verschwunden und seine Erzieherin tot.«

Als schließlich die Dessertteller vor uns gestellt wurden, war ich bereits so erschöpft, dass ich ständig gähnen musste. Meine Sinne waren völlig überreizt. Im Gegensatz zu mir wirkte Claussen munter. Beim Verlassen der

»unsichtBar« bat er mich, ihn bei seinem Freund Trapp vorbeizufahren. Er wolle mit ihm noch einen kurzen Plausch halten. Zum Abschied fragte er mich, ob er auf mich zählen könne. Und ich gab ihm zur Antwort, das hinge ganz entschieden von seinen Methoden ab.

Vor lauter Müdigkeit wäre ich am liebsten in mein Bett gefallen und erst zehn Stunden später wieder aufgestanden. Aber ich hatte Max versprochen, noch bei ihm vorbeizukommen. Das mit dem Abendessen würde ich ihm allerdings ausreden müssen. Ich hatte bereits viel zu viel gegessen, um noch einen Bissen herunterzubekommen.

Max wohnte direkt über einem thailändischen Restaurant, dessen Gerüche bis in seine Wohnung zogen. Sein Umzug nach Berlin lag bereits drei Monate zurück, trotzdem waren noch immer etliche seiner Kisten nicht ausgepackt. Umgeben von braunen, in verschiedenen Farben beschrifteten Umzugskartons, küssten wir uns.

Außer Atem hielt ich ihn auf Armeslänge von mir fort. »Ich weiß, wohin das führt.«

»Da bin ich aber froh«, konterte er grinsend. »Also kann ich mir die Aufklärungsarbeit sparen.« Er versuchte, mich hinter sich her Richtung Schlafzimmer zu ziehen.

Ich entzog mich ihm und setzte mich auf ein Bodenkissen. »Eigentlich bin ich nur gekommen, um mit dir zu reden.«

Mit einem Seufzer rutschte er am Türrahmen entlang hinunter auf den Boden. »Ich habe den ganzen Tag geredet. Könnten wir das nicht auf morgen früh verschieben?«

Morgen früh? Und bis dahin? »Max, ich glaube, das

geht mir alles viel zu schnell, ich komme ja gar nicht zum Luftholen.«

Auf allen vieren kam er auf mich zu. »Ich kenne mich aus mit Mund-zu-Mund-Beatmung. Soll ich es dir beweisen?«

»Nein, im Ernst, wenn wir in dem Tempo weitermachen, ist das so ... so ...«

»Verbindlich?« Er stand auf, verschwand in der Küche und kam mit zwei gefüllten Rotweingläsern zurück. Nachdem er sich im Schneidersitz neben mir niedergelassen hatte, reichte er mir ein Glas.

Da ich noch fahren musste, nippte ich nur an dem Wein. Dabei wich ich seinem Blick aus, mit dem er mich streichelte. Am liebsten hätte ich mich einfach an ihn gekuschelt und wäre neben ihm eingeschlafen. »Ich weiß nicht, ob es gutginge mit uns.«

»Das weiß ich auch nicht. Lass es uns herausfinden.«

»Und wenn es schiefgeht?«

Er streckte sein Bein aus und berührte mit dem Fuß mein Knie. Anstatt mir zu antworten, sah er mich eindringlich an.

»Blöde Frage, ich weiß«, ruderte ich zurück. »Vielleicht bin ich einfach nicht mutig genug.«

»Ich jedenfalls bin verliebt genug.«

Ich starrte in mein Rotweinglas und spürte tief in mir ein Lächeln. Als ich aufsah, hatte ich meine Gesichtszüge im Griff. Ich musste an die Fassaden denken, von denen Claussen gesprochen hatte.

»Erzähl mir etwas von deiner Arbeit«, sagte Max in einem Ton, als habe er einen Entschluss gefasst. »Was gefällt dir daran?«

Darüber brauchte ich nicht lange nachzudenken. »Ich

kann etwas Sinnvolles bewirken. Als mein Vater krank wurde, ist mir bewusst geworden, wie schwer das Leben für einen alten Menschen werden kann. Auf wie viel Hilfe er angewiesen ist. Darauf baut mein Service auf. Ich biete keine Pflege, sondern Unterstützung im Alltag.« Nach einem weiteren Schluck von dem schweren Rotwein fuhr ich fort: »Deshalb bekomme ich auch manches nicht zu sehen, womit pflegende Kolleginnen durchaus konfrontiert sind. In den Medien wird sehr viel über verwahrloste und misshandelte Kinder berichtet. Über die Misshandlung, die am anderen Ende der Alterspyramide geschieht, wird aber leider noch weitestgehend geschwiegen.« Vor mein inneres Auge trat Gaby Wiechmann, ich hörte, wie sie von Händen erzählte, die ausrutschten. Und ich hörte Claussen sagen, dass irgendetwas an der Geschichte dran sein müsse. »Allerdings habe ich heute gerade mitbekommen, dass es in einer Kita vermutlich zu Tätlichkeiten durch eine Erzieherin gekommen ist. Und alle schweigen darüber.«

Max hörte mit gerunzelten Brauen zu.

»Bekommst du solche Kinder eigentlich zu sehen?«, fragte ich.

»Misshandelte Kinder?« Max sah zur Decke und wieder zu mir. »Da bin ich sogar ganz sicher. Genauso sicher weiß ich aber, dass ich solch ein Kind vor mir haben könnte, ohne die Misshandlung zu erkennen. Sie ist nämlich längst nicht immer eindeutig. Selbst wenn ich Hämatome in unterschiedlichen Entwicklungsstadien sehe und weiß, dass das Kind sie sich an aufeinanderfolgenden Tagen zugezogen haben muss, heißt das noch nicht, dass die Erklärung der Eltern gelogen ist. Es sind schon Kinder mehrfach hintereinander von der Schaukel oder vom

Klettergerüst gefallen. Natürlich gibt es Anhaltspunkte, wenn sich zum Beispiel die Verletzungen an untypischen Stellen befinden, aber auch dafür kann es plausible Erklärungen geben. Und die muss ich zumindest in Erwägung ziehen. Du stellst dir Misshandlung so vor, als könntest du ganz klar die Gürtelschnalle auf der Haut identifizieren, aber …«

»Was tust du in so einem Fall?«

»So einen Fall hatte ich noch nicht.«

»Was würdest du tun?«

»Ich würde versuchen herauszufinden, ob es einen Hausarzt gibt, mit dem ich mich in Verbindung setzen kann, ich würde meine Befunde festhalten und die Eltern zu einem weiteren Termin einbestellen. Ich würde mich mit meinen Kollegen austauschen und …«

»Was ist mit dem Jugendamt?«, fragte ich.

»Das Jugendamt einzuschalten, hat weitreichende Folgen. Du unterschätzt, in welche Lage ich eine Familie damit bringe.«

»Aber es geht doch um die Lage des Kindes. Muss dahinter nicht alles andere zurückstehen?«

»Natürlich ist das Kind das Wichtigste. Aber was ist, wenn ich mich irre? Diese Eltern kommen zu mir, sie haben Vertrauen zu mir. Wenn ich sie mit meinem Verdacht konfrontiere, sehe ich sie nie wieder. Und wenn ich es nicht tue, riskiere ich, das Kind einer erneuten Misshandlung auszusetzen. Das ist eine Gratwanderung. Ich beneide keinen Kollegen in einer solchen Situation.«

»Aber ist es nicht in jedem Fall besser, sich zu irren, als ein Kind in einer Familie zu lassen, in der es gefährdet ist?«

Max schloss einen Moment die Augen und atmete

tief durch. »Marlene, Kindesmisshandlung ist ein sehr schwerwiegender Vorwurf – für alle Beteiligten. Den kann ich nicht einfach so in den Raum stellen. Auf die Gefahr hin, dass ich mich wiederhole: Die Anzeichen sind oft nicht eindeutig. Da musst du eine Menge sehr schwieriger Gespräche führen und sehr genau prüfen, ob es in dem betreffenden Fall geboten ist, die Schweigepflicht einzuhalten oder sie zu brechen …«

»Und dafür fehlt die Zeit, verstehe.« Ich zog die Knie an und schlang die Arme darum. »Wenn ich von diesen Fällen in der Zeitung lese, frage ich mich immer, wie es sein kann, dass niemand etwas bemerkt hat. Aber letztlich muss die Frage anders lauten: Wie kann es sein, dass niemand den Mund aufmacht?«

»Mit dieser Art von Frage wirst du den Fällen, auf die du anspielst, nicht gerecht. Du scherst damit alle über einen Kamm. Es gibt aber leider nicht den einen Punkt, an dem sich ansetzen lässt, um so etwas ein für alle Mal zu verhindern.«

»Diese Einstellung bedeutet in meinen Augen nichts anderes, als die Verantwortung auf mehrere Schultern zu verteilen und damit von sich selbst fernzuhalten. Nach dem Motto: Ich bin es ja nicht allein, die anderen müssen auch erst noch schuldig werden, damit es zum Supergau kommt. Und so verlässt sich einer auf den anderen. Du auf den Hausarzt, der Hausarzt auf die Erzieherin, die wiederum auf das Jugendamt und so fort.«

Max schüttelte verärgert den Kopf und stand auf. »Lass uns hier bitte einen Punkt machen, Marlene. Über dieses Thema haben sich schon so viele Menschen die Köpfe heißgeredet …«

»Und es hat sich nichts geändert.«

»Doch, es hat sich etwas geändert.«

Ich winkte ab. »Komm mir jetzt bloß nicht mit unserer neuen Kultur des Hinsehens. Das ist viel zu kurz gegriffen. Was nützt es, hinzusehen, wenn …?«

»Es kommt wesentlich häufiger als früher zu Anzeigen. Das heißt, die Leute sehen nicht nur hin, sondern handeln auch.«

»Oder sie schlagen häufiger zu.«

Es gelang uns nicht, einen Konsens zu finden. Für mich waren Eltern, die ihre Kinder misshandelten, gefühllose Monster. Ich hatte kein Verständnis für sie. Max hielt mir entgegen, man müsse verstehen, was da geschehe, nur dann könne man es mit allen Mitteln bekämpfen. Ohne die Ursachen zu kennen, ließe sich keine Prävention betreiben. Was denn die Ursachen seien, fuhr ich ihn an. Zum Beispiel die völlige Übermüdung und Überforderung der Eltern von Säuglingen, sagte er. Wenn ein Baby über Stunden schreie und die Mutter keinen Schlaf fände, würde die eine oder andere ihr Kind irgendwann schütteln, damit es endlich ruhig sei. Dann gebe es Eltern, die als Kinder selbst Opfer von Misshandlung geworden seien. Sie würden nichts anderes kennen als Gewalt, um einen Konflikt zu lösen. Das sei für mich keine Entschuldigung, machte ich mir Luft. Er habe auch nicht nach Entschuldigungen gesucht, sondern nach Erklärungen. Irgendwann hatten wir uns so sehr auf unsere jeweiligen Positionen zurückgezogen, dass mir das Dazwischen wie ein unüberwindbarer Graben vorkam. Um kurz nach zwei verabschiedete ich mich von Max und fuhr durch die eisige Kälte nach Hause.

Je näher ich Dahlem kam, desto schwerer wurde mir das Herz. Ohne Zugang zu einem wärmenden Unterschlupf würde Twiggy bei diesen Temperaturen draußen nicht überleben. Meine letzte Hoffnung bestand darin, dass sie sich einer anderen Familie angeschlossen hatte – aus welchen Gründen auch immer. Die Möglichkeit, dass sie tot war, schob ich gedanklich immer noch beiseite.

Dass Schulze kurz vor dem Einschlafen auf mein Bett sprang und sich an mich kuschelte, empfand ich als kleinen Trost. Noch während ich ihn streichelte, fielen mir die Augen zu. Ich war todmüde, und es würde mir nicht viel Zeit für einen erholsamen Schlaf bleiben, da ich um elf Uhr bereits wieder vor Claussens Tür stehen sollte. Mein letzter Gedanke galt meinem Kunden. Ich stellte mir den Moment vor, als er nach seiner Schussverletzung zum ersten Mal die Augen geöffnet hatte und mit dem undurchdringlichen Schwarz konfrontiert worden war. Der Schock darüber musste tief sitzen.

Schon seit Tagen war das Kondenswasser zwischen den alten Doppelfenstern gefroren, so dass ich nicht mehr hindurchsehen konnte. Ich würde Handtücher dazwischenlegen müssen, machte ich mir während des Frühstücks gedanklich eine Notiz. Würde es wieder tauen, stünden die Zwischenräume sonst schnell unter Wasser.

Ich schaltete mein Laptop ein, überflog auf der Seite des Tagesspiegels die Nachrichten und gab schließlich einen Suchbefehl für Meldungen über den kleinen Leon ein.

Während ich die beiden Fotos betrachtete, die im Internet kursierten, hatte ich Luise Ahlert noch im Ohr, die ihn als hübsches Kind bezeichnet hatte. Das war nicht übertrieben. Auf einem der Fotos grinste er frech in die Kamera. Dass Dagmar Momberg bei seinem Verschwinden zunächst an einen Lausbubenstreich gedacht hatte, war unschwer nachzuvollziehen.

Aus den Meldungen ging hervor, mit welchem Hochdruck die Polizeikräfte nach dem Jungen suchten. Er wurde als stabiles, in sich ruhendes Kind beschrieben, das laut Aussage der Eltern nie mit einem Fremden mitgegangen wäre. Gleichzeitig gab es Querverweise auf die Kindermorde der vergangenen Jahre sowie Berichte über das Leid der betroffenen Familien. Mit einem Kloß im Hals schaltete ich das Gerät wieder aus und machte mich auf den Weg zu Claussen.

Nach dem vergangenen Abend hatte ich mit einer freundlichen Begrüßung gerechnet, nicht jedoch mit einer derart knappen. Dass er mir überhaupt guten Tag sagte, schien schon ein unglaubliches Entgegenkommen zu sein. Er gab mir das Gefühl, ihn verletzt, mindestens jedoch beleidigt zu haben. Nachdem er die Adresse von Heidrun Mombergs Tochter Karoline Goertz in den Raum gebellt hatte, schwieg er während der gesamten Fahrt. Auch gut, dachte ich und hing meinen eigenen Gedanken nach. Max hatte mir beim Aufwachen per SMS einen Guten-Morgen-Kuss geschickt. Er solle mich durch den Tag begleiten und an ihn denken lassen.

Als ich vor dem Haus in der Lepsiusstraße in Steglitz parkte, fragte ich Claussen, ob ich ihm irgendetwas getan hätte.

»Sind wir da?« Er schien gedanklich von sehr weit her zu kommen. Mit schwerfälligen Bewegungen setzte er seine Brille auf und zog den zusammengeklappten Stock aus der Manteltasche.

»Was ist los?«

Seine Abwehrhaltung erfüllte den gesamten Wagen.

»Okay«, sagte ich. »Sie wollen nicht darüber reden. Gut. Aber tun Sie mir einen Gefallen, und hören Sie damit auf, mir das Gefühl zu geben, ich sei schuld an Ihrer Laune.«

Mit einem Unmutslaut wandte er mir den Kopf zu. »Versetzen Sie sich in meine Lage, stellen Sie sich vor, Sie hätten geträumt. Wohlgemerkt in Farbe. Und dann stellen Sie sich vor, Sie wachen auf. Und alles ist schwarz. Reicht Ihnen das?« Die Härte in seiner Stimme war nur vordergründig.

Schweigend blieb ich neben ihm sitzen, bis ich schließlich die Tür öffnete und ausstieg. Ich ging um den Wagen herum und half ihm beim Aussteigen. »Tut mir leid«, sagte ich.

Sekundenlang schien er in sich zusammenzufallen, dann straffte er die Schultern und hob das Kinn. »Sie können nichts dafür. Kommen Sie!«

In stummem Einvernehmen geleitete ich ihn die Stufen bis zur Eingangstür des Altbaus hinauf und drückte die Klingel. Nur wenige Sekunden später ertönte der Summer. Mit dem Aufzug fuhren wir in den dritten Stock. Karoline Goertz erwartete uns bereits an der Tür. Das Zarte, Fragile, das mir heute auf den ersten Blick an ihr ins Auge stach, war mir im Haus ihrer Mutter nicht so sehr aufgefallen. Vielleicht hinterließen aber auch die Anstrengungen der vergangenen Tage deutliche Spuren in ihrem Gesicht und ließen sie an diesem Tag zerbrechlicher erscheinen.

Mit einer zögernden Bewegung bat sie uns hinein und führte uns durch einen langen, sparsam möblierten Flur in ein Zimmer, das mit Esstisch, Couch und Fernseher den Lebensmittelpunkt der Wohnung zu bilden schien. Wir setzten uns an den Tisch, sie selbst blieb stehen.

»Ich weiß eigentlich gar nicht ...«, begann sie und runzelte dabei die Stirn. »Also, ich meine ...« Mit hängenden Armen stand sie vor uns und schien verloren.

»Keine Sorge«, fing Claussen die durchklingenden Zweifel auf. »Wir werden Sie nicht lange belästigen. Ich kann mir gut vorstellen, wie schwer diese Zeit jetzt für Sie ist. Es ist sehr schlimm, eine Schwester zu verlieren, ganz besonders, wenn dies durch ein Verbrechen geschieht. Das kann einen von einem Moment auf den anderen in ein tiefes Loch stürzen. Gleichzeitig stürmt so vieles auf einen ein. Es tauchen unzählige Fragen auf, und auf kaum eine weiß man eine Antwort. Dennoch zeigt die Erfahrung, dass selbst die wenigen Antworten dazu angetan sein können, ein wenig Licht ins Dunkel zu bringen. Und das wollen wir schließlich alle: Licht ins Dunkel um den Tod Ihrer Schwester bringen. Ich bin mir ganz sicher, dass Sie dazu beitragen können.«

»Müssen wir denn das alles immer wieder durchgehen?« Sie sprach schnell und leise.

»Wollen Sie sich nicht zu uns setzen?« Claussen machte eine einladende Handbewegung und wartete, bis er das Rücken ihres Stuhles hörte. »Ich habe wirklich sehr großes Interesse daran, dass Sie mir Auskunft geben. Rein informell, versteht sich. Natürlich sind Sie nicht verpflichtet dazu. Aber ich denke, auch Ihnen ist daran gelegen, dass der Tod Ihrer Schwester so schnell wie möglich aufgeklärt wird. Und was immer ich dazu beitragen kann, will ich tun. Lassen Sie uns deshalb einfach beginnen, umso schneller sind wir fertig. Einverstanden?« Er ließ ihr keine Zeit, zu antworten, und damit auch keine, seine Worte, oder besser seine so geschickt umschriebene Legitimation in Frage zu stellen.

»Sie teilen sich die Wohnung mit Ihrer Schwester Simone, nicht wahr?«

»Das ist die günstigste Lösung für uns beide. Simone hat ihre Physiotherapie-Praxis hier.«

»Und was machen Sie?«

Fitnesstrainerin, antwortete ich in Gedanken. Das hatte Claussen zumindest am Vortag gesagt. Mit einem Ohr hörte ich sie von ihrer Arbeit erzählen, mit dem anderen lauschte ich auf die Geräusche aus dem Bad. Ich nahm an, ihre Schwester stand gerade unter der Dusche.

»Können Sie mir etwas über Dagmar erzählen? Was für ein Mensch war sie? Wie war Ihr Verhältnis zu ihr?«

Karoline Goertz tupfte mit dem Zeigefinger Staubkörner vom Tisch. Es hatte den Anschein, als könne sie sich nur sehr schwer von dieser Tätigkeit lösen. Wie gebannt folgte sie mit dem Blick ihrem Finger. »Wir hatten ein gutes Verhältnis, ein sehr gutes sogar. Dagmar war ...« Sie schluckte.

»Ich weiß«, sagte Claussen, »es ist schwer, sich an die Vergangenheitsform zu gewöhnen.«

»Sie war hilfsbereit. Und sie hatte ... Ich weiß nicht, wie ich das beschreiben soll. Für Dagmar waren die Dinge immer ganz klar, da gab es kaum Zweifel.«

»Sie meinen zwischen richtig und falsch?«

Karoline Goertz löste ihren Blick von den Staubkörnern. »Mit Menschen ging es ihr ähnlich. Entweder sie mochte sie oder eben nicht. Und dann machte sie auch kein Hehl daraus. Wobei sie niemanden bewusst verletzen wollte.«

»Aber das konnte schon mal dabei herauskommen. Meinen Sie das?«

Sie nickte.

»War sie ein eher ängstlicher oder ein eher mutiger Typ?«, fragte er.

»Ängstlich? Nein. Sie war mutig. Wenn ihr etwas wirklich wichtig war, hat sie alle Zurückhaltung aufgegeben und ist …«

Über Leichen gegangen? Worüber würde ich hinweggehen, wenn es um etwas wirklich Wichtiges ging? Einmal war ich dazugekommen, als ein Mann einen Hund verprügelte. Ich hatte geschrien, er solle aufhören. Als er das nicht tat, hatte ich nach einem Holzknüppel gegriffen. Noch immer war ich überzeugt, dass ich zugeschlagen hätte, wäre nicht ein Passant dazugekommen und hätte ihn ebenfalls angeschrien.

»Könnte man sagen, dass sie sich vergessen hat?«, fragte Claussen.

»Wie kommen Sie denn darauf? Nein, das glaube ich nicht.«

»Hatte sie starke Nerven?«

Jetzt hielt es sie nicht mehr auf ihrem Stuhl. Sie ging zum Fenster, die Arme um den Oberkörper geschlungen, als friere sie. »Sie meinen, dass sie vielleicht jemanden ins Haus gelassen hat, vor dem sie sich eigentlich hätte fürchten müssen.« Sie dachte nach. »Möglich wäre es. Dagmar war nicht leicht …« Sie schien nach dem richtigen Wort zu suchen, senkte den Kopf und lehnte ihn gegen die Fensterscheibe. Die Kälte schien sie nicht zu spüren.

»War sie gutgläubig?«, fragte ich leise.

»Nein.«

»Ruhte sie in sich, oder war sie eher ein nervöser Mensch?«

»Dagmar war völlig ausgeglichen. Sie war die Ruhe selbst, hatte fast ein Phlegma.« Karoline Goertz hauchte gegen die Scheibe und tupfte mit der Fingerspitze Punkte in die beschlagene Fläche. Dann verwischte sie alles wieder.

»Hatte sie eine Beziehung?«, fragte Claussen.

»Nein. In der Hinsicht war sie ein bisschen schrullig. Sie hat immer auf die große Liebe gewartet.« Sie atmete schwer und sagte leise: »Die ist aber nie gekommen. Waren Sie in ihrer Wohnung?«

»Was ist dort?«, fragte Claussen und entging geschickt einer Antwort.

»Filme über Filme, alle in Schwarzweiß, alle über die Liebe.«

»Könnte sie sich kurz vor ihrem Tod verliebt haben?«, forschte ich in Erinnerung an das, was die kleine Hannah gesagt hatte, nach.

»Das kann ich mir nicht vorstellen«, antwortete sie im Brustton der Überzeugung. Dann hob sie mit einem Ruck den Kopf und wandte sich zu uns um. »Sie meinen, sie könnte sich in ihren Mörder verliebt haben?«

»Alles schon vorgekommen«, murmelte Claussen.

»Guten Tag«, erklang die Stimme von Simone Fürst. Sie stand im Türrahmen, eine Flasche Mineralwasser in der einen, Gläser in der anderen Hand. »Möchten Sie etwas trinken?« Sie erwiderte mein Lächeln, kam zum Tisch, setzte sich zu uns und verteilte die Gläser. »Entschuldigen Sie, dass ich jetzt erst dazukomme, aber ich bin erst gegen Morgen eingeschlafen. Dagmars Tod ist immer noch so … so unwirklich. Alles Grübeln führt zu nichts. Es ist sinnlos. Und dennoch tut man nichts anderes.« In einer Ergebenheitsgeste breitete sie die Hände aus und ließ sie kraftlos auf dem Tisch ruhen. »Ich frage mich immer wieder, warum ausgerechnet Dagmar so etwas passieren musste. Und dann denke ich, dass so etwas tagtäglich überall auf der Welt geschieht, aber …«

»Fällt einer von Ihnen irgendjemand ein, der einen Grund gehabt haben könnte, Ihre Schwester zu töten?«, fragte Claussen, während er nach dem Wasserglas tastete.

Die Frauen sahen sich an. Beiden standen sichtlich Zweifel ins Gesicht geschrieben.

»Nein«, antwortete Simone Fürst. »Allein die Vorstellung ist absurd. Dagmar hat ein völlig unauffälliges Leben geführt. Sie hatte mit niemandem Streit. Sie war gar nicht der Mensch, der einen anderen bis aufs Messer reizen konnte.«

»Zu welchen Menschen hat Ihre Schwester denn das größte Vertrauen gehabt?«, wollte Claussen wissen.

»Zu uns Schwestern und zu unserer Mutter«, antwortete Karoline Goertz.

»Und was ist mit Freundinnen?«, hakte er nach.

»Ja, sicher, natürlich hat sie Freundinnen gehabt. Aber die kennen wir nicht. Dagmar hat sich in einem völlig anderen Umfeld bewegt.«

»Wann haben Sie Ihre Schwester denn zum letzten Mal gesehen oder gesprochen?«

Simone Fürst ergriff das Wort: »Gesehen haben wir uns alle an Weihnachten, genauer gesagt an Heiligabend. Wir haben mit unserer Mutter gegessen.«

»Welchen Eindruck hatten Sie da von Dagmar?«

»Sie war bedrückt«, kam es wie aus der Pistole geschossen. »Aber das war auch kein Wunder. Sie haben sicher von dem Kind aus ihrer Gruppe gehört, das verschwunden ist. Man hat versucht, Dagmar die Sache in die Schuhe zu schieben. Ausgerechnet ihr. Ich kenne keinen gewissenhafteren Menschen als sie. Wenn das Kind aus ihrer Obhut verschwinden konnte, wäre es bei jedem anderen Menschen erst recht möglich gewesen. Dagmar hat sehr unter den unausgesprochenen Vorwürfen gelitten. Sie hat ihre Arbeit geliebt, die Kinder waren ihr Ein und Alles. Und dann wird sie beurlaubt. Die haben sie so weit gebracht, dass sie sich schuldig fühlte. Sie meinte, sie habe nicht gut genug aufgepasst, das könne sie sich nicht verzeihen.«

»Hat sie Ihnen von dem Tag erzählt? Hat sie irgendetwas beobachten können?«

»Sie hat ständig davon erzählt, man konnte ja mit ihr über gar nichts anderes mehr reden«, sagte Karoline Goertz. Da sie so schnell sprach, klang sie leicht außer Atem. »Leider hat sie überhaupt nichts beobachten können, da sie wohl einen Moment lang abgelenkt war. Aber wie sollte sie denn auch alle Kinder gleichzeitig im Auge behalten, das geht doch gar nicht.«

»Dass der Junge verschwunden ist, hat sie fast in den Wahnsinn getrieben«, fuhr Simone Fürst fort. »Als wir dann erfuhren, dass sie tot ist, habe ich zunächst angenommen, sie hätte sich etwas angetan. Aber das ist wohl ausgeschlossen, oder?«

»Völlig ausgeschlossen«, entgegnete Claussen. »Wann haben Sie Ihre Schwester zuletzt gesprochen? War das auch an Heiligabend?«

Beide schüttelten den Kopf, bevor Karoline Goertz antwortete: »Sie hat Silvester hier angerufen, um uns einen guten Rutsch zu wünschen.«

»Hat sie irgendetwas über ihre abendlichen Pläne angedeutet?«, fragte ich.

»Eigentlich war sie zu einem Fest eingeladen gewesen,

aber wegen der Sache mit dem Kind hat sie abgesagt.« Sie sah zu ihrer Schwester, die ihre Worte mit einem Nicken bestätigte. »Ich glaube, sie wollte zu Hause bleiben und später im Haus unserer Mutter vorbeifahren, um nach dem Kater zu sehen.«

»Gab es etwas, das Ihre Schwester aus der Fassung hätte bringen können?« Claussen lehnte sich zurück und schlug ein Bein über das andere.

»Aus der Fassung?«, wiederholte Simone Fürst und dachte über die Frage nach.

»Ungerechtigkeit konnte sie aus der Fassung bringen«, kam ihre Schwester ihr mit einer Antwort zuvor, »aber das geht wohl jedem Menschen so.«

Claussen schüttelte wie in Zeitlupe den Kopf. »Da muss ich Ihnen leider widersprechen. Wäre das so, sähe unsere Welt anders aus. Aber lassen wir das einmal dahingestellt sein. Mich interessiert noch eine andere Frage.« Er gestikulierte in die Richtung beider Frauen. »Hat sie üblicherweise von ihrer Arbeit erzählt? Von den Kindern? Ich meine damit diese kleinen Geschichten des Alltags. Hat sie die aus der Kita mit nach Hause gebracht?«

»Irgendwie bringen wir doch alle unsere Geschichten mit nach Hause«, antwortete Simone Fürst. »Dagmar hatte ein Faible für die lustigen. Sie hat sie sogar für die Eltern aufgeschrieben, da manche von ihnen wohl solche Tagebücher für ihre Kinder führen.«

»Einige der Kinder haben Bilder für Ihre Schwester gemalt. Sie hat sie zu Hause bei sich aufgehängt. Halten Sie es für möglich, dass sie zu diesen Kindern eine besondere Beziehung aufgebaut hat? Hat sie mal Namen von Kindern genannt?«

Die beiden sahen sich ratlos an. Wieder war es Simone

Fürst, die antwortete: »Sie war sehr beliebt bei den Kindern und hat ständig Bilder und kleine Basteleien von ihnen bekommen. Aber dass sie eine besondere Beziehung aufgebaut hätte?« Sie zuckte die Schultern und schüttelte den Kopf.

»Gab es abgesehen von der Sache mit Leon einmal Ärger in der Kita, etwas, worüber sich Ihre Schwester besonders aufgeregt hat?«

»Nein«, antworteten beide wie aus einem Munde.

»Konnte Dagmar auch impulsiv sein? Ich meine in der Weise, dass ihr der Kragen geplatzt ist und sie ihre Impulse nicht mehr unter Kontrolle hatte?«

»Ich verstehe nicht, worauf Sie hinauswollen«, sagte Simone Fürst mit einem abweisenden Unterton. »Dagmar ist tot, und das sicher nicht, weil ihr der Kragen geplatzt ist.«

»Warum denn dann?«, fragte Claussen.

Die Schwestern starrten ihn stumm und anklagend an.

»Hat Ihre Schwester einmal davon gesprochen, dass ihre Arbeit sie überfordert? Oder gab es Momente, in denen die Kinder sie nervten?«

»Wer behauptet das?« Karoline Goertz setzte sich in Bewegung und lief unruhig zwischen Tisch und Fenster auf und ab, wobei sie Claussen immer wieder gereizte Blicke zuwarf. »Dagmar hätte die doppelte Anzahl an Kindern betreuen können und wäre nicht genervt gewesen. Mit den Kindern war sie in ihrem Element. Warum kommen Sie überhaupt immer wieder auf ihre Arbeit zurück? Dagmars Tod muss doch gar nichts damit zu tun haben. Es gibt tausend Gründe, warum Menschen umgebracht werden, und Sie versteifen sich auf ihre Arbeit. Ich begreife das nicht.«

»Im beruflichen Wirkungskreis Ihrer Schwester ist vermutlich ein Verbrechen geschehen. Ihre Schwester selbst ist einem Verbrechen zum Opfer gefallen. Da müssen wir uns die Frage stellen, ob zwischen beidem eine Verbindung besteht. Und wenn Sie ehrlich sind, werden Sie zugeben müssen, dass Sie sich diese Frage auch schon gestellt haben. Zumindest läge das nahe.«

»Gestellt ja«, sagte Simone Fürst. »Aber nicht in der Weise wie Sie. Sie unterstellen, dass Dagmar an dem Verschwinden des Kindes beteiligt war und sie deshalb jetzt tot ist.«

»Und Sie?«, fragte er interessiert. »Zu welchem Ergebnis hat Sie diese Frage geführt?«

Einen Moment schien sie aus dem Konzept zu geraten und zögerte mit einer Antwort. Schließlich sagte sie: »Dagmar ist tot, und ich kann mir beim besten Willen nicht vorstellen, warum.«

»Sie träumte davon, zu reisen«, fuhr Claussen fort. »Und hat dafür jeden Cent zur Seite gelegt.« Er ließ seine Worte im Raum stehen. Die Reaktion ließ nicht lange auf sich warten.

»Sie hätte gar keine Gelegenheit gehabt, das Kind verschwinden zu lassen. Wie stellen Sie sich das vor?«, fragte Simone Fürst, die Hände zu Fäusten geballt.

»Sie hätte einen Komplizen haben können. Fällt Ihnen ein Ort ein, an dem Ihre Schwester den Jungen hätte verstecken können?«

»Nein.« Beide sprachen gleichzeitig, leise die eine, laut und mit Nachdruck die andere. Ihren Blicken nach zu urteilen, bauten sie eine starke Front gegen Claussen auf.

Ich räusperte mich und versuchte, mit einem Lächeln

die Atmosphäre zu entschärfen. »Können wir noch einmal über eine ganz andere Möglichkeit sprechen?« Ich sah beide der Reihe nach an. »Ich denke da an Ihre Mutter. Könnte es jemand auf sie abgesehen haben? Und Ihre Schwester war nur zur falschen Zeit am falschen Ort?«

»Unsere Mutter?«, fragte Karoline Goertz überrascht.

Simone Fürst schüttelte den Kopf. »Sie wäre ein Opfer für einen Handtaschendieb oder vielleicht noch für einen Einbrecher, den sie überrascht. Aber es ist wohl niemand eingebrochen, oder?«

»Was hat Ihre Mutter früher gemacht?«, fragte Claussen. »Ist sie einem Beruf nachgegangen?«

Zum ersten Mal an diesem Vormittag sah ich Simone Fürst lächeln. »Es war wohl eher eine Berufung«, sagte sie voller Bewunderung. »Unsere Mutter war und ist mit Leib und Seele Pflegemutter. Bei vier Kindern blieb ihr gar keine Zeit für einen weiteren Beruf. Das war auch nie ein Thema.«

»Also gab es keine Berührungspunkte in andere Bereiche hinein?«

»Nicht, dass ich wüsste, aber am besten fragen Sie sie das selbst. Wobei es ratsam wäre, ein wenig damit zu warten. Ihr geht es sehr schlecht. Dagmars Tod hat sie zutiefst erschüttert.«

Claussen gab einen mitfühlenden Laut von sich. »Eine letzte Frage habe ich noch an Sie beide, dann sind Sie uns los: Wie haben Sie jeweils den Silvesterabend verbracht?«

»In Ihren Augen wahrscheinlich völlig langweilig«, antwortete Karoline Goertz in der ihr eigenen abgehetzten Art. »Da wir beide mit Silvester nicht viel anzufangen wissen, haben wir hier zusammen gekocht und sind früh schlafen gegangen.«

»Hatten Sie Freunde zu Besuch?«

»Nein.«

9

Heftig einsetzender Schneefall hatte vorübergehend den Verkehr lahmgelegt. Wir brauchten eine geschlagene Stunde von der Lepsiusstraße bis zu Claussens Wohnung. Er nutzte die Zeit, um sich von mir die Wohnung der beiden Frauen bis ins Detail beschreiben zu lassen – zumindest den Teil, den ich zu sehen bekommen hatte. Mein Eindruck war gewesen, dass die beiden viel für ihre Fortbildung taten. Zumindest ließ die ausführliche Fachliteratur darauf schließen. Überhaupt schienen sie viel zu lesen. In einer Ecke des Zimmers hatten sich Berge von Zeitungen und Nachrichtenmagazinen gestapelt. Insgesamt hatte ich die Einrichtung des Raumes eher als funktional denn als kreativ empfunden. Ihre Schwester Dagmar hatte mehr persönliche Atmosphäre in ihrer Wohnung geschaffen.

Über Claussens Frage nach der Körpersprache der beiden musste ich erst nachdenken. Ich ließ beide Schwestern noch einmal vor meinem geistigen Auge auferstehen und kam zu dem Ergebnis, dass ihre Körpersprache der Situation und ihren Antworten angemessen gewesen war. Kaum hatte ich es ausgesprochen, unterstellte er mir, ich sagte das nur, weil die Frauen mein Mitgefühl hätten. Ich hielt ihm entgegen, dass sein Übermaß an Skepsis eine allem Anschein nach unheilbare Berufskrankheit sei.

Nachdem ich Claussen vor seiner Haustür abgesetzt

und ihm versprochen hatte, ihn um halb fünf wieder ab-
zuholen, klingelte ich ein paar hundert Meter weiter an
Max' Tür. Ohne Erfolg. Während ich vor Kälte und Un-
schlüssigkeit von einem Fuß auf den anderen trat, klingelte mein Handy. Es war meine Freundin Grit, die fragte,
ob mir etwas dazwischengekommen sei. Einen Moment
lang wusste ich nicht, wovon sie sprach, dann fiel es mir
wie Schuppen von den Augen: Ich hatte unseren Stamm-
tisch vergessen. Vierzehntägig, jeweils samstags mittags,
traf ich mich mit ihr, Anna und Jördis in der Luise, einem
studentisch geprägten und überaus beliebten Lokal in
Dahlem. Ein Blick auf die Uhr sagte mir, dass ich mich
bereits um eine halbe Stunde verspätet hatte. Ich versprach, mich zu beeilen.

Auf der Fahrt dorthin ging mir noch einmal der Besuch bei den beiden Frauen durch den Kopf. Ich versuchte, mich in ihre Situation hineinzuversetzen, stellte mir
vor, ich würde meinen Bruder durch ein Verbrechen verlieren. Und dann kamen fremde Menschen, die mich mit
Fragen traktierten. Im Nachhinein bewunderte ich die
Schwestern, dass sie so geduldig und weitgehend freundlich nach Antworten gesucht hatten. Und das, obwohl
beiden anzumerken gewesen war, wie viel Kraft sie das
gekostet hatte.

Nachdem ich in der Nähe der Luise einen Parkplatz
ergattert hatte, stapfte ich durch den knirschenden Schnee
und floh vor der Kälte in das Lokal. Meine drei Freundinnen saßen am Fenster. Sie waren bereits in eine hitzi-
ge Diskussion vertieft, von der ich, während ich meinen
Mantel aufhängte, nur Bruchstücke aufschnappte. Ich
setzte mich zu ihnen, wurde schnell und herzlich begrüßt
und versuchte, in ihr Gespräch hineinzufinden.

Allem Anschein nach ging es um einen von Grits Schülern, der sich aktiv an einer Schlägerei beteiligt hatte. Als seine Klassenlehrerin hatte sie mit den Eltern gesprochen, die jedoch den Aktivitäten ihres Sohnes gegenüber offenkundige Gleichgültigkeit an den Tag gelegt hatten. Jördis interessierte sich sehr für dieses Thema, da sie ihrer Zeitung gerne eine Reportage darüber anbieten wollte. Anna sollte aus ihrer beruflichen Erfahrung als Psychologin einiges dazu beisteuern.

Ich gab mir Mühe, mich auf das Thema zu konzentrieren, aber meine Gedanken schweiften immer wieder ab. Normalerweise hätte mich das Psychogramm eines gewalttätigen Schülers und seiner gleichgültigen Eltern interessiert, denn das war der Grundgedanke unseres Stammtischs – wir wollten etwas aus den beruflichen Feldern der anderen erfahren, um über unsere eigenen Tellerränder hinauszuschauen. An diesem Tag fiel mir der Einstieg jedoch schwer. Meine Gedanken galten Heidrun Momberg und ihren Töchtern.

»Hallo? Marlene?« Jördis, die nur so aussah wie die personifizierte Unschuld vom Lande, schnippte mit den Fingern vor meinem Gesicht. »Wo bist du?«

Als hätte ich nur auf diesen Anstoß gewartet, sprudelte ich los und erzählte von dem Fund der Toten, und wer sie war. Den großen Rest, der von Claussen handelte, ließ ich jedoch aus. Es war weniger wegen des Verschwiegenheitsgelübdes, das ich ihm gegenüber hatte ablegen müssen, als wegen meiner Überzeugung, sie würden mich für verrückt halten, dass ich mich überhaupt darauf eingelassen hatte. Ich wandte mich an Anna, der die tiefen Einblicke in die menschliche Seele bislang noch keinen Deut ihrer positiven Ausstrahlung geraubt hatten. »Kannst du mir sagen, was einen Menschen dazu bringt, einen anderen zu töten? Ich bin nicht weltfremd, ich weiß, dass es Hass, Eifersucht, Neid, Rache oder auch Habsucht gibt. Aber ich kann mir nur schwer vorstellen, wie stark so ein Gefühl werden muss, um deswegen zu töten.«

»Du hast Notwehr als treibende Kraft vergessen, der Überlebenstrieb ist immens. Oder denk nur an Liebe und Mitgefühl, wenn jemand tötet, um das Leid eines anderen zu beenden.« Sie legte den Kopf in die Hand und dachte nach. »Es kann auch völlige Gefühlskälte sein, reines Kalkül, Unfähigkeit zur Empathie. Aber das allein reicht nicht, wenn wir mal Notwehr und Liebe als Motiv außen vor lassen. Nimm nur Eifersucht oder Hass. Das sind keine außergewöhnlichen Gefühle. Aber längst nicht alle Menschen, die so empfinden, werden zu Mördern. Genauso wie ein Hund eine Beißhemmung hat, haben wir eine Tötungshemmung. Die zu überwinden, bedarf es schon enormer Auslöser oder eines Mangels an Impulskontrolle. Ich glaube, man muss einen ziemlichen Weg zurücklegen, um zu töten. Das Mitgefühl muss betäubt oder nicht existent sein. Es kommt vieles zusammen, es ist kein monokausales Geschehen ...«

»Kannst du dir vorstellen, jemanden zu töten?«, unterbrach ich sie.

»Ja«, entgegnete sie ohne Umschweife. »Ob ich aber letztlich dazu fähig wäre, ob ich diese Schwelle wirklich überschreiten könnte, weiß ich ehrlich gesagt nicht. Zum Glück war ich noch nie in einer solchen Situation.«

Ich sah die beiden anderen an. »Und ihr?«

Jördis runzelte die Stirn. »Ich kann's mir nicht vorstellen, beim besten Willen nicht. Ich meine, mach das mal – leg mal jemandem einen Schal um den Hals und zieh zu. Du spürst, wie der andere durch deine Hände stirbt. Der wehrt sich, tut alles, um zu überleben. Und du? Nee, wirklich nicht. So schlimm kann ein Gefühl gar nicht sein, dass ich dazu fähig wäre.«

»Also schießen könnte ich … glaube ich zumindest.« Grit lehnte sich zurück, sah zur Decke und kniff die Augen zusammen, als nehme sie etwas, das uns allen verborgen war, genau ins Visier. »Ich könnte es, wenn jemand wirklich grausam wäre, menschenverachtend … wenn derjenige einen Menschen bedrohte, der mir sehr viel bedeutet. Ich glaube, in dem Fall könnte ich abdrücken. Damit das aufhört. Aber eben nur abdrücken. Ich könnte ihm zum Beispiel kein Messer in den Bauch rammen. Jedenfalls kann ich mir das nicht vorstellen. Und ich hoffe, dass ich nie in eine Situation gerate, die mich auf eine derartige Probe stellt.«

»Was ist mit dir?«, fragte Anna mich.

Ich brauchte nicht lange zu überlegen. »Mir geht es wie Grit. Grausamkeit würde bei mir die Hemmschwelle herabsetzen. Um etwas Grausames zu beenden, könnte ich auf einen anderen Menschen losgehen. Aber ich weiß nicht, ob ich denjenigen in diesem Moment überhaupt noch als Menschen wahrnehmen würde. Ob er nicht einfach zu einem Etwas würde, das es zu vernichten gilt, um ein Leben zu retten.«

Ich dachte an den Hund, der verprügelt worden war. Um diesen Schlägen ein Ende zu setzen, wäre ich auf den Besitzer losgegangen. »Ich weiß, wie das klingt«, sagte ich, »so, als würde ich zwei Leben einen unterschiedlichen Wert beimessen. Aber das ist es nicht. Das Entscheidende ist, dass ich das eine Leben in dem Moment gar nicht als solches wahrnehmen würde, sondern nur als etwas Grausames, von dem eine ungeheure Bedrohung ausgeht.«

»Ich frage mich gerade«, meldete Grit sich zu Wort, »ob man mit solchen Überlegungen nicht gewissermaßen Gedankenpfade in seinem Hirn anlegt, Pfade, die man dann irgendwann auch beschreitet, wenn man in die entsprechende Situation gerät.«

»Weil Gedanken den Weg bereiten?« Jördis schüttelte den Kopf. »Das ist Quatsch. Wenn ich mir vorstelle, was ich schon alles gedacht habe in meinem Leben. Mehrfach sogar. Dann müsste es in meinem Hirn ja die reinsten Trampelpfade geben. Und ich würde seit Jahren einsitzen, wenn ich mich hätte schnappen lassen. Nein, ich glaube, so funktioniert das nicht.«

»Außerdem ist es sinnvoll, Gedanken zuzulassen«, sagte Anna, »um sie innerlich zu diskutieren. Um eine Gegenposition aufzubauen, oder um überhaupt erst einmal einen eigenen Standpunkt einzunehmen. Dazu ist der freie Wille da – du hast die Wahl, was du tust. Du kannst dich gegen deine mörderischen Gedanken entscheiden. Oder eben dafür.«

Grit schüttelte den Kopf. »Wenn ich diesen Jungen aus meiner Klasse nehme – der hat die Schläge, die er schließlich ausgeführt hat, bestimmt schon etliche Male in seiner Phantasie durchgespielt. Und dann ist dieser Tag gekommen …«

»Ja«, unterbrach Jördis sie, »und auch an diesem Tag hatte er die Wahl.«

Hatte Dagmar Mombergs Mörder die Wahl gehabt? Hatte er darüber nachgedacht, was er tat, oder war er in einen Strudel geraten, aus dem es kein Entkommen gegeben hatte? Einen Strudel, dem er mit seinen Fähigkeiten nicht gewachsen gewesen war, der ihn hinuntergezogen und ihm jede Orientierung geraubt hatte? Jeden Halt. Und an dessen Ende eine Tote zu seinen Füßen gelegen hatte? Da war er schon wieder – dieser Gedanke, der den Umständen die Schuld gab.

Nein, sagte ich laut vor mich hin. Es durfte nicht darum gehen, Rechtfertigungen für einen Täter zu finden, ihn zu entschuldigen – mit einem Strudel, der übermächtig gewesen war. Ich wollte wissen, wer Dagmar Momberg umgebracht hatte. Und warum. Aber diese Erklärung musste für sich stehen, sie durfte nicht als Rechtfertigung dienen. Hätte ich damals auf den prügelnden Hundebesitzer eingeschlagen, hätte ich mich selbst schuldig gemacht – egal aus welchem Grund. Ich war noch heute davon überzeugt, dass es in diesem Moment aus meiner Sicht das einzig Mögliche gewesen war, und dennoch wäre es falsch gewesen.

Ich versetzte mich zurück in Heidrun Mombergs Wohnzimmer. Im Nachhinein kam es mir erschreckend vor, dass Max und ich uns in diesem Raum aufgehalten hatten, ohne zu spüren, dass nur wenige Meter von uns entfernt eine Leiche lag. Dass dort kurz zuvor jemand um sein Leben gekämpft hatte. Wir hatten dem Raum nichts angemerkt, nicht die lebensbedrohliche Atmosphäre und nicht den Tod. Bis zu dem Moment, in dem wir die Tote gefunden hatten, war ich überzeugt gewesen, dass die Mauern eines Hauses zurückstrahlten, was in ihnen geschah.

Während ich am späten Nachmittag vor Claussens Haus wartete, wählte ich Max' Handynummer. Nach einer kleinen Ewigkeit nahm er den Anruf entgegen und erzählte mir, dass er gerade mit meinem Bruder im Café sitze und sich dabei ein paar Tipps für den Umgang mit mir geben lasse. Es lag mir auf der Zunge, zu sagen, dass er sich besser andere Ratgeber suchen sollte, als ich Claussen in der Tür stehen sah. Wir verabredeten, später noch einmal zu telefonieren.

Mit einem Lächeln, das mein Kunde zum Glück nicht sehen konnte, half ich ihm ins Auto. Er wirkte wieder wie aus dem Ei gepellt, der Duft seines Rasierwassers erfüllte das gesamte Wageninnere. Dieses Mal war ich diejenige, die kaum ein Wort über die Lippen brachte. Claussen schien es nicht zu stören, er saß schweigend neben mir und hing seinen Gedanken nach. Wir sprachen erst wieder, als wir vor dem Krankenhaus ausstiegen.

»Sie liegt in Haus A, im fünften Stock«, informierte ich ihn. »Ich bringe Sie bis zur Zimmertür und warte davor auf Sie.«

»Sie kommen mit hinein, keine Widerrede!«

»Aber Sie brauchen mich da drin überhaupt nicht.«

»Ich zahle für Ihre Augen, schon vergessen?«

»Da drin gibt's nichts zu sehen außer einer todunglücklichen Mutter in einem Krankenbett. Jemanden in dieser Verfassung haben Sie während Ihres Berufslebens bestimmt des Öfteren zu sehen bekommen. Also greifen Sie in diesem Fall bitte auf Ihre Erfahrung zurück, und lassen Sie mich da raus. Wenn der Mörder von Dagmar Momberg gefasst ist, werden Sie meine Hilfe nicht mehr benötigen. Die alte Frau da drinnen würde aber durchaus noch auf meine Dienste zurückgreifen – vorausgesetzt, Sie untergraben das nicht.«

Er blieb abrupt stehen. »Ich nehme die kleinsten Nuancen in einer Stimme wahr, aber ich muss passen, wenn es um Körpersprache geht. Zwar könnte ich in den meisten Fällen darauf wetten, dass sie so und nicht anders ist, aber ich brauche jemanden, der mir das bestätigt.«

»Nur damit Sie mir dann unterstellen, meine Sympathien verstellten mir den Blick.«

Er gab mir einen leichten Schubs, damit ich mich wieder in Bewegung setzte. »Die eine der beiden Frauen, die, die so atemlos spricht ...«

»Karoline Goertz.«

Claussen nickte. »In ihrer Stimme lag eine ungeheure Anspannung.«

»Die läge in meiner auch, wäre mein Bruder umgebracht worden.«

Er machte eine wegwerfende Handbewegung. »Beschreiben Sie mir aus dem Bauch heraus ihre Körperhaltung, mit einem Wort. Nicht nachdenken, reinfühlen!«

»Eingezwängt«, antwortete ich spontan. »Wie in eine Zwangsjacke. Sie hatte die Arme immer ganz nah an den Körper gedrückt und die Schultern leicht hochgezogen.«

»Und die andere?«

»Simone Fürst?« Ich versuchte, meinen Eindruck in Worte zu fassen. »Sie wirkte gelöster – nein, das ist das falsche Wort. Vielleicht nach außen hin ein wenig unberührter als ihre Schwester«, überlegte ich laut. »Ich nehme an, ihre Gefühle sind wie erstarrt. Das würde mich zumindest nicht wundern.« Wir waren vor der Tür von Heidrun Mombergs Krankenzimmer angekommen. »Bitte, lassen Sie mich da raus«, versuchte ich es erneut, erntete jedoch lediglich ein definitives Kopfschütteln.

»Nein, Frau Degner, da müssen Sie jetzt durch. Kommen Sie!«

»Aber geben Sie mir wenigstens einen Moment, damit ich es ihr erklären kann.«

»Einverstanden.«

Immer noch widerstrebend, klopfte ich und drückte dann die Klinke hinunter. Ich ließ Claussen an der Tür stehen und trat zu meiner Kundin ans Bett. Nachdem ich sie begrüßt hatte, erklärte ich ihr, wer Claussen war und dass er – obwohl nicht mehr im aktiven Dienst – seinen Beitrag leisten wolle, um den Tod ihrer Tochter aufzuklären. Laut genug, damit er es hören konnte, bot ich ihr an, vor der Tür zu warten, sollte ihr das lieber sein.

Es tat mir in der Seele weh, Heidrun Momberg in dieser Verfassung zu sehen. Ihr Leiden war so offensichtlich, dass ich Claussen am liebsten auf der Stelle aus dem Zimmer gezerrt hätte. Seine Fragen würden ihr Leid nur vergrößern. Wie sich zeigte, brauchte sie meinen Schutz jedoch nicht.

Sie sprach ihn direkt an und sagte, sie habe bereits alle möglichen Fragen beantwortet. Es gehe ihr nicht gut, und sie bitte ihn darum, sich die nötigen Antworten von seinen Kollegen aus dem aktiven Dienst zu besorgen. Insgeheim zog ich den Hut vor der alten Frau, die sich nichts vormachen ließ. Als Claussen trotz ihrer Absage sanft insistierte, hielt sie ihm entgegen, dass er doch sicher keine offiziellen Befugnisse habe.

»Ein Verbrechen wie das an Ihrer Tochter, Frau Momberg, fordert von uns allen den vollen Einsatz. Da gilt es, jede einzelne Erfahrung einzubringen, unabhängig vom Status. Und ich habe eine Menge an Erfahrung mit Fällen wie diesem.« Er ließ seine Worte einen Moment lang wirken. »Niemand, dem nicht etwas Ähnliches widerfahren ist, weiß, was seit dem Tod Ihrer Tochter in Ihnen vorgeht. Aber ich ahne es, weil ich mit vielen Eltern in vergleichbaren Situationen gesprochen habe. Ich kann mir vorstellen, wie Ihre Nächte aussehen, Ihre Tage, wie sehr Sie sich wünschen, die Zeit zurückdrehen zu können. Wie verzweifelt Sie nach Antworten suchen. Und wie dringend Sie den Täter bestraft wissen wollen.« Wieder schwieg er sekundenlang. »Das wollen wir alle, Frau Momberg. Meine Kollegen aus dem aktiven Dienst arbeiten Tag und Nacht daran. Und sie können jeden Hinweis gebrauchen.« Claussen kam näher, tastete sich bis zu dem Stuhl, der gegenüber von ihrem Bett neben einem Tisch stand, und stützte sich auf die Lehne des Stuhles.

»Setzen Sie sich«, sagte sie schließlich mit Tränen in den Augen. »Was wollen Sie wissen?«

Er tastete sich um den Stuhl herum und nahm Platz. »Erzählen Sie mir einfach ein wenig von Ihrer Tochter.« Der Ton in seiner Stimme rührte an die schönen Erinnerungen.

Sie sah ihn lange an, ihr Atem ging flach. »Mein Mann und ich konnten keine Kinder bekommen. Wenn andere diesen Satz sagen, höre ich häufig ein Leider heraus. Bei uns war das nicht so. Unsere eigenen Töchter hätten nicht besser sein können als diese Kinder. Sie sind mein Ein und Alles. Auch wenn es nicht immer leicht war. Aber sie haben sich wunderbar entwickelt, alle vier.« Sie schlug die Hand vor den Mund und sah mich hilflos an.

Ich konnte nichts tun, außer ihre Hand streicheln.

»Dagmar hat doch niemandem etwas zuleide getan. Sie war …«

Claussen ließ ihr Zeit. Nach einer Weile fragte er: »Wie war sie?«

Heidrun Momberg schloss die Augen. »Sie war unsere Erste. Anfangs war sie ein unruhiges Baby, hat viel geschrien. Aber das ging schnell vorbei.« Sie öffnete die Augen wieder und sah mich an, als wolle sie mir etwas Wichtiges mit auf meinen Weg geben. »Mit Geborgenheit, Liebe und den nötigen Grenzen bekommt man jedes Kind auf die rechte Spur. Auch und besonders Kinder, die keinen guten Start hatten. Dagmar ist ein stabiler Mensch geworden, genau wie die anderen. Sie können im Leben bestehen.« Ein Schatten fiel über ihr Gesicht. »Wenn man sie lässt«, fügte sie leise hinzu, »und sie nicht ...« Die Stimme versagte ihr.

»Können Sie mir Dagmar beschreiben? Was war ihr wichtig?«

»Kinder waren ihr wichtig, ihre Arbeit, sie wollte nichts anderes machen. Außer ferne Länder bereisen. Sie hat sogar überlegt, beides miteinander zu verbinden. Hätte sie es nur getan.«

»Wie gab sie sich im Umgang mit anderen, mit Erwachsenen? Unkompliziert oder eher schwierig?«

»Geradeheraus, würde ich sagen. Dagmar hat kein Blatt vor den Mund genommen, egal, mit wem sie es zu tun hatte. Und sie konnte stur sein, wenn sie sich etwas in den Kopf gesetzt hatte.«

»Haben Sie eine Idee, wer Ihre Tochter umgebracht haben könnte, Frau Momberg?«, fragte Claussen. »Gab es jemanden, mit dem sie Streit hatte?«

»Nein. Ich habe mir den Kopf darüber zerbrochen. Vor allem über die Frage, was für eine Art Streit das hätte sein sollen, der in einem Mord endet.«

»Könnte jemand einen Grund haben, Sie, Frau Momberg, zu töten?«

Sie sah ihn an, als habe sie ihn nicht richtig verstanden.

Nachdem sie sich sicher war, keinem Irrtum aufzusitzen, antwortete sie mit einem entschiedenen Nein.

»Wer wusste davon, dass Dagmar am Silvesterabend in Ihrem Haus sein würde? Ich meine, außer Ihnen und Ihren Töchtern.«

»Das kann ich Ihnen nicht sagen, ich weiß nicht, mit wem Dagmar darüber geredet hat.«

»Lassen Sie uns noch einmal einen Schritt zurückgehen. Sie sind mittags ins Krankenhaus eingeliefert worden und haben Dagmar gebeten, sich um Haus und Kater …«

»Nicht Dagmar«, unterbrach sie ihn, »sondern meine Tochter Dorothee. Frau Degner hatte versprochen, sie anzurufen.«

Ich bestätigte ihre unausgesprochene Frage mit einem Nicken.

»Simone und Karoline sind keine großen Katzenliebhaberinnen, und Dagmar wollte eigentlich Silvester in Bayern verbringen, bei irgendwelchen Freunden. Warum sie sich so kurzfristig dagegen entschieden hat, weiß ich nicht. Wir hatten uns Weihnachten zuletzt gesehen, und da war noch keine Rede von einer Absage. Wäre sie doch nur gefahren«, sagte sie mehr zu sich selbst.

»Ihre Tochter Dorothee hat also Dagmar gebeten, für sie ins Haus zu fahren. Ist das richtig?«, fragte Claussen.

»Dorothee und ihr Lebensgefährte hatten eine Einladung, Dagmar hatte ja nach der Absage dieser Bayern-Sache nichts vor. Zumindest nehme ich das an.« Heidrun Momberg schluchzte leise.

Ich nahm ein Papiertaschentuch vom Nachttisch und reichte es ihr. Sie wischte sich die Tränen aus den Augen.

»Dagmar würde noch leben, wäre ich nicht gestürzt.« Es klang, als klage sie sich selbst an.

»Das ist nicht gesagt, Frau Momberg. Die ganze Situation sieht nicht nach einer Zufallstat aus. Es wurde nicht eingebrochen, es gab keinen Kampf und ganz offensichtlich keinen Fluchtversuch. Sehr wahrscheinlich gibt es eine Verbindung zwischen Opfer und Täter, und die müssen wir finden.«

»Die beiden sollen sich gekannt haben? Unmöglich! Dagmar war eine ganz normale junge Frau.«

»Wir arbeiten uns von innen nach außen«, sagte Claussen. »Auf diese Weise versuchen wir, den Täter einzukreisen.«

»Was bedeutet das – von innen?«

»Von der Familie, über Freunde, Bekannte, Kollegen ...«

»Die Familie? Sie glauben doch nicht ...«

»Aus der Familie bekommen wir die meisten Informationen«, beruhigte er sie, »es ist am sinnvollsten, dort zu beginnen. Kommen wir deshalb noch einmal zu Ihren Töchtern. Wie ist das Verhältnis der jungen Frauen untereinander?«

»Sie sind Schwestern und einander sehr zugetan. Simone und Karoline wohnen sogar zusammen.«

»Keinerlei Eifersüchteleien?«

Sie bewegte den Kopf von einer Seite zur anderen. »Wenn so etwas überhaupt mal aufkam, habe ich es im Keim erstickt. Ich habe den Mädchen schon sehr früh klargemacht, dass es keinen Grund gibt, aufeinander eifersüchtig zu sein. Dass ihre Stärke darin liegt, sich aufeinander zu verlassen.« Wieder schüttelte sie den Kopf. »Nein, keine von ihnen ist auf eine der anderen eifersüchtig. Wenn, wüsste ich davon. Die Mädchen haben großes Vertrauen zu mir.«

Claussen fuhr sich mit kleinen, kreisenden Bewegungen über seine Glatze. »Frau Momberg«, setzte er zögernd an, »Sie haben angedeutet, dass die Startbedingungen Ihrer Töchter nicht unbedingt ideal waren. Könnte es sein, dass Dagmar aus ihrer Ursprungsfamilie eine gewisse Neigung zu impulsiven Ausbrüchen mitgebracht hat? Etwas, das selbst unter den idealen Bedingungen bei Ihnen nicht mehr ... sagen wir mal, zu dämpfen war?«

»Impulsive Ausbrüche?«, fragte sie erstaunt. »Dagmar? Auf gar keinen Fall. Sie war vier Wochen alt, als wir sie aufnahmen. Von meinen vieren hat sie noch am allerwenigsten durchgemacht. Dagmar war nicht impulsiv, sie war eher bedacht, hat sich eine Situation in Ruhe angeschaut, bevor sie reagiert hat. Und das sage ich nicht, weil ich ihre Mutter bin. Ich habe mir stets zugutegehalten, mit unverklärtem Blick auf meine Kinder zu schauen. Ich kann es beurteilen.«

»Also haben die Erfahrungen in ihrer Herkunftsfamilie keinerlei Spuren hinterlassen. Hm.« Er dachte nach. »Hätte Dagmar sich Ihnen anvertraut, wenn sie in Schwierigkeiten gesteckt hätte?«

»Selbstverständlich.«

»Ist es nicht manchmal so, dass man die Eltern nicht aufregen möchte und ihnen deshalb etwas vorenthält?«

Ihr Lächeln war traurig und sehr verhalten. »Ich habe mit meinen Kindern vieles durchgestanden, und ich glaube, mit Recht von mir sagen zu können, dass ich nie eingeknickt bin. Mein Mann und ich haben uns stets bemüht, den Mädchen ein Fels in der Brandung zu sein. Und nur weil ich jetzt alt bin, gebe ich meinen Töchtern bestimmt nicht das Gefühl, mich schonen zu müssen. Sie kommen nach wie vor mit ihren Sorgen und Kümmernissen zu mir.«

»Hatte Dagmar in letzter Zeit Sorgen?«

»Oh ja, und keine geringen. Sie wissen sicher, dass in ihrer Tagesstätte ein Kind verschwunden ist. Seit dem Tag konnte sie an nichts anderes mehr denken.« Mit einem Stöhnen richtete sie sich auf. Erfüllt von innerer Unruhe, sah sie zwischen Claussen und mir hin und her. »Beurlaubt worden ist sie. Dabei hat sie sich für die Kinder ein Bein ausgerissen, hatte immer auch ein Ohr für die Eltern und hat versucht zu helfen, wo sie konnte.« Sie presste die Lippen aufeinander und schüttelte den Kopf. »Ich habe kein Verständnis für diese Leiterin. Es wäre ihre Pflicht gewesen, sich hinter Dagmar zu stellen.«

»Hat es möglicherweise schon zuvor einmal Differenzen gegeben?«

»Wie meinen Sie das?«

Claussen beugte sich vor und stützte die Unterarme auf die Knie. »Na ja, ich könnte mir vorstellen, dass es in einer solchen Einrichtung durchaus einmal zu unterschiedlichen Auffassungen über Erziehungsstile kommen könnte. Was der eine mit Stimme, Autorität und Geduld regelt, versucht ein anderer eventuell mit einer Ohrfeige zu lösen.«

Hätte ich Claussen nicht schon ein wenig gekannt, hätte mich das Wort Erziehungsstil im Zusammenhang mit körperlicher Misshandlung lautstark protestieren lassen.

»Dagmar war in dieser Hinsicht sehr wachsam. Es kommt nicht von ungefähr, dass wir gerade in unserer Familie Gewalt immer wieder aufs Neue thematisiert haben. Oder anders ausgedrückt: Wir haben die Kinder gegen Gewalt sensibilisiert. Und zwar ganz bewusst. Heute wird so viel von einer Kultur des Hinsehens geredet. Diese Kultur pflegen wir bereits seit Jahrzehnten.«

»Undenkbar also«, fragte Claussen nachdenklich, »dass Dagmar einmal die Hand ausgerutscht wäre?«

»Dagmar?« Sie sah ihn an, als habe er nichts verstanden. Dann begriff sie. »Behauptet das jemand?« Ihr Atem ging schneller. »Wer so etwas behauptet, ist ein Lügner und bedient nichts anderes als ein dummes Vorurteil. Nicht jedes Kind, das aus einer gewalttätigen oder anderweitig erziehungsunfähigen Herkunftsfamilie stammt, neigt später selbst zu Gewalt. Es lässt sich so vieles korrigieren. Wenn man ein gutes Vorbild ist. Bei uns wurde niemals die Hand gegen eines der Mädchen erhoben, niemals!«

»Warum wurden Ihre Töchter überhaupt aus ihren Herkunftsfamilien herausgenommen?«, stellte Claussen die Frage, die sich mir schon seit geraumer Zeit aufdrängte.

Heidrun Momberg fuhr sich über die Augen. »Alle vier stammten aus absolut desolaten Verhältnissen. Sie werden bestimmt häufiger mit so etwas konfrontiert, aber für meinen Mann und mich war das Neuland. Familien, in denen Gewalt und Vernachlässigung zum Alltag gehörten«, sagte sie leise. »Unfassbar, was Menschen Kindern antun.«

Nicht nur Kindern, dachte ich.

Einen Moment lang war es still im Raum. Dann sagte sie: »Solche Menschen verdienen es nicht, Eltern zu sein.«

»Wissen Sie etwas über Dagmars ursprüngliches Elternhaus?«, wollte Claussen wissen.

»Dagmar hat genau wie die drei anderen Mädchen meinen Mann und mich als ihre Eltern angesehen. Wir haben ihnen Liebe und Geborgenheit gegeben, haben sie gefördert. Ihre Herkunftsfamilien waren ein einziger

Alptraum.« Sie machte eine wegwerfende Handbewegung. »An diesen Abschaum will ich keinen Gedanken mehr verschwenden.«

Ich zuckte zusammen und sah Heidrun Momberg verwundert an. Bisher hätte ich ihr eine derartige Abwertung anderer Menschen nicht zugetraut. Sie passte einfach nicht zu ihr. Aber der gewaltsame Tod ihrer Tochter hatte sie in eine Ausnahmesituation katapultiert.

»Hatte Dagmar Kontakt zu diesen Leuten?«, fragte Claussen.

Ihr Nein klang, als habe er nach etwas absolut Undenkbarem gefragt. Und es ließ mich daran zweifeln, dass Dagmar Momberg sich in diesem Fall ihrer Mutter mitgeteilt hätte. Der Reaktion der alten Frau nach zu urteilen, hätte sie mit starkem Gegenwind rechnen müssen. Kinder konnten sehr genau unterscheiden, mit welchen Themen sie ihren Eltern kommen konnten und welche sie besser aussparten. Ich nahm an, dass die Familie Momberg in dieser Hinsicht keine Ausnahme war. Vertrauen hin oder her – manches blieb besser ungesagt.

Ob Dagmar sich kürzlich verliebt habe, fragte Claussen weiter. Soweit sie wisse, nein, antwortete sie. Aber es könne natürlich eine ganz frische Beziehung gegeben haben, von der ihre Tochter noch niemandem erzählt habe. In dieser Hinsicht sei Dagmar eher verschlossen gewesen.

»Könnte Ihre Tochter sich an Silvester in Ihrem Haus mit einem Mann getroffen haben?« Claussen schien des Fragens nicht müde zu werden, ganz im Gegensatz zu Heidrun Momberg, der die Anstrengung anzusehen war.

»Wozu sollte sie das? Sie hatte schließlich eine eigene Wohnung.«

»Vielleicht wollte sie ja zwei Dinge miteinander verbinden«, meldete ich mich zu Wort. »Jemanden treffen und sich gleichzeitig um Schulze kümmern.«

»So etwas soll tatsächlich vorkommen«, sagte Claussen mit einem spöttischen Unterton, der eindeutig mir galt.

Heidrun Momberg zerknüllte mit der einen Hand das Papiertaschentuch, während sie mit der anderen die Decke glatt strich. »Ich könnte mir nur vorstellen, dass …«

»Ja?«, fragte Claussen.

»Na ja«, meinte sie unsicher, »eine Erzieherin verdient nicht viel Geld, Dagmar konnte sich keine größere Wohnung leisten, hätte aber gerne eine gehabt. Ich denke, wenn sie jemandem imponieren wollte, indem sie ihn in ihrem Zuhause empfing …«

»Hat sie etwas Ähnliches zuvor schon einmal gemacht?« Claussens Gesichtsausdruck nach zu urteilen, bezweifelte er das.

Nein, es sei auch nur ein kurzer Gedanke gewesen, eine Idee. Denn das sei die einzige Version, die sie sich überhaupt für die Geschehnisse an jenem Abend vorstellen könne – ein Mann, dem Dagmar habe imponieren wollen, mit dem sie sich jedoch ihren Mörder ins Haus geholt habe.

Claussen wollte gerade zu einer weiteren Frage ansetzen, als die Tür aufging und eine Schwester das Abendessen für Heidrun Momberg brachte. Die alte Frau schien erleichtert über diese Unterbrechung und nutzte sie, das Gespräch für beendet zu erklären. Ich schüttelte ihr Kissen auf, schob es ihr wieder in den Rücken und das Tablett mit dem Essen in Reichweite. Schließlich suchte ich ihren Blick. Die Zurückhaltung, die ich darin erkannte, führte

189

ich darauf zurück, dass sie mich mit meinem Begleiter in einen Topf warf. Ich konnte es ihr nicht verübeln.

Claussen erhob sich. »Eine letzte Frage wäre da noch. Haben alle Ihre Töchter einen Schlüssel zu Ihrem Haus?«

Sie nickte.

»Und hat sonst noch jemand einen Schlüssel, ein Nachbar vielleicht?«

»Nein. Es gibt nur noch meinen eigenen, und den hatte ich Frau Degner gegeben, damit sie hinter dem Handwerker abschließt.« Einen Moment lang sah sie mich an, als sehe sie mich zum ersten Mal. Sie schien sich zu fragen, ob ich etwas mit dem Tod ihrer Tochter zu tun hatte.

Ihr Blick versetzte mir einen Stich.

Claussen bekam von alldem nichts mit. Er bedankte sich bei Heidrun Momberg für ihre Geduld und versprach, sich zu melden, sollte er bei seinen Untersuchungen etwas herausfinden.

10

Heidrun Mombergs Blick ließ mich nicht los. Kaum standen wir auf der Straße, machte ich mir Luft. Ich warf Claussen vor, mit dem, was er da als Untersuchung bezeichne, ausschließlich sein eigenes Ego zu befriedigen. Anstatt zu akzeptieren, dass er draußen sei, mache er jede nur denkbare Anstrengung, um sich vorzugaukeln, er sei noch im Spiel. Aber das sei er nicht. Er sei Frühpensionär und tue gut daran, das endlich zu akzeptieren. Je eher, desto besser. Er solle sich ein Hobby zulegen oder ein bisschen länger auf seinen Hometrainern herumturnen, anstatt diese Frau in ihrer Trauer zu belästigen. Und er solle mich in Ruhe lassen.

»Sind Sie fertig?«, fragte Claussen mit versteinerter Miene. »Dann gehen Sie jetzt bitte noch einmal hinauf zu der Frau. Ich habe in ihrem Zimmer etwas zurückgelassen.«

Ich starrte ihn an, als könne ihn mein Blick erreichen, wenn ich nur lange genug durchhielt. »Sagen Sie, dass das nicht wahr ist!«

»Es steckt in der rechten Tasche des Frotteebademantels, der über dem Fußteil des Bettes hängt.«

»Das haben Sie nicht getan.« Ich wusste nicht, wohin mit meiner Wut. »Wissen Sie, was Sie sind?«

»Ein Frührentner mit dem Hang zu einem Hobby, das Sie nie begreifen werden.«

»Was steht auf unerlaubtes Abhören?«

Er gab einen undefinierbaren Laut von sich. »Jahrzehntelang habe ich mich an alle Vorschriften gehalten und dabei manch einen laufenlassen müssen. Und das nur, weil meine Befugnisse so stark eingegrenzt waren. Es kann eine Erlösung sein, sich davon zu befreien. Vielleicht geht es auch in diesem Fall um den kleinen Leon, falls das Kind überhaupt noch am Leben ist, wofür nicht allzu viel spricht. Aber wenn doch – was ist im Vergleich dazu schon der Eingriff in die Privatsphäre einer Heidrun Momberg?«

»Was sagt Ihr Ex-Kollege dazu? Ich kann mir kaum vorstellen, dass er das duldet. Immerhin hat er seinen Job noch.«

Wie sensibel dieses Thema war, erkannte ich daran, dass Claussens Adamsapfel heftig in Bewegung geriet. »In meinem Kommissariat herrscht wie überall Personalmangel. Klaus fragt nicht, wie ich zu meinen Ergebnissen komme, und ich weihe ihn nicht ein. Ich gebe ihm lediglich Hinweise, wo es sich zu graben lohnt.«

»In Ihrem Kommissariat?« Am liebsten hätte ich ihn einfach dort stehenlassen, wäre dieses verdammte Diktaphon nicht gewesen. Eigentlich hätte es mir egal sein können, schließlich war er derjenige, der sich strafbar machte. Aber Heidrun Momberg sollte mich nicht noch tiefer in einen Topf mit ihm werfen. Also ging ich zurück, fuhr in den fünften Stock und klopfte an ihre Tür.

Ihre Stirn legte sich in Falten, als sie mich hereinkommen sah. Ihr Blick war eine einzige Ablehnung.

»Ich wollte Sie nur noch einmal allein sprechen«, begann ich leise, während ich mich am Fußende ihres Bettes postierte. »Und Sie um Verzeihung bitten.«

Sie drehte den Kopf zur Seite.

Ich nutzte den Moment, um schnell in die Tasche des Bademantels zu greifen. Während ich das Diktaphon in meine Tasche gleiten ließ, stellte ich mir vor, was passiert wäre, hätte Heidrun Momberg den Mantel in der Zwischenzeit benutzt. »Die Situation war mir sehr unangenehm, das müssen Sie mir glauben«, sagte ich. »Normalerweise versuche ich, Interessenkollisionen zwischen meinen Kunden zu vermeiden. Aber in diesem Fall ...«

Langsam wandte sie den Kopf in meine Richtung. »Was hat in diesem Fall gesiegt?«

»Der Anblick Ihrer Tochter. Ich kann nicht vergessen, wie sie dort gelegen hat. Es kommt mir vor, als würde uns seit dem Moment etwas verbinden. Deshalb habe ich den Auftrag von Herrn Claussen, ihn zu begleiten, angenommen. Ich wollte mehr über Ihre Tochter erfahren, sie kennenlernen.« Und ich wollte wissen, wer ihr und ihrer Mutter das angetan hatte.

Sie schien durch mich hindurchzusehen. »Sie war ein gutes Kind.« Es war nur ein Flüstern. Ihre Lider fielen zu, als seien sie ihr zu schwer geworden.

»Ja.« Ich wartete noch einen Moment und ging dann leise hinaus.

Claussen stand genau dort, wo ich ihn zurückgelassen hatte. Mit der einen Hand hakte er sich bei mir ein, die andere streckte er auffordernd aus.

»Geben Sie es mir!«

»Sobald wir im Wagen sitzen.«

In verbissenem Schweigen führte ich ihn über die gestreuten Wege zu meinem Auto und ging auf keinen seiner Beschwichtigungsversuche ein. Betont langsam zog ich schließlich das Diktaphon aus meiner Tasche, spulte das Band zurück und drückte die Starttaste. Zunächst war nichts weiter zu hören als leises Rauschen. Dann klingelte das Telefon, und Heidrun Momberg meldete sich. Es folgten knappe Worte unterbrochen von Schweigen: *Nicht gut ... nein ... mein Hals ist wie zugeschnürt, ich bekomme keinen Bissen herunter ... ja, so geht es mir auch, ich frage mich immer wieder ... nein, ich weiß, aber ... es ist entsetzlich.* Jetzt war ein Schluchzen zu hören. *Die Vorstellung, am Grab einer meiner Töchter zu stehen, bringt mich fast um den Verstand. Es ist ...* Ein Klopfen an der Tür unterbrach sie. *Es kommt jemand, lass uns morgen noch einmal sprechen. Ja.* Gleich darauf war meine Stimme auf dem Band zu hören. Ich drückte die Stopptaste und nahm die kleine Kassette heraus.

»Was tun Sie da?«, fragte Claussen. Er kannte sich mit Geräuschen gut genug aus, um sich die Antwort selbst zu geben.

»Dafür sind Sie dieses Wagnis eingegangen?«, spottete ich. »Um zu hören, was Sie sich locker selbst hätten zusammenreimen können?«

Er kreuzte die Arme vor der Brust und mahlte sekundenlang mit seinem Unterkiefer. »Ich sammle Fakten. Im Zweifel lieber ein paar zu viel als zu wenig.«

»Welche Fakten haben Sie denn überhaupt in diesem Fall? Ich meine, bis auf die Tatsache, dass Dagmar Momberg sehr unter dem Verschwinden des kleinen Leon gelitten hat?«

»Die Beschreibungen, die wir von ihr bekommen haben«, unterbrach er mich in nicht gerade freundlichem Ton, »sind tendenziell unterschiedlich. Die einen schildern sie als zufriedenen, in sich ruhenden Menschen, der lediglich von einer größeren Wohnung, der großen Liebe und fernen Ländern träumte, die anderen beschreiben sie als impulsiv und latent gewalttätig. Darüber hinaus haben wir drei junge Frauen, allem Anschein nach Singles – unter ihnen die Tote –, von denen keine am Silvesterabend etwas vorhatte. Simone Fürst und Karoline Goertz haben den Abend zu Hause verbracht und sind früh schlafen gegangen. Dagmar Momberg hat sich um den Kater ihrer Mutter gekümmert. Das kommt mir doch ein wenig seltsam vor.«

Ich versuchte, den Motor anzulassen, schaffte es jedoch erst im zweiten Anlauf, was Claussen zu der Prophezeiung bemüßigte, die Batterie würde demnächst ihren Geist aufgeben. Als ich ihm entgegenhielt, er könne sich gerne an einer neuen beteiligen, war er still.

Während ich aus der Parklücke setzte, dachte ich über das nach, was er gerade über den Silvesterabend gesagt hatte. »Glauben Sie allen Ernstes, dass Sie daraus etwas ersehen können? Ich bin auch Single und habe kurzfristig meine Pläne geändert, um den Abend auf unkonventionelle Weise zu verbringen – und zwar mit einer Leiche.«

»Und mit einem Mann, falls ich Ihrer Erinnerung auf die Sprünge helfen darf.«

An Max musste mich niemand erinnern. »Was haben Sie denn getan?«, fragte ich.

»Ich habe Musik gehört. Allein.«

»Das wundert mich nicht.« Ich war gemein, und ich wusste es. Als müsse ich etwas wieder gutmachen, gab ich mir Mühe, meine Gedanken in eine andere Richtung zu lenken. »Könnte es nicht sein, dass Dagmar Momberg das Angenehme mit dem Nützlichen verbinden wollte? Sich um den Kater kümmern und gleichzeitig diesen

Mann sehen, der sie in der Kita geküsst hat? Vielleicht war sie an diesem Abend mit ihm verabredet.«

Claussen schüttelte den Kopf, als seien meine Spekulationen fehlerhaft. »Der Vorstellung, dass sie im Haus ihrer Mutter einen Gast erwartet haben soll, kann ich nicht folgen. Es deutet nichts darauf hin, dass Dagmar Momberg Vorbereitungen getroffen hat, um dort mit jemandem den Abend zu verbringen. Noch dazu mit jemandem, in den sie vielleicht sogar verliebt war. Es hat nicht einmal eine Flasche Sekt im Kühlschrank gestanden.«

»Vielleicht haben sich die beiden dort nur getroffen und wollten anschließend woanders hingehen«, gab ich zu bedenken.

Claussen ließ sich diese Möglichkeit durch den Kopf gehen. »Beschreiben Sie mir doch bitte einmal die Kleidung der jungen Frau. Was hat sie an dem Abend getragen?«

Ich konzentrierte mich auf das Bild vor meinem inneren Auge und zählte auf: »Jeans, halbhohe Lederstiefel mit Fell, eine lange weiße Bluse und darüber einen kurzen, selbstgestrickten Rollkragenpullover.«

»Und Sie glauben, so kleidet sich eine junge Frau, die einen Mann begeistern will?«

»Warum nicht?«

Er zog ein Gesicht, als verstehe er die Welt nicht mehr. »Mir geht da noch etwas anderes durch den Kopf. Alle vier Pflegetöchter von Frau Momberg haben beziehungsweise hatten einen Schlüssel zu ihrem Haus.«

»Na und? Was für eine Rolle sollte das spielen?«

»Das kann ich noch nicht sagen. Ich bin über diesen Punkt gestolpert. Wieso gibt man jemandem einen

Schlüssel zu seinem Haus?« Die Frage schien eher an ihn selbst gerichtet als an mich.

»Damit sich dieser Jemand um die Katze kümmert«, meinte ich, »oder für den Fall, dass man sich selbst aussperrt.«

»Aber dann wäre es naheliegend, den Schlüssel einem Nachbarn zu geben.«

»Nur, wenn die Nachbarn immer erreichbar sind und man ihnen nicht misstraut.«

»Das ist der springende Punkt«, sagte Claussen. »Jemandem einen Schlüssel zu geben, bedeutet, ihm zu vertrauen. Heidrun Momberg muss diesen vier Frauen sehr vertrauen, sie sind die Einzigen, die einen Schlüssel haben.«

»Wem wollen Sie denn sonst vertrauen, wenn nicht Ihrer Familie?«, fragte ich entgeistert.

»Das sagen ausgerechnet Sie, Frau Degner? Was holt Sie da gerade ein – die Vorstellung von der schönen heilen Welt? In Ihrem Job müssten Sie doch eigentlich andere Erfahrungen gemacht haben. Wissen Sie nicht, wie gefährlich die eigene Familie werden kann? Familie kann die Hölle sein – für Eltern, Kinder, Partner. Schließlich geschehen die meisten Verbrechen im sozialen Nahraum.«

»Aber was sagt uns denn das in diesem Fall?«

»Dass sie tatsächlich ein sehr enges, ungetrübtes Verhältnis zu den Frauen hat. Sie hat sich zwar als Realistin dargestellt, aber wenn es hart auf hart käme, würde sie möglicherweise die Augen vor der Realität verschließen. Sie ist Mitte siebzig, da will man seine Ruhe haben und nicht mehr mit Problemen konfrontiert werden.«

»Sie meinen, sie würde ihre Tochter keinesfalls verraten, sollte sie sie verdächtigen, an dem Verschwinden des Jungen beteiligt gewesen zu sein?«

»Ausschließen lässt es sich zumindest nicht«, erwiderte Claussen gedankenverloren. »Ich werde immer skeptisch, wenn man versucht, mich mit aller Macht von einer Sache zu überzeugen. Wenn wir der Familie Glauben schenken, ist es absolut unmöglich, dass Dagmar einmal die Hand ausgerutscht ist.«

Mich hatten die Beschreibungen der Schwestern und der Mutter überzeugt – im Gegensatz zu der von Gaby Wiechmann, Dagmar Mombergs Kollegin. »In welche Richtung würden sich Ihre Spekulationen bewegen, gäbe es diesen kleinen Jungen und sein Verschwinden nicht? Gäbe es dann nicht einfach nur eine engagierte junge Frau, die getötet wurde? Wo würden Sie in dem Fall nach dem Täter suchen?«

»Es würde sich nichts ändern. Ich würde mich immer zunächst einmal mit dem näheren Umfeld befassen. Das bedeutet: Wir müssen mit der vierten Tochter sprechen. Morgen Vormittag um elf Uhr erwarte ich Sie vor meiner Tür. Ich werde uns telefonisch bei Dorothee Momberg anmelden.«

Ich hielt in der zweiten Reihe vor seinem Haus und schaltete die Warnblinkanlage ein. Dann eröffnete ich ihm mit ruhiger Stimme, dass er auf meine weitere Mitarbeit verzichten müsse. Die Bedingungen seien klar gewesen: kein weiterer Einsatz des Diktaphons. Er habe sich nicht daran gehalten.

Ich rechnete mit einem seiner sarkastischen Kommentare, mit einer weiteren Drohung, dass er mir das Finanzamt auf den Hals schicken würde. Aber ich war völlig überrumpelt, als er einlenkte und zugab, ein letztes

Mal gegen unsere Vereinbarung verstoßen zu haben. Es tue ihm leid, er entschuldige sich und gelobe hoch und heilig, von weiteren Wohnraumüberwachungen, wie er sich ausdrückte, abzusehen. Ihm sei sehr daran gelegen, dass ich ihn weiterhin begleitete, und er verzeihe mir im Gegenzug meine kleine, gemeine Spitze in Bezug auf seinen Silvesterabend, die auch mir sicher im Nachhinein leidtäte. Oder? Er brachte mich sowohl zum Schmunzeln als auch zum Einlenken.

Auf der Heimfahrt versuchte ich, Max auf seinem Handy zu erreichen, aber er ging nicht dran. Ich schaltete das Radio ein, lauschte einem Bericht über die Auswirkungen der großen Kälte und sehnte mich nach einem heißen Bad. Vielleicht konnte ich Max anschließend überreden, mit mir in einen der Clubs zu gehen. Es war Samstagabend, und ich sehnte mich nach einem Kontrapunkt zu den Erlebnissen dieses Tages.

Als ich vor dem Haus ankam, stöhnte ich laut auf. Es war unverkennbar Fabians Wagen, der dort unter der Straßenlaterne stand. Wenn er gekommen war, um die Sachen unseres Vaters zu ordnen und auszusortieren, würde ich ihn unverrichteter Dinge wieder fortschicken.

Innerlich gewappnet, schloss ich die Tür auf. Kaum hatte ich den Windfang hinter mir gelassen, hörte ich zwei Männerstimmen aus der Küche. Oh nein! Fabian hatte Max mitgebracht. Unglücklich sah ich an mir hinunter. Mein Anblick würde ganz bestimmt niemanden hinter dem Ofen hervorlocken. Ich zog die Mütze vom Kopf und fuhr mir durch die Haare. Vielleicht konnte ich an der Küche vorbei ins Badezimmer schleichen und mich dort erst einmal frisch machen. Dann kam es mir absurd vor, in meinen eigenen vier Wänden herumzuschleichen. Sei's drum, dachte ich trotzig, holte tief Luft und marschierte mit einem Elan in die Küche, der mich den letzten Rest an Energie kostete.

Das Bild, das sich mir bot, ließ mich stocken. Max lag auf meinem Sofa und streichelte den schnurrenden Kater, der ausgestreckt auf seiner Brust lag. Der Blick, den er mir zuwarf, war weinselig – ähnlich dem meines Bruders. Allem Anschein nach hatten die beiden drei Flaschen Rotwein geleert. Kein Wunder, dass sie mich urkomisch fanden. Egal, was ich sagte, es brachte sie zum Lachen. Nachdem ich es fünf Minuten lang durchgehalten hatte, kündigte ich an, ich würde jetzt ein Bad nehmen. Es brauchte weitere fünf Minuten, um Max davon zu überzeugen, dass ich es alleine nehmen wollte. Um meiner Absicht Nachdruck zu verleihen, schloss ich die Küchentür, als ich hinausging.

Als ich mich auszog, stellte ich mir vor, mit meiner Kleidung auch die Erlebnisse des Tages abstreifen zu können. Doch es war eine Illusion. Meine Gedanken wanderten zu Dagmar Momberg, für die all die kleinen Dinge des Alltags nicht mehr existierten, die mitten aus ihrem Leben gerissen worden war. Ihr Tod hatte dem einen oder anderen den Atem stocken lassen, hatte bei einigen Menschen tiefe Trauer ausgelöst. Aber alles ging weiter, nur ohne sie. Vielleicht war sie gestorben, ohne ihre große Liebe gefunden zu haben. Mit Sicherheit wusste ich nur, dass sie nie mehr eine der Fernreisen machen würde, von denen sie geträumt hatte. Obwohl ich sie nicht gekannt hatte, stimmte mich dieser Gedanke traurig.

Das Klopfen an der Tür ließ mich aufschrecken. Ohne meine Antwort abzuwarten, kam Max herein. Es war, als würde sich sein Blick an mir festsaugen, und ich rutschte tiefer ins Wasser. »Ich habe deinem Bruder das Sofa überlassen. Er ist augenblicklich eingeschlafen.« Max setzte sich auf den Badewannenrand und ließ seine Hand von meiner Wange den Hals hinabwandern, bis sie schließlich über meine Brust strich. Als ich versuchte, sein Hemd aus der Hose zu ziehen, verlor er das Gleichgewicht und glitt in die Wanne.

»Tut mir leid«, sagte ich lachend, nachdem ich mich neben ihn gezwängt hatte, um nicht unter ihm zu ertrinken.

»Mir tut nur leid, dass ich jetzt nicht mehr aus meiner Jeans herauskomme«, meinte er mit schwerer Zunge. »Nass sind die Dinger wie eine zweite Haut.«

»Soll ich sie aufschneiden?« Ich knöpfte sein Hemd auf und küsste seine Brust.

»Zu gefährlich!«

»Trockenföhnen?«

»Ich weiß was Besseres.«

Um kurz vor neun wachte ich auf und betrachtete den schlafenden Max – zumindest das, was von ihm zu sehen war: Haare, Stirn und Nase. Der große Rest war so fest in die Decke gewickelt, als müsse er die Nacht bei Minusgraden im Freien verbringen. Vorsichtig strich ich ihm durchs Haar. Als ich daran dachte, wie er mich mitten in der Nacht noch einmal geweckt und wach gehalten hatte, bekam ich wieder Herzklopfen. Gegensätze zogen sich zweifellos an. Über die Frage, ob sie auch alltagstauglich waren, wollte ich nicht nachdenken. Das würde sich früh genug zeigen. Ich schlüpfte unter seine Decke, kuschelte mich an ihn und machte mich daran, ihn wach zu küssen.

Unsere Hände begegneten sich auf ihrer Wanderschaft und verschränkten sich einen Moment lang ineinander.

»Guten Morgen«, sagte Max mit dieser Stimme, die ich am liebsten jeden Morgen beim Aufwachen gehört hätte.

Meine Erwiderung ging in einem Kuss unter, während Schulze mit einem lauten, fordernden Maunzen aufs Bett sprang. Der Versuch, ihn sanft, aber bestimmt hinunterzuschubsen, endete darin, dass er nur noch lauter wurde. Sein Blick hätte anklagender nicht sein können.

»Okay, okay, du bekommst dein Frühstück«, lenkte ich ein und löste mich von Max. Zumindest versuchte ich es.

»Die Viertelstunde kann er doch bestimmt noch warten«, sagte er und schlug die Decke über mich.

»Kann er nicht, er hat Hunger.«

»Menschen gehen vor.« Er sah mich an, als müsste ich diese Lektion eigentlich längst gelernt haben.

»Bei mir sind alle gleich. Und die dringendsten Bedürfnisse werden zuallererst erfüllt«, entgegnete ich mit einem Grinsen. »Und jetzt sag nicht, dass deine Bedürfnisse dringender als Schulzes sind.« Ohne seine Erwiderung abzuwarten, ging ich in die Küche.

Fabian schlief noch und wachte erst allmählich durch das Klappern des Geschirrs auf. Er blinzelte mich vorwurfsvoll vom Sofa aus an, nachdem er einen Blick auf die Uhr geworfen hatte. »Färben deine Senioren langsam auf dich ab?«, fragte er. »Oder warum stehst du so früh auf?«

»Ich habe um elf einen Termin«, antwortete ich, während ich Schulzes Napf füllte.

»Am Sonntag?«

»Für diesen Kunden ist ein Wochentag wie der andere. Er schert sich nicht darum.«

»Solange er dich gut bezahlt. Hoffentlich hast du einen Wochenendzuschlag ausgehandelt.«

Mit einem ungläubigen Lachen schüttelte ich den Kopf. »Wo lebst du nur? Ich bin schon froh, wenn ich meinen üblichen Stundenlohn durchsetzen kann.«

»Wie viel zahlt er?«

»Genug.« Ich drehte mich zu Max, der hereingekommen war und den Kopf auf meine Schulter legte.

»Also weniger als üblich«, meinte mein Bruder in einem leicht resignierten Tonfall.

»Dafür arbeite ich für ihn auch mehr als üblich.«

»Wozu braucht er dich denn heute?«, fragte Max enttäuscht. »Hast du nicht gesagt, die dringendsten Bedürfnisse würden zuerst erfüllt?«

Ich drehte mich zu ihm um und gab ihm einen schnellen Kuss. »Längst geschehen«, flüsterte ich ihm ins Ohr, »schon vergessen?«

»Wie wär's, wenn wir meine Erinnerung auffrischten?«

»Lasst euch bloß nicht stören«, sagte mein Bruder mit einem theatralischen Blick zur Decke.

»Okay!« Ich klatschte in die Hände. »Frühstück! Ihr deckt den Tisch, ich erledige den Rest.«

Als wir fünf Minuten später um den Tisch saßen, fragte Max: »Jetzt mal im Ernst: Warum musst du heute arbeiten? Lässt sich das nicht auf morgen verschieben?«

Schweren Herzens schüttelte ich den Kopf. »Aber wir können vielleicht am Nachmittag noch etwas gemeinsam unternehmen. Hast du Zeit? Dann zeige ich dir einen meiner Lieblingsorte.«

Max runzelte die Stirn. »Aber nicht im Freien, nicht bei dieser Kälte.«

»Doch, mit dem vielen Schnee ist es bestimmt wunderschön dort.«

»Sag mal, Marlene«, meldete mein Bruder sich zu Wort, »Donnerstagabend war eine Frau hier ...«

»Du meinst Simone Fürst.« Ich ahnte, was jetzt kam.

»Hast du zufällig ihre Telefonnummer?«

Ich sah ihn mitfühlend an. Er hatte sich tatsächlich in sie verguckt. Einen schlechteren Zeitpunkt hätte er sich nicht wählen können. »Ich glaube, du solltest damit warten sie anzurufen. Sie hat gerade ...«

»Ihre Schwester verloren, ich weiß. Hast du die Nummer?« Sein sehnsüchtiger Blick sprach Bände.

»Nein, aber sie steht sicher im Telefonbuch. Sie hat eine Physiotherapiepraxis in Steglitz. Soll ich sie dir raussuchen?«

»Das mache ich schon.«

Es war einige Zeit her, dass Fabian sich so stark für eine Frau interessiert hatte. Ich stellte mir Simone Fürst zusammen mit Fabian vor. Rein optisch würden die beiden gut zusammenpassen. Ob sie im Wesen harmonierten, hätte ich nicht sagen können. Ich war Heidrun Mombergs Tochter in den wenigen Tagen dreimal begegnet und hatte sie als traurig, aber gefasst erlebt. Sie schien über eine große Selbstbeherrschung zu verfügen. Diesen Wesenszug teilte sie allerdings mit meinem Bruder. Je länger ich darüber nachdachte, desto stärker bezweifelte ich, Fabian den richtigen Rat gegeben zu haben. Vielleicht war es genau der richtige Moment, sich ihr zu nähern, denn sie brauchte mit Sicherheit seelische Unterstützung. Ich lächelte in mich hinein, er würde ohnehin nicht auf mich hören. Vermutlich hatte er sie längst angerufen.

In den nächsten Stunden blieb mir so gut wie keine Zeit, weiter darüber nachzudenken, denn Claussen hielt mich mit seinen Ermittlungen auf Trab. An diesem Vormittag führten sie uns zu Dorothee Momberg, der vierten Schwester. Als sie uns die Tür öffnete, fiel mir als Erstes ihr Bauch auf, denn sie war unübersehbar schwanger. Dann wanderte mein Blick höher. Ihr fein geschnittenes, umschattetes Gesicht wurde von hennaroten Haaren umrahmt, die ein breites, schwarzes Stirnband aus dem Gesicht hielt.

Sie bat uns, im Flur leise zu sein, da ihr Lebensgefährte noch schlafe, und führte uns in ein Zimmer, das am anderen Ende des Flurs lag und ihrem Partner, wie sie erklärte, als Büro diente. Für Claussen räumte sie Akten von einem Sessel, für sich und mich zog sie Stühle heran.

Claussen sprach ihr sein Beileid zum Tod ihrer Schwester aus. Einmal mehr staunte ich darüber, wie behutsam er sein konnte. Mit klug gewählten Worten zeichnete er ihr das positive Bild der Toten nach, das sich aus seinen bisherigen Recherchen ergeben hatte. Dorothee Momberg hörte genau zu und nickte immer wieder. Schließlich hielt sie es nicht mehr aus und trug ihren Teil zu dem Bild bei. Mit Tränen in den Augen erzählte sie, Dagmar habe sehr lustig und ausgelassen sein können, was man ihr auf den ersten Blick nicht unbedingt zugetraut habe. Sie sei eher ein Mensch für den zweiten Blick gewesen, worunter sie zeitweise sehr gelitten habe. Ob sie ein Beispiel nennen könne, bat Claussen und erhielt zur Antwort, Dagmar sei keine Frau gewesen, nach der sich die Männer auf der Straße umgedreht hätten. Aber wenn ein Mann erst einmal die Chance gehabt habe, sie besser kennenzulernen, sei er Feuer und Flamme gewesen.

»Gab es in letzter Zeit jemanden, der Ihre Schwester näher kennengelernt hat?«

Sie nickte. »Er heißt Johannes, den Nachnamen habe ich leider vergessen.«

»War er die große Liebe, nach der sie sich gesehnt hat?«, fragte ich.

»Ich glaube, er hätte es werden können. Sie war so verliebt wie noch nie. Ihm hat sie sogar eine Chance gegeben, obwohl er verheiratet ist und ein Kind hat, eine Tochter. Sie heißt Larissa und geht in Dagmars Kita, so haben sich die beiden überhaupt kennengelernt.« Sie wischte sich die Tränen aus den Augen und schneuzte sich die Nase. »Ich bin sicher, die beiden hätten das geschafft«, meinte sie gedankenverloren.

»Was?«, fragten Claussen und ich wie aus einem Munde.

Irritiert sah sie zwischen uns hin und her. »Dieser Johannes lässt sich gerade scheiden und kämpft um das gemeinsame Sorgerecht für seine Tochter. Ich glaube, die Situation ist nicht gerade einfach für ihn. Als er Dagmar vor eineinhalb Jahren zum ersten Mal begegnete, hat er sich in sie verliebt. Meine Schwester hat ihm damals allerdings kategorisch klargemacht, dass ein verheirateter Mann für sie nicht in Frage komme. Es gab einiges Hin und Her. Um die Geschichte abzukürzen: Er hat sich von seiner Frau getrennt und die Scheidung eingereicht. Ich kenne diesen Mann nicht, aber ich kenne meine Schwester. Sie konnte ziemlich unnachgiebig und stur sein. Er hatte erst nach der Trennung von seiner Frau eine Chance bei ihr. Diese Frau hat es sich allerdings in den Kopf gesetzt, Dagmar für das Scheitern ihrer Ehe verantwortlich zu machen.« Sie las in unseren Mienen wie in einem Buch. »Nein, nein«, winkte sie ab, »die Frau streitet für das alleinige Sorgerecht. Da wird sie wohl kaum meine Schwester umbringen. Das wäre doch idiotisch.«

»Die meisten Täter sind davon überzeugt, dass sie nicht entdeckt werden«, meinte Claussen lakonisch. »Aber lassen wir das mal dahingestellt sein und kommen zu einer anderen Frage: Könnte es jemanden geben, dem Ihre Mutter im Weg stand?«

»Nein«, antwortete sie aus tiefer Überzeugung, »genauso wenig wie Dagmar jemandem im Weg stand. In den vergangenen Wochen stand sie sich höchstens selbst im Weg. Seit dem Verschwinden des Jungen hat sie sich das Leben zur Hölle gemacht. Überall hat sie Gespenster gesehen und ist aus dem Grübeln gar nicht mehr herauszuholen gewesen. Eigentlich wollte sie mit diesem Johannes zu einer Silvesterparty nach Bayern fahren. Sie hatte es ihm fest versprochen. Aber dann hat sie kurzfristig abgesagt.«

Claussen setzte an, um etwas zu fragen, aber ich legte ihm die Hand auf den Arm und hielt ihn zurück. »Was für Gespenster waren das, die Ihre Schwester gesehen hat?«, fragte ich.

Dorothee Momberg verschränkte die Arme vor der Brust. »Dagmar möge es mir verzeihen, aber es war tatsächlich hanebüchener Unsinn. Ich werde den Teufel tun und das wiederholen. Viel zu schnell ist etwas in die Welt gesetzt.«

»Vielleicht hat dieser Blödsinn Ihrer Schwester das Leben gekostet«, gab Claussen mit leiser Stimme zu bedenken.

»Ist es nicht möglich«, setzte ich an, »dass Ihre Schwester an dem Tag, als der Junge entführt wurde, etwas gesehen hat, das ihr keine Ruhe ließ? Vielleicht hat sie den Entführer des Jungen beobachtet und erkannt.«

»Ihre blühende Phantasie kann es durchaus mit der meiner Schwester aufnehmen.« Ihr Lachen klang traurig.

»Also hat sie jemanden beobachtet?«, fragte Claussen mit beachtlicher Schärfe in der Stimme. Er machte eine winzige Bewegung mit dem Kopf, als wolle er seine Ohren besser ausrichten, damit ihm nichts entging.

Sie schüttelte den Kopf. »Ich habe Ihnen gesagt, es war Blödsinn, und ich weigere mich, auch nur ein weiteres Wort darüber zu verlieren.«

»Ist Ihnen bewusst, dass, sollte an diesen Phantasien etwas dran gewesen sein, Sie selbst in großer Gefahr schweben?«

»Mir droht keine Gefahr.«

Claussen, der davon nicht überzeugt schien, ließ ein paar Sekunden verstreichen, bevor er weitersprach. »Hatte Ihre Schwester das Gefühl, dass einem der Kita-Kinder Gefahr drohte?«

»Wissen Sie, Herr Claussen, Dagmar sah ihre Aufgabe darin, Kinder zu beschützen. In dieser Hinsicht hatte sie superfeine Antennen. Sie hat sehr genau hingesehen und hingehört.«

»Hat sie möglicherweise auch Eltern angesprochen, wenn sie einen Verdacht hatte?«

»Das hätte sie erst getan, wenn sie sich absolut sicher gewesen wäre. So weit ist es zum Glück nie gekommen. Sie hat sich nur mal eine der Mütter vorgeknöpft, als diese Frau die Verwahrlosung und Misshandlung von Kindern auf eine sehr überhebliche Weise als Übertreibung der Medien abgetan hat. Ich vermute mal, dass Dagmar damals zu Hochtouren aufgelaufen ist. Hinterher hat es ihr nämlich sehr leidgetan, da es sich ausgerechnet um die Mutter handelte, deren Kind später entführt wurde. Dagmar meinte, das Schicksal habe sie auf sehr grausame Weise mit der Realität da draußen konfrontiert.« Sie schwieg einen Moment. »Wenn ihr etwas wirklich wichtig war, hat Dagmar kein Blatt vor den Mund genommen. Ich will hier niemanden in Schwierigkeiten bringen, aber es gibt da eine Kollegin, sie heißt Gaby.« Sie schien mit sich zu ringen, ob sie weiterreden sollte, stand auf und kippte eines der Fenster. Leise drang der Verkehrslärm vom Hohenzollerndamm herauf. »Es ist vorgekommen, dass sie ein Kind geschlagen hat. Dagmar hat sie darauf angesprochen, hat ihr die Pistole auf die Brust gesetzt, dass damit Schluss sein müsse. An dem Tag, als der Junge verschwand, hat sie es wieder beobachtet, wegen all der Ereignisse aber erst einmal verdrängt. Erst als sie beurlaubt wurde, hatte sie Zeit, nachzudenken. Auch darüber. Sie wollte deswegen mit ihrer Chefin sprechen, gleich Anfang Januar. Sie hatte schon einen Termin mit ihr vereinbart. Ich frage mich die ganze Zeit, ob …« Sie atmete tief durch, als müsse sie sich selbst Mut machen. »Was ist, wenn die beiden sich getroffen haben? Es kam zu einem Streit und …?«

Claussen unterbrach sie: »Diese Gaby behauptet, Dagmar sei bei den Kindern hin und wieder die Hand ausgerutscht.«

Es dauerte, bis sie wirklich begriff, was er da gesagt hatte. Sie sah ihn lange an, forschte in seinem Gesicht und versuchte allem Anschein nach zu ergründen, auf welche Weise sie ihn überzeugen konnte. »Meine Schwestern und ich kommen ausnahmslos aus schwierigen Verhältnissen. Aus Familien, in denen Kinder verwahrlosten, in denen sie vernachlässigt und in anderer Weise misshandelt wurden. Aber wir alle hatten Glück, indem wir von Eltern aufgenommen wurden, die uns mit sehr viel Liebe und Umsicht großgezogen haben. Keine von uns würde je ein Kind misshandeln, weder körperlich noch seelisch.« Sie strich über ihren Bauch.

Claussen ließ diese Worte auf sich wirken und dachte nach. »Es wäre ein Fehler, würden Sie versuchen, Ihre Schwester zu schützen.«

»Herr Claussen, ich würde niemanden schützen, der ein Kind misshandelt – egal, wer es ist, und egal, in welcher Beziehung ich zu demjenigen stehe. Hätte Dagmar so etwas getan, würde ich bestimmt nicht versuchen, es zu vertuschen.«

»Hat eigentlich jemand davon gewusst, dass ursprünglich Sie für die Katzenbesuche im Haus Ihrer Mutter eingeteilt waren?«, fragte er.

Sie überlegte. »Nur mein Lebensgefährte und meine Schwestern, sonst niemand.«

»Ist Ihnen schon einmal der Gedanke gekommen, dass der Täter es an diesem Abend auf Sie abgesehen haben könnte?«

Fast unmerklich zuckte sie zusammen und zog die Stirn kraus. »Wer sollte mich umbringen wollen?«, fragte sie.

»Auch in Bezug auf Ihre Schwester haben wir bisher keine Antwort auf diese Frage finden können. Aber da draußen läuft jemand herum, der die Antwort kennt.«

»Ja«, sagte sie leise. »Es ist …« Sie schüttelte den Kopf und schluckte die Tränen hinunter.

»Gestatten Sie mir eine letzte Frage.« Ohne ihre Re-aktion abzuwarten, fuhr er fort: »Wie haben Sie Silvester verbracht?«

»Mein Lebensgefährte und ich waren auf einer Party, die Freunde von uns veranstaltet haben.«

11

Nach der angenehmen Wärme in Dorothee Mombergs Wohnung spürte ich die Kälte auf dem Weg zum Auto umso stärker. Sie schien in mich hineinzukriechen und jede meiner Bewegungen zu verlangsamen. Claussen hingegen machte sie ganz offensichtlich nichts aus, er schlug nicht einmal seinen Mantelkragen hoch. Tief in Gedanken, ließ er sich von mir führen.

»Was von dem, das sie gesagt hat, beschäftigt Sie so sehr?«, fragte ich bibbernd.

Er blieb stehen und zwang mich, ebenfalls anzuhalten.

»Nein, bitte, ich erfriere.« Ich zog ihn weiter.

Mit einem Brummen gab er nach. »Wieso hat Dagmar Momberg sich mit Leons Mutter über Kindesmisshandlung unterhalten?«

»Das kann alle möglichen Gründe haben. Warum haben Sie sie nicht gefragt?« Ich musterte ihn von der Seite.

Seine Miene wirkte hoch konzentriert. Er schien jedoch nicht gewillt, seine Überlegungen mit mir zu teilen, sondern schwieg, bis wir mein Auto erreichten.

»Von Männern, mit denen ich meinen Sonntag verbringe, erwarte ich ein wenig mehr Unterhaltung«, machte ich noch einmal den Versuch, ihn zum Reden zu bewegen. Doch ich hätte nicht einmal sagen können, ob er mich überhaupt gehört hatte.

Erst als er unterwegs einen Anruf von Klaus Trapp erhielt, machte er wieder den Mund auf. Nichts hätte die große Vertrautheit zwischen den beiden besser zeigen können als die Art, wie Claussen mit seinem Freund sprach. Mir kam es vor, als hätte sich mit den Jahren eine Art Geheimsprache zwischen beiden entwickelt. Claussen musste nur ein Wort in den Raum werfen, um im Gegenzug von seinem Gesprächspartner am anderen Ende der Leitung eine Fülle von Informationen zu bekommen. Ich war mir sicher, dass es umgekehrt ebenso gut funktionierte.

Kurz bevor ich in Claussens Straße bog, um ihn abzusetzen, fasste er mir zusammen, was er von seinem Freund erfahren hatte: Schloss und Haustür von Heidrun Momberg seien genauestens untersucht worden. Es sei auszuschließen, dass sich jemand unbemerkt Zugang verschafft habe. Da es sich um ein sehr altes Schloss handele, brauche es, selbst wenn nicht abgeschlossen sei, einige Anstrengungen, um die Tür zu öffnen. Zwar sei dies durchaus geräuscharm durchzuführen, Dagmar Momberg hätte davon im Haus also nicht unbedingt etwas mitbekommen müssen. Aber das Ganze wäre nicht möglich gewesen, ohne Spuren am Rand der Holztür zu hinterlassen. Und die gebe es nicht. Ein unbemerktes Eindringen des Täters sei damit auszuschließen. Falls er nicht hereingelassen worden sei, müsse er einen Schlüssel benutzt haben. Und zwar einen der existierenden, denn es sei keiner nachgemacht worden. Es handele sich um ein Sicherheitsschloss, da würde jeder Schlüssel registriert.

Also müsse Dagmar Momberg die Tür selbst geöffnet haben, meinte ich, eine der Schwestern werde es wohl kaum gewesen sein, und die Mutter habe im Krankenhaus

213

gelegen. Einiges sei denkbar, hielt Claussen mir entgegen – jemand aus dem Umfeld der Frauen, der sich einen Schlüssel *geliehen* habe, eine Verabredung oder auch ein Zufallstäter, der an der Tür geklingelt habe. Obwohl das am unwahrscheinlichsten sei, denn Morde an Frauen würden zu über vierzig Prozent von Tätern aus dem familiären Umfeld begangen, und davon seien in mehr als drei Viertel der Fälle Partner oder ehemalige Partner die Täter. Nur zu knapp fünfzehn Prozent handele es sich um einen Zufallstäter.

Warum er, wenn er all das so genau wisse, nicht längst mit Johannes Kaast gesprochen habe, fragte ich ihn. Dieser Statistik nach zu urteilen, dränge sich der Mann doch förmlich als Täter auf. Oder wisse er etwas, das er mir verschwiegen habe? Hätte der Mann, in den sich Dagmar Momberg verliebt hatte, ein Alibi für den Silvesterabend? Sei er alleine nach Bayern gefahren? Dazu würden wir vielleicht am Montag mehr erfahren, erhielt ich zur Antwort. Bis dahin solle ich mich in Heidrun Mombergs Nachbarschaft umhören, ob jemand etwas gesehen oder gehört habe. Vielleicht sei jemand an Silvester zu Hause geblieben und habe etwas beobachtet. Zwar hätten seine Kollegen bereits entsprechende Befragungen durchgeführt, aber man könne nie wissen, manchmal falle den Leuten später noch etwas ein.

Von unterwegs hatte ich Max eine SMS geschickt, dass ich ihn zu einem kleinen Ausflug abholen würde. Dick vermummt stieg er zu mir ins Auto, nicht ohne wortreich mit einem Schicksal zu hadern, das ihn in diese sibirische Kälte hinaustrieb. Ich versprach ihm, dass ihm schnell warm würde, wenn wir erst unser Ziel erreicht hätten.

Aber davon wollte er nichts wissen. Wärme lasse sich auf weit angenehmere Weise produzieren. Er würde mir das gerne demonstrieren, ich müsse nur umkehren und ihn in seine Wohnung begleiten.

Anstatt auf seinen Vorschlag einzugehen, lachte ich und drehte die Heizung auf Maximum. Mit hochgezogenen Schultern und missmutiger Miene saß er neben mir. Ich ließ mich jedoch nicht beirren, sondern machte aus unserer Fahrt eine kleine Sightseeing-Tour für den Neuberliner. Max war jedoch nicht leicht zu begeistern. Erst als wir die Stadt hinter uns ließen und sich der Blick über schneebedeckte Felder weitete, hob er den Kopf und schaute interessiert aus dem Fenster.

Hinter Kladow führte uns der Weg über eine unebene Straße durch einen verschneiten Kiefern- und Birkenwald, bis wir Sacrow erreichten. Vorbei an wunderschönen alten Villen, die entlang der Havel standen, fuhr ich bis zu einem kleinen Fähranleger und parkte dort den Wagen.

»Aussteigen!«, befahl ich.

»Nie im Leben. Weißt du, wie kalt es da draußen ist? Fast minus zwanzig Grad.«

»Dann laufen wir eben ein bisschen schneller. Schau, dort drüben. Siehst du die Kirche direkt am Ufer der Havel?« Ich zeigte auf das Kirchenschiff mit seinen Arkadengängen und dem frei stehenden Glockenturm. »Das ist die Sacrower Heilandskirche. Sie ist wunderschön.«

»Es gibt bestimmt auch wunderschöne Postkarten davon«, meinte Max bockig.

Ich öffnete die Tür. »Los, komm! Der Weg durch den Park wird dir gefallen.« Ich lief um den Wagen herum und öffnete seine Tür.

Widerwillig stieg er aus und drapierte seinen Schal über Mund und Nase. Lachend zog ich ihn hinter mir her, nicht ohne ihn darauf hinzuweisen, dass die anderen Besucher des Parks quicklebendig wirkten, die Kälte also durchaus zu überleben war.

»Für mich ist sie nur durch Austausch von Körperwärme zu überleben.« Er blieb stehen, schob seinen Schal bis zum Kinn und küsste mich.

Nach einer Weile löste ich mich aus seiner Umarmung, nahm seine Hand und ging mit ihm Richtung Heilandskirche.

»Könntest du dir vorstellen, dich in mich zu verlieben?«, fragte er.

»Warum willst du das wissen? Hast du dich etwa verliebt?«

»Möglich. Also, könntest du?«

»Vielleicht …«, antwortete ich, ohne ihn anzusehen. »Ich meine, also … gewissermaßen ganz unverbindlich.«

Er schwieg einen Moment und schien nachzudenken. »Wie lange haben deine unverbindlichen Beziehungen eigentlich im Schnitt gehalten?«

»Der Rekord liegt bei zwei Jahren.«

»Beachtlich.« Sein Tonfall drückte spöttische Bewunderung aus.

»Er war verheiratet und konnte sich immer nur an einem Abend in der Woche freimachen.«

»Wow.«

Ich knuffte ihn in die Seite. »Lass deinen Spott! Schau dich lieber ein bisschen um. Es ist so schön hier.« Mit ausgebreiteten Armen drehte ich mich einmal um mich selbst und sah in den Baumwipfel über mir, der voller Misteln war.

Max folgte meinem Blick, umfing mich mit den Armen und küsste mich.

»Wenn wir in dem Tempo weiterkommen, schaffen wir es vor Einbruch der Dunkelheit nicht bis zur Kirche«, gab ich zu bedenken, als ich wieder zu Atem kam.

»Die Kirche läuft nicht weg.«

»Ich auch nicht.«

Er strich mir über die Wange und sah mich an. »Da bin ich mir eben nicht so sicher.«

Ich entzog mich ihm und lief voraus bis zur Kirche. Im Arkadengang wartete ich auf ihn. Kaum war er da, nahm ich seine Hand und zog ihn den Gang entlang bis zur Rückseite der Kirche. Eine kleine Steintreppe führte hinunter zum Ufer der Havel. Über die Eisschollen hinweg zeigte ich in die Ferne.

»Siehst du dort hinten? Das ist die Glienicker Brücke. Und dort ...«

Er nahm meinen Zeigefinger und küsste ihn. »Was hältst du davon, wenn wir im Frühjahr wiederkommen?« Jetzt war er es, der mich hinter sich herzog.

»Möchtest du nicht noch einen Blick in die Kirche werfen?«

»Nach der Schneeschmelze.«

Schweren Herzens ließ ich mich überreden. Trotz der Kälte wäre ich gerne noch geblieben. Ich mochte diesen Ort und konnte mich immer wieder aufs Neue daran freuen. Auf dem Rückweg zum Auto schlug ich einen kleinen Bogen, um Max wenigstens den Rest des Parks zeigen zu können.

»Hat dich deine Mutter eigentlich zu sehr verhätschelt, dass du so verfroren bist?«, fragte ich, während wir über den festgetretenen Schnee stapften.

»Ich glaube, das ist Veranlagung, mir war das Fruchtwasser schon zu kalt.«

»Und daran erinnerst du dich noch genau.«

»Ich hab darin gerudert wie verrückt, nur damit mir warm wurde. Meine Mutter hat geglaubt, sie bekäme einen bewegungshungrigen Wildfang. Stattdessen hat sie ein Schreibaby bekommen. Das waren Kälteschreie, aber niemand hat sie richtig interpretiert. Sie haben meinen Kinderwagen auf die Terrasse gestellt, damit der Junge an der frischen Luft ist.«

»Hast du dieses frühkindliche Trauma mit deinen Eltern aufgearbeitet?«, fragte ich schmunzelnd.

»Du nimmst mich nicht ernst.« Er blieb stehen und sah mich an.

Einen Moment lang kam es mir vor, als könne er mit diesem Blick in mich hineinsehen. Fast automatisch trat ich einen Schritt zurück, um schließlich weiterzugehen. Als er mich eingeholt hatte, fragte ich: »Wie sind deine Eltern?«

»Meine Freunde finden sie hinreißend, ich finde sie anstrengend, ganz besonders meine Mutter. Wenn sie nicht ausgelastet ist, mischt sie sich gerne in mein Leben. Und natürlich auch in das aller anderen Familienmitglieder. Seitdem meine Schwestern Kinder haben, ist sie allerdings gut beschäftigt.« Er forschte in meinem Gesicht. »Ich weiß, dass du deine Mutter vermisst hast, aber glaube mir, zu viel Mutter ist auch nicht unbedingt beneidenswert.«

Es stimmte, was er sagte: Ich hatte meine Mutter vermisst. Aber prägender war das Gefühl gewesen, mich um meinen Vater kümmern zu müssen, ihn für den Verlust zu entschädigen. Dadurch hatte ich so vieles nicht getan, was für Gleichaltrige selbstverständlich gewesen war. Ich war tatsächlich zu einem Stubenhocker geworden, wie Fabian es nannte, und hatte mir dabei viel zu viel aufgebürdet. Noch als mein Vater im Sterben lag, war es mir mit aller Macht bewusst geworden. Teilweise hatte ich ihn dafür gehasst, dass er meine Gesellschaft so selbstverständlich hingenommen hatte, anstatt mich hinauszuschicken zu den anderen Kindern, zu den anderen Jugendlichen. Ich atmete tief durch.

»Diese Schwester, von der du erzählt hast – die, der du das Versprechen gegeben hast, keinen Hummer zu essen ...«

»Sie ist aktive Tierschützerin«, sagte Max.

»Was hat sie für dich getan, damit du ihr dieses Versprechen gegeben hast?«

Er schüttelte den Kopf. »Das bleibt besser ein Geheimnis.«

»Und du hältst dieses Versprechen? Immer?«

»Wenn es irgendwie geht.«

»Obwohl du selbst nicht davon überzeugt bist?« Ich sah ihn zweifelnd von der Seite an.

Sein Lächeln hatte etwas liebevoll Amüsiertes. »Inzwischen bin ich selbst davon überzeugt. Meine Schwester hat mir auf so drastische Weise den Leidensweg dieser Tiere geschildert, dass ich gar keinen Bissen mehr davon herunterbekommen würde.«

Da jetzt auch mir kalt wurde, zog ich die Schultern hoch und beschleunigte meinen Schritt. »Klingt sehr sympathisch, was du von ihr erzählst.«

»Möchtest du sie kennenlernen? Mein Vater feiert nächste Woche seinen Geburtstag. Du könntest mich begleiten. Wie wär's?«

Ich hakte mich bei ihm ein und drückte ihm einen Kuss auf die Wange. »Lass uns seinen nächsten Geburtstag abwarten.«

Eine Dreiviertelstunde später hatte ich Max vor seiner Wohnung abgesetzt. Er war mit einem Kollegen im Fitnessstudio verabredet, und ich wollte mich in Claussens Auftrag in Heidrun Mombergs Nachbarschaft umhören. Wobei ich mich nur an diejenigen wenden würde, die ich ohnehin kannte. Carlo Sachse war einer von ihnen. Der Garten des Sechsundsiebzigjährigen grenzte an den von Heidrun Momberg. So hatten wir uns im Sommer kennengelernt. Ich hatte den Rasen gemäht, und er hatte sich, zu einem Schwatz aufgelegt, an den Zaun gelehnt und mir gute Ratschläge erteilt. Seitdem beauftragte er mich hin und wieder mit kleinen Erledigungen.

Augenscheinlich freute er sich über die Abwechslung an diesem späten Sonntagnachmittag. Er lotste mich in sein Gartenzimmer und schob mir eine Schale mit Weihnachtsplätzchen hin. »Essen Sie, essen Sie! Meine Schwester hat sie geschickt. Sind gut.« Er fuhr sich durch die weißen Haare. »Habe gar nicht mit Besuch gerechnet.«

»Nachdem an Silvester bei Ihrer Nachbarin dieses Unglück geschehen ist, dachte ich, ich sehe mal nach Ihnen. Das war bestimmt aufregend für Sie, oder?« Ich griff nach einer Makrone und biss hinein.

»Eine der Töchter ist tot. Schlimme Sache. Wird nicht leicht für die Frau Momberg. Ist ja auch nicht mehr die Jüngste.« Er schüttelte den Kopf. »So ein junges Ding, schrecklich. Die Dagmar hat doch keinem was getan.« Er sah mich unglücklich an. »War bestimmt eine dieser Banden, die hier alle naslang einbrechen. Haben bestimmt gedacht, Silvester wäre niemand zu Hause.« Er fuchtelte mit dem Zeigefinger durch die Luft. »Hab es immer wieder gesagt – nur nicht die Tür aufmachen. Auch den Mädchen. Nachdem der Vater starb, hab ich sie immer so ein bisschen im Auge behalten. Sie hat Glück mit den Kindern. Sind oft da. Nicht wie mein Sohn. Er arbeitet zu viel, hat nie Zeit.« Er schnalzte mit der Zunge. »Verrecken könnte ich hier, und er würde es nicht mal merken. Habe ich ihm neulich gesagt.« Nach einer wegwerfenden Handbewegung sah er in die Luft, als habe er den Faden verloren.

»Kannten Sie Dagmar Momberg gut?«, fragte ich.

»Ist ja vis-à-vis aufgewachsen. Nettes Mädchen, wie die Schwestern. Wissen sich zu benehmen. Darauf hat ihre Mutter viel Wert gelegt. Aber von nichts kommt eben auch nichts. Die Dagmar und die Dorothee hat sie ja schon als Babys bekommen, die anderen beiden waren älter. Hat sie aber auch schnell in den Griff bekommen. Meine Frau und ich waren anfangs skeptisch, haben uns gefragt, warum es unbedingt so viele Kinder sein mussten. Aber sie hat's geschafft, muss man ihr lassen. Die Kinder hätten es nicht besser treffen können. Danken es ihrer Mutter, immer wieder. Hätten aber auch keine besseren Pflegeeltern bekommen können.« Er beugte sich vor und winkte mich näher zu sich heran. Leise, als könne ihn jemand belauschen, sagte er: »Mädchen kümmern sich anders um die Eltern.« Er lehnte sich mit einem Seufzer zurück. »Wenn die alle so beieinandersitzen …« Mit einem traurigen Lächeln deutete er an, dass ihm dabei das Herz schwer wurde.

Ich stand auf, trat ans Fenster und sah hinüber zum Mombergschen Haus. Die Rollläden im Erdgeschoss waren heruntergelassen. Aber selbst wenn sie hoch gezogen waren, musste schon jemand sehr genau hinsehen, um im Wohnzimmer, wo die Tote gelegen hatte, etwas erkennen zu können. »Ist denn auf die Entfernung überhaupt etwas zu erkennen?«, fragte ich.

Er deutete auf einen Gegenstand auf der Fensterbank, es war ein altes Fernrohr. Mein Blick musste Bände sprechen, denn er setzte gleich zu einer Erklärung an. »Ist für die Piepmätze. Im Vogelhaus ist viel Betrieb, besonders vormittags, wenn's Futter gibt. Und bei dem vielen Schnee jetzt sowieso.«

»Und wenn Sie die Vögel beobachten …?«

»Wird geschaut, ob bei meiner Nachbarin alles in Ordnung ist. Man muss aufeinander aufpassen.« Ihm gingen seine eigenen Worte durch den Kopf, denn er wirkte betroffen. Schweigend sah er zu Boden.

»Haben Sie am Silvesterabend zufällig jemanden im Wohnzimmer Ihrer Nachbarin beobachtet? Haben Sie Dagmar vielleicht gesehen?«

»Licht brannte, aber die Gardinen waren zugezogen. Nicht ungewöhnlich, abends zieht sie sie immer zu, dachte, Frau Momberg sei zu Hause, wusste ja nicht, dass sie gestürzt war. Hätte sie mal was gesagt. Aber so? Wer denkt sich da schon was?« Mit den Fingern fuhr er seine Hosenfalte entlang. »War ein Fehler, die Tür zu öffnen.«

Für Barbara Kornau würde ich in diesem Frühjahr die Feier anlässlich ihres fünfundsiebzigsten Geburtstages organisieren. Sie hatte sich meinen Flyer aus dem Supermarkt mitgenommen und mich vor ein paar Wochen kontaktiert. In diesem Moment saß ich ihr allerdings gegenüber, weil sie in derselben Straße wie Heidrun Momberg wohnte, nur fünf Häuser von ihr entfernt. Es war nicht notwendig, sie auf den Todesfall in ihrer Nachbarschaft anzusprechen, sie kam von selbst darauf. Genau wie Carlo Sachse nahm auch sie an, dass Dagmar Momberg das Opfer eines Einbrechers geworden war. Sie erzählte, wie lange sie sich mit dem Gedanken herumgeschlagen habe, eine Alarmanlage installieren zu lassen. Jetzt habe sie sich endlich dazu durchgerungen.

»Frau Momberg wird sich wünschen, sie hätte ihr Haus besser abgesichert. Es muss entsetzlich sein, ein Kind zu verlieren. Meinem Mann und mir waren ja keine vergönnt. Und jetzt denke ich oft, es ist gut so. Man soll das Schicksal nicht herausfordern.«

Es fiel mir schwer, ruhig zu bleiben. Glaubte sie allen Ernstes, das Schicksal habe Heidrun Momberg ihre Tochter genommen, weil sie sich nicht mit ihrer Kinderlosigkeit abgefunden hatte? Ich musste sie nur ansehen, um zu erkennen, dass sie es tatsächlich so meinte.

»Es hat einen Grund, wenn man keine Kinder bekommt«, sagte sie in einem Ton, als verrate sie mir eine elementare Lebensweisheit. »Ganz sicher ist uns viel erspart geblieben.«

Ich gab mir Mühe, sie meine Verärgerung nicht spüren zu lassen, und sprach betont sanft. »Aber ist es nicht wundervoll, wenn sich Menschen bereit erklären, Kinder vor dem Heim zu bewahren?«

»Wenn es ihnen gedankt wird, ja.«

»Die Momberg-Töchter sollen sich doch ganz rührend um die Mutter kümmern.«

Barbara Kornau zupfte imaginäre Fusseln von ihrem Rock und strich ihn zwischendurch immer wieder glatt. »Das tun sie auch, da kann man wirklich nichts sagen.

Als der Herr Momberg damals starb, habe ich seiner Frau meine Hilfe angeboten, aber sie meinte, ihre Töchter gingen ihr zur Hand. Erst hab ich mir das nicht recht vorstellen können, aber die waren tatsächlich zur Stelle, besonders die beiden Nachzügler. Die kümmern sich rührend. Auch über die beiden anderen kann ich nichts Schlechtes sagen, nette Frauen, obwohl die es faustdick hinter den Ohren hatten. Während der Pubertät haben die alle paar Tage über die Stränge geschlagen. Ich glaube, die beiden haben ihrer Mutter die eine oder andere schlaflose Nacht bereitet. Die beiden Nachzügler waren in der Hinsicht viel einfacher, umgänglicher, wenn Sie wissen, was ich meine, nicht so rebellisch.« Sie winkte ab: »Ach, was rede ich da überhaupt, ist doch alles Schnee von gestern.«

»Frau Momberg ist eine nette Frau«, versuchte ich, das Gespräch in Gang zu halten. »Sie tut mir sehr leid.«

»Wem tut sie nicht leid? Nur ist sie nicht der Typ, dem man es sagt. Sie hat so etwas Unnahbares, ihr Mann war da viel zugänglicher. Er hat sich schon eher mal um einen Kontakt mit den Nachbarn bemüht. Aber sie?« Vehement schüttelte sie den Kopf. »Ich habe mich immer gefragt, warum man nicht einfach mal eine Tasse Kaffee zusammen trinken kann. Das verpflichtet zu nichts. Aber sie hat mir jedes Mal einen Korb gegeben, schließlich habe ich es aufgegeben.« Sie presste die Lippen auf eine Weise zusammen, dass sich die Mundwinkel nach unten bogen. »Man wird nicht schlau aus dieser Frau. Ist sie nun arrogant und glaubt, sie sei etwas Besseres, oder …?« Allem Anschein nach erwartete sie von mir eine Antwort.

»Ich glaube, Frau Momberg ist einfach nur zurückhaltend.«

Ihrem Blick nach zu urteilen, mangelte es mir eindeutig an Lebenserfahrung. Aber es schien ein verzeihliches Defizit zu sein. »Neulich«, fuhr sie fort, »bin ich ihr in der Stadt begegnet, aber da ist sie einfach grußlos an mir vorbeigegangen. Obwohl sie mich ganz offensichtlich erkannt hat.« Barbara Kornau beugte sich näher zu mir, als wolle sie mir ein Geheimnis verraten, und erzählte, sie sei mit ihrem Bruder in der Stadt unterwegs gewesen. »Erst habe ich angenommen, sie halte ihn für meine *Bekanntschaft* und wolle mich nicht in eine peinliche Situation bringen. Wäre ja immerhin möglich. Als ich sie zwei Tage später auf der Straße darauf ansprach, sagte sie, ich müsse sie verwechselt haben, sie fahre gar nicht mehr so weit in die Stadt. Aber ich bin mir sicher, dass sie es war.«

»Warum sollte sie lügen?«, meinte ich mehr zu mir selbst.

»Das habe ich mich auch gefragt. Und wissen Sie, was ich glaube? Sie wollte nicht, dass jemand erfährt, wo sie war.« Sie schien sehr zufrieden mit dem Ergebnis ihrer Überlegungen und sah mich erwartungsvoll an.

Ich hob die Augenbrauen.

»Sie kam aus dem Gebäude des Kriminalgerichts in Moabit. Anfangs habe ich mir nichts dabei gedacht. Da sie aber so tat, als hätte ich mich getäuscht ...« Barbara Kornau ließ ein paar Sekunden verstreichen. »Ich will ja nichts in die Welt setzen, aber vielleicht ...« Ihr Blick sollte vielsagend sein, geriet aber ins Hämische. »Ich bin gerade mal ein Jahr älter. Und sie tut so, als sei ich senil. Das habe ich ihr übelgenommen. Ist nicht schön so etwas. Und das hätte ich ihr auch bei nächster Gelegenheit gesagt. Aber die Frau ist ja jetzt gestraft genug.«

Bei diesem Wort war mir ein unangenehmer Schauer über den Rücken gelaufen. Als sei der Tod der Tochter eine Strafe für die Mutter. Für etwas, das sie getan oder unterlassen hatte. Ich verabscheute eine solche Denkweise. Schicksalsschläge waren keine Strafe, sie waren nicht dazu da, um jemandem eine Lektion zu erteilen. Sie geschahen, grundlos, sinnlos.

Mit diesem Gedanken rollte ich langsam die teils stark vereiste Straße entlang. Als ich an Heidrun Mombergs Haus vorbeifuhr, warf ich einen Blick hinüber. Im Schein der Straßenlaterne erkannte ich Simone Fürst. Sie streute den Gehweg vor dem Haus.

Ich bremste, ließ die Scheibe herunter und rief ihr ein Hallo zu. »Entschuldigen Sie«, schickte ich schnell hinterher, als ich sah, wie sie zusammenzuckte.

»Schon okay«, meinte sie mit einem angedeuteten Lächeln. Sie stellte den Eimer mit Sand neben sich ab.

»Gibt es etwas Neues von Ihrer Mutter?«, fragte ich.

»Sie wird wohl schon in ein paar Tagen entlassen werden, muss dann allerdings noch in die Reha.« Über die Schulter hinweg warf sie einen Blick zum Haus. »Ich bin froh, dass es hier etwas zu tun gibt. Zu Hause herumzusitzen, bekommt mir nicht. Irgendwie muss ich auf andere Gedanken kommen.« Sie schlug die Arme um den Oberkörper, um sich zu wärmen. »Unter anderen Umständen hätten wir ein Glas Wein zusammen trinken können.«

»Wir könnten bei mir einen Wein trinken«, schlug ich spontan vor.

Fast augenblicklich erhellte sich ihre Miene. Sie überlegte nicht lange und versprach, in ein paar Minuten nachzukommen, sie wolle nur schnell ihre Arbeit beenden.

Kaum war ich zu Hause, bereute ich meine Einladung

schon fast. Der Tag war verflogen, ohne mir eine kleine Verschnaufpause zu gönnen. Andererseits würde Simone Fürst sicher nicht lange bleiben. Hinterher würde ich immer noch Zeit für mich haben.

Während Schulze schnurrend um meine Beine strich, dachte ich an Twiggy. Irgendwann würde ich mich mit der Tatsache auseinandersetzen müssen, dass sie nicht mehr zurückkehrte. Die Vorstellung schnürte mir die Kehle zu. Zum Glück blieb mir keine Zeit, weiter darüber nachzudenken, denn Haustür und Handy klingelten gleichzeitig. Auf dem Weg zur Tür warf ich einen Blick auf das Handydisplay: Claussen versuchte, mich zu erreichen. Ich würde ihn später zurückrufen.

Simone Fürst wirkte völlig verfroren, deshalb bot ich ihr zum Aufwärmen erst einmal einen Tee an. Während ich Wasser aufsetzte, rieb sie sich die Hände warm.

»Ich habe die Heizung schon hochgestellt«, sagte ich entschuldigend.

Sie sah sich in meiner Wohnküche um und ging schließlich zum Küchentisch, auf dem ein Stapel Flyer lag. Interessiert las sie, was dort über meinen Seniorenservice geschrieben stand. »Wenn Sie mir ein paar davon mitgeben, verteile ich sie gerne in meiner Praxis«, bot sie an.

Ich reichte ihr einen Becher mit Tee. »Das ist total nett, vielen Dank. Ich bin übrigens Marlene.«

»Simone.« Mit einem Lächeln setzte sie sich an den Tisch. »Danke für die Einladung. Dieser Tee ist meine Rettung. Eigentlich hätte ich mir auch im Haus meiner Mutter etwas Warmes zu trinken machen können, aber ich wollte nicht hineingehen, nicht alleine. Es ist, als ob ...« Während sie Zucker und Milch in den Tee rührte, schienen die Erinnerungen übermächtig zu werden.

»Das kann ich gut verstehen«, sagte ich nach einer Weile und nahm ihr gegenüber Platz. »Ich hätte sicher auch nicht hineingehen können. Es tut mir sehr, sehr leid, was deiner Schwester widerfahren ist. Und ich finde es traurig, dass wir uns unter solchen Umständen kennengelernt haben.«

Sie sah auf. »Fast dieselben Worte hat dein Bruder benutzt, als ich hier war.«

»Wenn mich nicht alles täuscht«, sagte ich zögernd, »hat er ein Auge auf dich geworfen.«

Es schien sie nicht zu überraschen. »Er war wirklich sehr nett zu mir. Und er macht sich Sorgen um dich.«

»Ich weiß«, winkte ich ab. »Ihm geht es mit meinem Seniorenservice nicht schnell genug bergauf. Dabei läuft es im Moment ganz gut. Eigentlich viel zu gut, denn Herr Claussen beansprucht mich so sehr, dass ich kaum noch Zeit für meine anderen Kunden habe.« Kaum hatte ich es ausgesprochen, wurde mir bewusst, dass ich nur deshalb für ihn arbeitete, weil Dagmar Momberg umgebracht worden war. Und jetzt saß ich ihrer Schwester gegenüber und pries mein florierendes Geschäft. Am liebsten wäre ich vor Scham im Erdboden versunken.

»Arbeitest du schon länger für ihn?«, fragte sie.

Innerlich atmete ich auf. »Nein, erst seit kurzem.«

»Muss schwer für ihn sein, mit so einer Behinderung zurechtzukommen. Wenn ich mir vorstelle, nicht sehen zu können …« Sie zog fröstelnd die Schultern hoch.

»Warst du schon einmal in der ›unsichtBar‹?«

Sie sah mich verständnislos an.

»Das ist ein Dunkelrestaurant, dort bekommst du eine Vorstellung davon, wie es ist, nicht sehen zu können. Seitdem ich mit ihm dort war, kann ich seine Wut und seinen Groll verstehen. Seine Erblindung hat ihm ein komplett anderes Leben aufgezwungen, eines, das er freiwillig nie gewählt hätte.«

»Eigentlich«, überlegte sie laut, »ist es sehr anständig von seinen ehemaligen Kollegen, dass sie ihn immer noch einbeziehen und ihm das Gefühl geben, gebraucht zu werden. Ich frage mich nur, wie ihm gelingen soll, woran schon seine Kollegen scheitern? Dagmar ist seit fast einer Woche tot, und sie haben nicht einmal die kleinste Spur. Schlimm genug, dass sie sterben musste, aber die Vorstellung, dass wir vielleicht niemals erfahren werden, wer sie umgebracht hat, ist fast unerträglich. Besonders für unsere Mutter.«

Ich erinnerte mich an das, was Barbara Kornau erzählt hatte. »Vielleicht sollte gar nicht deine Schwester das Opfer sein, sondern eure Mutter.«

»Nein, Unsinn! Wer sollte einer alten Frau etwas zuleide tun wollen?«

»Hat deine Mutter mit irgendjemandem Streit?«

Sie schüttelte den Kopf.

»Auch keinen Rechtsstreit?«

»Wie kommst du denn darauf?«, fragte sie.

»Eine Nachbarin hat sie neulich aus dem Kriminalgericht kommen sehen.«

»Welche Nachbarin?«

»Frau Kornau.«

Simone ließ sich mit einem Seufzer gegen die Lehne zurückfallen. »Das ist die größte Klatschbase der Straße. Meine Mutter kann sie auf den Tod nicht ausstehen. Und meine Schwestern und ich machen einen Bogen um sie, seitdem sie uns früher ständig angeschwärzt hat. Außerdem hat sie uns bei jeder Gelegenheit unter die Nase

gerieben, wir sollten dankbar sein, so anständige Pflegeeltern bekommen zu haben. Denn eigentlich hätten wir ja
ins Heim gehört.« Sie nahm einen Schluck Tee, während
ihr Blick zur Decke wanderte. »Du darfst auf das, was
diese Frau sagt, nichts geben.«

Nachdem Simone gegangen war, schaltete ich das Radio ein, drehte die Musik laut und kümmerte mich um
die dringendsten Haushaltsarbeiten. Während ich die
Wäschetrommel füllte, hörte ich die Stimme des Nach-
richtensprechers. Als er etwas von dem verschwunde-
nen Leon sagte, horchte ich auf. Wie es hieß, sollte der
Grunewald nochmals mit einer Hundertschaft abgesucht
werden, da es immer noch keinen Hinweis auf den Ver-
bleib des Kindes gab. Ich sah das Foto dieses übermüti-
gen Jungen vor meinem geistigen Auge – und auch das
Bild seiner toten Erzieherin. Und ich hoffte gegen jede
Vernunft, dass das Kind noch lebte.

Als mir bewusst wurde, wie stark mich diese Geschichte gefangen nahm, versuchte ich, ein wenig Abstand
zu gewinnen. Claussen, den meine uneingeschränkte
Verfügbarkeit in den vergangenen Tagen über alle Maßen
verwöhnt zu haben schien, würde sich ausnahmsweise
bis zum nächsten Tag gedulden müssen. Seinen zweiten
Anruf an diesem Abend ignorierte ich ebenso wie seine
Aufforderung auf meiner Mailbox, mich umgehend bei
ihm zu melden.

Eine kleine Pause würde mir guttun. Die Ergebnisse
meiner Nachbarschaftsrecherchen würde er am nächsten
Morgen noch früh genug erfahren.

Anstatt mir den Tatort im Fernsehen anzusehen, fuhr
ich zu Max und redete bei einer Flasche Rotwein bis tief

in die Nacht mit ihm. Aber selbst in seiner Nähe war es schwer, Abstand zu gewinnen. Die Ereignisse der vergangenen Tage verfolgten mich. Über Gott und die Welt kamen wir fast unweigerlich auf die junge Frau zu sprechen, die viel zu früh gestorben war, und auf den Jungen, dem dieses Schicksal hoffentlich erspart bleiben würde. Wir redeten über die tiefen Wunden, die den Eltern zugefügt, und die Ängste, die geschürt wurden. Über den brutalen Einschnitt in das Leben der Betroffenen und die Unmöglichkeit, sich je wieder wirklich davon zu erholen.

Während Max sich vorwiegend an Wasser hielt, landeten drei Viertel des Rotweins in meinen Blutbahnen. Trotz des Vollmonds, der mich sonst nur schwer einschlafen ließ, sank ich in einen bleiernen Tiefschlaf. Bevor Max sich am frühen Morgen von mir verabschiedete und mich in seinem Bett zurückließ, meinte er, ich sei hinreißend in betrunkenem Zustand.

Als ich mich nach zwei Kopfschmerztabletten und Unmengen von Kaffee endlich besser fühlte, machte ich mich zu Fuß auf den Weg zu Claussen. Mein Auto hatte ich am Abend bereits vor seinem Haus geparkt. Während ich in ein Brötchen biss, das ich mir unterwegs gekauft hatte, drückte ich den Klingelknopf. Claussens Begrüßung durch die Gegensprechanlage klang wie eine Kampfansage. Dass mich dieser Eindruck nicht getäuscht hatte, bekam ich zu spüren, als ich ihm kurz darauf gegenüberstand.

»Unzuverlässigkeit kann ich auf den Tod nicht ausstehen«, bellte er. »Sie hatten einen ganz klaren Auftrag.«

»Den habe ich auch ausgeführt«, sagte ich und ärgerte mich gleichzeitig über das Gefühl, mich rechtfertigen zu müssen.

»Ja und? Warum höre ich dann nichts von Ihnen? Ist Ihr Handy kaputt?«

»Ich bin doch jetzt hier.«

Ohne ein weiteres Wort ließ er mich stehen und verschwand in den Tiefen seiner Wohnung.

Ich schloss die Tür von innen und lief ihm hinterher. »Möchten Sie nicht wissen, was ich herausgefunden habe?«, fragte ich, als ich in die Küche kam, wo er an der Kaffeemaschine hantierte.

»Trinken Sie auch einen?« Sein Ton klang eine Nuance versöhnlicher.

»Gerne.« Ich setzte mich, erzählte von meinen Besuchen bei Carlo Sachse und Barbara Kornau und schloss mit der Überlegung, Heidrun Momberg könne in irgendeiner Weise an einem Gerichtsprozess beteiligt sein.

Er hörte sich alles an, ohne mich auch nur ein einziges Mal zu unterbrechen. Schließlich trug er mir auf, mich nochmals mit Barbara Kornau in Verbindung zu setzen und zu versuchen, das genaue Datum herauszufinden. Dann könne er sich erkundigen, welche Verfahren an dem Tag verhandelt worden seien.

»Was versprechen Sie sich davon?«, fragte ich.

»Informationen. Davon kann man nie genug bekommen.«

»Warum verfolgen Sie eigentlich nicht die Sache mit dieser Erzieherin, dieser Gaby Wiechmann? Sie hatte doch nun wirklich einen Grund, Dagmar Momberg aus dem Weg haben zu wollen. Immerhin wäre sie ihren Job los gewesen, hätte dieses Gespräch mit der Kita-Leiterin am zweiten Januar stattgefunden.«

»Darum kümmert sich Klaus Trapp bereits«, meinte er selbstzufrieden.

»Hat sie eigentlich ein Alibi für den Abend?«

»Das werden wir bald wissen. Und jetzt trinken Sie Ihren Kaffee aus, wir haben eine Verabredung mit Johannes Kaast.« Er ging hinaus in den Flur.

»Das wurde aber auch Zeit«, murmelte ich in meine Tasse und trank den letzten Schluck.

»Was haben Sie gesagt?«, hörte ich ihn fragen.

»Dass Sie sehr guten Kaffee machen.«

»An Ihrer Lügentechnik müssen Sie noch feilen, Frau Degner.« Das Schmunzeln war aus seinen Worten deutlich herauszuhören.

Als wir zehn Minuten später im Auto saßen und ich versuchte, den kalten Motor zu starten, war es jedoch wie weggeblasen.

»Wann legen Sie sich endlich eine neue Batterie zu?«

»Das Auto hat die ganze Nacht in der Kälte gestanden«, blaffte ich zurück. »Außerdem ist es alt. Da dauert eben alles ein bisschen länger.«

»Wären Sie aus Dahlem gekommen, müsste der Motor längst warm sein. Wo haben Sie denn die Nacht verbracht, wenn ich fragen darf?«

»In einem warmem Bett, wie Sie hoffentlich auch. Darf ich Sie jetzt auch etwas fragen?« Ich wartete seine Antwort nicht ab. »Gibt es eine Chance, dass der kleine Leon noch lebt?«

»Groß ist sie nicht.«

»Diese Ungewissheit muss für die Eltern entsetzlich sein. Hat Leon eigentlich noch Geschwister?«

»Eine zweijährige Schwester. Außerdem ist die Mutter wieder schwanger.« Claussen gab ein undefinierbares Stöhnen von sich und verfiel für den Rest der Fahrt in Schweigen.

Es brauchte mehrere Anläufe, bis ich in der Nähe der Oranienburger Straße in Mitte einen Parkplatz fand. Mit Claussen über diese belebten Straßen zu gehen, kam einem Spießrutenlauf gleich. Seine Hand, mit der er sich an meinem Arm festhielt, verkrampfte sich mehr und mehr. Nicht nur der Verkehrs-, sondern auch der Baulärm machten es schwierig für ihn, sich zu orientieren. Als wir endlich das Bürogebäude betraten, in dem Johannes Kaast arbeitete, atmete er hörbar auf.

Bis wir kurz darauf dem Vater der kleinen Larissa gegenüberstanden, hatte er sich weitgehend entspannt. Claussen bedankte sich für dessen Bereitschaft, uns zu empfangen. Über seine Legitimation hatte er sich allem Anschein nach bereits am Telefon ausgelassen, denn er ging nicht näher darauf ein.

Johannes Kaast erinnerte mich in seiner korrekten, etwas formellen Art an meinen Bruder. Er trug Anzug und Krawatte und einen sehr geraden Scheitel. Seine Trauer beherrschte nicht nur seine Miene, sondern erfüllte den ganzen Raum.

Claussen machte keine Umwege, sondern sprach ihn geradewegs darauf an, dass er von seiner Beziehung zu Dagmar Momberg gehört habe. Er bat ihn, ein wenig von seiner Freundin zu erzählen. Alles, was ihm spontan einfalle.

»Wir haben so viel Zeit verschwendet«, sagte Johannes Kaast mit rauher Stimme. »Wegen rein formaler Dinge.« Sein Blick verlor sich in der Ferne. Nach einer Weile fand er zurück. Er sah mich in einer Weise an, als erhoffe er sich Hilfe von mir. »Dagmar wollte kein Verhältnis mit einem verheirateten Mann. Aber sie hätte doch wissen müssen, dass ich zu meinem Wort stehe. Jetzt ist sie tot.« Er schluckte. »Wer tut denn so etwas?«

»Genau das versuchen wir herauszufinden«, meinte Claussen. »Vielleicht können Sie uns dabei helfen. Fällt Ihnen jemand ein, mit dem Ihre Freundin Streit hatte, jemand, der sie möglicherweise sogar gehasst hat?«

»Meine Frau hat sie ganz sicher gehasst, aber sie hat sie nicht umgebracht.«

»Weil Sie es ihr nicht zutrauen?«

Ich schluckte den Kommentar, der mir auf der Zunge lag, herunter. Manches kam Claussen so leicht über die Lippen, als sei es eine Selbstverständlichkeit. Aber nicht nur Claussen schien dieser Frau, die er nicht kannte, einen Mord zuzutrauen.

»Weil sie ein hieb- und stichfestes Alibi hat«, antwortete Johannes Kaast. »Ich habe das nachgeprüft. Sie war an Silvester mit unserer Tochter Larissa bei meinen Eltern.« Sein Lächeln verunglückte. »Sie glaubt, sie auf ihre Seite ziehen zu können.«

»Was haben Sie an Silvester gemacht?«, fragte Claussen.

»Ich habe Freunde in Bayern besucht.« Bei der Erinnerung daran schien er in sich zusammenzufallen. »Hätte ich die Einladung doch nur abgesagt und wäre bei Dagmar geblieben. Stattdessen ...« Er sah auf. »Ich mache mir Vorwürfe, gleichzeitig weiß ich, wie sinnlos das ist. Und dennoch: Sie war so beunruhigt, ich hätte mich nicht abspeisen lassen dürfen.«

»Immerhin ist eines der Kinder aus ihrer Gruppe verschwunden«, gab ich leise zu bedenken. »Da ist es kein Wunder, dass sie bedrückt war. Sie war eine sehr engagierte Erzieherin. Die Beurlaubung muss sie hart getroffen haben.«

Sekundenlang drückte er mit den Fingern gegen seine Schläfen. »Das war es nicht allein. Die Beurlaubung hat sie bedrückt, aber aus irgendeinem anderen Grund war sie beunruhigt. Sie wollte mir nichts darüber sagen, obwohl ich mehrmals nachgefragt habe. Sie meinte, sie müsse sich ihrer Sache erst ganz sicher sein, bevor sie die Pferde scheu mache.«

»Hat sie gesagt, wie sie das anstellen wollte?«, fragte Claussen.

»Nein. Sie sagte nur, sie könne mich keinesfalls zu dem Fest begleiten. Es war nichts zu machen, ich habe alles versucht.«

»Keine Andeutung?«, hakte ich nach.

Er überlegte und schüttelte schließlich den Kopf. »Sie hat mich nur gefragt, ob ich schon einmal etwas gesehen hätte, das eigentlich nicht sein könne. Dass ich mich also bei etwas schlichtweg getäuscht hätte. Sie meinte wohl so eine Art optische Täuschung. Ich habe sie gefragt, worauf sie anspiele, aber sie ist nicht damit herausgerückt. Jetzt zermartere ich mir den Kopf, was sie damit gemeint haben könnte.«

»Wann sind Sie losgefahren?«, wollte Claussen wissen.

»Am Silvestertag ganz früh morgens.«

»Und haben Sie im Laufe des Tages noch einmal mit ihr telefoniert?«

»Mehrmals sogar.«

»Wollte sie sich mit irgendjemandem treffen, hatte sie eine Verabredung?«

Er verneinte. »Als ich sie bei unserem letzten Telefonat fragte, was sie sich für das neue Jahr wünsche, meinte sie, sie wünsche sich, dass sie sich irre.«

12

Claussen und ich hatten uns zwei Häuser weiter in einem Café niedergelassen und gingen das Gespräch mit Johannes Kaast durch. Alles kreiste um die Frage, was Dagmar Momberg so beschäftigt haben könnte, vor allem, was sie beobachtet hatte. Ging es dabei um ihre Kollegin Gaby Wiechmann? Oder hatte sie im Wald jemanden gesehen, bevor oder nachdem Leon verschwunden war? Claussen sagte gerade, wir dürften keine Möglichkeit außer Acht lassen, als sein Handy klingelte. Am Tonfall seiner Stimme erkannte ich, dass er mit Klaus Trapp sprach. Seinem hochkonzentrierten Gesichtsausdruck nach zu urteilen, ging es um etwas sehr Wichtiges. Schließlich beendete er das Telefonat, ließ sich gegen die Stuhllehne sinken und atmete aus. Es klang, als habe er fast unerträglich lange die Luft angehalten.

»Was ist?«, fragte ich.

»Der Junge wurde gefunden.« Er sprach so leise, dass ich ihn gerade noch verstehen konnte.

Jetzt war ich diejenige, die die Luft anhielt. »Lebt er?«

In diesem Moment brachte die Kellnerin jedem von uns einen Milchkaffee.

Als sie außer Hörweite war, sagte Claussen: »Ja, er lebt, sein Zustand ist allerdings besorgniserregend. Vermutlich hat er seit Tagen weder zu essen noch zu trinken bekommen. Wie es aussieht, ist er völlig dehydriert und sehr geschwächt.« Claussen atmete tief durch und fuhr sich übers Gesicht. »Nach vorläufigen Erkenntnissen ist er nicht missbraucht worden. Wenigstens das nicht.«

»Wo wurde er gefunden?«, fragte ich.

»Auf einem der Waldparkplätze am Hüttenweg. Dort kann er allerdings nur ganz kurz gelegen haben. Bei diesen Außentemperaturen und seinem gegenwärtigen Zustand wäre er dort schnell erfroren.«

»Hat er etwas über seine Entführer sagen können?«

Claussen schüttelte tief in Gedanken den Kopf und schickte nach einer ganzen Weile ein Nein hinterher, das Kind sei in keiner Verfassung, in der man es befragen könne. Er tastete nach seiner Tasse und nahm einen großen Schluck. »Ich frage mich, wie das alles mit dem Tod von Dagmar Momberg zusammenpasst. Je mehr ich über diese junge Frau höre, desto weniger kann ich mir vorstellen, dass sie etwas mit der Entführung des Jungen zu tun hatte.«

»Und wenn diese Entführung so eine Art Rettung sein sollte?« Ich passte die Lautstärke meiner Stimme der seinen an. »Haben Sie sich mal überlegt, dass der kleine Leon von seinen Eltern misshandelt oder missbraucht worden sein könnte? Vielleicht hatte Dagmar Momberg wieder einmal einen Verdacht, der sich in diesem Fall jedoch erhärtet hat. Und vielleicht ist sie damit gar nicht erst zu ihrer Vorgesetzten gegangen. Ihre Schwester Dorothee hat gesagt, Dagmar sei mit Leons Mutter über das Thema Misshandlung in Streit geraten. Ich weiß noch genau, wie sie sich ausdrückte: Diese Frau habe die Verwahrlosung und Misshandlung von Kindern auf eine sehr überhebliche Weise als Übertreibung der Medien abgetan. Was nichts anderes bedeutet, als dass sie das Thema bagatellisiert hat. Vielleicht wollte Dagmar Leon retten und hat sich zu diesem Zweck einen Komplizen gesucht. Sie hat zu Johannes Kaast gesagt, sie hoffe, sich zu irren. Das könnte sich auf diesen Komplizen bezogen haben. Vielleicht hat der den Jungen vor ihr versteckt, um Lösegeld von den Eltern zu erpressen.«

»Es ist keine Lösegeldforderung eingegangen«, sagte Claussen.

»Und wenn die Eltern das nur der Kripo gegenüber behaupten?«

»Dann müsste der Entführer sich schon sehr geschickt an meinen Kollegen vorbeilaviert haben. Zugegeben, möglich ist es, aber ich halte es nicht für wahrscheinlich.«

»So könnte doch aber alles zusammenpassen: Sie entführt den Jungen, um ihn zu retten, ihr Komplize sieht in ihm allerdings die Chance seines Lebens. Und weil er ihn gewissermaßen ein zweites Mal entführt und vor Dagmar Momberg versteckt, geraten die beiden in Streit. Sie droht damit, zur Polizei zu gehen und alles aufzudecken. Daraufhin tötet er sie.«

Claussen machte eine ungeduldige Geste. »Das überzeugt mich nicht. Irgendetwas passt da nicht zusammen. Wenn ihm daran gelegen war, das Kind gegen Lösegeld unversehrt zurückzugeben, verstehe ich nicht, warum es in diesem Zustand ist. Wenn er allerdings nie vorhatte, den Jungen diese Sache überleben zu lassen, verstehe ich es noch viel weniger. Warum lässt er ihn dann auf dem Parkplatz zurück?«

»Vielleicht wollte er das Versteck wechseln, hat unterwegs kalte Füße bekommen und es für sicherer gehalten, den Jungen loszuwerden.«

»Auf einem Parkplatz, wo er sofort gefunden wird? Das wäre dumm.«

»Sie haben gesagt, Leon sei völlig entkräftet. Vermutlich hat der Entführer nicht damit gerechnet, dass der Junge sich noch bemerkbar machen kann.«

»Er hat sich nicht bemerkbar machen können, sondern wurde nur deshalb gefunden, weil jemand anonym einen Hinweis gegeben hat.«

»Der Entführer?«, fragte ich überrascht. »Hat er plötzlich Skrupel bekommen?«

»Nachdem er bereits den Mord an Dagmar Momberg begangen hat?« Claussen schüttelte den Kopf. »Das halte ich für unwahrscheinlich.«

»Aber Leon ist ein Kind«, gab ich zu bedenken, als mir bewusst wurde, dass Claussen zum ersten Mal von Mord gesprochen hatte. »War es ganz sicher Mord?« Ich drosselte die Lautstärke meiner Stimme noch mehr.

Er beugte sich näher zu mir. »Oh ja, daran besteht kein Zweifel. Erst wurde ihr eine gehörige Dosis K.-o.-Tropfen verabreicht, anschließend ist sie erdrosselt worden.« Er tastete nach meinem Arm und hielt ihn wie in einem Schraubstock. »Das ist Täterwissen, also halten Sie Ihren Mund!«

»Wenn Sie noch fester zudrücken, schreie ich.«

»Entschuldigung.« Augenblicklich ließ er meinen Arm los. »Vielleicht müssen wir aber auch noch einmal ganz von vorne beginnen. Anfangs war ich mir hundertprozentig sicher, dass beide Verbrechen zusammenhängen, der Zufall schien mir einfach zu groß zu sein. Wenn ich mir jedoch vergegenwärtige, was wir über die Tote gehört haben, kommen mir Zweifel. Sie war frisch verliebt, hat sich in ihrem bisherigen Leben nichts zuschulden kommen lassen, ist nie straffällig gewesen. Sie wird als sehr gewissenhaft und engagiert beschrieben. Als fast fanatisch, wenn es um das Wohl der ihr anvertrauten Kinder ging. So eine Frau geht nicht plötzlich los und entführt ein Kind.«

»Außer sie will es retten«, kam ich auf meine Idee zurück.

»Da hätte es andere Wege gegeben, und die waren ihr sicher bekannt. Nein, ich denke, wenn beides überhaupt zusammenhängt, dann in der Weise, dass sie etwas beobachtet hat, was ihr zum Verhängnis wurde.« Claussen massierte sich die Schläfen und legte für einen Moment den Kopf in den Nacken. »Wann sagt man so einen Satz wie *Ich wünsche mir, dass ich mich irre*?«

Ich stützte den Kopf in die Hände und ließ meinen Blick durch das Café wandern, ohne wirklich etwas wahrzunehmen.

»Frau Degner, was tun Sie?«, fragte er misstrauisch.

»Ich denke nach.«

»Geht das auch ein bisschen schneller?«

»Nein, heute nicht.« Ich verfiel wieder in Schweigen und ließ mir verschiedene Möglichkeiten durch den Kopf gehen, bis ich ihm die Quintessenz mitteilte. »Ich würde so etwas sagen, wenn es sich um etwas sehr Schwerwiegendes handelt, etwas, das ich mich sträube zu glauben ...«

»Weil?«, fragte er dazwischen.

»Weil es mir ein Bild von der Welt zeigt, wie ich sie nicht haben möchte«, antwortete ich spontan. »Weil es mich mit Entsetzen zurücklässt oder mit Traurigkeit.«

»Wie kommen Sie auf Traurigkeit?«

»Dieser Satz klingt für mich traurig. Als sei sie sich

sicher gewesen, dass sie sich nicht irrt, obwohl sie es sich wünscht.«

Claussen schwieg eine Weile, so dass ich schon annahm, er sei mit seinen Gedanken längst woanders. Doch schließlich meinte er, vielleicht sei es nicht um ein Bild von der Welt gegangen, sondern um ein Bild von einem Menschen. Um ein erschüttertes Bild.

Alle hatten bemerkt, dass sie bedrückt gewesen war. Und alle waren überzeugt gewesen, den Grund zu kennen. Lag er mit Leons Entführung und ihrer Beurlaubung nicht auf der Hand? Aber Johannes Kaast hatte gesagt, Dagmar Momberg sei beunruhigt gewesen. Beunruhigt, nicht bedrückt. Also wollte sie etwas klären. Konnte es mit Gaby Wiechmann und ihrem gewalttätigen Erziehungsstil, wie Claussen es nannte, zu tun haben?

Dagmar Momberg hatte ihre Kollegin darauf angesprochen und gedroht, sie zu melden, sollte sie ihr Verhalten nicht ändern.

Zu Johannes Kaast hatte sie gesagt, sie wünsche sich, dass sie sich irre. Beides passte eigentlich nur zusammen, wenn die Sache mit Gaby Wiechmann eine bis dahin unvorstellbare Dimension angenommen hatte. Ging es um Larissa Kaast? Durch die Beziehung zu ihrem Vater war sie Dagmar Momberg bestimmt näher als die anderen Kita-Kinder. Aber ihre Schwester Dorothee hatte von hanebüchenem Unsinn und blühender Phantasie gesprochen. Gleichzeitig hatte sie kein Geheimnis aus der Sache mit Gaby Wiechmann gemacht. Also konnten sich Dagmar Mombergs Phantasien nicht auf diese Geschichte bezogen haben.

Je länger ich darüber nachdachte, desto weniger ergab das alles einen Sinn. Ich starrte auf die Tür, durch die Claussen vor einer Dreiviertelstunde verschwunden war. Am liebsten wäre es ihm gewesen, ich hätte vor dem Gebäude des Jugendamtes im Auto auf ihn gewartet, damit ich nicht mitbekam, wer sein Kontaktmann dort war. Aber bei fünfzehn Grad minus hatte ich mich geweigert und ihm ausgemalt, was ich mir bei diesen Temperaturen in einem ungeheizten Auto alles holen würde. Den Ausschlag gab allerdings erst die Aussicht auf einen mehrtägigen krankheitsbedingten Ausfall.

Ich versuchte, etwas von dem mitzubekommen, was in dem Raum gesprochen wurde, aber die Tür dämpfte die Stimmen fast vollständig. Claussen hatte gemeint, es könne hilfreich sein, sich einmal mit Dagmar Mombergs Herkunftsfamilie zu befassen. Vielleicht gebe es da erbrechtliche Aspekte, die ein Motiv böten, die Momberg-Tochter aus dem Weg zu räumen. Geld sei immer wieder eines der stärksten Motive. Mir schien dieser Ansatz etwas weit hergeholt, aber Claussen hatte seine Erfahrung ins Spiel gebracht, ein Argument, dem ich nichts entgegenzusetzen hatte.

Als er endlich wieder erschien und wir zum Wagen gingen, gab er nichts vom dem preis, was er erfahren hatte. Da ich nicht lockerließ, faselte er etwas von Datenschutz und einem Schweigegelübde, das er da drinnen abgelegt habe.

»Dann sagen Sie mir wenigstens, ob Sie etwas über ein mögliches Motiv erfahren haben.«

»Fehlanzeige«, sagte er und verfiel in Schweigen. Lediglich sein schweres Atmen war zu hören, das nach einer Weile in körperliche Unruhe überging.

Sein Gesichtsausdruck wirkte so umwölkt, dass mich

Zweifel an der *Fehlanzeige* beschlichen. »Was ist los?«, fragte ich.

Er winkte ab und tat so, als sei alles in Ordnung.

Mittlerweile waren wir vor seinem Haus angekommen. Ich schaltete den Motor aus und wartete.

»Sind wir da?«, fragte er.

»Nein«, log ich. »Ist nur eine kleine Zwischenstation. Was haben Sie da drin erfahren? Und jetzt erzählen Sie mir nichts von Datenschutz. Der wurde schon verletzt, als der Typ hinter der Tür den Mund aufgemacht hat.«

»Frau Degner, Sie sind …«

»Keine Amtsperson, ich weiß. Also, entweder Sie sagen mir jetzt, was Sie da drin erfahren haben, oder …«

»Sie sind auf den Job bei mir angewiesen.«

»Stimmt. Aber mein Seelenfrieden ist mir auch einiges wert. Ich möchte wissen, warum Dagmar Momberg umgebracht wurde.«

»Was ich im Jugendamt erfahren habe, steht mit dem Mord nicht in Verbindung.«

»Und warum bewegt es Sie dann so sehr?«

»Weil ich in der Vergangenheit viele solcher Geschichten gehört habe und mich nie daran gewöhnen konnte.«

»Geht es um Dagmar Mombergs Erlebnisse in ihrer Herkunftsfamilie?«

Ihm war anzusehen, dass er mit sich rang.

»Jetzt geben Sie sich einen Ruck! Ich werde meinen Mund halten, versprochen.«

Immer noch zögernd, begann er mit leiser, angespannter Stimme zu erzählen. Dagmar Mombergs leibliche Eltern seien drogenabhängig gewesen. Vor Dagmar hätten sie bereits drei Kinder gehabt, mit denen sie jedoch völlig überfordert gewesen seien. Die Kinder seien ihnen per

Sorgerechtsbeschluss weggenommen worden. Kurz bevor Dagmar zur Welt kam, sei der Vater an einer Überdosis gestorben. Der Mutter habe man das Sorgerecht für das ungeborene Baby entzogen, da sie laut Gutachter nicht erziehungsfähig und eine Gefahr für ihr Baby gewesen sei. Im Alter von vier Wochen sei Dagmar von den Mombergs aufgenommen worden. »Sie hatte noch Glück«, meinte er. »Hat so gut wie nichts von diesem Elend mitbekommen.«

»Warum betonen Sie das so?«, fragte ich irritiert. »Haben Sie etwas über Dagmar Mombergs leibliche Geschwister erfahren?«

»Das auch, aber in dem Fall meinte ich die anderen Pflegetöchter. Sie haben genau wie Dagmar bei den Mombergs in einem Dauerpflegeverhältnis gelebt und stammen ausnahmslos aus völlig desolaten Familienverhältnissen. Drei Jahre nach Dagmar ist Dorothee zu den Mombergs gekommen. Ihre Mutter war fünfzehn, als das Kind zur Welt kam, und lebte mit sechs Geschwistern bei Eltern, die schon diese Kinder nicht ausreichend versorgen konnten. Deshalb wurde auch hier die Unterbringung in einer Pflegefamilie angeordnet. Dorothee war zu dem Zeitpunkt ein Jahr alt, wenn ich es richtig wiedergebe. Vier Jahre später ist die damals fünfjährige Simone Fürst zu den Mombergs gekommen. Der leibliche Vater war Alkoholiker. Im Suff hat er seine Tochter regelmäßig misshandelt. Die Mutter war zu schwach, um das Kind zu schützen.« Claussen mahlte mit dem Kiefer und blies Luft durch die Nase. Seine Hände waren zu Fäusten geballt. »Kommen mit sich selbst nicht zurecht und setzen Kinder in die Welt. Ich werde das nie verstehen.«

Ich sah Simone in ihrer freundlichen, zugewandten

Art vor mir. Es musste schwer für sie gewesen sein, diese schlimmen Erfahrungen hinter sich zu lassen. »Aber Simone Fürst hat es geschafft, da herauszukommen.«

»Das ist das Verdienst der Pflegeeltern, das Amt hat sich nicht mit Ruhm bekleckert. Anstatt das Mädchen dort zu lassen, wo es gut aufgehoben und behütet war, wurde es nach knapp einem Jahr bei den Mombergs noch einmal zurück in die Herkunftsfamilie gegeben. Der Vater hatte eine Entziehungskur hinter sich gebracht und Besserung gelobt.« Claussens Stimme war voller Sarkasmus. »Was davon zu halten war, konnte man an den Hämatomen des Kindes studieren. Es wurde grün und blau geschlagen. Daraufhin durfte es endlich zurück zu den Mombergs.«

»Und Karoline Goertz?«, fragte ich.

»Sie ist während der Abwesenheit von Simone Fürst in die Pflegefamilie gekommen.« Er schien in seinem Gedächtnis nach den genauen Umständen zu graben. »Ich glaube, sie war damals vier Jahre alt. Die leibliche Mutter war alleinerziehend und vernachlässigte die Tochter stark. Sie ließ das Kind tagelang alleine. Es verwahrloste mehr und mehr und muss wie auf einer Müllkippe gelebt haben.« Claussen fuhr sich übers Gesicht, als könne er damit seine inneren Bilder vertreiben. »Manchmal zweifle ich am Verstand der Menschen. Wenn ich ein Kind aus so einer Lage befreie, bringe ich es doch nicht noch selbst wieder hinein.«

»Wie meinen Sie das?«

»Nachdem Karoline sich gerade bei den Mombergs eingelebt hatte, sollte sie zwei Jahre später wieder zurück zur leiblichen Mutter. Die hatte erfolgreich um die Rückgabe des Kindes gekämpft und alle Auflagen erfüllt.

Heidrun Momberg hat alles getan, um das zu verhindern. Sie hat mit harten Bandagen gekämpft und Karoline sogar vor den Behörden versteckt. Aber als man ihr damit drohte, auch die anderen Pflegeverhältnisse aufzulösen, hat sie nachgegeben. Muss schwer für die Frau gewesen sein.«

Im Stillen zog ich den Hut vor Heidrun Momberg – vor ihrem Mut und ihrem Engagement. »Wie hat sie es denn geschafft, dass sie Karoline zurückbekommen hat?«

»Damit hatte sie nichts zu tun, das war Schicksal. Die leibliche Mutter hat die neue Situation nicht lange durchgehalten. Sie hat sich wenige Wochen, nachdem Karoline wieder in ihre Obhut gegeben worden war, das Leben genommen. Wenn Sie mich fragen, hat sie dem Kind damit einen Gefallen getan. Bei den Mombergs hat es mit Sicherheit die besseren Chancen gehabt. Schlimm nur, dass es dieses Hin und Her überhaupt mitmachen musste.« Er knetete seine Finger. »Ich habe diese Praxis nie verstanden, Kinder möglichst zurück in die Herkunftsfamilien zu schicken. Wenn ich so etwas schon höre: *Ein dauerhafter Entzug des Kindes destabilisiert die Familie.* Diese Meinung kursiert tatsächlich immer noch. Da wird das Kind dazu missbraucht, die Eltern zu stabilisieren. In meinen Augen ist das ein Verbrechen an den Kindern. Ich kann gut verstehen, dass Frau Momberg sich mit Händen und Füßen dagegen gewehrt hat. Couragierte Person!«

»Und sehr belastbar«, meinte ich voller Hochachtung. »Ich versuche gerade, mir vorzustellen, ich hätte vier Kinder, von denen zwei unter massiven Belastungen zu leiden haben. Erinnern Sie sich noch daran, wie liebevoll Simone Fürst über Heidrun Momberg geredet hat? Sie

247

sei mit Leib und Seele Pflegemutter gewesen. Ich glaube, das muss man, sonst schafft man das nicht.«

»Es hat sogar noch ein fünftes Kind gegeben«, sagte Claussen, »einen Jungen. Er hat einige Zeit im Haushalt der Mombergs gelebt.«

»Und musste dann auch wieder zurück in seine Ursprungsfamilie?«

»Nein, bei ihm lag der Fall anders. Er sollte wohl zunächst den freien Platz von Karoline Goertz einnehmen, nachdem die ihrer Mutter zurückgegeben worden war. Damals konnte niemand ahnen, dass die Frau sich umbringen würde, sie hatte so sehr um die Rückgabe gekämpft. Für den Jungen wurde dringend ein Platz gesucht, also haben Mombergs eingewilligt. Als Karoline Goertz nach dem Suizid ihrer Mutter zurückkehrte, wurde es den Mombergs aber einfach zu viel. Der Junge wurde von einer anderen Familie aufgenommen. Ich werde mal ein bisschen telefonieren. Vielleicht lohnt es sich, mit ihm zu sprechen.«

»Was könnte er Ihnen über Dagmar Momberg sagen?«, fragte ich irritiert. »Vermutlich wird er sich nicht einmal mehr an sie erinnern.«

»Er wird sich erinnern. Er war neun, als er als Notfall zu den Mombergs kam. Sein Vater hatte seine Mutter erstochen. Ich frage mich, ob es hier nicht vielleicht doch um Heidrun Momberg geht. Mag sein, es ist ein bisschen weit hergeholt. Aber was, wenn der Junge sich zu einer späten Rache berufen fühlte? Wenn er Heidrun Momberg nicht verziehen hat, dass sie ihn gleich wieder weggegeben hat? Möglicherweise gibt es auch aktuelle Berührungspunkte, von denen wir noch nichts wissen. Deshalb schlage ich vor, dass Sie endlich einmal herausfinden, an welchem Tag Heidrun Momberg aus dem Kriminalgericht gekommen ist. Vielleicht hat sie einen Grund, es abzustreiten – einen Grund, der uns einem Motiv für den Mord an ihrer Tochter näher bringt.«

Seitdem ich für Claussen arbeitete, hatte ich kaum noch Zeit für Mußestunden. Einerseits wollte ich, dass er mit meiner Arbeit zufrieden war, andererseits versuchte ich, mich nicht völlig von ihm vereinnahmen zu lassen, denn ich durfte meine anderen Kunden keinesfalls vernachlässigen. Außerdem war da noch Max, nach dem ich mich sehnte. Und meine Freundinnen, für die ich so gut wie keine Zeit hatte. Zum Glück war die Arbeit für Claussen zeitlich begrenzt, sie würde nicht über die Aufklärung des Mordes hinausgehen. Und dann würde mein Leben wieder in ruhigeren Bahnen verlaufen.

Während ich die regulären Aufträge für diesen Tag erledigte, gab ich mir alle Mühe, meine Kunden den zeitlichen Druck nicht spüren zu lassen, unter dem ich stand. Ich schaffte es sogar noch, bei Barbara Kornau vorbeizufahren und mich zu erkundigen, an welchem Tag sie Heidrun Momberg aus dem Kriminalgericht hatte kommen sehen.

Als alles erledigt war, fiel ich völlig erschöpft auf mein Sofa. Eigentlich hatte ich mir Nudeln kochen wollen, um an diesem Tag endlich etwas Warmes zu essen, aber selbst dazu war ich zu müde. Stattdessen bekämpfte ich meinen Hunger mit zwei Bananen und einem Apfel. Es dauerte nicht lange, bis Schulze sich zu mir gesellte und sich schnurrend auf meinen Beinen zusammenrollte. Meine Finger fuhren durch sein graues Fell, das sich so ganz anders anfühlte als Twiggys. Aber vielleicht bildete ich mir das auch nur ein. Der Kater drehte sich auf den Rücken und ließ sich von mir den Bauch kraulen. Ich erinnerte mich an sein Fauchen und Kratzen, als ich ihn an Silvester hatte anfassen wollen. Die Spuren auf meiner Hand waren immer noch zu sehen. Im Nachhinein war mir seine Reaktion nur zu verständlich, denn ich war mir sicher, dass er den Mord miterlebt hatte. Ich lehnte den Kopf zurück und schloss die Augen.

Ich musste weggenickt sein, denn als das Telefon klingelte, schrak ich auf. Es dauerte einen Moment, bis ich zu mir kam. Verschlafen griff ich nach dem Hörer. Am anderen Ende meldete sich eine völlig aufgelöste Luise Ahlert. Sie bat mich zu kommen, da sie in der Badewanne ausgerutscht sei. Meinen Rat, besser direkt einen Arzt zu rufen, lehnte sie ab. Ich solle kommen. Bitte. Sie habe Schmerzen. Und ich solle ihren Schlüssel nicht vergessen, da sie mir die Tür nicht öffnen könne.

Als ich zwanzig Minuten später aufschloss, folgte ich ihrer schmerzerfüllten Stimme ins Bad. Sie hing in der Wanne, ihr linker Arm war durch den Haltegriff gerutscht. Die rechte Hand bedeckte das Telefon, das auf ihrem Bauch lag.

»Marlene«, sagte sie erleichtert. »Mein rechter Arm, ich kann mich nicht abstützen. Du musst mir heraushelfen.«

Ich kletterte zu ihr in die Wanne und half ihr vorsichtig auf. Zitternd befreite sie ihren Arm aus dem Haltegriff. Ihre Haut fühlte sich kühl an, kein Wunder, dass sie bibberte. Während ich sie anzog, schimpfte ich mit ihr, dass sie nicht gleich den Notarzt angerufen hatte. Er wäre mit Sicherheit schneller gewesen als ich. Aber er hätte ihre Tür aufbrechen müssen, hielt sie dagegen, sie hätte ihn ja nicht hereinlassen können. Ob ich mir überhaupt vorstellen könne, was solch eine Aktion gekostet hätte?

Nachdem ich sie warm eingepackt hatte, fuhr ich sie hinüber zum Krankenhaus und brachte sie in die Notaufnahme. Da die Untersuchung etwas dauern würde, ging ich hinaus und rief Claussen an. Ich erzählte ihm, was ich von Barbara Kornau erfahren hatte, und fragte, ob er etwas über den Jungen herausgefunden habe, der damals für kurze Zeit bei den Mombergs gelebt habe. Er habe ihn sogar bereits gesprochen, antwortete er. Obwohl er sich das vermutlich hätte sparen können, denn, wie es aussehe, verdichte sich gerade unsere erste Spur.

»Gaby Wiechmann?«, platzte ich heraus.

»Frau Degner«, sagte er ernst, »wir haben eine Abmachung. Ich hoffe, Sie vergessen das nicht.«

»Keine Sekunde lang. Also?«

»Inzwischen sind die Telefondaten von Dagmar Momberg ausgewertet. Am Silvestertag hat sie mit ihren Schwestern telefoniert. Das wussten wir bereits. Außerdem führte sie drei Telefonate mit ihrem Freund, Johannes Kaast. Auch das wussten wir. Und zuletzt gab es ein längeres Telefonat mit ihrer Kollegin Gaby Wiechmann. Klaus Trapp hat sie sich vorgenommen und sie dazu befragt. Die Frau behauptet, Dagmar Momberg habe sich bei ihr über ihre Beurlaubung ausgeheult. Eine bessere Ausrede ist ihr nicht eingefallen. Bei dem Verhältnis, das die beiden zueinander hatten, ist diese Behauptung allerdings völlig unglaubwürdig. Wir vermuten, dass es wegen der Ohrfeigen zur Sache gegangen ist.«

»Und hat Gaby Wiechmann ein Alibi für den Abend?«

»Sie behauptet, eines zu haben. Ob es stimmt, wird

gerade überprüft.« Er schwieg einen Moment und schien nachzudenken. »Frau Degner, ich muss mich auf Sie verlassen können. Mein Freund kommt in Teufels Küche, wenn Sie Ihren Mund nicht halten.«

»Immerhin informiert er Sie über laufende Ermittlungen, ich weiß.«

»Wir tauschen uns rein inoffiziell aus.«

»Man könnte es auch als ungesetzlich bezeichnen.«

»Nennen Sie es, wie Sie wollen. Ich will nicht, dass er Ärger bekommt, sonst bin ich meinen Job los.«

»Welchen Job?«, fragte ich ironisch.

Er gab einen Unmutslaut von sich. »Setzen Sie sich bitte in Ihr Auto, und kommen Sie her. Ich möchte, dass Sie mich noch einmal zu Heidrun Momberg fahren.«

»Warum?«

»Das erkläre ich Ihnen, wenn Sie hier sind.«

Im Geiste überschlug ich die Zeit. Selbst wenn Luise Ahlert innerhalb der nächsten zehn Minuten wieder herauskam und ich sie gleich nach Hause brachte, würde es zu knapp werden. Um neunzehn Uhr war ich mit Max verabredet. Er brauchte noch verschiedene Dinge für seine Wohnung, und ich hatte versprochen, ihn zu begleiten. »Heute geht es keinesfalls«, sagte ich. »Wie wäre es, wenn ich Sie morgen Vormittag hinfahre?«

»Wieso können Sie nicht jetzt sofort?«, fragte er ungehalten.

»Weil ich auch noch andere Kunden habe.« Und ein Privatleben!

Einen Moment lang war Stille in der Leitung. »Dann kommen Sie eben, sobald Sie fertig sind.«

»Das wird nicht vor einundzwanzig Uhr sein.« Ich war mir sicher, damit aus dem Schneider zu sein.

»Können Sie mit dem Internet umgehen?«

»Na klar.«

»Dann erwarte ich Sie um einundzwanzig Uhr zu einer Recherche bei mir. Und seien Sie pünktlich!«

Bevor ich etwas erwidern konnte, hatte er die Verbindung unterbrochen. Am liebsten hätte ich ihn noch einmal angerufen, um loszuwerden, was mir auf der Zunge lag, aber Luise Ahlert hinderte mich daran.

Klein und verloren stand sie vor mir und sah mich vorwurfsvoll an. »Ich habe dich überall gesucht, Marlene.«

»Ich musste dringend einen Anruf erledigen. Im Krankenhaus ist es verboten, mit einem Handy zu telefonieren. Was hat der Arzt gesagt?«

»Es war eine Ärztin. Sie meinte, ich hätte Prellungen und Stauchungen. Schmerztabletten hat sie mir mitgegeben und gesagt, ich solle mir ein paar Massagen gönnen, da sich mein Rücken durch die schiefe Haltung in der Badewanne völlig verkrampft hätte. Verschreiben könne sie die Massagen leider nicht. Die hat gut reden. Wie soll ich mir denn von meiner Rente so was leisten? Bei der letzten Erhöhung hat es gerade mal drei Euro mehr gegeben.« Sie rieb sich den Arm. »Lass uns gehen, Marlene. Bringst du mich nach Hause?«

Ich nickte. Während ich langsam mit ihr den Flur entlanglief, reifte ein Plan in meinem Kopf. Ich plazierte Luise Ahlert auf dem nächstbesten Stuhl und bat sie, einen Moment zu warten. Dann wählte ich Simones Nummer. Bereits nach dem zweiten Klingeln meldete sie sich. »Simone? Hier ist Marlene. Hast du einen Moment Zeit?«

Den Geräuschen nach zu urteilen, war sie in einem

Lokal. Sie bat mich, dran zu bleiben, sie würde hinausgehen, um mich besser verstehen zu können. »So, jetzt ist es leiser«, sagte sie. »Was ist los?«

Ich schilderte ihr Luise Ahlerts Situation und fragte sie ohne Umschweife, ob sie sich vorstellen könne, ein gutes Werk zu tun und der alten Frau ein paar Massagen zu schenken. Im Gegenzug könne sie gerne auf mich zählen, sollte einer ihrer Patienten einmal in Not sein. Sie brauchte offenbar nicht lange darüber nachzudenken, fragte nach der Adresse meiner Kundin und versprach, gleich am nächsten Tag in der Mittagszeit bei ihr vorbeizufahren.

»Wunderbar«, sagte ich. »Du wirst Luise Ahlert mögen. Sie ist manchmal ein wenig skurril, aber herzensgut.« Wenn es nicht gerade um ihre Nachbarin ging, fügte ich im Stillen hinzu.

»Gibt es in Dagmars Fall etwas Neues?«, fragte sie. »Hat dieser Herr Claussen etwas herausfinden können?«

Ich dachte an das, was er mir eingeimpft hatte. »Nein. Soweit ich weiß, gibt es noch immer keine Spur.«

»Würde er es dir überhaupt erzählen, wenn es eine gäbe?«

»Wohl eher nicht.«

»Mich macht diese Ungewissheit ganz verrückt. Irgendwo da draußen läuft jemand herum, der …« Sie ließ das Ende des Satzes offen. »Ich habe mich übrigens gerade mit deinem Bruder auf einen Kaffee getroffen. Er ist wirklich eine gute Seele, gibt sich alle Mühe, mich auf andere Gedanken zu bringen.«

*E*s kostete sie Kraft. Kraft, die sie eigentlich nicht hatte. Aber sie musste es tun. Sie war es ihr schuldig.

Ihre Faust schlug gegen das Holz. Zweimal, dreimal. Nichts rührte sich. Sie lauschte. Wartete. Wollte aufgeben.

Ihr Atem ging schwer. Das alles war seine Schuld. Sie durfte nicht aufgeben. Noch nicht. Sie musste es zu einem Ende bringen. Endgültig.

Sie war allein. Auf sich gestellt. Ihr Herz hämmerte gegen die Brust. Niemand würde ihr helfen.

Sie hatte um Hilfe gebeten. Sie hatte gefleht und gekämpft. Auch sie hatten Schuld. Hatten von Vorschriften gesprochen. Von Entscheidungen, die richtig seien. Falsch, völlig falsch, hatte sie geschrien.

Sie hatten die Gefahr nicht gesehen. Hatten sie nicht sehen wollen. Blind und taub hatten sie ihre Macht ausgeübt. Und hatten sie dabei missbraucht.

Sie zwangen sie zu diesem Schritt. Es gab nur diesen Ausweg. Wieder schlug ihre Faust gegen die Tür. Bis sie sich öffnete. Einen Spalt nur, aber er war groß genug.

Sie stieß sie auf, schloss sie. Jetzt gab es kein Zurück. Jetzt hieß es nur noch: handeln! Klug und beherzt.

Er wollte Geld. Sie sah die Gier in seinen Augen.

Diese Gier, die den Blick verstellte. Die Sinne betäubte. So dass er die Gefahr nicht spürte.

Sie trank mit ihm. Wiegte ihn in Sicherheit. Schmeichelte ihm. Schenkte ihm nach. Lockte ihn. Dirigierte ihn bis zur obersten Stufe. Dann gab sie sich einen Ruck. Es war leicht. Ganz leicht.

13

Das könne er auch, meinte Max, als ich ihm von meinem Bruder und Simone erzählte. Er ließ sich auf sein Bett sinken und zog mich neben sich. Während er meinen Pulli hochschob, versuchte ich, seinen Gürtel zu öffnen. Zwischen zwei Küssen murmelte er, dass er mich nicht nur auf andere Gedanken bringen könne, er könne meine Gedanken auch ausschalten.

Leider konnte er mein Handy nicht ausschalten, dessen Wecker in diesem Moment klingelte. Es war zehn vor neun. »Oh nein, schon so spät. Tut mir leid, aber ich muss los«, sagte ich und zog meinen Pulli herunter. »Kunde ruft.« Ich seufzte.

»Jetzt? Hat das nicht bis morgen Zeit?«

»Bei ihm hat nie etwas Zeit.«

»Dann wird er sich ausnahmsweise mal gedulden müssen.« Max zog mich zurück aufs Bett und erstickte meinen Protest auf sehr überzeugende Weise.

Schließlich siegte mein schlechtes Gewissen, und ich löste mich schweren Herzens von ihm. Während er mir beim Anziehen zusah, machte er sich laut Gedanken darüber, wie es für ihn wäre, auf solche Sinneseindrücke verzichten zu müssen, den Körper einer Frau nicht mehr ansehen zu können. Ich hielt ihm entgegen, dass er ihn dann immer noch fühlen könne. Aber Max meinte, das sei nicht dasselbe. Nicht für einen Mann.

Während ich die Treppen zur Straße hinunterlief, checkte ich mein Handy. Es waren zwei Anrufe in Abwesenheit vermerkt, beide von Claussen, sowie eine SMS mit den Worten *Wo bleiben Sie?* Er war zu Recht ungeduldig geworden. Ich legte einen Schritt zu und vermied es, auf die Uhr zu sehen.

Als ich bei ihm klingelte, ließ er mich schmoren. Okay, dachte ich, Strafe muss sein, und wartete einen Moment, bis ich nochmals den Klingelknopf drückte. Als er wieder nicht reagierte, ließ ich es so lange auf seinem Festnetzanschluss läuten, bis sich der Anrufbeantworter einschaltete.

»Hallo, Herr Claussen, ich bin's, Marlene Degner. Es tut mir leid, dass ich mich verspätet habe. Sollten Sie zu Hause sein, nehmen Sie bitte mal ab.« Da nichts geschah, versuchte ich es auf seinem Handy. Nach dem vierten Klingeln wurde ich von der Mailbox aufgefordert, eine Nachricht zu hinterlassen. Seine Worte vom Morgen noch im Ohr, dass er Unzuverlässigkeit auf den Tod nicht ausstehen könne, war ich mir sicher, er wolle mir eine Lektion erteilen. Unentschlossen blieb ich noch ein paar Minuten vor der Tür stehen, um schließlich zu Max zurückzugehen. Aber ich kam zu spät. Er hatte sich längst aufgemacht zu einer *Runde um die Häuser*, wie er es nannte.

»Na prima«, murmelte ich enttäuscht und machte mich auf den Heimweg.

Kurz bevor ich in meine Straße bog, entschied ich mich für einen Abstecher bei Jördis und Anna. Meine Freundinnen teilten sich nur ein paar Straßen weiter eine Wohnung. Der Beleuchtung nach zu urteilen, war zumindest eine von ihnen zu Hause.

Anna öffnete im Bademantel. Ihre Gesichtshaut war bedeckt mit einer wasserblauen Paste. »Wellness-Abend«, setzte sie zu einer Erklärung an und winkte mich hinein.

Im gemeinsamen Wohnraum der beiden saß Jördis vor dem Fernseher. Ihr Gesicht zierte die gleiche Paste. Sie lächelte mir zu und fragte, ob ich Lust hätte, mich ihnen anzuschließen, aber ich schüttelte den Kopf.

»Ich wollte nur auf einen Sprung bei euch vorbeischauen.« Mit einem Seufzer ließ ich mich neben ihr auf der Couch nieder und betrachtete das Standbild auf dem Fernsehschirm.

Jördis hatte die DVD angehalten. »Magst du mitschauen? Wir haben gerade erst angefangen. Ist ein neuer Action-Thriller.«

Thriller war so ziemlich das Letzte, wonach mir in diesem Moment der Sinn stand, andererseits wollte ich den Abend nicht alleine verbringen, also ließ ich mich darauf ein. Ich zog die Knie an und kuschelte mich in ein großes Kissen, während Filmmusik den Raum erfüllte.

»Alles okay bei dir?«, fragte Anna leise. Sie hatte sich ihren Sessel neben mich gezogen. Ihr Blick war auf den Bildschirm gerichtet.

»Sehr okay«, antwortete ich.

»Das klingt nach Veränderung.«

Ich nickte.

»Ein Mann?«

»Wenn ihr euch unterhalten wollt, geht raus«, murrte Jördis, die wie gebannt den rasant schnellen Filmschnitten folgte. »Ich möchte das sehen.«

»Bin schon still«, meinte ich, doch Anna gab mir ein Zeichen, ihr in die Küche zu folgen.

Sie kippte das Fenster und zündete sich eine Zigarette an. Nachdem sie den Rauch genüsslich inhaliert hatte, kam sie auf ihre Frage zurück. Dabei musste sie mich nur ansehen, um zu erkennen, dass sie richtig getippt hatte. »Und? Erzähl schon!«

»Ich habe euch schon von ihm erzählt. Er war dabei, als ich die Tote entdeckt habe.«

»Dann ist er dieser Bekannte deines Bruders?«, fragte sie vorsichtig.

Ich musste lachen. »Er ist ganz anders als Fabian.«

Anna fasste sich mit einer übertriebenen Geste ans Herz. »Habt ihr schon geknutscht?«

»Nicht nur das.«

»Und? Gut?«

»Mhm.«

»Marlene, jetzt lass dir nicht jedes Wort aus der Nase ziehen. Hast du dich verliebt?«

Ich drehte die Handflächen nach oben und zuckte die Schultern. »Er ist so ganz anders als ich … und doch wieder nicht. Erst dachte ich, das könne gar nicht gutgehen, und jetzt …«

»Hoffst du, dass es gutgeht. Verstehe. Soll ich ihn mal unter die Lupe nehmen?«

»Gott bewahre!«

Ihr Schmunzeln ließ kleine Furchen in der mittlerweile getrockneten Paste entstehen. Anna drückte ihre Zigarette aus und machte Anstalten aufzustehen, als ich sie zurückhielt.

»Ich wollte dich noch etwas fragen. Es geht um diese tote Frau.«

Sie hob die Augenbrauen. »Ja, und?«

»Sie war die Erzieherin des Jungen, der vor Weihnachten entführt wurde.«

»Meinst du den, den sie heute gefunden haben?«

»Woher weißt du davon? Sie haben ihn doch erst heute Vormittag entdeckt.«

»Stand im Internet. Wie hast du denn davon erfahren?«

Ich hatte bisher nichts von Claussen erzählt, holte es jetzt jedoch nach. Dabei achtete ich darauf, nur das zu erzählen, was ich durfte. Alles, was Klaus Trapp Claussen gegenüber preisgegeben hatte, sparte ich ebenso aus wie die Informationen des Jugendamts.

»So einen Job stelle ich mir ganz spannend vor«, meinte Anna, als ich geendet hatte, »zumindest vorübergehend – als Abwechslung zu deinen alten Leuten. Und wenn du ein paar Wochen für ihn arbeiten kannst, ist das doch ein willkommener warmer Segen.«

»Das Geld kann ich gut gebrauchen, stimmt, aber ich glaube nicht, dass sich das Ganze noch über Wochen hinzieht. Irgendwann wird er mit allen gesprochen haben, die mit dieser Frau zu tun hatten. Und ich vermute mal, dass die Kripo den Fall bis dahin längst gelöst hat.«

»Wenn er sich lösen lässt. Gibt es denn überhaupt schon einen Verdächtigen?«

»Verdächtiger ist zu viel gesagt, aber es gibt eine Kollegin, mit der Dagmar Momberg einen heftigen Streit hatte. Die beiden hatten wohl sehr unterschiedliche Vorstellungen darüber, wie man mit Kindern umgeht. Die Tote hat der Kollegin gedroht, ihre Übergriffe zu melden, wobei die Kollegin es genau umgekehrt darstellt.«

»Und diese Dagmar Momberg war tatsächlich die Erzieherin des entführten Jungen?«, fragte sie.

Ich nickte.

Anna holte eine angebrochene Flasche Weißwein aus

dem Kühlschrank, zog den Korken heraus und goss zwei Gläser halb voll. Eines schob sie mir hin. »Und das soll ein Zufall sein?«, meinte sie mehr zu sich selbst.

»Dagmar Momberg wird fast ausnahmslos als geradezu fanatisch beschrieben, wenn es um das Wohl eines Kindes ging. Ich kann mir beim besten Willen nicht vorstellen, was sie mit dieser Entführung zu tun gehabt haben sollte, außer, sie wollte das Kind damit vor irgendetwas retten.«

»Weiß man, woher dieser Fanatismus rührt?«

»Sie und ihre Schwestern sind Pflegekinder. Vielleicht sind sie deshalb in dieser Hinsicht eher sensibilisiert als andere.«

Anna legte die Stirn in Falten, wobei Teile der Maske abbröckelten. »Es kommen auch Kinder in Pflegefamilien, die ihre Eltern in Anführungszeichen nur durch Unfall oder Krankheit verloren haben.«

»Bei den Momberg-Töchtern ging es eher darum, die Kinder vor den noch lebenden biologischen Eltern zu schützen. Aber das darf ich eigentlich gar nicht wissen.« Ich sah sie eindringlich an. »Ich will niemanden in Schwierigkeiten bringen.«

»Verstehe.« Sie trank einen Schluck Wein und dachte nach. »Einmal angenommen, die Tote wurde in ihrer Herkunftsfamilie misshandelt, dann ist nicht auszuschließen, dass sie später selbst zu Misshandlungen neigte. In dem Fall könnte die Version der Kollegin stimmen. Und dann gäbe es auch …«

»Nein«, unterbrach ich Anna vehement, »Dagmar Momberg wurde ihrer Mutter direkt nach der Geburt weggenommen. Sie wurde weder misshandelt noch vernachlässigt, sondern ist in einem liebevollen Zuhause gelandet. Außerdem hat nicht jeder, der um das Wohl von Kindern besorgt ist, eine entsprechende Vergangenheit.«

»Du hast gesagt, sie sei in dieser Hinsicht fanatisch gewesen.«

»Ich gebe nur wieder, was über sie gesagt wird. Vermutlich war sie einfach sensibilisiert«, verteidigte ich die Tote.

»Von wem reden wir hier eigentlich gerade? Von dir oder von dieser Frau?«, fragte Anna mit einem Lächeln, das große Wärme ausstrahlte.

Ich lehnte mich zurück und erwiderte dieses Lächeln – mit ebenso viel Wärme, aber auch mit einer Spur Traurigkeit. »Wie würdest du dich denn fühlen, wenn man dich immer wieder als fanatisch abstempelt, nur weil du dich für ein Tier genauso einsetzt wie für einen Menschen?«, fragte ich sie. »Bei Tierquälerei sehe ich rot. Schlimm ist nur, dass ich mir vorstellen kann, gewalttätig zu werden, um so etwas zu verhindern.«

Es wurde spät an diesem Abend, obwohl wir alle am nächsten Morgen früh aufstehen mussten. Nach ihrem Thriller hatte Jördis sich noch zu uns gesellt, und wir hatten eine weitere Flasche Wein geöffnet. Eigentlich hatte ich viel zu viel getrunken, um noch mit dem Auto nach Hause zu fahren, aber ich tat es trotzdem und baute auf meinen Schutzengel. Er ließ mich zum Glück nicht im Stich, sondern brachte mich heil über die frisch verschneiten Straßen nach Hause.

Trotz des Weins konnte ich nicht einschlafen. Ich war voller Unruhe und schob es auf den Vollmond, der durch die Ritzen des Fensterladens schien. Nachdem ich mich von einer Seite auf die andere gewälzt und dabei Schulze aus meinem Bett vertrieben hatte, musste ich irgendwann eingeschlafen sein. Doch es genügte ein Geräusch auf der Straße, um mich aufschrecken zu lassen. Ich horchte. Es war der Dieselmotor des Winterräumdienstes, der von den Nachbarn engagiert worden war. Um drei Uhr machte er die Nacht zum Tag. Mit einem Stöhnen drückte ich mir das Kopfkissen auf die Ohren.

Das nächste Mal weckte mich das Fahrzeug der Müllabfuhr. Es war kurz nach sieben. Da ich ohnehin nicht mehr schlafen konnte, stand ich auf und bereitete mir in aller Ruhe ein Frühstück. Mit Kaffee und Müsli setzte ich mich an den Küchentisch, schaltete meinen PC ein und scrollte durch die Nachrichten. Ich musste nicht lange suchen, um etwas über Leon zu finden. Es stand dort jedoch nichts anderes, als ich ohnehin schon von Claussen wusste.

Einmal mehr schaute ich mir sein Foto an. Ich fragte mich, was für ein Mensch das war, der dem Jungen das angetan hatte. Wie verroht und abgestumpft musste man sein, um zu so etwas fähig zu sein? Das übermütige Lachen des Kindes versetzte mir einen leisen Stich. Es würde lange dauern, bis dieses Lachen zurückkehrte.

Um kurz nach acht rief ich bei Claussen an, erreichte jedoch wieder nur seinen Anrufbeantworter. Ich hinterließ eine weitere Nachricht. Warum meldete er sich nicht? Hatte er beschlossen, mir doch den Laufpass zu geben? Ich schob den Gedanken beiseite und versuchte, mich damit zu beruhigen, dass er mich einfach noch ein wenig schmoren ließ.

Um neun telefonierte ich mit Luise Ahlert, um mich nach ihren Schmerzen zu erkundigen. Wie nicht anders zu erwarten, waren sie beachtlich. Um zehn schließlich begleitete ich eine meiner Kundinnen zum Arzt und im Anschluss daran eine andere bei blauem Himmel und Sonne auf ihrem Spaziergang durch den tiefverschneiten Park. Wir kamen an der Stelle vorbei, an der Max und ich in der Silvesternacht auf das neue Jahr angestoßen hatten. Es war erst eine Woche her. Seitdem war so viel geschehen.

Das laute Juchzen der Kinder riss mich aus meinen Gedanken. Laut schreiend fegten sie auf ihren Schlitten den Abhang hinunter und kamen erst auf dem zugefrorenen kleinen See zum Stehen. Auf unserem Weg durch den Park bewunderten wir die unterschiedlichsten Schneemänner und beobachteten voller Begeisterung, wie sich ein Berner Sennenhund im Schnee wälzte. Er schien in seinem Element zu sein. Diese Stunde fühlte sich wie Urlaub an, und ich genoss sie in vollen Zügen.

Im Laufe des Nachmittags versuchte ich mehrmals erfolglos, Claussen zu erreichen. Während ich die Einladungskarte für Barbara Kornaus achtzigsten Geburtstag entwarf, machte ich mir bewusst, dass ich den Job bei ihm verloren hatte. Ich hätte seine Warnung, dass er Unzuverlässigkeit auf den Tod nicht ausstehen könne, ernster nehmen sollen. Jetzt hatte ich die Quittung dafür bekommen. Meine Enttäuschung darüber, nicht mehr für ihn arbeiten zu können, überraschte mich selbst. Trotz seiner barschen Art hatte ich begonnen, ihn zu mögen.

Ich griff zum Telefon, wählte seinen Festnetzanschluss und wartete, bis sich der Anrufbeantworter einschaltete: »Hallo, Herr Claussen, da Sie sich nicht melden, nehme ich an, dass Sie unsere Zusammenarbeit beendet haben.« Vor Aufregung redete ich viel zu schnell. »Ich würde trotzdem gerne noch einmal mit Ihnen reden. Um mich zu entschuldigen. Es tut mir sehr leid, dass …«

»Wer spricht da?«, meldete sich eine männliche Stimme.

»Marlene Degner, ich würde gerne Herrn Claussen sprechen.« Ich nahm an, es handele sich um den Studenten, der Claussen im Haushalt zur Hand ging.

»Frau Degner, guten Tag, Klaus Trapp am Apparat.«

»Oh, Sie sind's, ich habe Ihre Stimme nicht gleich …«

»Können Sie herkommen?«, unterbrach er mich.

»Warum kommt Herr Claussen nicht einfach ans Telefon?«, fragte ich irritiert.

»Das kann er nicht. Ich erkläre es Ihnen, sobald Sie hier sind.«

»Ich hoffe, Sie haben ihn nicht festgenommen.«

Mein Scherz prallte an ihm ab. »Wann können Sie hier sein?«

»In spätestens zwanzig Minuten.«

Der einsetzende Feierabendverkehr machte es mir unmöglich, diese Voraussage einzuhalten. Da ich mir keinen Strafzettel leisten konnte, hielt ich mich strikt an die Geschwindigkeitsbegrenzung und klingelte fünfunddreißig Minuten später an Claussens Tür. Klaus Trapp bat mich, heraufzukommen.

Als ich die Wohnung betrat, fiel mir als Erstes auf, dass sie hell erleuchtet war. Nachdem Claussens Freund und Ex-Kollege mich begrüßt hatte, lotste er mich in die Küche, wo er sich einen Kaffee einschenkte. Er bot mir auch einen an.

»Wo ist Herr Claussen?«, fragte ich ohne Umschweife.

»Im Krankenhaus«, antwortete er in besorgtem Tonfall. »Er ist gestern Abend hier ganz in der Nähe von einem Auto angefahren worden.«

Der Schreck kam so unvermittelt, dass ich mich setzen musste. »Ist es schlimm?«, fragte ich.

»Am schlimmsten ist die Kopfverletzung. Sie mussten ihn in ein künstliches Koma versetzen.«

Meine Hände umklammerten den Kaffeebecher. »Ich hätte um einundzwanzig Uhr bei ihm sein sollen«, sagte ich leise, »aber ich habe mich verspätet.«

»Wohin wollte er? Wissen Sie das?«

»Ich sollte zu ihm kommen, um irgendetwas im Internet für ihn zu recherchieren. Er hat nichts davon gesagt, dass er so spät noch fortwollte. Wie ist der Unfall denn passiert?«

»Er wollte vermutlich an der Ampel die Straße überqueren. Die Fahrerin behauptet, sie habe Grün gehabt und ihn am Straßenrand stehen sehen. Dann sei jemand hinzugekommen und habe ihr Arnold direkt vors Auto gestoßen.«

Alles in mir sträubte sich gegen das Bild, das vor meinem inneren Auge entstand. »Aber das behauptet sie nur, oder? Um sich zu schützen?«

Nachdem er mich einen Moment lang schweigend betrachtet hatte, schien er sich endlich zu einer Antwort durchzuringen: »Sie sagt, sie habe nicht erkennen können, ob es ein Mann oder eine Frau war, nur dass die Person dunkel gekleidet war und den Arm nach Arnold ausgestreckt hatte. Es könnte also theoretisch so sein, dass diese Person versucht hat, ihn zurückzuhalten. Dagegen spricht allerdings die Tatsache, dass dieser Mensch sofort weggelaufen ist. Entweder hatte er Sorge, in etwas hineingezogen zu werden, oder aber er oder sie hat tatsächlich versucht, Arnold umzubringen.«

»Aber wer sollte denn so etwas tun?«, fragte ich.

»Jemand, dem er bei seinen Recherchen zu nahe ge-kommen ist.«

»Müsste dann nicht jeder Kripobeamte ständig in Le-bensgefahr schweben?«

»Er ist kein Kripomann mehr, er ist Pensionär.«

Einer, der damit nicht zurechtkam. Hätte er sich nur ein harmloses Hobby gesucht. »Und jetzt?«, fragte ich.

»Jetzt ermitteln wir wegen versuchten Mordes und überprüfen die Alibis derjenigen, mit denen er in diesem Fall gesprochen hat.«

»Um wie viel Uhr ist der Unfall passiert?«

»Gegen halb zehn.«

Mein schlechtes Gewissen setzte mir heftig zu. Ich bereute zutiefst, nicht pünktlich bei ihm gewesen zu sein. Als ich wieder einen klaren Gedanken fassen konnte, fragte ich, ob nicht, sollte tatsächlich jemand versucht haben, ihn umzubringen, derjenige es noch einmal ver-suchen würde.

Klaus Trapp meinte, das sei nicht auszuschließen. »Sobald er von der Intensivstation auf eine normale Station verlegt wird, werden wir jemanden zu Arnolds Schutz abstellen – sofern sich die Sache bis dahin nicht geklärt hat. Mich interessiert aber noch etwas anderes, Frau Degner: Hat er Ihnen eigentlich von der Richterin erzählt?«

»Von welcher Richterin?«

Er zuckte die Schultern. »Das weiß ich leider nicht. Er hat versucht, den Beamten am Unfallort etwas mitzu-teilen, sie konnten ihn jedoch kaum verstehen. Lediglich zwei Worte waren deutlich zu identifizieren: die Richte-rin.« Er sah mich durchdringend an. »Mit wem hatte er in den vergangenen Tagen zu tun?«

In Gedanken ließ ich die Gespräche, zu denen ich ihn begleitet hatte, Revue passieren. »Eigentlich nur mit den Töchtern von Frau Momberg, mit Frau Momberg selbst, mit der Kita-Leiterin, mit Gaby Wiechmann und Johannes Kaast«, schloss ich meine Aufzählung. »Aber ich nehme an, dass Sie mit all diesen Leuten längst selbst gesprochen haben.«

»Sonst niemand?«, insistierte er.

Ich wich seinem Blick aus, zog die Schultern hoch und ließ sie wieder sinken.

»Sollte die Aussage der Fahrerin des Unfallwagens stimmen, hat mein lieber Freund Arnold mindestens ein Gespräch zu viel geführt. Es ist falsch verstandene Solidarität, mir etwas zu verschweigen.«

»Das hat bestimmt nichts mit dem Unfall zu tun.«

»Überlassen Sie diese Beurteilung bitte mir. Also?«

»Ich weiß nicht, mit wem er dort gesprochen hat, aber er war gestern im Jugendamt und hat sich über die Herkunftsfamilie von Dagmar Momberg erkundigt.« Ich erzählte ihm, was Claussen dabei erfahren hatte und dass er noch am Nachmittag mit dem Mann gesprochen hatte, der als Junge vorübergehend bei den Mombergs gelebt hatte.

Klaus Trapp lehnte sich gegen die Fensterbank und starrte in seinen Kaffeebecher. »Gestern Abend bin ich nach meinem Dienst noch auf einen Sprung bei ihm vorbeigefahren. Arnold hatte mich gebeten herauszufinden, ob es im Umfeld der Mombergs jemals zu ungeklärten Todesfällen gekommen ist.«

Ungeklärte Todesfälle? Wie war er auf diese Idee gekommen? Nichts von dem, was er in meiner Gegenwart erfahren hatte, führte zu dieser Frage. »Und?«, fragte ich.

Der Kripobeamte sah mich an, als wache er gerade auf und stelle fest, dass die falsche Person neben ihm im Bett liegt. Sein Kopfschütteln hatte etwas Entschiedenes.

»Ich weiß, dass Sie und Herr Claussen regelmäßig Ihre Ermittlungsergebnisse austauschen. Und ich bin mir bewusst, dass ich meinen Mund darüber halten muss. Okay?«

»Arnold hätte den Mund halten müssen«, murmelte er kopfschüttelnd und versuchte, sich meiner Verschwiegenheit mit einem inquisitorischen Blick zu versichern.

Ich lächelte. »Menschenkenntnis ist meiner Meinung nach eine Illusion. Das ist wie mit trüben Gewässern – Sie können noch so oft in eines hineingesprungen sein und wissen trotzdem nicht, was sich unter der Oberfläche des nächsten befindet.«

»Deshalb ist es so sinnvoll, sich langsam vorzutasten.«

»Wenn Sie so viel Zeit haben«, sagte ich nach außen hin gelassen.

Er zog eine Zigarette aus der Innentasche seiner Lederjacke und zündete sie an. »Tatsächlich gab es zwei Todesfälle, aber an denen war nichts ungeklärt. Simone Fürsts Vater ist im Alkoholrausch die Treppe hinuntergefallen und hat sich das Genick gebrochen. Karoline Goertz' Mutter hat sich mit Tabletten und Alkohol umgebracht.« Einen Moment lang war nur das Zischen der Kaffeemaschine zu hören. »Haben Sie eine Ahnung, warum Arnold das wissen wollte?«

»Leider nein. Warum haben Sie ihn nicht danach gefragt?«

»Ich habe ihn gefragt, aber er hat mich vertröstet, er wolle erst noch herausfinden, ob sich eine seiner Vermutungen verdichten lasse. Sie sei zu absonderlich, um ohne weitere Untermauerung ein Wort darüber zu verlieren.«

Was Klaus Trapp da sagte, beschwor bei mir eine Assoziation herauf. Dorothee Momberg hatte von hanebüchenem Unsinn und der blühenden Phantasie ihrer Schwester Dagmar gesprochen. War Claussen diesen angeblichen Phantasien auf die Spur gekommen? »Hat Gaby Wiechmann nun eigentlich ein Alibi?«, fragte ich.

»Das darf ich Ihnen nicht sagen.«

»Ihr Freund hat mir von der Auswertung der Telefondaten von Dagmar Momberg erzählt. Ich weiß also von dem langen Telefonat der beiden Frauen an Silvester. Einmal vorausgesetzt, das Alibi dieser Erzieherin ist erfunden, könnte Ihr Freund in dem Fall nicht versucht haben, sie zu einem Geständnis zu bewegen?« Ich ließ mich von seinem zweifelnden Blick nicht irritieren. »Könnte es sein, dass er Ihnen gegenüber Zeit gewinnen wollte, indem er Sie mit dem Gerede von der absonderlichen Vermutung in die Irre führt?«

»Worauf wollen Sie hinaus?«, fragte er.

»Auf eine Art Wettstreit. Als wolle er um jeden Preis beweisen, dass er einen Fall auch völlig ohne Sehkraft lösen kann. Und um das zu schaffen, brauchte er einen Vorsprung.«

»Und setzt dabei sein Leben aufs Spiel? Das passt nicht zu Arnold.«

»Ist denn das Alibi von Gaby Wiechmann nun erfunden oder nicht?«

Klaus Trapp tat so, als sehe er durch mich hindurch.

»Anders gefragt: Hätte sie gestern Abend die Möglichkeit gehabt, ihn vor ein Auto zu stoßen?«

Er machte eine knappe Bewegung mit dem Kopf, die

als Nein zu werten war. »Lassen Sie uns bitte noch einmal so exakt wie möglich Arnolds gestrigen Tag rekapitulieren.«

»Morgens sind wir als Erstes zu Johannes Kaast gefahren. Sein Büro ist in Mitte. Danach waren wir in einem Café und schließlich im Jugendamt. Mittags habe ich ihn hier abgesetzt. Als ich nachmittags mit ihm telefonierte, sagte er, er habe mit dem Mann gesprochen, der als Kind für ein halbes Jahr bei den Mombergs gelebt habe. Er meinte jedoch, er hätte sich dieses Gespräch vermutlich sparen können, hätte er vorher gewusst, dass sich der Verdacht gegen Gaby Wiechmann erhärten würde. Was er in diesem Zusammenhang von Heidrun Momberg erfahren wollte, hat er mir nicht verraten. Zu ihr wollte er nämlich unbedingt noch. Ich hatte jedoch keine Zeit, ihn zu begleiten.« Ich überlegte. »Vielleicht hatte das aber auch gar nichts mit dieser Erzieherin zu tun. Könnten Sie nicht mal mit dem Mann sprechen, den er nachmittags getroffen hat? Ihnen dürfte es ein Leichtes sein, den Namen herauszufinden.«

Klaus Trapp klopfte auf die Brusttasche seiner Lederjacke. »Arnold hat den Namen in seinem Handy vermerkt und …«

»Wie heißt er?«, fragte ich.

Sein Lächeln war nicht frei von Spott. »Netter Versuch, Frau Degner.«

»Also haben Sie mit ihm geredet.«

»Vorerst nur mit seiner Mailbox.«

Ich warf einen Blick auf seine Brusttasche. »Und haben Sie geprüft, wen Herr Claussen zuletzt angerufen hat? Vielleicht hat er mit jemandem ein Treffen vereinbart?«

»Möchten Sie mir meinen Job erklären, Frau Degner?«

Ich entschuldigte mich.

»Seine letzte Nachricht ging an Sie«, eröffnete er mir. »Soll ich sie Ihnen wiederholen?«

Ich schüttelte den Kopf. Claussens *Wo bleiben Sie?* hatte sich in mein Hirn gebrannt. »Wen hat er vor mir angerufen?«

»Er hat mehrmals versucht, Dorothee Momberg zu erreichen.«

»Sind Sie sicher? Dorothee? Nicht Heidrun, die Mutter?«

»Ich bin mir sicher, Frau Degner«, meinte er geduldig.

Ich war kurz davor zu platzen. Entweder er kostete es aus, sich jedes Wort aus der Nase ziehen zu lassen, oder es entsprach seinem Naturell. Ich lächelte süffisant. »Und hat er Frau Momberg schließlich erreicht, oder soll ich sie das selbst fragen?«

Zum Zeichen, dass ihn meine Fragen genauso nervten wie mich seine sparsame Informationspreisgabe, atmete er hörbar ein und aus. »Als sie spätabends nach Hause kam, hat sie versucht, ihn zurückzurufen. Aber da lag er längst im Krankenhaus. Wir wissen also nicht, was er von ihr wollte.«

Ich dachte nach. Die Worte *die Richterin* mussten eine Bedeutung haben. Nachmittags hatte ich Claussen das Datum durchgegeben, an dem Heidrun Momberg angeblich aus dem Kriminalgericht in Moabit gekommen war. Im selben Telefongespräch hatte er sein Vorhaben angekündigt, noch einmal bei der Mutter der Toten vorbeizufahren. Zufall? Ich überließ Klaus Trapp die Entscheidung.

Er sah mich lange an, bevor er sich dazu durchrang, etwas dazu zu sagen. »Arnold hat gestern noch mit einem alten Kumpel telefoniert, der im Kriminalgericht arbeitet. Er hat ihn …«

»Nach einer Richterin gefragt?«, unterbrach ich ihn aufgeregt.

»Nein, er wollte nur wissen, was an einem bestimmten Tag dort verhandelt wurde. Haben Sie …?«

»Dann müssen Sie herausfinden, welche Richterinnen an dem Tag im Gericht waren.«

»Ich habe bereits mit jeder einzelnen gesprochen – ohne auch nur den kleinsten Hinweis zu bekommen. Haben Sie eine Ahnung, warum er dieses Datum so bedeutsam fand?«

Ich erzählte es ihm, erntete jedoch nur einen ungläubigen Gesichtsausdruck. »Hätte ich Sie gleich danach gefragt, hätte ich mir all die Mühe sparen können.« Er schüttelte den Kopf, wobei ihm nicht anzusehen war, ob über sich selbst oder über Claussen. »Weil die Mutter der Toten angeblich an diesem Tag im Gericht war? Dafür der ganze Aufwand? Ich fasse es nicht.« Es klang, als zweifle er an Claussens Zurechnungsfähigkeit. »Wird Zeit, dass er auf andere Gedanken kommt«, sagte er, während er unsere Kaffeebecher spülte und sie zurück in den Schrank stellte.

Claussens Ordnungsdiktat war mir in kürzester Zeit so sehr in Fleisch und Blut übergegangen, dass ich genau darauf achtete, ob sein Freund die Becher an den richtigen Platz zurückstellte. Aber er schien ebenso auf Genauigkeit in diesem Haushalt gedrillt zu sein. Da er Anstalten machte aufzubrechen, bat ich ihn, sich noch einen Moment zu gedulden. Ich verschwand kurz in der

Gästetoilette. Als ich wieder herauskam, sah ich ihn in Claussens Wohnzimmer stehen und mit dem Diktaphon herumhantieren. Neugierig gesellte ich mich zu ihm. Ohne mich zu beachten, spulte er das Band ein Stück zurück, um hineinzuhören. Da die Stimme auf dem Band zu leise war, konnte ich nichts verstehen. Nach wenigen Sekunden stoppte er die Wiedergabe und legte das Gerät zurück auf den kleinen Tisch neben Claussens Sessel.

»Kommen Sie«, forderte er mich auf, »lassen Sie uns gehen.«

Während er mir den Rücken zukehrte und vorausging, schnappte ich mir das Diktaphon und ließ es in meiner Umhängetasche verschwinden. »Hat der kleine Leon eigentlich inzwischen etwas über den oder die Entführer sagen können?«, fragte ich.

Er blieb im Türrahmen stehen und drehte sich zu mir um. »Nur dass der Täter verkleidet war und kein Wort mit ihm gesprochen hat.«

»Mann oder Frau?«

»Das kann er nicht sagen. Und damit ist jetzt Ende der Durchsage. Sie halten sich von jetzt an aus dieser ganzen Sache heraus, haben wir uns verstanden, Frau Degner?«

Ich nickte. »Verstanden.«

»Das ist zu Ihrer eigenen Sicherheit. Sollte Arnold tatsächlich vor das Auto gestoßen worden sein, ist er dem Täter zu nahe gekommen. Ich möchte nicht noch so eine Meldung auf den Tisch bekommen. Wenn Sie Langeweile haben und etwas Sinnvolles tun wollen, besuchen Sie Arnold im Krankenhaus.«

14

Das Gefühl, Claussen durch meine Verspätung im Stich gelassen zu haben, nagte schwer an mir. Einerseits sagte ich mir, dass es sich bei meinem Kunden um einen erwachsenen Menschen handelte, der für seine Entscheidungen und Handlungen selbst verantwortlich war. Andererseits ließ mich der Gedanke daran, dass ich den Unfall durch so etwas Simples wie Pünktlichkeit hätte verhindern können, nicht los.

Meine Unzufriedenheit mit mir selbst bekam schließlich Luise Ahlert zu spüren, als sie abends anrief, um sich bei mir über Simone zu beschweren. Wen ich ihr denn da ins Haus geschickt habe, wollte sie wissen. In diesem Moment hätte ich vor lauter Selbstmitleid heulen können. Warum konnte sie für die kostenlosen Massagen nicht einfach dankbar sein?

»Simone Fürst ist eine erfahrene Physiotherapeutin«, konterte ich im gleichen vorwurfsvollen Ton. »Und sie hat sich netterweise bereit erklärt, Sie unentgeltlich zu massieren. Das ist alles andere als selbstverständlich, Frau Ahlert.«

»Das weiß ich, und dafür bin ich auch dankbar, aber sie war grob zu mir. Du kannst ihr sagen, dass sie nicht wieder zu kommen braucht.«

Um Gelassenheit bemüht, atmete ich tief durch. »Wenn Ihnen die Massage weh getan hat, liegt das an

Ihren Prellungen und Stauchungen, aber nicht an dieser Frau. Sie meint es gut mit Ihnen, glauben Sie mir.«

»Ich kann noch sehr wohl unterscheiden, wer es gut mit mir meint und wer nicht. Nimm nur die Werner aus dem Dritten ...«

Nein, bitte nicht, betete ich im Stillen. Eine weitere Geschichte über den hausinternen Kleinkrieg der beiden alten Frauen würde ich heute nicht ertragen. »Frau Ahlert«, unterbrach ich sie, »lassen Sie uns darüber beim nächsten Mal reden, ja?«

Sie gab einen bockigen Laut von sich. »Nur, wenn du diese Frau anrufst und ihr für Freitag absagst. Da will sie nämlich wieder kommen.«

»Und wer soll Sie massieren?«

»Ich bin ein Leben lang ohne Massagen ausgekommen, also wird es auch jetzt gehen. Und, Marlene, tue bitte nicht so, als würde ich langsam senil.«

»Das tue ich nicht«, sagte ich und gab mir Mühe, nicht genervt zu klingen.

»Ich höre es doch an deinem Ton. Du glaubst, ich würde spinnen. Deshalb sag ich dir mal was: Erst war diese Person wirklich nett und freundlich und hat ihre Sache auch ganz gut gemacht. Aber von einer Sekunde auf die andere, als hätte man einen Schalter umgelegt, ist sie ...«

»Frau Ahlert, was haben Sie zu ihr gesagt?«

»Nur das, was ich dir auch immer sage. Dass sie es sich gut überlegen soll, Kinder in die Welt zu setzen, wenn sie sich Ärger ersparen will.«

Einen Moment lang wusste ich nicht, ob ich lachen oder weinen sollte. »Sie hat erst vor acht Tagen ihre Schwester verloren.«

»Ach herrje! Dann sollte sie aber besser erst einmal zu sich kommen, anstatt zu arbeiten. Woran ist die Schwester denn gestorben? Krebs? Das ist die Ernährung, Marlene, ich sag's immer wieder. Erst diese Mikrowelle und dann diese Fertiggerichte, das reinste Gift. Da ist jede Kartoffel besser. Aber wer weiß denn heute noch, wie Kartoffelbrei gemacht wird? Die jungen Dinger ...«

Nachdem ich mir fünf Minuten lang einen Vortrag über die jungen Dinger angehört hatte, gelang es mir, das Gespräch zu beenden. Einen Moment lang war ich enttäuscht über den Verlauf dieser Geschichte, dann tat ich das Ganze mit einem Schulterzucken ab: So würde Luise Ahlert ihre Verspannungen eben ohne Massagen kurieren müssen. Unangenehm war mir nur, dass es an mir war, Simone anzurufen und ihr abzusagen. Um es so schnell wie möglich hinter mich zu bringen, tat ich es sofort.

Zunächst hatte ich mir eine Ausrede für Luise Ahlert einfallen lassen wollen, da ich den Grund ihrer Absage als zu hart empfand. Sollte sich mit Simone aber tatsächlich eine Zusammenarbeit entwickeln, war es besser, das Ganze ohne eine Lüge zu beginnen. Deshalb formulierte ich es so, dass klar war, worum es ging, ich sie jedoch nicht kränkte. Sie ging völlig professionell damit um und meinte sogar, es als Anregung aufzugreifen, alte Menschen mit noch größerer Sensibilität zu behandeln.

Als ich das Gespräch gerade beenden wollte, fragte sie, ob ich nicht Lust hätte, mit ihr und ihrer Schwester schnell noch etwas essen zu gehen, sie seien gerade auf dem Sprung. Ich war müde und sehnte mich nach Ruhe, war aber gleichzeitig so überdreht, dass mir ein Treffen mit den beiden sehr gelegen kam – zumal ich auf Max an diesem Abend nicht zählen konnte, er hatte Nachtdienst.

Wir trafen uns in einer Pizzeria an der Grunewaldstraße. Die beiden warteten bereits, als ich ankam, und sahen mir entgegen. Ich hängte meinen Mantel über die Stuhllehne und setzte mich zu ihnen.

»Wir haben schon mal Wasser bestellt.« Simone, schob mir ein Glas zu und füllte es.

»Ich heiße übrigens Karoline«, sagte ihre Schwester und erhob ihr Glas. »Ihr beiden duzt euch ja bereits.«

»Marlene«, erwiderte ich mit einem Lächeln. Ich nahm einen Schluck, prostete beiden zu und warf einen Blick in die Karte, da der Kellner auf unsere Bestellung wartete.

»Du siehst erschöpft aus«, sagte Simone mit einem prüfenden Blick, als er Richtung Küche verschwunden war. »Hattest du einen schlimmen Tag?«

»Einer meiner Kunden hatte einen Unfall, Arnold Claussen, ihr habt ihn ja beide kennengelernt. Das hat mich ziemlich mitgenommen.«

»Was ist ihm passiert?«, fragten Karoline und Simone wie aus einem Mund.

Je länger ich die beiden betrachtete, desto frappierender empfand ich etwas, das mir bei unseren ersten gemeinsamen Begegnungen nicht aufgefallen war: Äußerlich sahen sie völlig unterschiedlich aus, und dennoch hatten sie eine große Ähnlichkeit in ihrer Mimik, so dass sie durchaus als biologische Schwestern hätten durchgehen können. Widersinnigerweise musste ich bei ihrem Anblick an Zwillinge denken. Sie schienen einen außergewöhnlichen Gleichklang zu haben. Ich nahm an, dass ihre Erfahrungen in der Kindheit sie auf diese Weise zusammengeschweißt hatten.

»Marlene?«, Simone wedelte mit der Hand vor meinen Augen.

»Entschuldigung«, sagte ich.

»Was ist mit diesem Herrn Claussen passiert?«, fragte Karoline.

»Er ist von einem Auto angefahren worden«, antwortete ich. Die Version der Unfallfahrerin ließ ich bewusst aus. Sie hatten gerade erst ihre Schwester durch einen brutalen Mord verloren.

»Ist er schwer verletzt?« Simone beugte sich näher zu mir.

»Ziemlich, er liegt im Koma.«

Beide sahen mich stumm an, bis Simone ihre Sprache wiederfand. »Warst du dabei?« In ihrem Tonfall schwang die Hoffnung mit, es möge nicht so gewesen sein.

»Ich wünschte, ich wäre dabei gewesen, dann wäre es nicht passiert. Leider war er allein unterwegs.«

»Er ist noch nicht so lange blind, oder?«, fragte Karoline.

»Seit drei Jahren.«

Simone runzelte die Stirn. »Hauptsache, er überlebt es.« Sie faltete die Hände und stützte ihr Kinn darauf. »Für dich heißt es natürlich erst einmal, einen Kunden weniger zu haben. Dein Bruder hat mir erzählt, wie schwierig es teilweise ist, Kunden zu finden. Ich habe deine Flyer in jedem Fall schon einmal in meiner Praxis ausgelegt. Und ich werde auch so für deinen Service Werbung machen.«

»Danke«, sagte ich und wartete, bis der Kellner die Pizzen vor uns hingestellt hatte. »Ich hoffe, ich kann mich irgendwie revanchieren.«

»Du kümmerst dich so nett um unsere Mutter, sie …«

»Wie geht es ihr?«, unterbrach ich sie.

»Körperlich geht es ihr von Tag zu Tag besser, aber seelisch ... Dagmars Tod ist entsetzlich für sie. Wir tun, was wir können, um sie zu stützen, aber wir können ihr die Trauer nicht abnehmen. Weißt du, ob es etwas Neues gibt? Ich habe bei der Kripo angerufen und gefragt, aber nichts erfahren. Hat dein Herr Claussen irgendetwas darüber gesagt, wie weit seine Kollegen mit ihren Ermittlungen sind?«

Ich schüttelte den Kopf. »Nein.«

»Es muss doch eine Spur geben, irgendetwas«, meinte Karoline. »Dagmar wird umgebracht, und der Täter soll davonkommen? Einfach so?«

»Ich hoffe, dass sie ihn bekommen«, sagte ich. Und demjenigen, der Claussen vors Auto gestoßen hatte, wünschte ich eine saftige Strafe an den Hals. Sollte es tatsächlich so gewesen sein, wie die Fahrerin behauptete, hatte Claussen nicht einmal den Hauch einer Chance gehabt, sich zu wehren.

Allem Anschein nach hatte dieses Thema uns allen dreien den Appetit verdorben. Die Pizzen auf unseren Tellern wurden allmählich kalt. Eher anstandshalber schnitt ich mir ein Stück ab und biss hinein.

Während Karoline es mir gleichtat, sah Simone mich mitfühlend an. »Bist du nicht auch ein bisschen erleichtert darüber, nicht mehr mit Herrn Claussen herumziehen zu müssen? Meine Mutter meinte, es sei dir unangenehm gewesen, dass du ihn zu ihr begleiten musstest.«

»Stimmt, das war mir sogar sehr unangenehm. Ich wäre liebend gerne draußen geblieben, und ich hoffe, sie verzeiht mir das.«

»Mach dir darüber keine Sorgen. Sie ist froh, auf deine Hilfe zählen zu können, wenn sie aus dem Krankenhaus entlassen wird. Wir werden auch so viel wie möglich tun, aber wir haben schließlich noch unsere Arbeit.«

Ich schob meinen Teller zur Seite. »Wir reden die ganze Zeit über andere. Wie geht es euch beiden eigentlich?«, fragte ich.

»Es schwankt sehr«, antwortete Karoline. »Manchmal ist es so unwirklich, in der nächsten Sekunde ...« Sie trank einen Schluck Wasser und schneuzte sich die Nase.

»Am schlimmsten ist es für Dorothee«, sagte Simone, »sie und Dagmar standen sich am nächsten. Wir beten alle, dass Dorothees Baby dadurch nicht früher kommt.« Sie schwieg einen Moment, dann sagte sie traurig: »Dagmar hatte sich so sehr auf dieses Baby gefreut.«

Vielleicht hatte sie sich sogar ein eigenes gewünscht, überlegte ich auf der Heimfahrt – mit Johannes Kaast als Vater.

Schulzes Tage in meinen vier Wänden waren gezählt. Ich hatte mich schon viel zu sehr an ihn gewöhnt, als dass ich ihn leichten Herzens wieder würde hergeben können. Als sei er bei Twiggy in die Lehre gegangen, lag er nachts am Fußende meines Bettes und weckte mich morgens mit seinen Schnurrbarthaaren, wenn er über mein Gesicht schnupperte.

So auch an diesem Morgen, an dem ich mir den Luxus gegönnt hatte auszuschlafen. Es war kurz nach neun, als der Kater die Geduld verlor und darauf beharrte, endlich gefüttert zu werden. Maunzend lief er mir voraus in die Küche. Nachdem ich sein Schälchen gefüllt und mir einen Kaffee gebrüht hatte, kuschelte ich mich in die Sofaecke und nahm Claussens Diktaphon zur Hand. Ich spulte das

Band zum Anfang zurück und drückte die Wiedergabetaste. Zu hören war die Stimme eines Mannes, der über Dagmar Mombergs Herkunftsfamilie berichtete. Allem Anschein nach handelte es sich um den Mitarbeiter des Jugendamtes. Ob Claussen ihn über die Aufzeichnung des Gespräches informiert hatte? Ich bezweifelte es.

Einige Minuten lang hörte ich gebannt zu, bis mir bewusst wurde, dass Claussen mir alles genauestens wiedergegeben hatte. Voller Bewunderung für sein außerordentlich gutes Gedächtnis, dem nicht einmal das kleinste Detail verlorengegangen war, stoppte ich das Band. Hätte Claussen nicht diesen Unfall gehabt, wäre ich jetzt vermutlich mit ihm unterwegs – immer auf der Suche nach einer heißen Spur. Noch vor zwei Tagen hätte ich es nicht für möglich gehalten, dass ich diesen schwierigen und wenig umgänglichen Menschen so sehr vermissen würde. Vor allem, dass ich mich so sehr um ihn sorgen würde.

Ich kürzte mein Frühstück ab und fuhr ins Krankenhaus. Nachdem ich einen Kittel übergezogen und eine halbe Stunde auf dem Flur der Intensivstation gewartet hatte, während er gerade versorgt wurde, durfte ich zu ihm hinein. Vorher hatte ich mich allerdings ausweisen müssen. Mein Name stand auf einer Liste der Personen, die Arnold Claussen hier besuchen durften. Sein Freund Klaus Trapp hatte gut vorgesorgt.

Leise, als könne ich ihn in seinem Tiefschlaf stören, betrat ich den Raum, der nur aus Schläuchen und Hightech-Apparaturen zu bestehen schien. Claussens Kopf, der linke Arm und die Schulter waren bandagiert. Sein Gesicht wirkte auf eine Weise gelöst, wie ich das von ihm nicht kannte. Ich nahm mir Zeit, ihn zu betrachten. Nach seiner Schussverletzung vor drei Jahren würde er auch einige Zeit auf einer Intensivstation verbracht haben. Ich betete dafür, dass er dieses Mal ohne eine weitere dauerhafte körperliche Einschränkung aufwachte.

Ich zog mir einen Stuhl heran und setzte mich. Vorsichtig strich ich über die Finger seiner rechten Hand. Im Handrücken steckte eine Injektionskanüle, durch die ein Gemisch von Flüssigkeiten in seine Vene lief.

»Hallo, Herr Claussen«, begann ich meinen Monolog. »Es tut mir unendlich leid, dass ich mich am Montag verspätet habe. Ich wünschte, Sie könnten mir sagen, warum Sie an dem Abend doch noch einmal das Haus verlassen haben. Ich zerbreche mir den Kopf darüber. Wollten Sie jemanden besuchen oder sich mit jemandem treffen? Oder wollten Sie einfach nur in eine Kneipe, um den Groll auf mich mit einem Bier herunterzuspülen? Verstehen könnte ich es.«

Ich schwieg einen Moment. »Es nützt Ihnen nicht viel, wenn ich auf ewig Pünktlichkeit gelobe, oder? Ich tue es trotzdem.« Eine Zeitlang strich ich nur immer wieder sanft über seine Hand. Dann stellte ich die Frage, die mir nicht aus dem Kopf ging: »Was haben Sie von der Richterin erfahren? Hat es irgendetwas mit Ihrem Fall zu tun? Ich wünschte, wir könnten darüber reden.«

Ein Pfleger räusperte sich neben mir und bat mich, mit hinauszukommen, da draußen noch ein Besucher warte. Ich verabschiedete mich, nicht ohne Claussen zu versprechen, dass ich wiederkommen würde. Im Vorraum traf ich auf Klaus Trapp, er hatte bereits den obligatorischen Kittel übergezogen.

»Danke, dass Sie mich auf die Liste gesetzt haben«, sagte ich anstelle einer Begrüßung.

Er meinte, das sei selbstverständlich, Arnold hätte es

sicher so gewollt. Ich war mir da nicht so sicher, nachdem ich ihn im Stich gelassen hatte.

»Haben Sie eine Ahnung, wie schlimm seine Kopfverletzung ist?«, fragte ich.

»Nicht so schlimm, wie ich befürchtet hatte. Ich habe inzwischen mit einem Arzt gesprochen, er ist zuversichtlich, dass Arnold das Ganze ohne bleibende Schäden übersteht.«

Ich atmete auf. »Hat der Arzt gesagt, wann sie ihn aus dem Koma aufwachen lassen?«

»Da wollte er sich nicht festlegen.«

»Haben Sie noch irgendetwas herausgefunden?«, fragte ich.

Sein Kopfschütteln war unschwer als Rüge zu verstehen.

Ich wies hinter mich. »Da drinnen liegt mein Kunde, weil er vielleicht vor ein Auto gestoßen wurde. Und ich soll mich nicht darum scheren, warum das geschehen ist? Das können Sie nicht von mir verlangen.«

»Frau Degner, allem Anschein nach stimmt, was die Fahrerin des Wagens sagt: Arnold wurde von jemandem gestoßen.« Er kam einen Schritt näher und senkte die Stimme. »Möchten Sie auch auf so einer Station landen? Oder schlimmer? Mein Freund da drinnen hat viel Glück gehabt, das Ganze hätte auch anders ausgehen können.«

»Können Sie nicht verstehen, dass mich das nicht loslässt?«

»Ich kann Ihnen nur so viel sagen, dass wir dabei sind, die Alibis zu überprüfen.«

»Und?«

»Wir haben noch nicht alle in Frage kommenden Personen angetroffen.«

»Haben Sie die Richterin ausfindig gemacht?«, fragte ich gespannt. »Was hat sie gesagt? Was hat Herr Claussen von ihr erfahren?«

Er sah mich an wie einen Vertreter, dessen Hartnäckigkeit ihn nervte, ihm gleichzeitig aber auch eine gewisse Negativfaszination abnötigte. »Welche Richterin Arnold meinte und worüber er mit ihr gesprochen hat, wird er uns sagen, wenn er aufgewacht ist. Einstweilen sammeln wir Indizien und Beweise, um unseren Täter festzunageln.« Er rang sich ein gequältes Lächeln ab.

»Sagten Sie nicht, Gaby Wiechmann hätte Ihren Freund gar nicht vor das Auto stoßen können, da sie ein Alibi für vorgestern Abend hat?« Ich runzelte die Stirn. »Oder haben Sie das nur behauptet, um mich von dieser Spur abzubringen?«

Er tippte demonstrativ mit dem Zeigefinger auf seine Armbanduhr und machte Anstalten, mich ohne eine Antwort stehenzulassen.

»Eine letzte Frage, dann sind Sie mich los. Würden Sie mir empfehlen, mich von Gaby Wiechmann fernzuhalten?«

»Ja, und von allen anderen auch!«

Es war, als hätte ich begonnen ein Rätsel zu lösen, wäre jedoch auf halber Strecke gezwungen worden, es aus der Hand zu legen. Ich dachte über Gaby Wiechmann nach und stellte mir vor, wie sie am Silvesterabend Dagmar Momberg in deren Elternhaus aufgesucht hatte, um noch einmal mit ihr zu reden. Um sie von dem Gespräch mit der Kita-Leiterin abzubringen. Um sie davon zu überzeugen, dass es nie wieder einen Übergriff geben würde. Versprochen! Hoch und heilig. Wie hatte

Dagmar Momberg darauf reagiert? Mit Unglauben? Mit den Worten, jetzt sei endlich Schluss, sie habe lange genug dabei zugesehen? Und hatte sie mit ihrer Mörderin daraufhin noch etwas getrunken? Irgendwie musste sie schließlich die K.-o.-Tropfen zu sich genommen haben. Das Bild, das ich vor meinem geistigen Auge gestaltete, kam mir vor wie eine wenig überzeugende Theaterszene: Gaby Wiechmann, wie sie einen Schal nahm und Dagmar Momberg erdrosselte.

Die Tatsachen, die diese Szene als Trugbild erscheinen ließen, waren nicht von der Hand zu weisen: Dorothee Momberg hatte von hanebüchenem Unsinn und überschäumender Phantasie geredet. Klaus Trapp von einer absonderlichen Vermutung, die Claussen erst noch habe untermauern wollen. Kindesmisshandlung durch eine Erzieherin in der Kita war ein Verbrechen, dem mit allen erdenklichen Maßnahmen ein Ende gesetzt werden musste. Aber meine Intuition sagte mir, dass es weder Dorothee Momberg noch Claussen bei ihren Andeutungen darum gegangen war.

Blieb die Entführung von Leon. Claussen war anfangs fest überzeugt gewesen, dass beide Verbrechen zusammenhingen, hatte sich dann jedoch von dem Bild, das von Dagmar Momberg gezeichnet worden war, davon abbringen lassen. Ich rekapitulierte: Gaby Wiechmann hatte an dem betreffenden Tag den Ausflug in den Wald begleitet. Warum sollte nicht sie diejenige sein, die mit dem Verschwinden des Jungen zu tun hatte? Die Erzieherin hätte Leon durchaus in die Nähe eines Komplizen locken können.

Wäre es so gewesen, überlegte ich weiter, gäbe es zwei Motive für eine solche Tat. Das eine war Geld, das andere die Vertuschung ihrer Übergriffe. Im zweiten Fall hätte die Entführung allein dem Zweck gedient, Leon für immer zum Schweigen zu bringen. Aber er lebte. Sollte also Geld das Motiv gewesen sein, blieb die Frage, was die Entführer daran gehindert hatte, Lösegeld zu fordern.

Ich versuchte, mir Claussens Denkweise zu vergegenwärtigen. Wäre ihm die Vermutung, Gaby Wiechmann habe mit der Entführung zu tun, absonderlich erschienen? Klares Nein! Absonderlich wäre sie, wenn der Komplize von Gaby Wiechmann bisher als völlig unverdächtig in Erscheinung getreten wäre. Spontan fiel mir die Kita-Leiterin, Manuela Schmidt, ein. Absonderlich könnte die Vermutung auch sein, wenn zwei sich zusammengetan hatten, denen man es nie und nimmer zugetraut hätte: Gaby Wiechmann und Dagmar Momberg. Doch meine innere Stimme rebellierte lautstark gegen diese Idee: Dagmar Momberg war Opfer, nicht Täterin.

Nichtsdestoweniger übte dieser Gedanke eine seltsame Faszination auf mich aus. Was, wenn alles nur gespielt gewesen war – das Engagement für die ihr anvertrauten Kinder ebenso wie die Antipathie gegenüber ihrer Kollegin? Noch schwerer nachzuvollziehen erschien mir dagegen das Motiv. All das sollte nur aus dem einen Grund geschehen sein, um über genügend Geld für ein paar Fernreisen zu verfügen? So viel Vorbereitung, um das Geld nie zu erpressen? Unwahrscheinlich.

Trotzdem spielte ich den möglichen Ablauf in Gedanken durch: Beide Frauen hatten gewusst, in welchem Waldstück sie am Tag von Leons Entführung die Hütte bauen würden. So hatten sie ihre Vorbereitungen treffen und eventuell ein Auto in der Nähe abstellen können. Eine von ihnen hatte den Jungen dorthin gelockt, ihm

K.-o.-Tropfen in sein Getränk gemischt und den schlafenden Jungen unter einer Decke versteckt. Vielleicht sogar das Auto noch schnell woanders hingefahren, um es aus der Schusslinie zu bringen. Damit es den Kindern nicht auffiel, dass sich eine der beiden für eine Weile weggestohlen hatte, würde die andere sie so lange abgelenkt haben. Einer versierten Erzieherin sollte das gelingen.

Wie weiter? Die beiden hatten also gemeinsam Leon entführt. Von da an, überlegte ich, musste irgendetwas schiefgelaufen sein. Was immer es gewesen war – es hatte Dagmar Momberg dazu bewegt, ihre Silvesterreise abzusagen. *Ich wünsche mir, dass ich mich irre*, hatte sie zu ihrem Freund Johannes Kaast gesagt. Im Zusammenhang mit dieser Version hätte sich der Satz auf Gaby Wiechmann beziehen können. Erwiesen war, dass die beiden am Silvestertag ein längeres Telefonat geführt hatten. Einmal angenommen, es war zum Streit gekommen – zu einem ganz anderen Streit, als die offenkundige Antipathie zwischen den beiden und die gestreuten Fehlinformationen nahelegten. Dann war dieser Streit so eskaliert, dass Gaby Wiechmann beschlossen hatte, ihre Komplizin zu töten. Um deren Verbindung zur Entführung des Jungen nicht offensichtlich werden zu lassen, hatte sie ein paar Tage gewartet, bis sie den Jungen auf dem Parkplatz zurückließ.

Aber wozu überhaupt die Entführung, die ganze Planung, das enorme Risiko, gefasst zu werden, wenn der Junge schließlich freigelassen wurde, ohne einen einzigen Cent für ihn zu fordern? Ich versuchte, mich in die Frauen hineinzuversetzen, stellte mir die Situation vor, die enormen Belastungen, unter denen sie von einem Tag auf den anderen gestanden hatten: Sie mussten mit Fragen bombardiert worden sein, in der Kita, bei der Kripo, und nicht zuletzt von den Eltern. Aber nicht nur mit Fragen, sondern auch mit Verdächtigungen.

Hatten sie sich beobachtet gefühlt? Hatten sie den Jungen in seinem Versteck sich selbst überlassen, hatten ihn halb verhungern lassen, nur um nicht Gefahr zu laufen, auf dem Weg in dieses Versteck verfolgt zu werden? Wenn beiden gemeinsam das Risiko zu groß gewesen war, musste es Gaby Wiechmann allein erst recht übermächtig erschienen sein. Also hatte sie dafür gesorgt, dass Leon gefunden wurde.

In diesem Moment kam es mir vor, als würde Claussen Einspruch erheben: Wenn sie Dagmar Momberg bereits umgebracht hatte, was sollte sie daran hindern, auch noch den Jungen zu töten? Die Gefahr, dass er irgendeinen Hinweis geben konnte, durch den sie in Verdacht geriet, war viel zu groß. Woher sollte jemand, dem der Mut fehlte, Lösegeld zu fordern, den Mut nehmen, den Jungen freizulassen?

Ich konterte Claussen, dass es etwas anderes sei, einen fünfjährigen Jungen umzubringen als eine sechsunddreißigjährige Frau. Obwohl alles danach aussah, als habe sie es zunächst darauf ankommen lassen, es aber schließlich nicht fertiggebracht. Immerhin war der Junge mehr tot als lebendig gewesen, als man ihn gefunden hatte.

Die Möglichkeit, dass die Kita-Leiterin Manuela Schmidt und nicht Dagmar Momberg mit Gaby Wiechmann unter einer Decke gesteckt hatte, war meiner Meinung nach zu vernachlässigen, und zwar aus einem einfachen Grund: Claussen hatte sich mit dem Auftrag, den er noch am Montag seinem Freund Trapp erteilt hatte, eindeutig auf die Familie Momberg konzentriert.

An diesem Punkt angekommen, versuchte ich, meine Version der Geschehnisse mit dem Ablauf von Claussens Montagnachmittag in Einklang zu bringen. In unserem letzten Telefonat hatte er gesagt, dass sich die erste Spur verdichte. Gaby Wiechmann, so weit war alles klar. Trotzdem – oder vielleicht gerade deshalb – wollte er noch einmal mit Heidrun Momberg sprechen.

Hätte ich mir nur die Zeit genommen, ihn zu begleiten, anstatt ihn auf den nächsten Tag zu vertrösten. Ein Gedanke schob sich in den Vordergrund: War er allein zu Heidrun Momberg ins Krankenhaus gefahren? Ein Taxi hätte ihn dorthin bringen können. Claussen war nicht hilflos ohne mich. Am besten würde es sein, meine Kundin im Krankenhaus zu besuchen und sie danach zu fragen.

Die weitere Rekonstruktion von Claussens Nachmittag brachte mich auf seinen früheren Kumpel, der im Kriminalgericht arbeitete. Von ihm hatte er wissen wollen, was an einem bestimmten Tag dort verhandelt worden war. Aber warum hatte Claussen eine Verbindung vermutet zwischen der heißen Spur, die zu Gaby Wiechmann führte, und der Mutter der Toten? Meine Freundin Jördis würde mir helfen müssen, diesen Punkt näher zu durchleuchten. Als Journalistin hatte sie Zugang zu Archiven, die mir verschlossen waren.

Am Abend war es ihm schließlich um ungeklärte Todesfälle im Umfeld der Familie Momberg gegangen. Das konnte bedeuten, dass Dagmar Momberg zuvor schon einmal kriminell geworden oder zumindest in den Verdacht geraten war. Sollte es bei Claussens letzten Worten am Unfallort um eine Richterin am Kriminalgericht gegangen sein, hatte er zumindest nicht mit ihr gesprochen. Jedenfalls behauptete Klaus Trapp das. Deshalb war Claussens Verweis auf die Richterin vermutlich nichts anderes, als die Aufforderung, ein Gespräch mit dieser Frau nachzuholen. Worüber würde sie berichten können? Über ein Verfahren gegen Heidrun Mombergs Tochter Dagmar? Ich würde Simone danach fragen.

Und schließlich gab es noch einen Namen, der auf der Liste landete: Dorothee Momberg. Etwas, das sie gesagt hatte, fügte sich nicht in meine Geschichte. Entweder war meine Version von Grund auf falsch, oder aber sie hatte gelogen, um ihre Schwester Dagmar zu schützen. Weder ihrer Mutter noch ihren Schwestern Simone und Karoline gegenüber hatte Dagmar Momberg hanebüchenen Unsinn über die Entführung von Leon erzählt. Keine der drei hatte auch nur die leiseste Andeutung über so etwas wie überschäumende Phantasie gemacht. Nur Dorothee Momberg.

Gestern erst hatte Simone gesagt, dass Dagmar und Dorothee sehr eng miteinander verbunden gewesen seien. Also enger als mit den beiden anderen Schwestern. Hatte Dorothee herausgefunden, dass Dagmar in die Entführung verstrickt war? Und hatte sie deshalb so getan, als sei sie irgendetwas Abstrusem auf der Spur gewesen, nur um von ihr abzulenken und ihr Andenken nicht zu beschmutzen? Claussen hatte am Montag mehrfach versucht, Dorothee Momberg zu erreichen. Um was von ihr zu erfahren?

Vielleicht würde Claussen mir meine Unpünktlichkeit nie verzeihen und mir kündigen, sobald die Ärzte ihn aus dem Koma holten. Aber bis es so weit war, betrachtete ich ihn als meinen Kunden. Sollte ich erfolgreich bei meinen Recherchen sein und sogar bis zu der Richterin vordringen, konnte ich ihn vielleicht versöhnlich stimmen.

Klaus Trapp hatte mich gewarnt. Ich solle mich aus dem Ganzen heraushalten, wolle ich nicht Gefahr laufen, ebenfalls vor ein Auto gestoßen zu werden.

15

Auch wenn ein beachtlicher Teil meiner Seele nach wie vor für Dagmar Mombergs Unschuld kämpfte, hatte ich das Gefühl, zumindest gedanklich ein Stück weitergekommen zu sein. Nachdem ich Jördis angerufen und gebeten hatte, für mich herauszufinden, welche Verhandlungen an dem in Frage kommenden Tag im Kriminalgericht unter dem Vorsitz einer Richterin stattgefunden hatten, fuhr ich zu Max.

Die Vorfreude auf ihn ließ einen Schwarm Schmetterlinge in meiner Brust frei. Immer zwei Stufen auf einmal nehmend, lief ich die Treppe zu ihm hinauf. Er lehnte im Türrahmen und sah mir entgegen. Es kam mir vor, als spiegele sich meine Sehnsucht in seinen Augen. Ohne ein Wort ging ich zu ihm, küsste ihn und schob meine Hände unter seinen Pullover.

Fast augenblicklich sprang er zurück. »Du hast Eishände«, japste er vorwurfsvoll und schlang die Arme schützend um den Oberkörper.

»Ich kenne wirklich keinen einzigen Mann, der auch nur annähernd so verfroren ist wie du.« Lachend schob ich mich an ihm vorbei und stellte meine Umhängetasche ab. Mit dem Fuß gab ich der Tür einen Stoß, so dass sie ins Schloss fiel. Die Hände demonstrativ zur Seite gestreckt, näherte ich mich Max. »Mein Mund ist ganz warm«, flüsterte ich und küsste sein Ohr.

»Leider sind wir nicht allein«, kam es in der gleichen Lautstärke zurück.

Ich sah ihn fragend an.

»Dein Bruder. Er hat sich verliebt.«

Mit einem leisen Seufzer löste ich mich von Max und ging in die Richtung, in die er deutete. Fabian hatte sich inmitten der Umzugskartons an einem Tisch niedergelassen und schob sich gerade ein Sushi in den Mund. Ich drückte ihm einen Kuss auf die ausgebeulte Wange und setze mich neben ihn.

»Geht's dir gut?«, fragte ich und betrachtete ihn.

Er nickte. »Und dir?«

Fabian musste tatsächlich verliebt sein. Normalerweise fragte er nicht nach mir, sondern nach meinem Geschäft. Ich sah zu Max, der sich zu uns setzte, mir ein Glas Wein eingoss und einen Teller zuschob. »Mir geht es auch gut«, antwortete ich mit einem vielsagenden Grinsen und wandte den Blick wieder meinem Bruder zu.

»Von Simone habe ich gehört, dass einer deiner Kunden ausgefallen ist. Wenn du also Hilfe brauchst ...«

Heidrun Mombergs Tochter schien wie eine Art Weichspüler auf ihn zu wirken. »Danke«, sagte ich leicht verdattert.

»Simone hat mir auch erzählt, dass ihr eine Kooperation plant. Klingt nach einer guten Idee. Sie ist ganz bestimmt eine wunderbare Partnerin.«

»Für wen?«, fragte ich mit undurchdringlicher Miene.

Er tat so, als erforderten die Stäbchen in seiner Hand ein Höchstmaß an Konzentration. »Ich könnte euch beraten, wie man eine solche Kooperation am gewinnbringendsten gestaltet.«

»Ich glaube, das kannst du getrost uns überlassen.«

»Aber ich habe jede Menge Erfahrung.«

»Na dann …«

»Marlene, mach dich nicht lustig über deinen Bruder«, bremste Max mich aus, »er braucht unsere Hilfe.«

Fabian schien sich ein Herz zu fassen, er holte tief Luft. »Du kennst sie doch ein bisschen, Marlene, und du bist eine Frau. Ich bin morgen Abend mit Simone verabredet. Meinst du, ich sollte sie nach dem Essen noch zu mir auf einen Kaffee einladen oder …?«

Mir fiel es schwer, meine Gesichtszüge im Griff zu behalten. Mein großer Bruder, der sonst alles so genau wusste, fragte mich, wie er eine Frau herumbekam? Es lag mir auf der Zunge zu fragen, ob er mit der Einladung zum Kaffee überhaupt schon jemals erfolgreich gewesen war. Er solle sich etwas Phantasievolleres einfallen lassen. Doch dann machte ich mir bewusst, um wen es hier ging. »Die Sache mit dem Kaffee würde ich an deiner Stelle noch ein wenig aufschieben. Ihre Schwester ist noch nicht einmal unter der Erde. Ich glaube, es ist der falsche Moment, um …«

»Aber sie braucht bestimmt Trost«, wandte er ein. »Und ich könnte doch … ich meine …« Er sah mich einen Moment lang unglücklich an. »Meinst du, dass sie deshalb so zurückhaltend ist?«

»Wie oft hast du sie gesehen? Zweimal, dreimal?«

»Dreimal.«

»Innerhalb einer Woche. Und das nennst du zurückhaltend?«

»Aber sie weicht mir aus, wenn ich versuche, sie zu küssen.«

»So etwas braucht eben seine Zeit«, sagte ich im Brustton der Überzeugung, nur um von Max einen Macho-Blick zu ernten.

Mein Bruder interpretierte diesen Blick genau richtig. »Wie lange hat es bei euch gedauert?«

»Lange.«

»Eine knappe Stunde«, fiel Max mir in den Rücken.

»Weil dein Freund einfach unwiderstehlich ist«, sagte ich spöttisch, nur um mir gleich darauf auf die Zunge zu beißen. »Das bist du zweifellos auch«, versuchte ich, Fabian zu beruhigen, »aber es gehören eben auch immer zwei dazu. Und ich war an Silvester eben ein bisschen …«

»Was?«, fragten beide wie aus einem Munde.

Ich zuckte die Schultern. »Zugänglicher als sonst. Es war ein besonderer Tag und …«

»Also hätte kommen können, wer wollte?« Max', Stimme bewegte sich zwischen Ernst und Spiel. »Du hättest dich an dem Abend von jedem küssen lassen?«

»Vielleicht nicht unbedingt von jedem, aber …« Ich genoss die erwartungsvolle Stille, die sich über den Raum legte. »Du hättest in jedem Fall das Rennen gemacht.«

Max fasste sich mit einem übertriebenen Seufzer der Erlösung ans Herz.

»Könntest du bitte mal ernst bleiben?«, bat Fabian ihn.

»Mach es so, wie deine Schwester gesagt hat. Sei einfach für sie da und tröste sie.«

»Aber dafür müsste sie ja erst einmal weinen oder sagen, dass sie unglücklich ist. Simone ist so … so …« Er suchte nach dem richtigen Wort, fand es jedoch nicht.

»Beherrscht?«, kam ich ihm zu Hilfe.

Er nickte. »Ja, sie reißt sich die ganze Zeit auf bewundernswerte Weise zusammen. In fast jeder freien Minute kümmert sie sich um ihre Mutter, anstatt sich einfach einmal fallen zu lassen.«

»Irgendwann fällt sie«, sagte Max pragmatisch, »und dann sieh zu, dass du mit ausgebreiteten Armen in der Nähe stehst.«

In der Nacht erzählte ich Max von Claussens Unfall, nur um das zu hören zu bekommen, was ich mir selbst immer wieder sagte: Mein Kunde war erwachsen, mich traf keine Schuld. Sollte es tatsächlich jemand auf ihn abgesehen haben, hätte derjenige sein Ziel zu jedem anderen Zeitpunkt auch erreichen können.

Als Max längst schlief, lag ich immer noch wach und dachte nach. Wieder und wieder ging ich meine Überlegungen durch, ohne jedoch zu einem Ergebnis zu gelangen. Max' leises Schnarchen wirkte wider Erwarten einschläfernd. Auf seltsame Weise beruhigte es mich. Der letzte Gedanke, an den ich mich am nächsten Morgen erinnerte, bezog sich auf Claussen. Ich hatte ihn nicht beschützen können, aber ich konnte weiter für ihn arbeiten.

Ganz in diesem Sinne besuchte ich am nächsten Tag Heidrun Momberg im Krankenhaus. Sie saß an einem kleinen Tisch, vor sich eine geöffnete Kladde, in der Hand einen Bleistift. Ihr Gesicht war von Trauer gezeichnet.

»Hallo, Frau Momberg.« Ich setzte mich ihr gegenüber.

»Danke, dass Sie mir nicht einen guten Tag gewünscht haben. Kein Tag ist gut, seitdem Dagmar tot ist.« Sie sah auf ihre Hände. »Kein einziger Tag.«

»Es tut mir so leid!« Ich hielt ihrem unglücklichen

Blick stand. »Nur gut, dass Ihre anderen Töchter auch in Berlin leben und sich so rührend um Sie kümmern können. Ich weiß, das ist kein Trost, aber ...«

»Ja, ich habe großes Glück mit meinen Töchtern. Umso schwerer ist es, eine von ihnen zu verlieren.« Ihr Blick wanderte zum Fenster. Nach einer Weile sprach sie weiter. »Es kommt mir vor, als sei es gestern gewesen, dass man mir Dagmar in den Arm legte. Sie war so klein, so zart. Und sie wurde schon nach kürzester Zeit zu unserem Sonnenschein.« Einen Moment lang presste sie die Lippen aufeinander und schloss die Augen. Das Atmen schien ihr Mühe zu bereiten. »Nicht alle Mütter machen sich Sorgen um ihre Kinder. Wer wüsste das besser als ich? Unsere Töchter wären nicht zu uns gekommen, hätten sich ihre biologischen Eltern auch nur einen Deut um sie geschert. Ich habe immer versucht, die Situation für die Mädchen nicht ins Gegenteil zu verkehren und sie mit meiner Sorge zu erdrücken. Das kann leicht passieren, wenn Sie so lange auf ein Kind gewartet haben und es dann endlich da ist. Deshalb habe ich sie viele Sorgen nicht spüren lassen. Habe das mit mir selbst ausgemacht. Glauben Sie mir, Frau Degner, ich hatte viel Phantasie, wenn ich mir ausgemalt habe, was den Kindern alles zustoßen könnte. Aber nicht einmal meine schlimmsten Alpträume haben davon gehandelt, dass eines von ihnen ermordet werden könnte. Dazu noch in seinem Elternhaus, dem Ort, der unbedingten Schutz bieten sollte ...«

Ich hielt ihrem anklagenden Blick stand, wohl wissend, dass er nicht mir galt, sondern dem Täter, der hoffentlich die längste Zeit auf freiem Fuß gewesen war.

»Ich möchte diesem Menschen ins Gesicht sehen, möchte ihm sagen, wessen Leben er da ausgelöscht hat und was er mir damit angetan hat.« Sie legte eine Hand auf die Brust, als könne sie damit ihr aufgeregt schlagendes Herz beruhigen. »Ich habe bei der Kripo angerufen und gefragt, wie weit sie sind, aber sie haben mich vertröstet. Hat dieser Herr Claussen Ihnen vielleicht etwas verraten?«

Ich schüttelte den Kopf. »Er hatte am Montagabend einen Unfall, er liegt im Koma.«

»Oh, mein Gott. Was ist das nur für eine Zeit?« Ihr Blick glitt in die Ferne, einen Moment lang schien sie zu vergessen, dass ich ihr noch gegenübersaß. Dann kehrte sie zurück. »Sagten Sie Montag? Da war er noch bei mir.«

Er hatte sich also nicht gedulden können. »Frau Momberg, darf ich Sie fragen, was er von Ihnen wissen wollte?«

Sie sah mich befremdet an. Ganz offensichtlich hatte ich eine deutlich markierte Grenze überschritten. »Warum interessiert Sie das?«, fragte sie.

»Er hat mich engagiert, damit ich ihn bei seinen Nachforschungen unterstütze. Anfangs war mir das unangenehm, aber mit der Zeit wollte ich nur noch wissen, wer Ihre Tochter umgebracht hat.«

»Und jetzt wollen Sie ohne ihn den Fall lösen?« Sie schüttelte müde den Kopf. »Frau Degner, überlassen Sie das den Leuten, die etwas davon verstehen. Dagmar ist tot.«

Was machte ich hier überhaupt? Heidrun Momberg würde nie und nimmer etwas sagen, das ihre Tochter Dagmar in einem zweifelhaften Licht erscheinen ließ. Sollte Claussen versucht haben, etwas Derartiges aus ihr herauszubekommen, würde sie es mir gegenüber sicher nicht zugeben. Ich wollte schon aufgeben, als ich an das dachte, was Claussen mir ganz am Anfang gesagt hatte: Aufgabe der Kripo sei es nicht nur, nach Fakten zu suchen, die einen Täter belasten, sondern auch nach solchen, die ihn möglicherweise entlasten. »Frau Momberg«, begann ich behutsam, »Ihre Tochter Dorothee hat angedeutet, dass Dagmar im Zusammenhang mit der Entführung des kleinen Leon einen Verdacht gehabt haben muss. Dorothee fand diesen Verdacht jedoch völlig absurd. Hat ...«

»Einen Verdacht?«, unterbrach sie mich. »Das glaube ich nicht. In dem Fall hätte Dagmar an Weihnachten doch etwas gesagt. Wir haben alle gerätselt und uns stundenlang die Köpfe zerbrochen. Nein, Dagmar hatte keinen Verdacht. Sie war einfach nur bedrückt wegen ihrer Beurlaubung. Und natürlich wegen des Jungen. Sie hat sich Sorgen um ihn gemacht.« Ihre Hände führten ein unruhiges Eigenleben. »Und jetzt ist der Junge frei, und meine Tochter wird es nie erfahren.« Ihr Weinen war völlig lautlos.

Ich zog ein Papiertaschentuch aus meiner Tasche und reichte es ihr.

Einen Moment lang brachte sie kein Wort heraus. Dann sagte sie: »Die Mutter des Jungen hatte mehr Glück als ich.«

Hundert Meter vom Krankenhaus entfernt hatte ich mein Auto geparkt. Auf dem Weg dorthin fiel mein Blick auf mehrere Weihnachtsbäume, die am Straßenrand im Schnee abgelegt worden waren. An einem der Bäume entdeckte ich etwas Blaues. Es war ein kleiner Engel mit nur noch einem goldenen Flügel. Ich löste ihn von dem

Baum und behielt ihn in meiner Hand, bis ich im Auto saß. Dort verwahrte ich ihn in einem kleinen Fach. Ich wusste genau, wer ihn bekommen sollte.

Während ich mir aus der Thermoskanne einen Kaffee eingoss, dachte ich an Heidrun Mombergs Worte. Ja, Leons Mutter hatte tatsächlich mehr Glück. Dabei hatten die Chancen, ihren Sohn je lebend wiederzusehen, nicht gut gestanden. Dorothee Momberg hatte über diese Frau gesagt, sie habe Dagmar gegenüber die Verwahrlosung und Misshandlung von Kindern auf eine sehr überhebliche Weise als Übertreibung der Medien abgetan. Die Frage, wie es überhaupt zu einer derartigen Aussage gekommen war, stand immer noch im Raum. Claussen war nicht mehr darauf eingegangen. Warum nicht? Weil er sich genauso wenig wie ich hatte vorstellen können, dass sie ihren Sohn misshandelt hatte? Ich sah die Frau noch vor mir, wie sie sich im Fernsehen an die Entführer ihres Sohnes gewandt hatte. Sie war verzweifelt gewesen, erschüttert. Und sie war mir sympathisch gewesen. Aber das war kein Beweis dafür, dass sie ihrem Kind nichts zuleide getan hatte.

Ich trank einen Schluck Kaffee, wischte über die beschlagene Frontscheibe und versuchte, den Motor zu starten. Dieses Mal brauchte er drei Anläufe, bis er endlich ansprang. Ich dachte an Claussen und rang mich dazu durch, mir endlich eine neue Batterie anzuschaffen. An der nächsten Tankstelle mit angegliederter Werkstatt legte ich einen Stopp ein. Einer der Mitarbeiter war nach längerem Zureden bereit, die Batterie sofort auszutauschen.

Während ich auf dem Hof wartete, wählte ich Simones Nummer. Sollte ihre Schwester Dagmar in irgendeiner Form in ein Verfahren am Kriminalgericht verstrickt sein, würde sie möglicherweise davon wissen. Ihr Anrufbeantworter in der Praxis informierte mich, dass sie gerade einen Patienten behandle und deshalb nicht ans Telefon gehen könne. Ich würde es später noch einmal vesuchen.

Als ich die Werkstatt verließ, verdrängte ich den Gedanken an das Loch, das die Batterie in mein Budget schlug, und machte mich auf den Weg zu Dorothee Momberg. Da sie arbeitslos war, würde ich sie vielleicht zu Hause antreffen. Auf mein Klingeln folgte sofort der Summer, als habe sie auf mich gewartet. Ich stieg die Treppen hinauf und läutete an der Wohnungstür.

»Komme«, hörte ich von drinnen eine Männerstimme.

Gleich darauf stand ich Dorothee Mombergs Lebensgefährten gegenüber. Er sah mich an, als wäre ich eine optische Täuschung. Ganz offensichtlich hatte er jemand anderen erwartet. Als ich nach seiner Partnerin fragte, ließ er mich augenblicklich stehen und rief über die Schulter: »Für dich!«

Wenige Sekunden später erschien Dorothee Momberg mit einem Teigklumpen in der Hand. »Sie sind es«, sagte sie mit einem Lächeln und bedeutete mir, ihr zu folgen.

Ich schloss die Tür und folgte ihr in die Küche, wo sie einen Hocker von Mehlstaub befreite. »Arbeitslosigkeit hat auch Vorteile.« Mit kräftigen Bewegungen knetete sie den Teig. »Endlich komme ich mal zu den Dingen, für die sonst nie Zeit ist. Backen Sie hin und wieder?«

»Nein.«

»Es hilft, die Gedanken zu ordnen.«

»Über Dagmar?«

Sie hielt inne und sah mich prüfend an – als würde sie überlegen, ob ich die richtige Person war, um über ihre Schwester zu reden.

»Ich weiß, dass ich hier eigentlich überhaupt nichts zu suchen habe«, bekannte ich offen. »Aber ich fühle mich Ihrer Mutter sehr verbunden. Und seit Silvester …« Ich überließ es ihr, diesem Satz ein Ende zu geben.

In ihrem Blick lag etwas zutiefst Trauriges. »Dagmar hat sich so sehr auf unser Baby gefreut. Manchmal schien sie aufgeregter zu sein als ich. Und jetzt wird sie es nie zu Gesicht bekommen.« Der Teig in ihren Händen war vergessen. »Was mir einfach keine Ruhe lässt, ist die Vorstellung, wie verzweifelt sie versucht haben muss, Luft zu bekommen. Dieses Bild verfolgt mich bis in meine Träume.«

Sie hatten ihnen nicht gesagt, dass Dagmar mit K.-o.-Tropfen betäubt worden war. Was waren das für Menschen, die Angehörigen unnötige Qualen bereiteten, nur um Täterwissen geheim zu halten? Es fiel mir schwer, meinen Mund zu halten. »Ich habe Ihre Schwester gesehen, Frau Momberg, sie sah sehr friedlich aus. Bestimmt hat der Mörder ihr irgendetwas gegeben, um sie wehrlos zu machen. Vielleicht hat sie es gar nicht bewusst erlebt. So, wie sie dalag, sah es nicht danach aus, als habe es einen Kampf gegeben.«

Mit ihren teigverkrusteten Fingern wischte sie sich Tränen aus dem Gesicht. »Ich bete, dass es so war.«

»Darf ich Sie etwas fragen?«

Sie sah auf.

»Als ich mit Herrn Claussen hier war, haben Sie gesagt, dass Ihre Schwester einen Verdacht hatte, wer hinter der Entführung des kleinen Jungen stecken könnte.

Sie haben diesen Verdacht als hanebüchenen Unsinn bezeichnet.« Ich wartete.

»Ja ... und?«, fragte sie.

»Sie scheinen die Einzige zu sein, der gegenüber sie solch einen Verdacht geäußert hat. Ihre Mutter weiß nichts davon und ...«

»Meine Mutter ist eine alte Frau, die sich schnell sorgt. Dagmars Beurlaubung hat an den Feiertagen für viel Aufregung gesorgt. Ich bin froh, dass Dagmar ihr darüber nichts gesagt hat. Zumal es Hirngespinste waren.« Sie sah auf ihre Hände. »Ich konnte es ihr nicht mal verübeln. Meine Schwester hat ihre Arbeit mit so viel Leidenschaft gemacht. Und dann geschieht so etwas. Ausgerechnet ihr. Sie brauchte eine Erklärung, diese Ungewissheit hat sie fast wahnsinnig gemacht.«

»Warum hat sie Simone und Karoline gegenüber nichts davon gesagt, oder dem Mann, in den sie sich verliebt hatte?« Ich wusste, ich bewegte mich auf dünnem Eis. Ein falscher Schritt, und ich würde einbrechen.

Sekundenlang sah sie mich stumm an. Schließlich rang sie sich zu einer Antwort durch. »Ein Gerücht ist wie der Geist, den Sie aus der Flasche lassen – Sie bekommen ihn nie wieder hinein.« Sie nahm die Arbeit an ihrem Teig wieder auf. »Dagmar war sich dessen bewusst.«

»Können Sie sich noch erinnern, wann sie Ihnen zum ersten Mal von den Übergriffen ihrer Kollegin erzählt hat?«

Sie dachte nach und legte den Kopf dabei schief. »Es muss ungefähr zwei Monate her sein. Ich glaube, diese Frau hat im Oktober in der Kita angefangen, aber Dagmar hat nicht gleich bemerkt, dass sie sich nicht immer unter Kontrolle hatte.«

»Halten Sie es für möglich, dass die beiden sich schon vorher mal über den Weg gelaufen sind?«

»Nein, das glaube ich nicht, davon hätte Dagmar erzählt. Worauf wollen Sie denn eigentlich hinaus?«

»Das weiß ich selbst nicht so genau, ich versuche nur, alle Möglichkeiten zu durchleuchten.«

»Und ich bin eigentlich froh, wenn ich mal einen Augenblick lang nicht daran denken muss.«

Ich sah sie schuldbewusst an. »Entschuldigen Sie, dass ich Sie mit all diesen Fragen belästige, ich …«

Sie winkte ab. »Lassen Sie nur, wenn es zu etwas gut ist …« Sie strich über ihren Bauch. »Vielleicht wird es mir bessergehen, wenn ich weiß, was an dem Abend geschehen ist.«

Ich forschte in ihrem Gesicht, wie viel ich ihr noch zumuten konnte. »Hatte Dagmar etwas mit einer Gerichtsverhandlung zu tun? Als Zeugin oder …?«

»Oder als Angeklagte?« Sie lächelte. »Meine Schwester war ein überaus integrer Mensch. Mag sein, dass sie manchmal übers Ziel hinausgeschossen ist, wenn sie versucht hat, die Welt zu verbessern. Aber sie gehörte zu den Guten.«

Ich beugte mich ein Stück näher zu ihr. »Deshalb habe ich auch über die Frage nachgedacht, ob sie den kleinen Leon vielleicht retten wollte. Ich meine, vor seinen Eltern.«

Ihr Blick wanderte durch die Küche, als sei er auf der Suche. Sie seufzte. »Ich glaube, dass Dagmar tatsächlich zu so etwas fähig gewesen wäre, wenn sie keine andere Lösung gesehen hätte. Wäre es so gewesen, hätte sie mir jedoch davon erzählt, und zwar schon vorher. Aber Dagmar hat Leons Namen vor seinem Verschwinden nur ein einziges Mal erwähnt, und zwar als sie mit seiner Mutter aneinandergeraten war. Ich habe Ihnen davon erzählt.«

»Ja, ich erinnere mich daran. So bin ich überhaupt auf die Idee gekommen, dass es zu einer Misshandlung durch die Eltern gekommen sein könnte. Wieso sonst hätte Ihre Schwester sich mit Leons Mutter über das Thema streiten sollen?«

Dorothee Momberg schüttelte vehement den Kopf. »Oh mein Gott, nein! Sehen Sie, genau das meine ich mit Gerüchten. Sie sind so schnell in der Welt. Manchmal genügt ein kleines Missverständnis. Dagmar hat Leons Mutter überhaupt nicht verdächtigt. Im Gegenteil: Sie hielt sie für eine sehr liebevolle und fürsorgliche Mutter.«

»Aber wie kam es dann zu diesem Wortwechsel?«

»Ganz einfach: Dagmar hängte am Schwarzen Brett der Kita einen Zettel aus, auf dem ein Informationsabend über Kindesmisshandlung angekündigt wurde. Leons Mutter kam hinzu und gab ihren Kommentar dazu ab. Sie fand, das Thema werde überstrapaziert. Die intensive Berichterstattung stelle die Realität in einem falschen Licht und Eltern als potenzielle Täter dar. Sie hat lediglich ihre Meinung gesagt – ob man die nun teilt oder nicht. Ich teile sie genauso wenig wie Dagmar, aber darum geht es nicht.«

»Und jetzt ist ihr Kind fast verhungert und verdurstet«, sagte ich mit einem beklommenen Gefühl.

Sie nickte gedankenverloren. »Jemand, der zu solchen Denkmustern neigt, könnte meinen, das Schicksal habe dieser Frau auf unvorstellbar grausame Weise eine Lehre erteilt.«

Während mein Gemüserisotto unten auf dem Herd köchelte, saß ich im ersten Stock im Lehnsessel meines Vaters und dachte über die Frage nach, warum manche Menschen tatsächlich glaubten, das Schicksal erteile Lehren. War es, weil es sich mit einer solchen Ordnung besser leben ließ? Weil es dann einen Grund für Schicksalsschläge gab? Weil man dann hoffen konnte, selbst von ihnen verschont zu bleiben? Schließlich hatten die anderen das Schicksal herausgefordert, ihnen eine Lehre zu erteilen.

Das Zimmer meines Vaters war nicht geheizt. Fröstelnd legte ich mir sein altes Plaid um die Schultern, zog die Beine an und schlang die Arme um die Unterschenkel. Ich hätte mit geschlossenen Augen jeden Gegenstand in diesem Raum beschreiben können. Genauso gegenwärtig waren mir die vielen Diskussionen, die wir zum Thema Schicksal geführt hatten. Mein Vater war ein Gegner jedweder Schicksalsgläubigkeit gewesen, er hatte nie ein Hehl aus seiner Überzeugung gemacht: Die Dinge geschahen, ohne Grund und ohne Sinn. Sie ließen sich nicht abwenden.

Er hatte mir tatsächlich nie die Schuld am Tod meiner Mutter gegeben. Und dennoch hatte ich sie auf mich geladen. Wäre ich nicht geboren worden, hätte sie nicht sterben müssen. Darauf hatte mein Vater stets erwidert: Wärest du nicht geboren worden, hätte etwas Elementares in meinem Leben gefehlt. Aber dieses Elementare habe für mein Empfinden einen zu hohen Preis, denn durch mich fehle etwas anderes Elementares in seinem Leben. Er rechne nicht den einen Menschen gegen den anderen auf, hatte er immer wieder gesagt. Und das hatte er tatsächlich nicht getan. Aber er hatte auch nie versucht, die große Lücke, die meine Mutter hinterlassen hatte, zu füllen.

Der Duft des Weihrauchöls, das ich am Silvestermorgen in die Aromalampe getröpfelt hatte, hing immer noch in der Luft. Ich mochte den Duft. Bevor ich die Tür hinter mir schloss, atmete ich ihn tief ein. Dann lief ich hinunter in die Küche und schaute nach meinem Risotto. Es würde noch ein paar Minuten brauchen. Zeit genug, um einen Blick in meine Mails zu werfen.

Jördis hatte Wort gehalten und mir die Informationen, um die ich sie gebeten hatte, geschickt. Dabei hatte sie nicht nur die Verfahren aufgelistet, bei denen eine Richterin am Kriminalgericht den Vorsitz gehabt hatte, sondern auch alle an dem in Frage kommenden Tag. Ich sah die Details durch, musste mir jedoch schnell eingestehen, dass sie mir nicht weiterhalfen, solange ich nicht wusste, wonach ich eigentlich suchen sollte.

Zwei Richterinnen tauchten in der Liste auf. Die eine hatte einen Fall schwerer Körperverletzung verhandelt. Ein Lehrling hatte seinen Meister krankenhausreif geschlagen, weil der ihn vor die Tür hatte setzen wollen. Im Fall der zweiten Richterin war es um die Fahrerflucht eines Callcenter-Managers gegangen, der einer siebzehnjährigen Fahrradfahrerin die Vorfahrt genommen und sie angefahren hatte.

Konnte einer dieser Fälle tatsächlich eine Bedeutung für Heidrun Momberg gehabt haben? Und wenn ja, welche? Ich füllte mir eine Schale mit Risotto und setzte mich zurück an den PC. Während ich aß, ließ ich meinen Blick über die übrigen Verfahren jenes Tages gleiten. Eines weckte mein Interesse: Angeklagt worden waren die Eltern eines dreijährigen Jungen, den Jugendamtsmitarbeiter völlig verwahrlost aus der elterlichen Wohnung geholt hatten. Bevor es so weit gekommen war, hätten einige Menschen im Umfeld dieses Jungen versagt. Unter anderem eine Mitarbeiterin des Jugendamts, die sich zu lange von den Eltern habe einwickeln lassen, ein Kinderarzt, der sich auf seine Schweigepflicht berufen habe, und eine Physiotherapeutin, zu der das Kind kurzzeitig in Behandlung geschickt worden war und der am Zustand ihres kleinen Patienten nichts Ungewöhnliches aufgefallen sein wollte.

Simone?, schoss es mir durch den Kopf. Könnte sie diese Physiotherapeutin gewesen sein? Stritt ihre Mutter deshalb ab, an jenem Tag im Gericht gewesen zu sein? Nachvollziehbar wäre es. Was jedoch Simone betraf, war ich mir sicher, sie hatte genau wie ihre Schwestern Sensoren für das Leid eines Kindes. Trotzdem brauchte ich Gewissheit. Ich schrieb Jördis eine Mail zurück, in der ich sie bat, den Namen dieser Physiotherapeutin herauszufinden.

Sie antwortete postwendend und verwies mich an einen befreundeten Gerichtsreporter, der diesen Fall beobachtet habe. Ich hatte Glück und erreichte ihn. Jördis war das Zauberwort, um ihn hilfsbereit zu stimmen. Er durchforstete seine Unterlagen und fand tatsächlich den Namen, nach dem ich ihn gefragt hatte. Es war nicht Simone, die an jenem Tag als Zeugin befragt worden war. Obwohl ich eigentlich nichts anderes erwartet hatte, atmete ich auf.

Nachdem ich eine weitere Schale Risotto verdrückt und einen Espresso getrunken hatte, spielte ich noch eine Weile mit Schulze, bevor ich wieder aufbrach. Während ich für zwei meiner Kunden die Einkäufe erledigte, zerbrach ich mir den Kopf, von welcher Richterin Claussen gesprochen haben könnte. Als ich zwanzig Minuten später die Tüten in meinem Auto verstaute, gestand ich mir ein, dass ich so nicht weiterkam. Ich beeilte mich mit dem Ausliefern und rief anschließend Klaus Trapp an. Ich erwischte ihn in seinem Büro.

»Was gibt's, Frau Degner? Ich bin auf dem Sprung.«

»Dann habe ich ja Glück, dass ich Sie gerade noch erwischt habe. Es geht ganz schnell, ich habe nur eine Bitte: Könnten Sie mir den Namen von Herrn Claussens Kumpel am Gericht nennen?«

»Wozu?«

»Die Enkelin einer Kundin würde dort so gerne ein Schulpraktikum machen. Und ich dachte, wenn ich mich bei dem Mann auf Herrn Claussen beziehe, würde er vielleicht bereit sein zu helfen.«

Sein genervtes Atmen war unüberhörbar. »Glauben Sie allen Ernstes, ich würde irgendjemanden auslassen, der mich auf die Spur von dem Mistkerl bringen könnte, der Arnold gestoßen hat?« Er schien tatsächlich auf eine Antwort zu warten.

»Nein, das glaube ich nicht«, antwortete ich kleinlaut.

»Was wollen Sie dann von diesem Mann?«

»Ihn fragen, ob er nicht vielleicht doch weiß, welche Richterin Ihr Freund gemeint haben könnte.«

»Was verleitet Sie zu der Annahme, er könnte Ihnen eine andere Antwort geben als mir?« Sein Ton war leise, aber der Satz kam bei mir an, als habe er ihn mir um die Ohren gehauen. »Damit das ein für alle Mal klar ist und Sie mich nicht weiter nerven, Frau Degner: In dem Telefonat zwischen den beiden ist das Wort Richterin nicht gefallen. Wer weiß, was Arnold durch den Kopf gegangen ist, als er es sagte. Er war schwer verletzt. Vielleicht haben die Beamten vor Ort es auch nicht richtig verstanden. Er könnte genauso gut *die Dichterin* gesagt haben.«

»Das glauben Sie nicht wirklich, oder?«

»Es ist völlig gleichgültig, was ich glaube oder nicht, es spielt keine Rolle. Denn wir haben heute Gaby Wiechmann unter dem dringenden Verdacht verhaftet, Dagmar Momberg umgebracht zu haben.«

Das musste ich erst einmal verdauen. »Warum hat sie es getan?«, fragte ich ein paar Sekunden später.

»Frau Degner, bitte!«

»Könnte es mit Leons Entführung zusammenhängen?«

»Dazu kann ich Ihnen nichts sagen.«

»Können Sie mir denn wenigstens sagen, warum sie Herrn Claussen das angetan hat?«

»Wie es aussieht, trifft sie in diesem Fall keine Schuld.«

Ich musste seine Worte einen Moment wirken lassen, um ihre Tragweite zu begreifen. »Das heißt, es war jemand anderer?«, fragte ich überrascht.

»Richtig. Und jetzt …«

»Sie glauben tatsächlich, dass der Versuch, ihn umzubringen, nichts mit diesem Fall zu tun hat?«

»Ich weiß es.«

»Aber, Herr Trapp, überlegen Sie doch bitte einmal: Ihr Freund hat sich die ganze Zeit über nur mit dieser einen Sache beschäftigt. Dann wird er vor ein Auto gestoßen und wiederholt immer wieder die gleichen Worte. Und die sollen überhaupt keine Bedeutung haben? Das kann ich einfach nicht glauben.«

»Frau Degner, Sie sind genau wie ich jeden Tag da draußen unterwegs. Und ich nehme einmal an, Sie gehen mit offenen Augen durch die Straßen. Sind Sie noch nie auf die Idee gekommen, dass ihn eine Frau gestoßen haben könnte, die sich in ihrem Wahn für eine Richterin hielt? Es laufen schließlich genügend Gestörte herum.«

»Und wie oft kommt es vor, dass diese Gestörten, wie Sie sie nennen, jemanden vor ein Auto stoßen?«

Er schwieg.

»Eine letzte Frage habe ich noch, Herr Trapp. Wie geht es Leon?«

»Den Umständen entsprechend. Körperlich erholt er sich langsam. Na ja, und alles andere … Im Krankenhaus kümmert sich bereits eine Psychologin um ihn. Sie wird ihn auch zu Hause weiter betreuen und versuchen, im Spiel herauszufinden, was geschehen ist. So lange müssen wir uns gedulden.«

Er verstand nicht. Widersetzte sich der Vernunft. Er war wie ein Fisch, der ihr durch die Finger glitt.

Sie beobachtete ihn. Suchte nach dem Wort, das ihn einlenken lassen würde. Gerechtigkeit war es nicht.

Rache? Er wollte keine Rache. Er wollte Liebe und umschlang sie mit den Armen. Er vergrub sein Gesicht. Murmelte. Faselte. Bettelte. Aber sie schob ihn fort. Wie sollte sie ihn lieben, wenn er ihr nicht folgte, ihr nicht vertraute? Sie wollte sein Bestes. Nur das.

Sie nahm ihn an der Hand. Zog ihn ein paar Schritte. Sie zeigte ihm den Raum, versprach ihm Erlösung.

Er riss sich los. Ohne sie anzusehen, rannte er davon.

Sie hatte Geduld. Der Köder war gelegt. Zwei Tage, dann zeigte er Wirkung. Sie hörte ihn schleichen. Hörte ihn atmen. Meinte, seinen Pulsschlag zu erahnen. Aufgeregt. Gespannt.

Er hob den Riegel. Legte ihn um, leise, mit äußerster Vorsicht, so dass niemand ihn entdeckte. Er gab der Tür einen leichten Stoß, ließ Licht in den Raum. Es fiel auf die Kiste, als gebe es nur dieses einzige Ziel.

Sie blieb im Verborgenen, hielt den Atem an und versuchte, seine Hand zu lenken. Nur darauf konzentrierte sie sich. Nur Mut!, wollte sie ihm zurufen. Er musste die Kiste nur öffnen, um zu begreifen. Um sich zu fügen.

Zwei Schritte, dann zögerte er. Seine Hand streckte sich aus und hob den Deckel. Es dauerte nur Sekunden, dann fuhr seine Hand vor Schreck zurück. Der Knall ließ ihn zusammenfahren. Er sah sich um. Und dann hob er den Deckel noch einmal. Länger dieses Mal.

Sie konnte sein Gesicht nicht sehen, hörte nur sein Stöhnen, seinen Aufschrei. Und atmete durch. Sie verstand ihn. Der Anblick war furchtbar. Aber er war nichts gegen den Geruch.

16

Claussens Hand war warm. Ich beugte mich vor und strich darüber – wohl wissend, dass er bei Bewusstsein eine solche Nähe nie zugelassen hätte. In seinem jetzigen Zustand konnten ihm ein paar Streicheleinheiten jedoch nicht schaden. Genauso wenig wie ein Beschützer. Ich zog den kleinen Engel aus meiner Tasche und schob ihn unter seine Hand.

»Er wird auf Sie aufpassen«, flüsterte ich.

Eine Weile saß ich schweigend da, um ihm schließlich von meinen erfolglosen Recherchen und Gaby Wiechmanns Verhaftung zu erzählen. »Der Fall ist abgeschlossen«, sagte ich. »Und Sie haben Ihre alte Truppe auf die Spur dieser Frau gebracht. Ich werde nie wieder Ihren Riecher in Frage stellen, das verspreche ich hoch und heilig.« Behutsam drückte ich seine Hand. »Und wenn Sie aufwachen, erzählen Sie mir, wen Sie mit der Richterin gemeint haben, okay?« Ich blieb noch ein paar Minuten bei ihm sitzen und lauschte auf seinen ruhigen Atem. Dann verabschiedete ich mich mit dem Versprechen, ihn am Wochenende wieder zu besuchen.

Auf dem Heimweg dachte ich an Gaby Wiechmann und das Gespräch mit ihr in der Kita. Wie abgebrüht musste sie sein, um nur wenige Tage nach einem Mord so gelassen zu wirken? Glücklicherweise konnte sie kein Unheil mehr anrichten.

Über ihr Motiv würde ich erst etwas erfahren, wenn Claussen aus dem Koma erwachte. Ihm würde Klaus Trapp die Informationen nicht vorenthalten. Aber vielleicht würde er sich auch gegenüber Heidrun Momberg und ihren Töchtern offener zeigen. Schließlich hatten sie ein Recht, zu erfahren, warum Dagmar tot war.

Ich wusste, die ganze Sache würde mich erst loslassen, wenn sie restlos geklärt war. Und dazu zählte für mich auch die Frage, warum der Hinweis auf eine Richterin Claussen am Unfallort so wichtig gewesen war. Ich stellte mir eine geistig verwirrte Person vor, die sich Claussen näherte, sich ihm als Richterin vorstellte und ihm einen Stoß versetzte. Möglich? Klaus Trapp meinte, ja. Und er war derjenige, der die Erfahrung hatte. Er kannte die Statistiken, wusste um Wahrscheinlichkeiten. Wenn er sagte, dass es eine geistig verwirrte Frau gewesen sein könnte, warum fiel es mir dann so schwer, ihm zu folgen?

Weil mich die Vorstellung von einem Zusammenhang gefangen hielt. So wie Claussen angenommen hatte, dass Dagmar Mombergs Tod und Leons Verschwinden miteinander zu tun hatten, war ich überzeugt, dass auch sein Unfall damit zusammenhing. Es gab keine logische Erklärung dafür, nur ein vages Gefühl, das mich nicht zur Ruhe kommen ließ.

Wenn ich also Klaus Trapps Version ausschloss, blieben die beiden Möglichkeiten, dass Claussen am Montag von einer Richterin erfahren oder mit einer gesprochen hatte. Wie auch immer – es war ihm so wichtig gewesen, dass er die Worte im Schock wiederholt hatte. In dem Telefonat mit seinem Gerichtskumpel waren sie nicht gefallen. Ob sie in dem Gespräch mit Heidrun Momberg eine Rolle gespielt hatten, wusste ich nicht.

Aber es gab noch eine andere Person, die ich fragen konnte. Ich musste mit dem Mann sprechen, den Claussen vor unserem Telefonat am Montagnachmittag getroffen hatte und der als Kind vorübergehend bei Mombergs untergekommen war. Seinen Namen würde mir Claussens Diktaphon verraten, das ich in seiner Wohnung hatte mitgehen lassen und auf dem er das Gespräch mit dem Jugendamtsmitarbeiter mitgeschnitten hatte.

Kaum war ich zu Hause, ließ ich das Band laufen. Noch einmal bekam ich die Geschichten der Momberg-Töchter zu hören. Während die Stimme auf dem Band Details der Misshandlung und Verwahrlosung aufzählte, fragte ich mich, wie Simone und Karoline mit ihren Erinnerungen an diese Zeit umgingen. Verdrängten sie sie, oder war es ihnen gelungen, sie als Teil ihrer Vergangenheit in ihr Leben zu integrieren?

Ich horchte auf, da die Stimme gerade über einen Mark sprach. Es folgten die Informationen, die ich bereits von Claussen kannte. Der Junge, der Mark Peters hieß und ein halbes Jahr bei der Familie Momberg verbracht hatte, war von einem Ehepaar Hinrichs aus Berlin adoptiert worden. Ich suchte also nach einem Mark Hinrichs. Wie ich weiter erfuhr, arbeitete der Mann mittlerweile als Streetworker in Kreuzberg.

Claussen hatte gesagt, er habe mit ihm gesprochen. Er könnte also mit ihm telefoniert, ihn ebenso gut aber auch getroffen haben. Wie hatte er es angestellt, den Mann zu finden? Über die Auskunft? Ich wählte die Nummer und bekam für den Namen zwei Treffer genannt. Blieb zu hoffen, dass Mark Hinrichs zu denen gehörte, die sich für einen Eintrag im Telefonbuch entschieden hatten.

Als ich gerade die erste Nummer wählen wollte, wurde mir bewusst, dass ich mir mit einem Anruf zu so später Stunde höchstens eine Abfuhr einhandeln würde. Ich legte das Telefon beiseite und sah Schulze an, der müde blinzelnd in der Sofaecke lag. »Komm, mein Kleiner, wir gehen schlafen.«

Die Stimme am anderen Ende gehörte ohne Zweifel einem alten Mann. Er bellte seinen Namen in einer Weise ins Telefon, die von seinem Gesprächspartner viel Mut erforderte, überhaupt den Mund aufzumachen.
Ich wagte es trotzdem. »Mark Hinrichs?«, fragte ich.
»Markus«, korrigierte er mich.
»Bei der Auskunft sagte man mir aber …«
»Ich sollte wissen, wie ich heiße, oder?« Ohne ein weiteres Wort legte er auf.
»Okay«, sagte ich gedehnt und wählte die zweite Nummer.
Die Kunststimme des Anrufbeantworters informierte mich, dass der Teilnehmer zurzeit nicht erreichbar sei und ich eine Nachricht hinterlassen solle. Hätte der Mark Hinrichs dieses Anschlusses sein Band selbst besprochen, wüsste ich jetzt zumindest, ob er dem Alter nach überhaupt in Frage kam. Ich sprach ihm aufs Band, dass ich eine Mitarbeiterin von Arnold Claussen sei und ihn um Rückruf bäte.
Nachdem ich eine meiner Kundinnen zum Bürgeramt nach Zehlendorf begleitet und eine andere vom Augenarzt abgeholt und nach Hause gebracht hatte, rief ich Simone an und fragte sie, ob sie Lust und Zeit für eine kurze Mittagspause hätte. Wir verabredeten uns in einem Restaurant auf der Schloßstraße.
Als ich den Gastraum betrat, war sie noch nicht da.

Ich ließ mich an einem Tisch nieder, von dem aus ich die Tür im Auge hatte.

Es dauerte keine fünf Minuten, bis auch Simone kam. »Diese Kälte ist unerträglich«, sagte sie, während sie ihren Mantel über einen der Stühle legte. Die Schultern hochgezogen rieb sie sich über die Oberarme und nieste. »Ich muss irgendetwas Heißes trinken.« Sie stand noch einmal auf, lief zum Tresen und sprach mit der Kellnerin. »Tut mir leid«, sagte sie, als sie wieder an den Tisch kam. »Mir ist heute schon den ganzen Tag kalt. Es war einfach alles zu viel in den letzten Tagen. Irgendwann macht der Körper schlapp. Hast du schon gehört?«, fragte sie. »Sie haben Dagmars Kollegin verhaftet. Ein Kripobeamter hat meine Mutter informiert.«

»Und hat er auch gesagt, warum sie es getan hat?«

Schweigend schüttelte sie den Kopf. Sie wirkte wie jemand, der aus dem Konzept geraten ist.

»Vielleicht wird auf diesen Aspekt aber auch viel zu viel Gewicht gelegt«, sagte ich. »Als könne ein Motiv eine Art Rechtfertigung sein. Aber es gibt keine Entschuldigung für eine solche Tat. Außer es war Notwehr. Aber das ...«

»Ich glaube, meiner Mutter ist das Motiv völlig gleichgültig«, unterbrach sie mich.

»Und dir und deinen Schwestern?«

Sie kreuzte die Arme vor der Brust. »Lass uns über etwas anderes reden, ja?«

»Entschuldige, ich bin wirklich ein unsensibles Trampel.«

Als die Kellnerin jeder von uns eine Minestrone brachte und einen Brotkorb auf den Tisch stellte, spürte ich, wie groß mein Appetit war. Ich nahm ein Stück

Brot, tunkte es in die heiße Flüssigkeit und schob es in den Mund. Simone schien ähnlich großen Hunger zu verspüren wie ich.

»Dienstag habe ich Fabian gesehen«, sagte ich, um einen leichten Ton bemüht. »Ich glaube, er hat sich in dich verliebt.«

Simone sah von ihrer Suppe auf und wartete, dass ich weitersprach.

»Ich weiß, ich sollte mich nicht einmischen, aber ...«

»Sorgst du dich etwa um ihn?«, fragte sie überrascht.

Ich lachte. »Nein, ich dachte nur, ich klopfe mal seine Chancen bei dir ab. Er selbst traut sich das bestimmt nicht. Frauen gegenüber ist er eher schüchtern.«

Simone konzentrierte sich auf ihre Suppe. Sie führte einen Löffel nach dem anderen zu ihrem Mund und schien mich vergessen zu haben. Bis sie schließlich aufblickte. »Dein Bruder ist sehr nett.«

»Das klingt nach einem Aber.« Mir wurde das Herz schwer für Fabian. Es kam nicht oft vor, dass er sich verliebte. Noch seltener geschah es, dass er sich eine Frau ausgesucht hatte, die mir sympathisch war.

Sie legte den Löffel beiseite. »Es ist eine schwierige Zeit, Marlene. Meine Mutter ist sehr angeschlagen, sie braucht im Moment sehr viel Zuwendung. Außerdem ist wegen Dagmars Tod einiges zu regeln. Manchmal weiß ich nicht, wo mir der Kopf steht. Fabian bemüht sich so sehr, er ist unglaublich hilfsbereit. Aber ich kann ihm im Augenblick gar nichts davon zurückgeben.«

»Und wenn du ihn bittest, dir Zeit zu lassen?«

Sie hob die Schultern und zog den Kopf etwas ein. »Wie soll ich ihn vertrösten, solange ich selbst nicht weiß, was in drei Monaten sein wird? Ich glaube, es wäre besser für ihn, mich zu vergessen. Im Augenblick ist alles zu viel für mich.«

»Ich hoffe, du hast dich durch mich jetzt nicht bedrängt gefühlt. Derzeit scheine ich ein Händchen dafür zu haben, anderen auf die Nerven zu gehen.«

Sie sah mich fragend an.

»Ich glaube, in den Augen dieses Kripobeamten Trapp habe ich inzwischen die Penetranz einer Schmeißfliege erreicht. Für ihn ist der Mord an deiner Schwester gelöst. Mich verfolgt aber immer noch das, was Herr Claussen am Unfallort den Polizisten gesagt hat. Es war ihm ganz offensichtlich so wichtig, dass er es trotz seiner Verletzungen ständig wiederholt hat.« Als ich ihren Gesichtsausdruck sah, hätte ich mich ohrfeigen können. »Jetzt fange ich schon wieder mit dem Thema an, entschuldige. Es hat mich nur in den vergangenen Tagen so sehr beschäftigt, dass es mir schwerfällt abzuschalten.«

»Schon okay«, meinte sie mit einem Lächeln. »Mir geht es wieder besser. Sobald ich etwas Warmes im Bauch habe, bin ich ein anderer Mensch. Also erzähl schon, was hat dieser Herr Claussen gesagt?«

Ich forschte in ihrem Gesicht, ob sie nur aus Freundlichkeit fragte, aber sie wirkte ehrlich interessiert. »Er hat von einer Richterin gesprochen, und ich frage mich die ganze Zeit, was er damit sagen wollte. Ich weiß beim besten Willen nicht, was es mit dieser Frau auf sich hat.«

»Was hat er denn über sie erzählt?«

»Gar nichts, das ist es ja. Er hat nur immer wieder die beiden Worte wiederholt: *die Richterin*. Mehr nicht.«

Sie runzelte die Stirn und trank einen Schluck von ihrem heißen Tee. »Wieso glaubst du, dass es da einen tieferen Sinn gibt?«

»Weil ich mir nicht vorstellen kann, dass jemand in einer solchen Situation unwichtiges Zeug faselt.«

»Ich glaube, wenn man noch nie in so einer Situation war, macht man sich falsche Vorstellungen davon. Er stand sicher unter Schock. Wie geht es ihm überhaupt?«

»Ich war gestern bei ihm in der Klinik. Er liegt immer noch im Koma.«

»Marlene«, sagte sie in eindringlichem Ton, »du solltest versuchen abzuschalten. Glaub mir, es ist besser. Ich weiß, wovon ich rede.«

»Darf ich dich etwas fragen?«

Sie hob die Augenbrauen und schien zwischen Abwehr und Interesse zu schwanken.

»Hatte deine Schwester Dagmar irgendetwas mit einer Richterin zu tun?«

Simone dachte nach und schüttelte den Kopf. »Nein, nicht dass ich wüsste.«

»An dem Nachmittag vor seinem Unfall war Herr Claussen noch einmal bei deiner Mutter. Sie wollte mir nicht sagen, worum es dabei ging. Hat sie dir vielleicht erzählt, was er wollte?«

»Warum ist denn das so wichtig?«, fragte sie irritiert.

»Weil ich mich die ganze Zeit über frage, durch wen er auf diese Richterin gestoßen ist. Als ich zuletzt mit ihm sprach, war keine Rede davon.«

»Hat er dir denn immer alles erzählt?«

Ich lehnte mich mit einem Seufzer zurück. »Du hast recht. Es ist müßig. Wenn er wieder aufwacht, weiß er vielleicht gar nichts mehr von dem, was er gesagt hat. Und ich zerbreche mir den Kopf und falle anderen damit auf die Nerven.«

Die ebenso zeitintensiven wie ereignisreichen Tage mit Claussen hatten ihre Spuren hinterlassen. Gegenüber dem, was ich mit ihm erlebt hatte, kamen mir die alltäglichen Aufgaben für meine anderen Kunden nun fast banal vor. Vielleicht war es aber auch nur die Aussicht auf ein einsames Wochenende, die meine Gedanken in diese Richtung lenkte. Ich hatte plötzlich Zeit, aber es war niemand da, mit dem ich sie hätte teilen können. Max würde direkt nach der Klinik zu einem Besuch bei seinen Eltern aufbrechen. Sein Vater wollte am Samstag seinen siebzigsten Geburtstag feiern. Anna fuhr zu einem Seminar, und Jördis und Grit hatten ein Wellnesswochenende im Spreewald gebucht.

»Dann machen wir beide uns eben ein aufregendes Wochenende«, sagte ich zu Schulze, während ich eine Spielmaus an einem Faden vor seiner Nase auf- und abtanzen ließ. Er packte sie mit beiden Pfoten, als das Telefon läutete. Ich sprang vom Boden auf und griff nach dem Hörer. »Degner?«

»Mark Hinrichs. Sie haben um meinen Rückruf gebeten.«

Mark Hinrichs? »Oh, ja, … vielen Dank«, stammelte ich überrascht. »Also, es ist so: Ich bin eine Mitarbeiterin von Arnold Claussen. Sind Sie der Mark Hinrichs, mit dem er am Montag gesprochen hat?«

»Ja.« Sein Ton klang abwartend.

Treffer!, jubilierte ich im Stillen. »Es gibt da noch ein paar Fragen. Wäre es möglich, dass wir uns treffen?« Einen Moment lang hatte ich erwogen, ihm meine Fragen am Telefon zu stellen. Ein Gespräch von Angesicht zu Angesicht erschien mir jedoch wesentlich sinnvoller.

»Er hat mir schon ein Loch in den Bauch gefragt«,

meinte er eine Spur abweisend. »Was will er denn noch wissen?«

»Nicht viel. Es wird schnell gehen, versprochen. Hätten Sie in den nächsten Tagen Zeit?«

»Heute keinesfalls, höchstens morgen Vormittag, so gegen zehn.« Er nannte mir den Namen eines Cafés in Kreuzberg.

»Wie erkenne ich Sie?«, fragte ich.

»Keine Sorge, ich erkenne Herrn Claussen.«

Am liebsten hätte ich die Zeit schneller gedreht, so sehr war ich gespannt auf das, was mir Mark Hinrichs vielleicht sagen konnte. Endlich hatte ich das, was mir in den vergangenen Tagen gefehlt hatte, nämlich Muße. Aber ich konnte sie nicht genießen. Für all das, was ich sonst in meiner freien Zeit liebend gerne tat, fehlte mir die innere Ruhe.

Ich schaltete meinen PC ein und startete eine Google-Suche, bei der ich alle im Zusammenhang mit dem Mordfall aufgetauchten Namen eingab und das Wort Richterin hinzufügte. Es gab Hunderte von Einträgen, aber ich stellte schnell fest, dass sie zu nichts führten. Enttäuscht schaltete ich das Gerät aus.

Um wenigstens etwas Sinnvolles zu tun, fuhr ich bei Luise Ahlert vorbei. Sie strahlte, als sie die Tür öffnete, und zog mich am Ärmel meines Mantels hinein. An ihren Bewegungen erkannte ich, dass sie immer noch Schmerzen hatte. Ich hätte sie nicht darauf ansprechen sollen, denn sofort begann sie, wieder über Simone zu schimpfen. Ich blockte ihre Tiraden ab, indem ich einfach das Thema wechselte.

»Haben Sie gelesen, Frau Ahlert? Der kleine Junge ist gefunden worden.«

»Ich hab's im Radio gehört. Hätte ja nicht gedacht, dass sie den noch finden, nach so langer Zeit. Meistens sind sie ja dann schon tot.«

»Er hat Glück gehabt.«

»Hoffentlich finden sie das Schwein«, sagte sie aus tiefster Seele. »Ich kann die Werner aus dem Dritten ja auf den Tod nicht ausstehen, aber da hat sie ausnahmsweise mal recht: Kurzen Prozess sollte man mit solchen Kerlen machen.«

Ich horchte auf. »Sie haben sich mit Frau Werner unterhalten?« Normalerweise kommunizierten die beiden entweder schreiend oder keifend.

Sie machte eine abfällige Geste mit der Hand. »Mit der kann man sich nicht unterhalten. Ich hab gehört, wie sie's im Treppenhaus zu jemand gesagt hat.« Sie forschte in meinem Gesicht, als ginge es darum, eine zukünftige Geheimnisträgerin auf Herz und Nieren zu prüfen. »Es gibt einen neuen Nachbarn hier im Haus. Witwer, wenn du weißt, was ich meine. Stattlicher Mann. Ich habe mir überlegt ... nun ... meinst du, ich könnte ihn mal zum Essen einladen? Vielleicht freut er sich, wenn ihm jemand etwas kocht.«

»Wie alt ist er denn?«, fragte ich.

Sie wich meinem Blick aus. »Alt. Ein wenig unter achtzig.«

»Wie wenig?«

»Ein paar Jahre.«

»Also ist er jünger als Sie«, brachte ich es auf den Punkt.

Sie reckte das Kinn in die Höhe. »Ich kann trotzdem für ihn kochen, oder? Spricht doch nichts dagegen. Neulich habe ich einen Artikel gelesen. Über eine Sängerin.

Deren Männer sind alle jünger. Madonna heißt sie.« Sie kramte in einem Stapel bunter Blätter, die auf dem Küchentisch lagen. »Hier hab ich's, hab's mir extra aufgehoben. Du kannst es lesen, wenn es dich interessiert.« Die Frau ist fünfzig und …«

In solchen Momenten lief mir das Herz über. Es fiel mir schwer, nicht zu lachen. Sie hätte es falsch interpretiert. »Ich finde, es ist eine gute Idee, den Mann zum Essen einzuladen.«

»Würdest du vorher kommen, um mir meine Haare zu machen? Ich kann im Moment meinen Arm nicht richtig heben. Und ich möchte anständig aussehen.«

»Das werden Sie, Frau Ahlert. Rufen Sie mich an, wenn Sie mich brauchen.«

In dieser Nacht schlief ich schlecht. Erst hatte ich nicht einschlafen können, und dann war ich gegen fünf Uhr aus einem Alptraum aufgeschreckt. Es gelang mir jedoch nicht, ihn zu rekonstruieren. So blieb mir nur das unangenehme Gefühl einer Bedrohung, dem sich jedoch keine Bilder zuordnen ließen. Ich stieg aus dem Bett und prüfte, ob die Haustür abgeschlossen und alle Fensterläden verriegelt waren. Erst als ich mir dessen sicher sein konnte, legte ich mich wieder hin und versuchte, noch einmal einzuschlafen. Was dabei herauskam, war jedoch alles andere als erholsam. Also quälte ich mich schließlich aus dem Bett und machte mir ein sehr frühes Frühstück.
Schulze genoss die zusätzliche Spielstunde und fegte wie wild geworden durch die Küche. Ich nahm mir ein Kissen und hockte mich zu ihm auf den Boden. Mit Twiggy hatte ich das während ihrer verrückten fünf Minuten oft gemacht. Twiggy. Immer noch lauschte ich auf die Kat-

zenklappe im Windfang. Dabei war sie schon viel zu lange fort, um noch einmal zurückzukehren. Trotzdem fiel es mir schwer, die Hoffnung aufzugeben.

Schulze gab alles, um meine Aufmerksamkeit zurückzugewinnen. Also schenkte ich sie ihm, bis ich schließlich aufbrechen musste, um pünktlich am verabredeten Treffpunkt mit Mark Hinrichs zu sein.

Auf dem Weg in die Bergmannstraße fragte ich mich, was Claussen von meinem Alleingang halten würde. Von nichts bis viel war alles möglich. Bevor ich die Tür des Cafés aufstieß, stockte ich einen Moment. Claussens Idee, Mark Hinrichs könne etwas mit Dagmar Mombergs Tod zu tun haben, schoss mir durch den Kopf. Ein Anflug von Angst ließ mich zögern. Dann schalt ich mich eine Närrin: Was sollte mir inmitten all der Menschen in dem Café schon passieren! Außerdem war Dagmar Mombergs Mörderin längst hinter Gittern.

Es brauchte mehrere Anläufe, bis ich Mark Hinrichs fand. Ich hatte nach einem Mann gesucht, der allein am Tisch saß, nicht nach einem, den ich beim Frühstück im Kreis seiner Freunde antraf.

»Wo ist Herr Claussen?« Er sah sich suchend um.

»Könnte ich kurz allein mit Ihnen sprechen?«

Sollte er argwöhnisch sein, so wusste er es gut zu verbergen. »Ich heiße Mark.«

»Marlene.«

»Komm mit!« Er nahm Brötchen und Kaffeebecher, sagte etwas zu seinen Freunden, was ich nicht verstand, und bedeutete mir mit einer Kopfbewegung, mich mit ihm einen Tisch weiter zu setzen. »Was gibt es denn so Geheimnisvolles, Marlene?«, fragte er.

Ich versuchte, mir ein Bild von ihm zu machen: Er war

klein, kräftig und durchtrainiert. Seine Gesichtszüge sprachen für einen ausgeprägten Willen. Vergeblich suchte ich in diesem Gesicht nach einer Gefahr, die von ihm ausging. »Herr Claussen hatte am Montagabend einen schweren Verkehrsunfall. Er wurde von einem Auto angefahren und liegt jetzt mit einer Kopfverletzung im künstlichen Koma.« Ich beobachtete jede seiner Regungen.

Er schüttelte den Kopf, als könne er damit meinen Worten einen anderen Sinn geben. »Manche trifft es aber auch wirklich knüppeldick. Wird er wieder?«

»Das hoffe ich.«

»Wieso hast du gesagt, er hätte noch Fragen? Das ist wohl kaum möglich, wenn er im Koma liegt, oder?«

»Ich habe die Fragen. Entschuldige, wenn ich das in unserem Telefonat nicht klargestellt habe. Ich …«

»Du bist auch von der Kripo?«

»Nein, ich arbeite sozusagen als Externe für ihn, begleite ihn bei seinen Recherchen.«

Er teilte sein Brötchen in mehrere Brocken, stippte einen in seinen Kaffee und schob ihn in den Mund. »Was für Fragen sind das?«

Ich bestellte mir eine Latte macchiato und lehnte mich mit einem Stoßseufzer zurück. »Oje, ich weiß gar nicht, wie ich anfangen soll.«

»Frei Schnauze, so mache ich es immer. Hat sich bewährt«, meinte er aufmunternd.

»Ich würde gerne wissen, worum es in dem Gespräch zwischen dir und Herrn Claussen am Montag ging.« Als er voller Erstaunen eine Augenbraue hob, setzte ich zu einer Erklärung an: »Wir waren am Abend miteinander verabredet und wollten die Ergebnisse des Tages austauschen. Dazu kam es jedoch nicht mehr. Und jetzt …«

»Willst du ohne ihn weitermachen.«

»Ich möchte seinen Nachmittag nachvollziehen, um dadurch vielleicht zu verstehen, warum er an dem Abend noch einmal ausgegangen ist.«

»Wenn ich abends noch mal rausgehe, habe ich entweder Dienst, oder ich steuere die nächste Kneipe an.«

Ich sah ihn eindringlich an.

Mark rückte seinen Stuhl näher an den Tisch, stützte die Arme auf und beugte sich zu mir. »Herr Claussen wollte etwas über meine Zeit bei den Mombergs wissen. Ich habe lange nicht mehr daran gedacht.« Er schwieg einen Moment und ließ seinen Blick durchs Lokal wandern. »Er hat mir von Dagmars Tod erzählt. Schlimme Sache. Wurde der Mörder inzwischen gefasst? Weißt du etwas darüber?«

»So, wie es aussieht, wurde Dagmar von einer Kollegin umgebracht. Warum, weiß ich nicht.«

Er schien zufrieden damit. »Ich habe nicht sehr lange in der Familie Momberg gelebt, es war nur ein knappes halbes Jahr, danach bin ich adoptiert worden.«

»Was war mit deinen leiblichen Eltern?« Ich wusste von dem Mord an seiner Mutter, aber ich wollte es von ihm hören, wollte wissen, ob er tatsächlich so offen war, wie er sich gab. »Oder ist dir die Frage zu persönlich?«

»Sie war es mal, aber inzwischen ist viel Zeit vergangen. Mein Vater hat meine Mutter getötet. Er ist seit zehn Jahren wieder auf freiem Fuß, aber wir haben nicht viel Kontakt. Ich denke, er wollte noch einmal neu anfangen. Ohne Altlasten sozusagen.«

»Warum konntest du damals nicht bei den Mombergs bleiben?«, fragte ich. »War die Familie von Anfang an nur als Übergangslösung gedacht?«

»Nein, eigentlich sollte ich dauerhaft dort leben. Aber es war einfach der falsche Zeitpunkt. Ich war in einer verdammt schlechten Verfassung und brauchte sehr viel Zuwendung und Aufmerksamkeit. Aber kaum hatten sie mich aufgenommen, kam Karoline völlig unerwartet wieder in die Familie zurück. Sie war verstört und ebenso bedürftig wie ich. Und dann waren da noch drei weitere Kinder. Allen voran Simone, die im Jahr davor auch dieses Hin und Her erlebt hatte.« Er tippte sich mit dem Zeigefinger an die Stirn. »Schicken das Mädchen zu einem alkoholkranken Schläger zurück, nur weil der angeblich seine Sucht in den Griff bekommen hatte. Wie zuverlässig dieser Griff war, hat er bewiesen, als er im Suff die Treppe runtergeflogen ist. Wenn du mich fragst, hat er Simone damit einen wirklichen Gefallen getan.« Er bestellte sich noch einen Kaffee und gestikulierte so lange Richtung Nebentisch, bis ihm einer seiner Freunde ein Brötchen zuwarf.

»Ich sehe Simone noch vor mir«, fuhr er fort. »Sobald jemand die Stimme erhob oder eine schnelle Bewegung mit der Hand machte, hat sie sich hinter dem nächsten Schrank versteckt und war nicht zu bewegen, dahinter hervorzukommen. Sie war zutiefst verängstigt. Und Karoline hat ständig Essen gehortet. Überall hatte sie ihre Depots, wie ein Eichhörnchen. Bei ihrer Mutter hat sie manchmal tagelang nichts zu essen bekommen.« Er fuhr sich übers Gesicht und atmete tief durch.

»Wie haben die Mombergs das geschafft?«, fragte ich erstaunt. Fünf Kinder zu versorgen, von denen drei seelische Pflegefälle gewesen waren, musste sie an ihre Belastungsgrenze gebracht haben.

»Heidrun muss sich dabei völlig aufgerieben haben.

In der Rückschau frage ich mich, wie es ihr gelungen ist, dass ihr nicht mal die Nerven durchgingen.« Sein Blick richtete sich nach innen. »Als Kind war ich ziemlich enttäuscht von ihr. Sie hat damals die Mädchen so deutlich bevorzugt, dass es für mich schwer war, meinen Platz in der Familie zu finden. Ich habe mich notgedrungen an Kurt orientieren müssen. Was mir nicht gerade leichtfiel nach der Erfahrung, die ich mit meinem Vater gemacht hatte. Aber Kurt war klasse, er hat sich so viel Mühe mit mir gegeben, ist in jeder freien Minute mit mir auf den Bolzplatz gegangen. Vielleicht war er manchmal auch einfach froh, dem Trubel zu Hause für kurze Zeit entfliehen zu können.«

»Wie meinst du das?«, fragte ich.

Er suchte nach den richtigen Worten, um es mir zu erklären. »Die beiden wollten Kinder, aber sie wollte den Nachwuchs ein bisschen mehr als er. Ich glaube, Kurt wäre mit Dagmar und Dorothee völlig zufrieden gewesen. Zwei Kinder, glückliche kleine Familie, und du hast deinen Frieden. Aber bei Heidrun hat sich der Kinderwunsch irgendwann verselbständigt, sie konnte nicht mehr aufhören.« Er zerkleinerte das Brötchen und bat seine Freunde, ihm die Marmelade herüberzureichen. »Einmal, spätabends, habe ich einen Streit zwischen den beiden belauscht. Kurt war das alles über den Kopf gewachsen, er hatte seine innere Ruhe verloren. Und er sah ihr überstarkes Engagement, ihre Überlastung, meinte, sie hätte vielleicht zu schnell zu viel gewollt. Vor allem wollte er seine Frau zurückhaben. Ich habe seine Worte noch im Ohr: *Willst du denn nur noch Mutter sein und die ganze Welt retten? Das kannst du nicht.* Sie war ganz ruhig damals und hat ihm geantwortet: *Manchmal kann man eine kleine Welt retten.* Ich habe das nie vergessen. An jenem Abend bin ich zurück ins Bett gegangen und habe mich gefragt, warum sie nicht versuchte, meine Welt zu retten. Ich hatte meine Mutter verloren, ich vermisste sie so sehr. Aber Heidrun konnte das nicht sehen. Vielleicht wollte sie auch nicht.« Er machte den Eindruck, als ergriffen die Gefühle von damals wieder Besitz von ihm.

»Entschuldige«, sagte ich leise.

Er winkte ab. »Kurt hatte, glaube ich, schon fast resigniert, als ich in die Familie kam. Trotzdem hat er erkannt, dass ich mehr brauchte, als seine Frau und er mir geben konnten. Er hat sich dafür starkgemacht, dass ich in eine andere Familie kam. Heute rechne ich ihm das hoch an. Damals habe ich mich von ihm im Stich gelassen gefühlt. Da konnte er noch so oft sagen, dass es nur zu meinem Besten sei. Heidrun war erleichtert, als ich abgeholt wurde. Sie konnte mich gar nicht schnell genug aus dem Haus bekommen.«

Von einer Sekunde auf die andere wurde mir heiß. Es hätte nicht viel gefehlt, und ich hätte nach Luft geschnappt. Claussens Worte drängten sich mit solcher Macht in den Vordergrund, als stünde er unsichtbar neben mir und würde um Gehör kämpfen: *Was, wenn der Junge sich zu einer späten Rache berufen fühlte? Wenn er Heidrun Momberg nicht verziehen hat, dass sie ihn gleich wieder weggegeben hat?*

»Hegst du ihr gegenüber immer noch Groll?«, fragte ich geradeheraus.

Er nahm sich Zeit für seine Antwort. »Das hat mich Herr Claussen auch gefragt. Ihm habe ich noch spontan mit einem Nein geantwortet. Aber das Gespräch mit ihm hat vieles wieder hochgespült. Und inzwischen bin ich mir nicht mehr so sicher. Natürlich kann ich sie einerseits als Opfer ihres zunächst unerfüllten Kinderwunsches sehen. Aber sie war erwachsen, sie hatte die Verantwortung für uns Kinder übernommen. Genauso wie Kurt. Ich glaube, er war sich dieser Verantwortung sogar eher bewusst als sie, aber er hat schließlich resigniert und sich aus der Verantwortung gestohlen, hat alles ihr überlassen. Bei Heidrun dominierte diese unglaubliche Sehnsucht nach Kindern. Wahrscheinlich hatte sie so ein Bild im Kopf: von einer großen Familie, die sonntags fröhlich um den Frühstückstisch sitzt. Nur ist es bei den meisten Pflegekindern so eine Sache mit der Fröhlichkeit. Die kehrt erst allmählich und auch nicht automatisch zurück. Mit Dagmar und Dorothee hat sie das Bild der fröhlichen Familie verwirklichen können, aber Simone, Karo und ich haben es ziemlich ins Wanken gebracht.«

17

Trotz der eisigen Kälte hatte Mark darauf bestanden, an die frische Luft zu gehen. Zum Glück hatte ich feste Stiefel mit griffigen Sohlen an, sonst wäre ich auf den schneeglatten Wegen ins Schlittern geraten. Wir liefen entlang der Spree und setzten unser Gespräch fast nahtlos fort.

Ich konnte seinen Vorwurf gegenüber den Mombergs nicht so stehenlassen. Natürlich seien die beiden erwachsen gewesen und hätten die Verantwortung gehabt. Aber was sei denn mit dem Jugendamt gewesen, hielt ich ihm entgegen? Dort habe doch immerhin jemand zustimmen müssen, die Kinder in die Familie Momberg zu geben.

Er blieb stehen, schob sich die Kapuze aus dem Gesicht und sah in den Himmel. Es schien, als habe er meine Frage nicht gehört.

Da Claussens vager Verdacht mit der späten Rache noch immer in meinem Kopf herumspukte, sah ich mich nach anderen Spaziergängern um. Es waren nicht viele, aber genug, damit ich mich einigermaßen sicher fühlte.

Als er ansetzte, meine Frage zu beantworten, verstand ich ihn zunächst nicht, er sprach zu leise. Ich stellte mich näher neben ihn, wahrte jedoch immer noch einen Sicherheitsabstand. Arnold Claussen, so sagte er, sei mit ihm die Vermittlungsgeschichte der Mombergschen Pflegekinder durchgegangen. Er selbst habe diese Daten bis dahin so detailliert nicht gekannt. Aber wenn er das Ganze aus seiner heutigen Erfahrung heraus betrachte, sei damals eine ganze Menge falsch gelaufen.

Zwischen der Vermittlung von Dagmar und Dorothee hätten drei Jahre, und zwischen der von Dorothee und Simone vier Jahre gelegen. Dadurch wäre den beiden ersten Kindern genügend Zeit für eine gute Entwicklung ermöglicht worden. Was anschließend allerdings in den Köpfen der Entscheidungsträger vorgegangen sei, könne er nicht nachvollziehen. »Bei so etwas packt mich die Wut«, sagte er.

»Wieso?«, fragte ich irritiert. »Was meinst du?«

Er fasste sich an den Kopf. »Die Vermittlung von Karoline, Simone und mir war einfach nur verrückt. Nicht allein, dass der Altersabstand zu den beiden vorigen viel zu gering war, nein, der Vermittlungsabstand war auch viel zu dicht. Und dann wurden Karo und Simone zu allem Übel noch mal in ihre Ursprungsfamilien zurückgegliedert. Wer da am Drücker saß, muss völlig inkompetent und naiv gewesen sein. Was man demjenigen, der für die Vermittlung von Dagmar und Dorothee zuständig war, nicht nachsagen kann. Da die Mombergs, soweit ich weiß, zwischendrin nicht umgezogen sind, kann ich mir das nur so erklären, dass die Amtsleitung in der Zwischenzeit gewechselt und eine andere Pflegekinderpolitik durchgesetzt hatte.«

»Was bedeutet eine andere Pflegekinderpolitik?«

»Eine Verfahrensweise, die die traumatischen Vorerfahrungen der Kinder in der Herkunftsfamilie letztlich verleugnet. Eine, die nicht darauf abzielt, eine neue, stabile Eltern-Kind-Beziehung zu entwickeln, sondern die zum Ziel hat, die Beziehung des Kindes zu den leiblichen

Eltern aufrechtzuerhalten und es möglichst dorthin zurückzuschicken. Eine solche Verfahrensweise hat nicht das Wohl des Kindes im Blick, sondern nur das Elternrecht.«

Ich schwieg und nahm mir Zeit, darüber nachzudenken. »Könnte es nicht auch sein, dass Heidrun Momberg gedrängt hat? Wenn du sagst, dass ihre Sehnsucht nach vielen Kindern so ausgeprägt war, hat sie vielleicht dem Pflegevermittler so lange zugesetzt, bis er nachgegeben hat.«

»Dann müsste er mehr als naiv gewesen sein. Selbst wenn er uns drei mit einer dauerhaften Perspektive vermittelt hätte, müsste diese Perspektive zumindest bei Karo und Simone per Gerichtsbeschluss torpediert worden sein. Denn die beiden mussten noch einmal zurück in ihre Alptraumfamilien. Und ob nun der Vermittler oder das Gericht dafür verantwortlich war – es bleibt diese verdammte Politik, die sich auf die Seite der Eltern schlägt, anstatt die Kinder zu schützen.« Mark gab mir ein Zeichen, unseren Weg fortzusetzen.

Erst jetzt spürte ich, wie kalt mir geworden war. Ich zog meinen Schal fester um den Hals. »Hattest du Glück mit deinen Adoptiveltern?«

»Ich?« Er nickte und lächelte. »Großes Glück.«

Wir gingen eine Weile schweigend nebeneinanderher. Hin und wieder grüßte er jemanden. »Was meintest du damit, dass der Vermittlungsabstand bei euch dreien zu dicht war?«, fragte ich.

Er blieb stehen und holte tief Luft.

»Nein, bitte, lass uns weitergehen«, bat ich ihn, »ich erfriere sonst.«

Augenblicklich setzte Mark sich wieder in Bewegung. Meine Frage schien ihn stark zu beschäftigen. Er wirkte konzentriert und gleichzeitig abwesend. Als ich schon glaubte, er bleibe mir die Antwort schuldig, setzte er mit gerunzelter Stirn zu einer Erklärung an: Ein Kind, das in eine Pflegefamilie komme, habe meist sehr traumatische Erfahrungen mit seinen leiblichen Eltern gemacht. Es sei voller Angst, Wut und Aggressionen. Um diese Gefühle auszuleben, müsse es aber erst einmal ein Ventil finden. Denn in den zu Gewalt neigenden Herkunftsfamilien sei es für ein Kind viel zu bedrohlich – manchmal sogar lebensgefährlich –, solche Gefühle offen zu zeigen. Also verhalte es sich nach außen hin eher ängstlich und überangepasst. Aufgabe der Pflegeeltern sei es nun, dem Kind einerseits den Zugang zu seinen oft nicht mehr spürbaren Gefühlen zu ermöglichen, und andererseits diese Gefühle, die sich gegen die leiblichen Eltern richteten, stellvertretend auszuhalten. Und das so lange, bis das Kind spüre und unterscheiden könne, wer ihm geschadet habe und wer es gut mit ihm meine. Und das sei nicht von heute auf morgen möglich.

»Das heißt, die Mombergs hatten gar nicht genug Zeit, um erst einmal Simones Bedürfnisse, dann Karolines und schließlich deine zu befriedigen.«

Er nickte. »Uns drei in so kurzen Abständen vermittelt zu bekommen, grenzt für mich aus heutiger Sicht an ein Hasardspiel. Es war für alle Beteiligten zu schnell. Wenn ich denke, was wir hinter uns hatten.« Er schüttelte den Kopf. »Außerdem kam hinzu, dass Heidrun mit Aggressionen nur sehr schwer umgehen konnte. Von Dagmar und Dorothee war sie so etwas natürlich nicht gewohnt. Aber wir drei trugen ihr Gefühle ins Haus, die sie vermutlich ängstigten.«

Ich sah Heidrun Momberg vor mir – freundlich und

zurückhaltend Menschen gegenüber, die sie nicht gut kannte, aber liebe- und verständnisvoll als Mutter, wie ihre Töchter sagten. »Wie ist sie denn damit umgegangen?«, fragte ich.

Mark gab einen undefinierbaren Laut von sich. »Wie sie damit umgegangen ist? Verheerend, wenn du es genau wissen willst. Es gibt sicher Menschen, die ihren Umgang mit dem Problem als kreativ bezeichnen würden. Psychologisch gesehen war es jedoch eine Katastrophe.« Er rieb sich über die Stirn.

Ich sah ihn ungläubig an. »So schlimm kann es eigentlich nicht gewesen sein. Heidrun Mombergs Töchter haben ein tolles Verhältnis zu ihrer Mutter.«

»Und das schließt Simone und Karo ein?« Er machte kein Hehl aus seinen Zweifeln.

»Sie kümmern sich rührend. Ich habe das Gefühl, sie lesen ihrer Mutter jeden Wunsch von den Augen ab.«

»Ähnlich konditioniert ist auch ein geprügelter Hund.«

Ich schnappte nach Luft. »Hey, jetzt mach aber mal halblang! Ich kenne Heidrun Momberg. Sie ist die Letzte, die ein Kind prügeln würde.«

»Nicht mit Händen und Füßen. Nein, das sicher nicht. Aber sie hatte andere Methoden.«

Ich spürte, wie sich mein Kiefer voller Abwehr verkrampfte. Mir kam es vor, als sprächen wir von zwei grundverschiedenen Menschen. Er hatte nicht verwunden, dass Heidrun Momberg ihn wieder abgegeben hatte. Deshalb zeichnete er dieses Bild von ihr. In gewisser Weise konnte ich ihn sogar verstehen.

»Sie hat sich ein Spiel für Karo und Simone ausgedacht«, sagte er mit kaum unterdrückter Empörung.

Er redete über ein Spiel? Fast hätte ich laut aufgelacht.

»Ich habe lange nicht mehr daran gedacht«, fuhr er fort. »Erst in dem Gespräch mit Herrn Claussen ist alles wieder hochgekommen.« Als könne er nicht glauben, was er gerade gesagt hatte, schüttelte er den Kopf. »Ich will ihr gar nicht unbedingt eine böse Absicht unterstellen. Vielleicht wollte sie den beiden nur ein Ventil für ihre Aggressionen bieten. Oder vielleicht sollte es den Ablösungsprozess von den leiblichen Eltern beschleunigen. Ich weiß es nicht.« Er hatte seine Hände in den Hosentaschen. Es sah aus, als balle er sie zu Fäusten. »Es muss die beiden zutiefst verschreckt haben. Damals war mir das nicht klar, ich war viel zu jung. Aber wenn ich heute darüber nachdenke, packt mich die blanke Wut.« Er beschleunigte seinen Schritt.

»Mark, warte bitte! Was war das für ein Spiel?«

Er blieb stehen und wandte sich zu mir um. »Sie hat mit den beiden Gerichtsverhandlung gespielt.« Seinem Tonfall nach zu urteilen, hatte sie damit eine verabscheuungswürdige Schuld auf sich geladen.

Ich sah ihn an, als sei er nicht ganz bei Trost.

»Sie war die Richterin, die Mädchen Staatsanwältin und Verteidigerin.«

»Was hast du gesagt?« Einen Moment lang glaubte ich, mich verhört zu haben. »Hast du gesagt, die Richterin?«

»Ja, Heidrun, sie spielte die Richterin. Sie hat mich immer wieder aufgefordert mitzuspielen. Aber für mich war das nichts. Sie hat es mir jedoch nicht leichtgemacht, mich gegen sie zur Wehr zu setzen. Abends vor dem Einschlafen ist sie oft gekommen und hat versucht, mich umzustimmen. Hat mir erklärt, wie wichtig es sei, mich mit dem auseinanderzusetzen, was mein Vater getan habe. Als er meine Mutter umbrachte, sei ich hilflos gewesen, dieses Spiel könne vielleicht etwas davon wiedergutmachen. Ich könne den Staatsanwalt spielen, der meinen Vater anklage.« Mark zog die Hände aus den Hosentaschen und rieb sich über die Oberarme. Sein Lachen verkam zu einem unglücklichen Laut.»Ich sehnte mich nach meiner Mutter, nicht nach einer Richterin. Aber das hat sie nicht begriffen.« Er biss sich auf die Unterlippe und legte den Kopf in den Nacken.»Kurt hat es verstanden, aber zu dem Zeitpunkt hat er sie, glaube ich, schon nicht mehr erreicht.«

In meinem Kopf drehte sich alles.»Worauf ist denn dieses Spiel überhaupt hinausgelaufen?«

Langsam setzte er sich wieder in Bewegung.»Auf ein Urteil«, antwortete er tonlos.»Und Heidrun war nicht zimperlich. Die Strafen, die sie verhängte, waren drakonisch. Kerkerhaft verhängte sie bei leichteren Vergehen, wenn das Kind angebrüllt oder ignoriert worden war. Hatten die Eltern ihr Kind allerdings grün und blau geschlagen oder es tagelang allein gelassen, gab es die Todesstrafe. Ebenso, wenn das Kaninchen aus dem Fenster im dritten Stock geworfen worden war, um das Kind zu bestrafen.« Er schüttelte den Kopf, als könne er im Nachhinein nicht glauben, woran er sich erinnerte.»Heidrun hatte sogar eigens Elternpuppen genäht, die zur Urteilsvollstreckung am Galgen aufgehängt oder unten im Keller in dem alten Luftschutzbunkerraum eingesperrt wurden.« Mark zog ein Gesicht, als ekle er sich bei der Erinnerung daran.»Diese Puppen …« Er spie das Wort geradezu aus.»Deren Kleider hat sie in Bier und Schweiß getränkt. Die Haare hat sie aus Wollfäden hergestellt. Sie waren fettig und stanken. Es war ein einziges Grusel-kabinett. Einmal habe ich mich heimlich in den Luft-schutzbunker gestohlen und habe die Kiste geöffnet, in der sie die Puppen aufbewahrte. Mir ist kotzübel gewor-den bei dem Gestank. Und den Anblick dieser entsetzli-chen Fratzengesichter habe ich auch lange nicht vergessen können.« Er sog seine Lungen voll mit der Schneeluft.

Ich bekam eine Gänsehaut. »Mir hätte das als Kind große Angst eingeflößt.«

Er nickte. »Da bist du ganz sicher keine Ausnahme«, meinte er trocken.

»Du hast Herrn Claussen auch von der Richterin er-zählt, oder?«, fragte ich überflüssigerweise.

Er nickte.

Ich spürte die Kälte nicht mehr. Endlich hatte ich gefunden, wonach ich gesucht hatte: Ich wusste, wer die Richterin war. Und nun? Die Befriedigung, die ich mir davon erhofft hatte, wollte sich nicht einstellen. Was war schließlich da-mit gewonnen? Nichts, musste ich mir eingestehen. Le-diglich mein Bild von Heidrun Momberg war modifiziert worden. Ich fragte mich, ob es das wert gewesen war.

Das gruselige Spiel mit den verteilten Rollen war vor fünfundzwanzig Jahren gespielt worden. Was hatte Claussen daran so sehr beschäftigt? Ich ließ mir alles noch einmal durch den Kopf gehen. An dem Montag-nachmittag vor seinem Unfall hatte er zuerst mit Mark gesprochen und danach Heidrun Momberg besucht. Hatte er sie mit ihrer damaligen Rolle konfrontiert? Und wenn ja, wozu? Und mit welcher Konsequenz? Ich war mitten auf dem Weg stehen geblieben und hatte die Welt um mich herum vergessen.

»Ist alles in Ordnung mit dir?«, fragte Mark.

Ich erzählte ihm, was mich seit Claussens Unfall umtrieb, gestand ihm aber auch, dass ich die Einzige war, die sich wegen der Richterin den Kopf zerbrach. »Ich glaube nach wie vor, dass man in so einer Situation nicht irgendetwas Belangloses faselt. Hat er dir gegenüber einen Zusammenhang zwischen dem Rollenspiel von damals und dem Mord an Dagmar angedeutet?«

Er dachte nach. »Nein. Er hat mich lediglich gefragt, ob nicht auch einmal eines der Mädchen die Rolle der Richterin übernommen habe.«

»Und?«

»Karo und Simone haben das Spiel manchmal ohne Heidrun gespielt. Sie haben dann immer ganz heimlich und wichtig getan. Was mich natürlich geradezu herausgefordert hat, sie auszuspionieren«, sagte er mit einem schiefen Grinsen.

»Welche von beiden war die Richterin?«

»Karo.«

»Und was war mit Dagmar und Dorothee? Haben die auch mitgespielt?«

»Nein, nein«, winkte er ab. »Heidrun hat die beiden da strikt herausgehalten. Was ja von der perfiden Logik des Spiels her auch konsequent war. Es wurden schließlich nur Eltern angeklagt, die sich ihren Kindern gegenüber etwas hatten zuschulden kommen lassen. Dagmar und Dorothee hatten aber gar keine Erinnerung an ihre leiblichen Eltern.«

»Und haben auch weder Wut noch Aggression mit in die Pflegefamilie gebracht«, sagte ich leise vor mich hin, während ich einem Gedanken nachjagte, den irgendetwas aus Marks Bericht ausgelöst hatte. Als ich ihn endlich zu fassen bekam, hielt ich ihn fest, als könne er gleich wieder entwischen. »Könntest du dir vorstellen«, fragte ich ihn, »dass Karo auch jetzt als Erwachsene noch einmal in diese Rolle geschlüpft ist?« Ich ignorierte meine innere Stimme, die mir sagte, dieser Gedankengang sei völlig überflüssig und führe zu nichts, da Gaby Wiechmann bereits als Mörderin überführt sei. Immerhin gab es noch eine andere Stimme. Und die hielt es für möglich, dass Klaus Trapp sich irrte.

Mark tat meine Frage nicht sofort als unsinnig ab, sondern dachte darüber nach. Schließlich meinte er, er habe Karo und die anderen seit Jahren nicht mehr gesehen, könne sich das aber auch beim besten Willen nicht vorstellen. »Jeder, der so etwas wie wir drei hinter sich hat, ist irgendwann nur noch froh, dem Ganzen entkommen zu sein – so heil es nur irgendwie geht. Da tust du alles, um so ein Spiel zu vergessen.«

»Kannst du mir Karoline beschreiben? So, wie du dich an sie erinnerst?«

Er rieb sich übers Kinn und nahm sich Zeit für seine Antwort. »Eigentlich war sie Simone nicht unähnlich. Beide waren sehr darauf bedacht, es Heidrun recht zu machen. Die musste noch nicht einmal die Stimme erheben, um die beiden zu lenken. Sie waren extrem angepasst. Wenn ich mal Quatsch gemacht habe, dann immer nur mit Dagmar und Dorothee. Die waren wirklich für jeden Blödsinn zu haben. Eigentlich schade, dass wir uns so komplett aus den Augen verloren haben.«

»Hast du nicht vorhin gesagt, Karoline und Simone hätten Wut und Aggressionen mit in die Pflegefamilie gebracht? Das klingt für mich nicht sehr angepasst.«

»Die Anpassung haben sie genauso mitgebracht. Das

ist das, was ich versucht habe, dir zu erklären. Wenn ein Kind, das in der Herkunftsfamilie misshandelt wird, sich dort nicht ganz zurücknimmt und sich den Wünschen der misshandelnden Eltern anpasst oder sagen wir besser unterwirft, wird es das im Extremfall mit dem Leben bezahlen. Beispiele gibt es ja leider genug. In einer Pflegefamilie sollte sich so eine Anpassung allerdings Schritt für Schritt auflösen, damit die darunterliegenden Emotionen hervorkommen können. Heidrun hat Karo und Simone allerdings, wie ich es aus meiner heutigen Sicht einschätze, in ihrem Verhalten bestärkt. Psychologisch gesehen, völlig falsch, wenn du mich fragst. Denn auf diese Weise kann ein Kind den Weg aus der Anpassung heraus nicht finden.«

»Was macht es in dem Fall mit seinen Aggressionen?«

»Die Antwort auf diese Frage würde mich auch interessieren.«

Erst jetzt nahm ich wahr, dass wir wieder vor dem Café standen, in dem wir uns getroffen hatten. Mark sah durch die Fensterscheibe und machte seinen Freunden Zeichen, dass er gleich wieder zu ihnen stoßen würde.

»Danke, dass du dir die Zeit genommen hast, um das alles noch einmal durchzukauen.«

»Hätte ich es vorher gewusst, wäre es vielleicht nicht dazu gekommen«, bekannte er ehrlich. »Es wühlt eine ganze Menge wieder auf. Und wenn ich deinen Gesichtsausdruck richtig interpretiere, hat es dich nicht weitergebracht.«

Es stimmte, was er sagte. Ich hatte sehr viel von ihm erfahren, wusste jedoch nichts damit anzufangen. »Hattest du bei Herrn Claussen das Gefühl, dass ihm deine Informationen geholfen haben?«

Sein Lächeln drückte so viel Wärme aus, dass – wäre ich nicht so himmelhoch verliebt gewesen – Max fast ein wenig Konkurrenz bekommen hätte. »Er war sehr nachdenklich, als wir uns trennten, und wirkte irgendwie zufrieden.«

»Gibt es etwas, das du ihm gesagt, mir gegenüber jedoch ausgelassen hast?«

Er kniff die Augen zusammen und schien in seinem Gedächtnis zu kramen. Dann schüttelte er langsam den Kopf. »Nein. Halt, doch, ja, eine Sache war da noch. Ich habe ihm erzählt, dass ich mir ziemlich sicher bin, dass Heidrun damals Geld gezahlt hat, um Dorothee in der Familie behalten zu können. Es war einer dieser Abende, als ich nicht schlafen konnte. Heidrun und Kurt stritten sich. Heidrun hatte Dorothees leiblicher Mutter Geld gegeben, damit sie ihre Tochter bei ihnen ließ. Kurt hat versucht, seiner Frau klarzumachen, dass diese Mutter gar keine Chance habe, Dorothee bei ihnen herauszuholen. Aber Heidrun wollte auf Nummer sicher gehen.«

Auf dem Rückweg fuhr ich bei Claussen im Krankenhaus vorbei, hielt eine halbe Stunde lang seine Hand und sagte ihm, dass ich mir in diesem Augenblick nichts sehnlicher wünschte, als Marks Informationen mit ihm besprechen zu können. Ich fragte ihn, wo der entscheidende Punkt gewesen sei, der ihn zufrieden aus diesem Gespräch habe herausgehen lassen. Wider jede Vernunft wartete ich auf eine winzige Reaktion von ihm. Vergeblich. Mein Blick wanderte zu dem Monitor, der Claussens Körperfunktionen abbildete. Ich lächelte. Irgendeine gute Seele hatte den kleinen Engel auf der oberen Kante befestigt. »Sie werden gut beschützt«, versicherte ich ihm zum Abschied.

Unterwegs kaufte ich mir Falafel und fuhr tief in Gedanken nach Hause. Während ich abwechselnd Schulze eine Krabbe ins Maul schob und mir ein Stück Falafel genehmigte, ließ ich mir Marks Geschichte wieder und wieder durch den Kopf gehen. Gab es einen Zusammenhang zwischen den Ereignissen der Vergangenheit und den Verbrechen in der Gegenwart?

War Dagmar möglicherweise doch in die Entführung des Jungen verwickelt gewesen? Hatte Karoline das herausgefunden und war noch einmal in ihre alte Rolle als Richterin geschlüpft – um dieses Mal in der Realität eine Strafe zu verhängen? Nein, Blödsinn! Dazu hätte sie die Spielregeln modifizieren müssen. Im Spiel der Kinder war es darum gegangen, Eltern zu bestrafen. Und dennoch: Hatte Claussen mit Heidrun Momberg über Karoline gesprochen, als er allein zu ihr ins Krankenhaus gefahren war?

Viel zu viele Fragen und keine Antworten. Als ich kurz davor war aufzugeben, fiel mir wieder ein, worum Claussen seinen Freund gebeten hatte. Es war ihm um ungeklärte Todesfälle im Umfeld der Familie Momberg gegangen. Ich hatte noch im Ohr, was Klaus Trapp mir dazu gesagt hatte: Simones Vater habe sich im Alkoholrausch das Genick gebrochen, Karolines Mutter habe sich umgebracht. Es seien unnatürliche Todesfälle gewesen, keine ungeklärten.

Hatte Claussen vermutet, Heidrun Mombergs Spiel mit den beiden Mädchen könne schon damals Wirklichkeit geworden sein? Die Mädchen hätten ohne Wissen der Pflegemutter ihre Eltern für das abgestraft, was sie ihnen angetan hatten? Ich schüttelte den Kopf. Nein, das war unmöglich. Zu dem Zeitpunkt waren die Kinder viel zu jung gewesen. Karoline musste sechs und Simone sieben gewesen sein, wenn ich die zeitlichen Abläufe noch richtig in Erinnerung hatte. Kein Alter, um zu töten – jedenfalls nicht in der Realität.

Wie ein kleiner Funke blitzte ein Gedanke auf. Ich suchte in meiner Tasche nach der Karte von Klaus Trapp und wählte seine Handynummer.

»Marlene Degner«, meldete ich mich, als er abnahm und ich ihn gleich darauf tief durchatmen hörte. Er machte kein Hehl daraus, dass ich ihn nervte. »Entschuldigen Sie, dass ich Sie am Samstag störe.«

»Ich bin im Dienst. Was gibt's?«

»Sind Sie wirklich überzeugt davon, dass Gaby Wiechmann die Mörderin von Dagmar Momberg ist?«, fragte ich.

»Bei meiner Arbeit geht es weniger um Überzeugungen als um Indizien und Beweise.«

»Gibt es denn Beweise dafür, dass sie es war?«

»Frau Degner, ich kann Ihnen über laufende Ermittlungen keine Auskunft geben.«

»Das heißt, Ihre Ermittlungen sind noch gar nicht abgeschlossen?«

»Die Interpretation überlasse ich Ihnen. War es das jetzt?«

»Nicht ganz. Haben Sie schon mal darüber nachgedacht, dass Dagmar Momberg die Drahtzieherin der Entführung gewesen sein könnte und deshalb getötet wurde?«

»Sie meinen, Gaby Wiechmann sei ihre Komplizin gewesen und habe sie anschließend umgebracht?«

»Das ist eine Möglichkeit. Die andere besteht darin, dass Gaby Wiechmann die Komplizin war, Dagmar

Momberg aber von einer anderen Person umgebracht wurde. Und zwar von der Richterin.«

»Ist Arnold aufgewacht?«, fragte er überrascht.

»Nein, ich habe selbst herausgefunden, wer die Richterin ist.« Es wäre gelogen zu behaupten, dass ich die nachfolgende Stille nicht genoss.

»Und?«, fragte er schließlich.

So genau wie möglich erzählte ich ihm, was sein Freund Claussen vor dem Unfall herausgefunden hatte. Ich berichtete ihm von dem Spiel, aus dem im Fall von Dagmar Momberg Ernst geworden sein konnte.

Er reagierte, wie ich es nicht anders erwartet hatte, und machte nicht einmal den Versuch, seinen Spott zu verbergen. »Räuber und Gendarm war als Kind eines meiner Lieblingsspiele, trotzdem bin ich kein Räuber geworden.«

»Aber Gendarm«, hielt ich ihm entgegen.

»Warum um Gottes willen hätte denn Karoline Goertz als selbsternannte Richterin ihre Schwester umbringen sollen? Haben Sie dafür auch eine Erklärung?«

»Vielleicht haben sich die traumatischen Erfahrungen mit ihren leiblichen Eltern verselbständigt. Vielleicht hat sie es sich zum Lebensziel gesetzt, Kinder zu retten. In diesem Fall den von ihrer Schwester entführten Jungen.«

Klaus Trapp lachte. »Frau Degner, jetzt geht Ihre Phantasie wirklich mit Ihnen durch. Und was meinen Sie überhaupt mit Lebensziel? Wollen Sie damit andeuten, es gehe nicht nur um ein Kind?«

»Die Idee ist mir durch diese Sache mit dem Kriminalgericht gekommen. An dem besagten Tag wurde unter anderem der Fall eines Dreijährigen verhandelt, den Jugendamtsmitarbeiter völlig verwahrlost aus der elterlichen Wohnung geholt hatten. Übrigens ein ähnlicher

Fall wie der von Karoline Goertz. Was ist, wenn sie Gerichtsverhandlungen besucht, um an die entsprechenden Informationen zu kommen?«

»Um was damit zu tun?«

»Diese Kinder zu rächen.«

»Das ist nicht logisch«, sagte er. »Wozu sollte sie eine Gerichtsverhandlung besuchen? Dort wird doch bereits über die Schuldigen gerichtet.«

»Über die Hauptschuldigen, ja. Wann immer über solche Prozesse etwas in der Zeitung steht, ist dort aber auch zu lesen, wie viele Menschen nicht genau hingesehen oder sogar weggeschaut haben. Ich habe mich schon oft gefragt, warum diese Menschen nicht zur Rechenschaft gezogen werden.« Ich ließ ein paar Sekunden verstreichen, bevor ich fortfuhr. »Solche Menschen muss es auch damals gegeben haben, als Karoline Goertz selbst betroffen war. Nachbarn, Ärzte, Erzieher, Hebammen. Auch wenn die Misshandlungen meist hinter verschlossenen Türen stattfinden, gibt es immer Menschen, die die Kinder zu sehen bekommen oder die sie hören und nicht reagieren. Vielleicht ist ihr das erst mit der Zeit bewusst geworden. Und vielleicht denkt sie, dass auch diese Menschen eine Strafe verdienen – nicht nur die offensichtlichen Täter.«

Er blies genervt Luft durch die Nase. »Im Kriminalgericht war aber die Mutter und nicht Karoline Goertz.«

»Gesehen wurde nur die Mutter«, präzisierte ich.

»Ach, und Sie meinen, die beiden machen gemeinsame Sache?« Inzwischen triefte seine Stimme vor Spott.

»Vielleicht hatte die Mutter einen Verdacht und ist ihrer Tochter gefolgt. Vielleicht streitet sie deshalb auch so vehement ab, im Kriminalgericht gewesen zu sein.«

Einen ewig währenden Moment lang war es still in der Leitung. Dann fragte er: »Wie kommen Sie auf diese Idee?«

»Ihr Freund Arnold hat Sie nach Todesfällen im Umfeld der Familie Momberg gefragt. Erst habe ich genau wie Sie angenommen, er habe damit den Tod von Familienmitgliedern gemeint. In dem Fall war es der Tod von Mitgliedern der Ursprungsfamilien. Aber wäre es nicht auch denkbar, dass er Todesfälle gemeint hat, die jemandem aus der Familie Momberg angelastet wurden, wofür derjenige aber nie belangt werden konnte?«

»Das wird er uns sagen, wenn er aufgewacht ist.«

»Aber bis dahin halten Sie vielleicht die falsche Frau fest. Karoline Goertz hat einen Schlüssel zu dem Haus, in dem der Mord geschah. So viel zu der Frage, wie der Mörder ins Haus gelangt sein könnte.«

»Dagmar Momberg hat Gaby Wiechmann an dem Abend die Tür geöffnet. Sie war im Haus. So viel steht fest.«

»Sie könnte aber auch wieder gegangen sein, als Dagmar Momberg noch lebte.«

»Frau Degner, nehmen Sie es mir nicht übel, aber ist es Ihnen jemals gelungen, ein Puzzle zu lösen? Sie haben nämlich eine wenig erfolgversprechende Art, die Teile zu einem Ganzen zusammenzufügen.«

Klaus Trapp hatte recht. Wenn ich im Bild des Puzzles blieb und mir alles vor Augen führte, was ich wusste, erwies sich mein Weg als Sackgasse. Karoline konnte ihre Schwester nicht umgebracht haben. Sie hatte Silvester zu Hause verbracht. Und dafür gab es eine Zeugin: Simone.

Es war, als würde Claussen neben mir stehen und sagen, dass Simone ihre Schwester hätte decken oder auch mit ihr gemeinsame Sache hätte machen können. Decken ja, gemeinsame Sache nein, hielt ich ihm entgegen. Claussens Verstand gegen mein Gefühl. Aber würde Simone Karoline auch decken, wenn es dabei um Dagmars Tod ging?

Ich stellte mir das Gespräch zwischen Claussen und Heidrun Momberg vor. Inzwischen war ich mir fast sicher, dass es dabei um Karoline gegangen war. Claussen würde vielleicht versucht haben abzuklopfen, wozu sie ihre Tochter für fähig hielt. Aber sie würde Karoline genauso geschützt haben, wie Simone es vielleicht getan hatte.

Hatte er geglaubt, es sei einen Versuch wert? Und hatte er damit die Mörderin aus der Reserve gelockt? Der Gedanke, dass Heidrun Momberg nach Claussens Besuch ihre Tochter angerufen haben könnte, verursachte mir eine Gänsehaut. Sie würde außer sich gewesen sein. Nicht genug, dass eine ihrer Töchter umgebracht worden war, jetzt wurde auch noch eine andere dieses Mordes verdächtigt. Sie würde damit vielleicht den Stoß vors Auto ausgelöst haben.

Tatsache war, Claussen hatte von einer Richterin gesprochen. Aber von welcher? Von derjenigen, die er im Krankenhaus besucht hatte, oder von der, die ihn vors Auto gestoßen hatte, weil er ihr auf die Spur gekommen war?

18

Max' Stimme am Telefon war Balsam. Er erzählte amüsiert von der Geburtstagsfeier seines Vaters, den endlosen Reden und den taktisch klugen, aber bislang erfolglosen Versuchen seiner Schwestern und seiner Mutter, dem aktuellen Stand seines Berliner Privatlebens auf den Grund zu gehen.

»Wüssten sie von dir, würden sie alles tun, um dich ausfindig zu machen und auf Herz und Nieren zu prüfen«, sagte er lachend.

»Hat schon mal eine vor ihren Augen bestanden?«

»Keine Chance. Aber zum Glück gibt es noch meinen Vater.« Er schwieg einen Moment. »Ich vermisse dich.«

Ich vermisste ihn auch. »Wir kennen uns noch keine zwei Wochen.«

»Das taugt nicht als Argument.«

»Wann kommst du zurück?«, fragte ich mit Herzklopfen.

»Ich versuche, mich morgen nach dem Frühstück loszueisen. Vielleicht schaffe ich es, bis nachmittags in Berlin zu sein. Nimm dir nichts vor, ja?«

»Weil?«

»Das erkläre ich dir morgen.«

Eine ganze Weile, nachdem wir das Gespräch beendet hatten, lächelte ich immer noch. Max' Stimme klang in meinen Ohren nach und bescherte mir einen angenehmen

Schauer. Bis mein Bruder vor der Tür stand. Ich kannte diesen ganz bestimmten Gesichtsausdruck aus einer Zeit, als er sehr unglücklich verliebt gewesen war.

»Komm rein«, sagte ich, legte meinen Arm um ihn und drückte ihn. »Magst du einen Tee? Oder etwas Stärkeres?«

Er schüttelte den Kopf. ließ sich mit einem tiefen Seufzer in eine Ecke meines Sofas fallen und starrte vor sich hin. »Ich habe wirklich geglaubt, sie wäre es.«

»Warum glaubst du das jetzt nicht mehr?«, fragte ich.

»Sie hat gesagt, sie bräuchte Zeit. Das ist der Standardsatz, wenn man jemanden nicht verletzen will.« Er raufte sich mit beiden Händen die Haare. »Hab ich auch schon benutzt.«

»Ja, aber da war nicht kurz zuvor deine Schwester umgebracht worden. Gib ihr die Zeit und versuche es in ein paar Wochen noch einmal.«

»Marlene, ich habe Augen im Kopf. Da ist kein Funke, nichts. So, wie sie mich ansieht, würde sie vermutlich auch ihren Metzger ansehen.«

Ich setzte mich neben ihn und nahm seine Hand in meine. »Als Vegetarierin muss ich passen, was Metzger betrifft. Aber als Schwester kann ich …«

»Sie will mich nicht, Marlene.«

»Ich wünschte, ich besäße Amors Pfeil.«

Er wischte sich eine Träne aus dem Augenwinkel und versuchte zu lächeln. »Wer weiß, wen du damit treffen würdest.«

Schulze sprang aufs Sofa und machte es sich schnurrend zwischen uns gemütlich. Mehr automatisch als bewusst begann Fabian, den Kater zu streicheln.

»Wie geht es dir überhaupt?«, fragte er nach einer Weile.

Dass ich verliebt war, wollte ich nicht noch betonen. Ich war mir sicher, er sah es mir an. »Ich denke noch viel über diesen Mord nach. Es fällt mir schwer, mich davon zu lösen.«

»Simone sagte, sie hätten die Täterin. Es sei eine Kollegin ihrer Schwester gewesen.«

»Die Ermittlungen gehen wohl in diese Richtung«, meinte ich vage.

»Und was ist mit deinem Kunden? Ich meine den, der angefahren wurde.«

»Er liegt immer noch im Koma. Aber ich habe gehört, dass er gute Aussichten hat. Willst du wirklich nichts trinken?«

Er stand auf. »Nein, lass nur, danke. Ich fahre ins Fitnessstudio, ich muss irgendwie auf andere Gedanken kommen.«

Als ich die Tür zu Heidrun Mombergs Krankenstation öffnete, sah ich sie – auf Gehhilfen gestützt – im Flur mit ihrer Tochter Dorothee stehen. Ich ging langsam auf die beiden zu und begrüßte sie.

»Wir sind ein paar Schritte gegangen«, sagte die schwangere junge Frau mit einem zufriedenen Lächeln. »Montag wird sie entlassen, und ein paar Tage später geht es zur Reha.« Sie geleitete ihre Mutter ins Zimmer und half ihr, sich vorsichtig auf einen Stuhl zu setzen.

»Wenn ich von der Reha komme, werde ich Sie sicher öfter brauchen, Frau Degner«, sagte Heidrun Momberg.

Ich nickte. »Rufen Sie mich einfach an.« Als ich Anstalten machte zu gehen, hielt mich die Tochter zurück.

»O nein, nein, bleiben Sie bitte, Sie stören nicht, ich

wollte ohnehin gerade gehen. Und für meine Mutter ist es schön, noch ein wenig Besuch zu haben.«

»Ist es Ihnen nicht zu anstrengend?«, fragte ich meine Kundin.

Sie legte ihre Hand auf meinen Arm. »Bleiben Sie, und lassen Sie uns überlegen, wie Sie mir helfen können.« Sie winkte ihrer Tochter zu und wartete, bis sie die Tür hinter sich geschlossen hatte.

Ich half Heidrun Momberg zurück ins Bett. Nachdem ich ihr Kissen aufgeschüttelt hatte, zog ich mir einen Stuhl heran und setzte mich.

Sie nahm sich Zeit, mich anzusehen. »Wie geht es Ihnen, Frau Degner?«

»Gut, danke. Und Ihnen?«, fragte ich.

»Mein Körper macht Fortschritte.« Sie schwieg einen Moment. »Jeder andere hier freut sich, wenn er nach Hause kann. Mir wäre es sicher ähnlich gegangen, wäre das mit Dagmar nicht passiert. Wieder in mein Haus zu gehen …« Sie schluckte. »Das wird schwer.«

»Könnten Sie nicht die paar Tage bis zur Reha bei einer Ihrer Töchter verbringen?«

Sie schüttelte den Kopf, langsam, als koste es sie viel Kraft. »Ich möchte keinem meiner Kinder zur Last fallen. Und schließlich muss ich irgendwann ja doch wieder über diese Schwelle. Also kann ich es genauso gut gleich hinter mich bringen.« Sie atmete hörbar auf. »Ich bin sehr erleichtert, dass sie diese Frau festgenommen haben. Sie sitzt in Untersuchungshaft, wie man mir sagte. Und ich wünsche mir, dass sie für den Mord an Dagmar eine drakonische Strafe bekommt.«

Wie hatte Mark gesagt? *Die Strafen, die sie verhängte, waren drakonisch.* Ich war ohne einen Plan hierhergekommen, eigentlich mehr aus einem vagen Gefühl heraus. Es würde eine Gratwanderung werden, mit ihr über das zu sprechen, was ich von Mark erfahren hatte. Und ich war mir immer noch nicht sicher, ob ich es überhaupt tun sollte. Ich würde mich entscheiden müssen, ob ich bereit war, sie möglicherweise als Kundin zu verlieren – nur um der Wahrheit vielleicht keinen Schritt näher zu kommen.

»Die Strafe, die sie bekommt, wird von den Beweisen abhängen«, sagte ich gedehnt. »Und natürlich von dem Richter. Je nachdem, ob er eher milde oder harte Urteile fällt.«

»Sie kann dafür nichts anderes als ›lebenslänglich‹ bekommen.«

»Vielleicht gibt es mildernde Umstände.«

»Welche sollten das sein?« Sie fixierte mich mit ihrem Blick.

Ich zuckte die Schultern. »Ich weiß es nicht, Frau Momberg. Aber jeder Täter hat eine Geschichte. Niemand steht morgens auf und begeht einen Mord. Dazu gehört schon ein bisschen mehr.«

»Ja, Skrupellosigkeit, Aggression und Brutalität.«

»Viele Täter waren selbst Opfer.«

Ihr Lachen klang bitter. »Ich kenne diese Theorie. Das entschuldigt solche Menschen jedoch nicht. Die wenigsten Opfer werden selbst zu Tätern. Meine Töchter sind die besten Beispiele. Sie waren auch Opfer, die einen mehr, die anderen weniger. Und was ist aus ihnen geworden? Bis auf Dagmar haben Sie alle kennengelernt. Tüchtige junge Frauen, da werden Sie mir recht geben. Natürlich kommt das alles nicht von ungefähr. Es war harte Arbeit. Aber die Mädchen haben es meinem Mann und mir gedankt.« Sie räusperte sich, nahm das Glas, das auf dem Nachttisch stand, und trank einen Schluck Wasser. »Bei uns gab es klare Regeln. Aggressionen waren verpönt. Mein Mann und ich haben den Mädchen das vorgelebt, was sie in ihren Ursprungselternhäusern so bitter vermisst haben: ein liebevolles Miteinander. Und sie haben es sehr schnell übernommen.« Einen Moment lang schloss sie die Augen, als müsse sie ihre Kraft sammeln. »Eine schlimme Kindheit entschuldigt gar nichts. Und sie rechtfertigt ganz sicher keine mildernden Umstände.«

»Sehen sich Ihre Töchter heute noch als Opfer?«, fragte ich.

»Warum sollten sie? Das liegt alles so lange zurück. Hätte man sie bei ihren Erzeugern gelassen, sähe die Sache sicher anders aus. Aber bei uns hatten sie alle Chancen, und sie haben sie ergriffen.«

»Ihre Töchter kamen aus schwierigen Verhältnissen, wie Sie sagen. Glauben Sie, dass ein Mensch mit dieser Vergangenheit sensibler auf die Misshandlung von Kindern reagiert?«

»Selbstverständlich. Vielleicht ginge das nicht unbedingt jedem so, aber ich habe sehr viel Wert darauf gelegt, die Mädchen dafür zu sensibilisieren.«

Ich ließ einen Moment verstreichen, bevor ich mich weiter vorwagte. »Frau Momberg, ist es denkbar, dass Dagmar versucht haben könnte, ein Kind vor solch einer Misshandlung zu schützen?«

»Nicht nur Dagmar, die anderen drei auch. Worauf wollen Sie hinaus?« Sie sah mich irritiert an.

»In der Kita war Ihre Tochter dafür bekannt, dass sie sich die Kinder dort sehr genau angesehen hat. Wäre ein

Kind misshandelt worden, wäre ihr das also vermutlich nicht entgangen. Herr Claussen war der festen Überzeugung, dass die Entführung des Jungen und der Mord an Ihrer Tochter zusammenhängen. Ich habe mir überlegt ...« Konnte man sich Mut anatmen? Ich holte tief Luft. »Ich will mal versuchen, mich in Ihre Tochter hineinzuversetzen. Sie hat einen Jungen in ihrer Gruppe, den kleinen Leon. Irgendwann stellt sie fest, dass er misshandelt wird. Nicht unbedingt von den Eltern, vielleicht von einem Kindermädchen. Sie erwägt, die Misshandlung anzuzeigen, fürchtet jedoch, dass man versuchen würde, die Sache unter den Teppich zu kehren.« Ich betrachtete Heidrun Momberg, deren Stirn sich in tiefe Falten gelegt hatte. »Vor ein paar Jahren lebte in unserer Nachbarschaft eine Katze, die von ihren Besitzern sehr schlecht behandelt wurde. Eines Abends habe ich sie eingefangen und fortgebracht. Und ich habe es keine Sekunde lang bereut.«

»Das hätte sie nicht getan.«

»Sicher nicht?«

Sie wandte den Kopf zur Seite, als könne sie nur nachdenken, wenn sie mich nicht ansah. »Nein, unmöglich, das hat sie nicht getan. Sie war an Weihnachten so bedrückt wegen des Jungen, und so enttäuscht wegen ihrer Beurlaubung.« Ihre Stimme klang belegt.

»Vielleicht hat sie Ihnen das vorgespielt. Sie hätte den Jungen unmöglich allein entführen können, jemand hätte ihr dabei helfen müssen. Möglicherweise war sie bedrückt, weil es mit dieser Person nicht so lief wie geplant.« In dieser Sekunde blitzte ein Gedanke auf, der alles auf den Kopf zu stellen schien: Dagmar konnte bei der Entführung auch mit Karoline unter einer Decke gesteckt haben. Nicht mit Gaby Wiechmann. Vielleicht hatte Dagmar ihre Schwester zunächst mit ins Boot gezogen, dann waren die beiden jedoch in Streit geraten. In einen tödlich endenden Streit. »Hat Herr Claussen am Montag darüber mit Ihnen geredet?«

Sie schüttelte den Kopf. Es war jedoch kein Nein, sondern entschiedene Abwehr.

»Könnten Dagmar und Karoline in Streit geraten sein?«, fragte ich leise.

»Das sind Hirngespinste, Frau Degner, und das habe ich auch diesem pensionierten Kommissar gesagt. Hirngespinste, verstehen Sie? Meine Töchter sind nicht kriminell, sondern rechtschaffene Frauen.« Vor Aufregung verschluckte sie sich und hustete.

Ich beugte mich vor und versuchte, ihr leicht auf den Rücken zu klopfen, aber sie entzog sich mir.

»Glauben Sie allen Ernstes, dass eine meiner Töchter mir das antun würde? Dagmar umzubringen? Noch dazu in meinem eigenen Haus, im Elternhaus meiner Töchter? Wenn Sie das tatsächlich für möglich halten, sind Sie ein Fall ...«

»Ich weiß von dem Spiel«, unterbrach ich sie. »Und ich vermute, dass sich dieses Spiel verselbständigt hat.«

»Frau Degner, ich bitte Sie! Was reden Sie da?«

»Vielleicht sind Sie selbst schon auf diese Idee gekommen«, fuhr ich unbeirrt fort. »Sind Sie Karoline ins Kriminalgericht gefolgt, wo Ihre Tochter den Prozess um den verwahrlosten Dreijährigen beobachtet hat?«

»Warum in Gottes Namen hätte sie das tun sollen?«

»Um endlich auch einmal diejenigen zu bestrafen, die hätten helfen können, wenn sie bewusst hingeschaut und gehandelt hätten. Vielleicht hat Karoline das Spiel von damals modifiziert und ausgeweitet.« Sie wollte protestieren, aber ich redete schnell weiter. »Es ist verständlich, dass Sie versuchen, Ihre Tochter zu schützen. Trotzdem sollten Sie …«

»In Ruhe darüber nachdenken?«, fragte sie aggressiv. »Darüber brauche ich nicht nachzudenken. Niemand kennt meine Töchter so gut wie ich. Nur weil ich mit den Kindern ein bestimmtes Spiel gespielt habe, bedeutet das noch lange nicht, dass sie es immer noch tun. Das waren Phantasiespiele, die nichts mit der Realität zu tun hatten, eine reine Therapie für misshandelte Kinder. Sie unterstellen meinen Töchtern kriminelles Verhalten und bedienen damit lediglich ein übles Vorurteil. Ich habe meine Töchter zu gerechtigkeitsliebenden Frauen erzogen.«

»Vielleicht ist gerade das der springende Punkt«, hielt ich dagegen. »Schließlich geht es vor Gericht längst nicht immer um Gerechtigkeit. Ich bitte Sie nur, den Gedanken wenigstens einmal zuzulassen.«

»Das brauche ich nicht, Frau Degner«, meinte sie abweisend. »Keine meiner Töchter hat sich etwas zuschulden kommen lassen.«

»Warum waren Sie dann im Kriminalgericht? An dem Tag wurde unter anderem der Fall eines verwahrlosten Dreijährigen verhandelt. Ihre Nachbarin Frau Kornau hat Sie aus dem Gebäude kommen sehen. Und Sie haben es abgestritten«, schickte ich leise hinterher. Ich rechnete fest damit, dass sie es wieder tat, sollte mich aber täuschen.

»Frau Kornau.« Sie sprach den Namen alles andere als freundlich aus. »Die übelste Klatschbase, die ich kenne. Was sie erfährt, weiß am nächsten Tag die ganze Straße. Ich schätze mein Privatleben, Frau Degner, so gut sollten Sie mich bereits kennen. Damit jedoch diese Sache endlich einmal aus der Welt ist: Ja, ich war im Kriminalgericht. Aber es ging nicht um irgendeine Gerichtsverhandlung, sondern um eine Privatangelegenheit. Es gibt dort einen Richter, dem ich seit Jahren in Freundschaft verbunden bin. Er ist ein hervorragender Jurist. Von ihm habe ich mich bei der Gestaltung meines Testaments beraten lassen. Sind Sie nun zufrieden? Genügt Ihnen dieser Einblick in meine Privatsphäre?«

»Entschuldigen Sie bitte«, erwiderte ich kleinlaut. Ich hatte das Gefühl, mich verfahren zu haben und dabei gegen eine Wand geprallt zu sein.

Sie presste die Lippen aufeinander und schien durch mich hindurchzusehen. Ihre Verärgerung erfüllte den gesamten Raum.

»Ich weiß, dass es nicht richtig von mir war …«, versuchte ich, mich zu entschuldigen.

»Sie hatten kein Recht, sich mit Ihren seltsamen Recherchen in mein Leben zu drängen. Ich habe Sie für klar umgrenzte Aufgaben engagiert. Aber damit ist nun Schluss. Ich sehe nicht, wie wir beide zu einem unbelasteten Verhältnis zurückfinden sollten. Ich werde am Montag entlassen. Ich möchte Sie bitten, mir dann meinen Kater zurückzubringen. Sollte ich Ihnen noch etwas schuldig sein, werde ich es selbstverständlich begleichen. Listen Sie bitte alles auf.«

Ich nickte. Jetzt war ohnehin alles verfahren, also konnte ich auch noch meine letzte Frage loswerden. »Eine Frage habe ich noch, Frau Momberg. Als Herr Claussen Sie am vergangenen Montag besucht hat – haben Sie Ihrer Tochter Karoline anschließend von dem Inhalt des Gesprächs erzählt?«

Ihr Blick hatte Tiefkühltemperatur erreicht. Sie streckte den Finger Richtung Tür aus. »Es reicht, Frau Degner! Gehen Sie jetzt bitte.«

Mit den Fingern fuhr ich durch Schulzes Fell und wiederholte dabei wie ein Mantra immer die gleichen Worte: Dagmar und Gaby Wiechmann oder Dagmar und Karoline? Hatte Geld die entscheidende Rolle gespielt oder die Rettung des Kindes?

Mit zurückgelehntem Kopf schloss ich die Augen und holte Karoline vor mein inneres Auge. Je länger ich sie betrachtete, desto mehr erwies sich meine Version von den Ereignissen als blanke Theorie. Ich konnte mir einfach nicht vorstellen, dass sie ihre Schwester umgebracht haben könnte. Auch wenn sich Dagmar durch die K.-o.-Tropfen im Tiefschlaf befunden hatte, wäre es kein Kinderspiel gewesen, einen Schal zu nehmen und ihn so lange zuzuziehen, bis sie starb. Ich hatte es zu Heidrun Momberg gesagt und wiederholte es jetzt Schulze gegenüber: Man stand nicht morgens auf und brachte einen Menschen um.

In dem Gespräch mit Mark war die Frage offengeblieben, wie ein nach außen hin angepasstes Kind mit seinen Aggressionen umging. All das hatte vor knapp dreißig Jahren eine Rolle gespielt. In der Zwischenzeit konnte sich alles geändert haben. Weder Karoline noch Simone waren mir auch nur ansatzweise aggressiv erschienen.

Luise Ahlert hätte an dieser Stelle vermutlich protestiert. Sie hatte sich darüber beklagt, dass Simone bei der Massage grob zu ihr gewesen sei. Aber Karoline hätte mehr als grob sein müssen, um Dagmar umzubringen.

Ich sah auf die Uhr, nahm das Telefon und wählte

Annas Nummer. Sie meldete sich mit müder Stimme. Ihr Seminar sei anstrengend gewesen, sie sehne sich nur noch nach einem heißen Bad und würde früh schlafen gehen. Es kostete mich einige Überredungskunst, sie trotzdem zu einem kurzen Plausch zu bewegen.

»Was gibt es denn so Dringendes?«, fragte sie mit einem kaum unterdrückten Gähnen, als sie mir fünf Minuten später die Tür öffnete. »Hoffentlich keinen Liebeskummer.«

Ich schüttelte den Kopf und hielt ihr eine Flasche Wein entgegen.

»Wenn ich davon auch nur einen Schluck trinke, falle ich augenblicklich in einen Tiefschlaf. Aber wenn du keinen Liebeskummer hast, gehe ich das Risiko ein.« Sie nahm die Flasche und ging mir voraus in die Küche. Während sie den Korken herauszog, sah sie mich abwartend an. »Also erzähl schon!«

Es dauerte fast eine Dreiviertelstunde, bis ich sie auf den neuesten Stand gebracht hatte. Zum Schluss stellte ich die in meinen Augen alles entscheidende Frage: »Hältst du es für möglich, dass diese Karoline zu einem Mord fähig ist?«

Anna rieb sich die Augen und blinzelte. »Mensch, Marlene, geht es nicht auch noch ein bisschen schwieriger? Ich bin todmüde.«

»Ich weiß, es tut mir auch leid, aber es ist wichtig.«

»Warum?«

Einen Moment lang hatte sie mich mit dieser Frage aus dem Konzept gebracht, dann fing ich mich wieder. »Weil es mir keine Ruhe lässt«, antwortete ich ehrlich.

Das reichte ihr nicht als Erklärung. »Warum lässt es dir keine Ruhe?«

Die Antwort auf diese Frage hatte die ganze Zeit unter der Oberfläche geschlummert. »Wenn Karoline ihre Schwester umgebracht hat, ist sie vielleicht auch diejenige, die Arnold Claussen, meinen Ex-Kommissar-Kunden, vors Auto gestoßen hat. Jetzt liegt er noch im Koma auf der Intensivstation. Da kommst du als Besucher nicht so ohne weiteres hinein, wie du weißt. Aber wenn er aufwacht und auf eine normale Station verlegt wird, kann sie sich ins Zimmer schleichen und erneut versuchen, ihn umzubringen.«

Anna sah mich lange und eindringlich an. Dann beugte sie sich langsam näher zu mir. »Bist du von allen guten Geistern verlassen? Wenn mich nicht alles täuscht, bist du auf einem ähnlichen Wissensstand angekommen wie dein Kunde. Willst du auch auf der Intensivstation landen wie er? Oder schlimmer?«

»Heißt das, du hältst es für möglich, dass sie ihre Schwester umgebracht hat?«

19

Ein klares Ja oder Nein wäre mir lieber gewesen. Stattdessen lief Anna in der Küche herum und hielt mir – das Weinglas in der Hand – einen Vortrag darüber, dass alles nicht so einfach sei, wie ich es mir wünschte.

»Also«, sagte sie mit einem tiefen, leicht genervten Seufzer, »ich kenne so gut wie keine Fälle, in denen ein Kind aus einer schädigenden Ursprungsfamilie in eine fürsorgliche neue Familie gekommen ist und später für andere zur Gefahr geworden wäre.«

»Heißt das, es ist nicht möglich?«

»Das habe ich nicht gesagt. Möglich wäre es schon – vorausgesetzt die traumatischen Erfahrungen in der Ursprungsfamilie wären nicht wirklich verarbeitet worden, und das Kind wäre in der Pflegefamilie völlig angepasst geblieben.«

»So ähnlich hat es dieser Mark auch beschrieben. Aber was er erzählt hat, bezog sich auf den kurzen Zeitraum, den er in der Familie Momberg verbracht hat. Das ist doch eher eine Momentaufnahme und muss nicht so geblieben sein.«

»Aber nur wenn sich am Status quo nichts geändert hätte, könnte eine solche mörderische Aggression entstanden sein. Diese beiden Kinder – Karoline und ...«

»Simone.«

Sie nickte. »Die traumatischen Erfahrungen mit ihren

leiblichen Eltern werden zu einem überangepassten Verhalten geführt haben, das sie auch in der Pflegefamilie aufrechterhalten haben. Wenn es dabei zu einer hohen Übereinstimmung mit den Pflegeeltern gekommen ist, wurden die beiden Mädchen zu den guten Töchtern der guten Eltern und mussten sich große Mühe geben, diese Beziehung durch eigenes Wohlverhalten zu sichern. Denn diese Kinder halten sich tatsächlich für schlecht und böse und verantwortlich für alles, was ihnen widerfährt«, sagte sie voller Mitgefühl. »Hier geht es um die sogenannte Identifikation mit dem Angreifer, sie identifizieren sich mit ihren misshandelnden Eltern und übernehmen die Schuld für das, was die ihnen antun. Paradox, aber es ist so. Sie glauben tatsächlich, dass ihnen das angetan wird, weil sie schlecht sind, dass sie vernachlässigt und geschlagen werden, weil sie böse sind. Das ist leider das Bild, das sie von sich selbst haben. Also ein durch und durch negatives Selbstbild.«

»Aber können denn die guten Erfahrungen in der Pflegefamilie dieses Bild nicht ausmerzen?«

»Das können sie schon, so geschieht es auch meistens, wenn nicht die mitgebrachte Überanpassung aufrechterhalten bleibt. Im günstigen Fall kommen Kinder in der Pflegefamilie in einen völlig angstfreien Raum, in dem sie ihr Trauma überwinden können. Sie können ihre Gefühle in der Beziehung zu den Pflegeeltern erleben, ohne dafür bestraft zu werden. Du musst es dir so vorstellen, als könntest du endlich den Schmerz hinausbrüllen, der dir zugefügt wurde. Als könntest du um dich schlagen für etwas, das dir in der Vergangenheit zugefügt wurde. Und niemand hält dir den Mund zu oder die Arme fest. Im Gegenteil: Du wirst gehalten und verstanden.«

»Und im ungünstigen Fall?«

»Wenn all das unterdrückt wird, weil es nicht erwünscht ist, wird das Kind aggressiv gehemmt. Den Pflegeeltern gegenüber wird es sich völlig angepasst verhalten. Die Wut und Aggression, die unter der Oberfläche schwelen, werden jedoch für das Kind nicht spürbar. Und wenn Aggression nicht kultiviert wird, kann sie eben mörderisch werden.« Anna vertiefte den Blick in ihr Weinglas und schwieg einen Moment. Dann hob sie den Kopf. »In der Regel bricht eine solche Anpassung mit der Pubertät zusammen. Der betroffene Jugendliche wird sozusagen von seiner eigenen Aggression völlig überrascht und versteht sich selbst nicht mehr. Bei Mädchen hält eine solche Anpassung übrigens eher an als bei Jungen.«

»Was muss denn geschehen, damit diese Anpassung bestehen bleibt?«

»Bezogen auf die Töchter deiner Kundin?« Annas Blick wanderte durch den Raum. »Denkbar wäre, dass die beiden Mädchen sich sehr stark mit ihrer Pflegemutter identifiziert haben, und zwar mit der Pflegemutter in ihrer Rolle als Richterin. Wenn die Frau, wie dieser Mark sagt, Probleme damit hatte, Aggressionen bei den Kindern zuzulassen, haben sie ihre Wut immer nur im Rahmen dieses Spiels ausleben können. Denn nur innerhalb dieses Spiels wären sie in Übereinstimmung mit der Pflegemutter, wohlgemerkt der guten Mutter, geblieben. Andererseits muss ihnen dieses Spiel große Angst eingejagt haben. Stell dir vor, deine Mutter ist eine strafende Richterin, die die Todesstrafe verhängt. Das hat etwas zutiefst Bedrohliches und hält die Todesangst des misshandelten Kindes aufrecht. Schon von daher werden sie versucht haben, sich ihr anzupassen. Und damit haben sie letztlich nichts anderes getan, als sich mit dem Angreifer zu identifizieren und die Angst abzuwehren – genau so, wie sie es in ihrer Ursprungsfamilie gelernt haben.« Anna gähnte herzhaft, schenkte uns beiden jedoch trotzdem Wein nach. »Dass die beiden vorübergehend wieder zu ihren leiblichen Eltern mussten, kann übrigens diese Überanpassung noch verstärkt haben. Schlimm, wenn du mich fragst. Ich würde schon sehr genau hinschauen, bevor ich ein Kind noch einmal in die Obhut erwiesenermaßen erziehungsunfähiger Eltern geben würde. Wer so etwas entscheidet, identifiziert sich jedoch häufig mit den Erwachsenen und fühlt sich entweder gar nicht oder zu wenig in das betroffene Kind ein. Dem wird gar nicht bewusst, was er dem Kind damit antut. Es ist immer noch ein weitverbreiteter Irrglaube, ein Kind sei in jedem Fall am besten bei seinen leiblichen Eltern aufgehoben.«

»Heidrun Momberg muss sich heftig dagegen zur Wehr gesetzt haben, aber sie hatte wohl keine Chance, es zu verhindern.« Ich zog die Knie an und schlang meine Arme darum. »Die Töchter reden unglaublich liebevoll von ihr und kümmern sich sehr um sie. Wenn dort wirklich so viel schiefgelaufen wäre, müssten sie doch eigentlich …«

»Die Mutter ablehnen? Nein. Wenn diese Frau ansonsten eine fürsorgliche Mutter ist, die für die Kinder auf befriedigende Weise da war, könnte es eine ganz liebevolle Eltern-Kind-Beziehung gewesen sein. Aber die Mädchen werden den Druck gespürt haben. Ich nehme mal an, dass sie viel tun mussten, um die gute Beziehung zu erhalten und nicht durch unliebsame Aggressionen zu gefährden. Mit diesem Spiel hat die Mutter ihnen vermittelt, dass Fehlverhalten auf mörderische Weise bestraft wird.« Anna runzelte die Stirn. »Eigentlich sind Spiele für Kinder ein guter Weg, um traumatische Erlebnisse zu verarbeiten – vorausgesetzt, die Kinder können das Spiel gestalten. Aber hier hat die Mutter Regie geführt.«

Bei diesen Worten dachte ich an Leon. Klaus Trapp hatte erzählt, dass der Junge inzwischen von einer Psychologin betreut wurde. Also hatte er eine reelle Chance, sein Trauma in einem von ihm selbst bestimmten Spiel zu überwinden.

»Was ist eigentlich mit Dagmar und Dorothee, den beiden ersten?«, fragte ich.

»Da waren die Voraussetzungen völlig andere. Zum einen sind sie schon als Babys gekommen, waren also aus den Herkunftsfamilien so gut wie nicht traumatisiert, zum anderen kamen sie in einem sinnvollen Abstand. Sie hatten ganz andere Entwicklungschancen. Die Problematik sehe ich hier bei den Pflegeeltern, als sie zu den beiden ersten Mädchen zwei, zeitweise drei weitere, zudem schwer traumatisierte hinzubekamen. Sie werden ihre Pflegemutter in Atem gehalten haben. Vielleicht war deine Kundin schlichtweg überfordert und deshalb darum bemüht, die Kinder innerhalb kürzester Zeit von ihrer Vergangenheit zu befreien. Die Kinder sollten sich von den Herkunftseltern distanzieren. Zu diesem Zweck könnte sie sie sehr direkt mit dem konfrontiert haben, was die leiblichen Eltern ihnen antaten. Gewissermaßen eine Art Biographiearbeit. Aber es reicht eben nicht, den Lebenslauf zu erarbeiten und die Eltern in so einem Puppenhausgerichtssaal zum Tode zu verurteilen. Entscheidend ist, einen Zugang zu den Gefühlen zu finden. Und das funktioniert nicht im Hauruck-Verfahren. Die Wut des Kindes auf die misshandelnden Eltern bleibt. Und sie wächst. Vielleicht ist sie irgendwann wie ein Vulkan, der ausbricht.« Anna hauchte auf das Weinglas und malte ein Muster in die vom Atem beschlagene Fläche. »Je länger ich allerdings über dieses mörderische Spiel nachdenke, desto eher vermute ich, dass deine Kundin selbst eine grundlegende Störung hat und mit Hilfe dieses Richterspiels ihre eigenen Straf- und Rachephantasien ausgelebt hat.«

»Du meinst, dass sie als Kind selbst misshandelt wurde?«

»Zumindest ist es nicht auszuschließen. Sollte es so gewesen sein, wären die einst daraus entstandenen Gefühle durch die beiden misshandelten Mädchen wieder hochgekommen. Das würde für mich noch am ehesten erklären, warum sie jedes Maß für das verloren hat, was diesen Kindern zuzumuten war. Solche ritualisierten Strafaktionen vertragen sich nicht mit einer wirklich liebevollen Mutter.«

Ich erinnerte mich an meine Gänsehaut, als Mark von diesem Spiel erzählt hatte.

»Und hast du dir mal über die unterschiedlichen Nachnamen der Töchter Gedanken gemacht?«, fragte Anna.

Nein, hatte ich nicht. Ich sah sie verständnislos an.

»Die beiden ersten tragen den Familiennamen der Mombergs, die beiden anderen nicht. Vielleicht hat es bei ihnen auf dem offiziellen Weg der Namensänderung Schwierigkeiten gegeben. Mag sein, jemand hat die Zustimmung verweigert. So etwas könnte die Wut der beiden Frauen auf die Außenwelt durchaus steigern.«

Ich stand auf, tat ein paar Schritte und atmete tief

durch. »Wenn ich dich richtig verstehe, hältst du es also durchaus für möglich, dass Karoline zu einem Mord fähig ist?«

»Nicht nur Karoline. Denk auch an die Zweite, Simone.«

Ich ging zum Fenster und sah in die Dunkelheit. »Aber Karoline war diejenige, die in die Rolle der Richterin geschlüpft ist, wenn sie das Spiel ohne die Mutter gespielt haben.«

»Egal. Ich schätze, dass die beiden durch die gesamte Konstellation sehr eng miteinander aufgewachsen sind. Und wie du sagst, leben sie zusammen.«

»Sie teilen sich eine Wohnung.«

»Haben sie Partner?«

»Soweit ich weiß, nicht. Fabian hat sich in Simone verliebt. Aber sie hat ihn abgewiesen. Was in ihrer derzeitigen Situation völlig verständlich ist, wenn du mich fragst.« Ich setzte mich wieder zu Anna. »Ich habe schon Schwierigkeiten, mir Karoline als Mörderin vorzustellen. Bei Simone streikt meine Vorstellung vollends. Du hast sie nicht kennengelernt. Beide sind total freundlich und entgegenkommend.«

»So kann angepasstes Verhalten aussehen«, entgegnete sie ungerührt.

»Hätte Claussen nach seinem Unfall nicht immer wieder etwas von einer Richterin gefaselt, und hätte dieser Mark mir nicht von dem Spiel erzählt, wäre ich nie im Leben auf die Idee gekommen.«

»Es ist auch reine Theorie, worüber wir hier reden. Ich habe nur versucht, dir zu erklären, wie es sich verhalten haben könnte. Im ungünstigsten Fall wohlgemerkt, wenn alles so weiterlief, wie es dieser Mark beschrieben hat. Es könnte auch anders verlaufen sein. Ich meine, immerhin gab es in dieser Familie ja auch einen Vater. Allerdings ...«

»Ja?«

»Du sagtest, deine Kundin hätte einen ausgeprägten Kinderwunsch gehabt. Vielleicht war er bei ihr stärker ausgeprägt als bei ihrem Mann. Ihm könnten die beiden ersten Kinder durchaus genügt haben. Danach hat er möglicherweise resigniert und sich dem überstarken Engagement seiner Frau bei der Aufnahme weiterer Kinder lediglich gefügt. Reine Hypothese, möchte ich betonen. Aber sollte es so gewesen sein, hätte er bei Karoline und Simone seinen Dienst als aktiver Vater quittiert und das Feld allein seiner Frau überlassen.« Mittlerweile hatte Anna sich wach geredet. Sie wirkte überhaupt nicht mehr müde, sondern sah mich herausfordernd an.

Ich verschränkte die Arme hinter dem Kopf und begegnete ihrem Blick mit einer gehörigen Portion Zweifel. »Wenn es so gewesen wäre, müsste ja wirklich alles schiefgelaufen sein. Auf der anderen Seite hat Mark so etwas anklingen lassen.«

Sie lächelte. »Das, was ich dir hier ausgemalt habe, war ganz bestimmt kein monokausales Geschehen. Aber möglich wäre es.«

Der Gedanke, der mir in diesem Moment kam, brachte mich zum Schmunzeln. »Ich stelle mir gerade vor, ich würde deine Theorie diesem Kommissar unterbreiten, mit dem Claussen befreundet ist. Der hält mich ohnehin schon für total durchgeknallt.«

»Wenn er ein bisschen psychologisch geschult ist, dürfte er die Theorie eigentlich nicht so leicht vom Tisch wischen. Andererseits ist jemandem wie ihm mit Theorien nicht gedient. Er braucht handfeste Beweise. Und wenn ich dich richtig verstanden habe, gibt es keine Beweise, die in diese Richtung deuten. Das Richterspiel ist ohne Zweifel bedenkenswert, aber es beweist gar nichts. Und letztlich geht es ja nicht allein um die Frage, ob jemand eine mörderische Aggression hätte entwickeln können. Es muss schließlich auch ein Motiv geben. Warum hätte eine der beiden Frauen – Karoline oder Simone – oder vielleicht sogar beide gemeinsam ihre Schwester umbringen sollen?«

»Um das Kind zu retten. Das ist die einzige Variante, die ich für möglich halte.«

»Aber in dem Fall wäre es dieser Dagmar um Geld gegangen. Um den kleinen Jungen vor Misshandlung zu schützen, hätten ja alle an einem Strang ziehen können. Also müsste Geld das Motiv gewesen sein. Könnte das zu dieser Dagmar passen?«

Wie in Zeitlupe schüttelte ich den Kopf. »Alles, was ich über sie gehört habe, hat sie mir sehr sympathisch erscheinen lassen.«

Anna lachte mit leisem Spott. »Auch Geldgierige können manchmal durchaus sympathisch sein. Das sind zwar die Ausnahmen, aber möglich ist es.«

»Irgendwie hänge ich trotzdem immer noch der Vorstellung an, es sei darum gegangen, Leon vor Misshandlung zu beschützen. Obwohl alles dagegen spricht. Ihrer Schwester Dorothee gegenüber hat Dagmar Momberg Leons Mutter als liebevoll und fürsorglich beschrieben.«

»Was ist mit dem Vater oder sonst jemandem in dem Haushalt?«

Mein Stöhnen ging in ein Gähnen über. »Mir schwirrt der Kopf, Anna. Ich glaube, ich muss das alles erst einmal sacken lassen.« Ich stand auf und stellte mein Weinglas in die Spüle. »Du bist ein Schatz, dass du dir die Zeit genommen hast. Danke.«

Sie brachte mich zur Tür. »Marlene?«

»Ja?«

»Nimm dich in Acht!«

Als ich die Hand zwischen meinen Schulterblättern spürte, war es bereits zu spät. Der starke, unerwartete Druck ließ mich das Gleichgewicht verlieren, auf die Straße stolpern und hinfallen. Das Scheinwerferlicht des Busses erfasste mich. Ich versuchte, aufzuspringen und wegzurennen, aber meine Beine gehorchten mir nicht. So musste sich ein Reh fühlen, bevor es den Aufprall spürte. Ich kniff die Augen zusammen. Jeden Moment würde es so weit sein …

Mein Herz klopfte bis zum Hals, als ich endlich aufwachte. Mit einem Ruck setzte ich mich auf und tastete nach dem Lichtschalter. Schulze, den ich unsanft geweckt hatte, verzog sich mit lautem Protest. Nachdem sich mein Puls beruhigt hatte, tat ich das, was mein Vater mit Fabian und mir immer wieder bei Alpträumen praktiziert hatte: Ich versetzte mich zurück in den Moment, als ich glaubte, erstarrt zu sein und nicht aufstehen zu können. Der Bus kam näher, das Licht der beiden Scheinwerfer wirkte übergroß. Ich sammelte alle Kraft für den einen, lebensrettenden Sprung in die Dunkelheit. Und ich tat ihn. Meine Landung im Straßengraben war alles andere als sanft, aber dafür war ich in Sicherheit.

Noch Stunden später verursachte mir die Erinnerung an den Traum Unbehagen. Ich dachte an Claussen und das, was ihm widerfahren war. Ich hatte wenigstens die

Scheinwerfer sehen können, die Richtung, aus der sie auf mich zugekommen waren. Claussen war in der Situation vollkommen hilflos gewesen.

Wer war zu so etwas fähig? War es mörderische Wut gewesen oder Kaltblütigkeit? Ich hatte Annas Worte noch im Ohr: *Nimm dich in Acht!* Aber vor wem?

Ich wählte Dorothee Mombergs Nummer, sprach jedoch nur mit dem Anrufbeantworter und hinterließ eine Nachricht mit der Bitte, mich zurückzurufen. Anschließend spielte ich mit Schulze Mäusejagd. Während der Kater völlig konzentriert war, fiel es mir schwer, bei der Sache zu bleiben. Als das Telefon läutete, hoffte ich auf einen Rückruf von Dorothee Momberg, aber es war Simone.

»Hallo, Marlene«, meldete sie sich, »ich hoffe, ich störe dich nicht.«

»Nein. Wie geht es dir?«

»Ganz gut. Hast du Lust, nachher mit mir in den Grunewald zu kommen? Mit all dem Schnee ist es bestimmt wunderschön dort. Es ist lange her, dass wir zuletzt einen solchen Winter hatten. Außerdem muss ich einfach mal raus, meinen Kopf durchlüften.«

Hin- und hergerissen zögerte ich. Hätte Anna mir nur nicht diesen Floh ins Ohr gesetzt, dass von Simone genauso eine Gefahr ausgehen konnte wie von Karoline.

»Ich habe leider keine Zeit«, log ich. »Ich bin schon verabredet.«

»Ach, schade. Lässt sich das nicht verschieben?«

»Nein.« Bei dieser Lüge kam ich mir völlig idiotisch vor.

»Ich hätte so gerne mit dir über Fabian gesprochen. Vielleicht kannst du mir einen Rat geben.«

»Sag, worum geht es?«

»Das ist nichts fürs Telefon.«

»Ich wollte auch über eine bestimmte Sache mit dir reden.« Irgendwie musste ich diesen blödsinnigen Verdacht loswerden. »Ich war gestern noch bei deiner Mutter im Krankenhaus ...«, begann ich und wartete, wie Simone darauf reagierte.

»Ja, das hat sie erzählt.«

»Hat sie auch erzählt, dass ich sie ziemlich verärgert habe?«

Simone machte ein Geräusch, das wie ein Lachen klang. »Ja, hat sie. Aber mach dir keine Sorgen, sie wird sich wieder beruhigen. Spätestens, wenn sie morgen nach Hause kommt und merkt, dass es schwierig ist, alleine zurechtzukommen.«

»Ich habe gestern Mark kennengelernt.«

»Welchen Mark?«

»Er war vor ungefähr fünfundzwanzig Jahren für kurze Zeit als Pflegekind in eurer Familie.«

»Was hast du mit ihm zu tun?«

»Erinnerst du dich an das Spiel, das eure Mutter mit Karoline und dir gespielt hat?«

Einen Moment lang war es still in der Leitung, sie schien nachzudenken. »Meinst du das Richterspiel? Was ist damit?«

»Warst du in diesem Spiel auch mal die Richterin?«

»Natürlich, jeder war mal dran, sonst wäre es ja ungerecht gewesen.«

»Und wer war angeklagt?«

»Die Bösen, wer sonst.«

Ich schwieg.

»Marlene, bist du noch dran?«, fragte sie.

»Ja, ich habe nur nachgedacht.«

»Worüber?«

»Ob eine Rache, die man im Spiel auslebt ...«

»Bei dem Spiel ging es nicht um Rache«, unterbrach sie mich, »sondern um Strafe.«

»Eigentlich eine wunderbare Idee«, warf ich den Köder aus. »Wünschst du dir nicht auch manchmal, die Möglichkeiten aus so einem Spiel in die Realität übertragen zu können?«

»Wie meinst du das?«, fragte sie irritiert.

»Na ja, wenn ich die Zeitung aufschlage und lese, was insbesondere Kindern angetan wird, ohne dass alle Schuldigen vor Gericht landen, wünsche ich mir schon hin und wieder eine andere Form von Gerechtigkeit.«

»Was für eine Form?«

»Simone, ich möchte auf keinen Fall an etwas rühren, das dich zusätzlich belastet. Wenn das so ist ...« Ich wartete.

»Sag schon!«

»Was ich meine, ist, dass in den meisten Fällen von Kindesmisshandlung ausschließlich die Eltern vor Gericht landen, nicht aber die, die es wie die drei Affen gemacht haben – nichts hören, nichts sehen, nichts sagen: Verwandte, Ärzte, Erzieher, Sozialarbeiter, Nachbarn. Selbst wenn eine Familie in der völligen Isolation lebt, muss es Menschen geben, die das ignorieren oder fadenscheinige Erklärungen dafür finden, um ihr Gewissen zu beruhigen. Aber ich glaube ...«

»Und dann«, fiel sie mir ins Wort, »stehen die Fernsehteams vor dem Haus, weil wieder mal ein totes Kind entdeckt wurde, und halten den Nachbarn ein Mikrofon vor die Nase. Du hörst sie sagen, dass ihnen da schon lange einiges komisch vorgekommen sei. Aber sie hätten sich nicht einmischen wollen.« Einen Moment lang war nur ihr Atmen zu hören. »All das mindert jedoch die Schuld der Eltern um keinen Deut, es erweitert nur den Kreis der Schuldigen.«

»Ich glaube, viele haben Angst, dass sie sich irren und jemanden fälschlich beschuldigen könnten.«

»Na und?«, brauste sie auf. »Dann machen sie eben einen Fehler. Besser ein Fehler als ein misshandeltes Kind, dem keiner hilft. Ein Kind kann sich nicht selbst helfen, das können nur Erwachsene. Unterlassene Hilfeleistung ist strafbar. Aber ich habe noch von keinem Nachbarn, keinem Sozialarbeiter und keinem Familienrichter gehört, der deshalb angeklagt wurde.«

»Ich möchte mir gar nicht vorstellen, wie sich ein Kind fühlen muss, dem die Hilfe verweigert wird«, sagte ich leise.

»Aber du musst es dir vorstellen, damit etwas passiert«, entgegnete sie. »Meine Schwestern und ich haben viel Glück gehabt. Wir haben neue Eltern bekommen. Es gibt Kinder, die diese Chance nie haben werden. Da kann noch so viel darüber geredet werden, dass der Staat mehr und mehr ein Wächteramt übernimmt.« Sie stieß Luft durch die Nase und gab einen missbilligenden Laut von sich. »Weißt du, wie viel so ein Wächteramt wirklich wert ist, wenn an allen Ecken und Enden eingespart wird? Es müsste viel mehr Familienhebammen und Familienhelfer geben, mehr Sozialarbeiter. Die Ärzte müssten sich mehr Zeit nehmen. Und schließlich kostet es Geld, ein Kind in eine Pflegefamilie oder in ein Heim zu geben. Viel mehr Geld, als einfach nur das Kindergeld zu erhöhen. Anstatt sich mal anzusehen, ob die Leute überhaupt erziehungsfähig sind, ob sie wissen, wie man mit einem Kind umgeht, stecken sie ihnen Geld in die Tasche. Würden sie das Geld stattdessen nehmen, um ihnen den Umgang mit ihrem Kind beizubringen ...«

Sie verstummte.

»Aber das wird doch, glaube ich, sogar versucht. Jedenfalls habe ich darüber gelesen. Aber vermutlich ist es gar nicht so einfach, manchen Eltern begreiflich zu machen, dass sie etwas falsch machen. Anstatt dringend erforderliche Hilfe anzunehmen, verweigern sie sie.«

Einen Moment lang war nur ihr Atmen zu hören. »Wusstest du, dass es Mütter gibt, die es auf sich beziehen und gekränkt sind, wenn ihr Baby schreit? Die glauben, es lehne sie ab? Und bestrafen es dafür. Die bekommen ein Kind, weil sie Sehnsucht nach etwas haben, das allein für sie da ist. Und je weniger sie auf die Bedürfnisse ihres Babys eingehen, desto mehr schreit es. Bis es irgendwann aufgibt. Wenn sie es nicht vorher totgeschüttelt haben.«

Mir war kalt, ich lief mit dem Telefon in der Küche umher. Es gab einiges, was ich dazu hätte sagen können, jedoch nichts, was dagegen sprach.

»Wenn es jedoch überlebt«, fuhr sie mit leiser Stimme fort, »möchte es irgendwann selbst eine kleine Familie haben. Eine glückliche Familie, mit einem Baby, das die Mutter anlächelt. Wenn ich dann höre, dass Kinder, die ihren erziehungsunfähigen Eltern weggenommen werden, zu den Großeltern kommen, wird mir übel. Anstatt sich Gedanken darüber zu machen, warum die Eltern mit ihrem Kind so und nicht anders umgehen, und vielleicht auch mal die Qualifikation der Großeltern zu hinterfragen. Aber solange so viele Menschen davon überzeugt sind, dass ein Kind immer am besten und sichersten in der eigenen Familie aufgehoben ist, wird sich nichts ändern.«

»Ich hoffe«, sagte ich, »dass sich doch irgendwann etwas ändert. Es sind sicher nur kleine Schritte, aber das Thema ist in aller Munde, die Menschen werden mehr und mehr dafür sensibilisiert.«

»Da irrst du dich«, entgegnete sie. »Wenn etwas in aller Munde ist, heißt es plötzlich, die Medien würden übertreiben, hätten nur gerade mal wieder ein neues Thema entdeckt. Nach dem Motto: Es kann doch gar nicht so viele unfähige Eltern geben, das ist alles völlig übertrieben.«

»So ähnlich hat es wohl eine der Mütter aus Dagmars Kita ausgedrückt, übrigens die Mutter von dem kleinen Leon, der entführt worden ist. Wie deine Schwester Dorothee meinte, habe das Schicksal dieser Frau auf unvorstellbar grausame Weise eine Lektion erteilt.«

»Ein Tropfen auf den heißen Stein«, entgegnete Simone.

Alles war bereit. Sie war klug vorgegangen, hatte das Ziel nicht aus den Augen verloren. Und den rechten Moment abgewartet. Jetzt war der Boden bereitet.

Sie wusste, es würde nicht einfach sein. Nicht beim ersten Mal. Aber es würde leichter werden, mit jeder Hürde, die genommen war. Und am Ende wartete Ruhe. Endlich Ruhe. Sehnsüchtig schloss sie die Augen.

Ein Klopfen an der Tür. Sie straffte die Schultern unter der schwarzen Robe, hob den Kopf. Es war so weit. Ein tiefer Atemzug, dann ließ sie sie hinein, wies einer jeden ihren Platz zu.

Stumm folgten sie ihren Anweisungen, blieben stehen, bis sie selbst sich gesetzt hatte. Es war ihre Saat, die da aufging.

Sie gab ihnen Zeit, sich umzusehen, alles in sich aufzunehmen. Erst dann ließ sie den Hammer niederfahren, verlas, was an diesem Tag zu verhandeln war.

Der Fall war eindeutig. Es gab Beweise. Ausreichende Beweise – nur keine Hoffnung auf Reue. Genug, um die letzten Zweifel zu tilgen.

Und dennoch! Sie wollte keinen kurzen Prozess. Sie hatte den Vorsitz. Aber sie sollten ihren Argumenten nicht blind folgen. Es ging um ein Leben. Um Gerechtigkeit.

Sie machte es ihnen nicht leicht, sich ihr Wohlwollen zu verdienen. Sie durfte es nicht. Wollte sie ihre Sache gut machen, musste sie hart bleiben. Unnachgiebig. Fordernd.

Sie trug schwer an der Verantwortung. Mit beiden Händen nahm sie den Strick und hielt ihn in die Höhe.

20

Max hatte mich überredet, mit ihm ein indisches Restaurant in Kreuzberg zu besuchen. Während mir bei den scharfen Gewürzen fast die Luft wegblieb, genoss er die wohlige Wärme, die sich in seinem Körper ausbreitete. Irgendwann legte ich die Gabel auf meinen noch halbvollen Teller und betrachtete ihn. Max war jemand, der sein Essen in aller Ruhe genoss. Überhaupt schien er eine Grundgelassenheit zu haben, die so schnell durch nichts zu erschüttern war. Mit einem Augenzwinkern schilderte er mir die Skurrilitäten seiner Familie und sein Bedürfnis, sich nach einem solchen Intensivwochenende davon zu erholen. Obwohl ich mir alle Mühe gab, ihm zuzuhören, schweiften meine Gedanken immer wieder ab.

»Wie haben es meine Vorgänger geschafft?«, fragte er und holte mich zurück ins Hier und Jetzt.

»Was?«

»Dich zu fesseln.«

»Zum Glück gar nicht«, meinte ich grinsend, um gleich darauf wieder ernst zu werden. »Entschuldige!«

Er lehnte sich zurück, als könne er sich aus einem größeren Abstand eher ein Bild machen. »Worüber denkst du nach?«

»Immer noch über den Mord. Ich habe inzwischen ein bisschen mehr über Dagmar Mombergs Schwestern erfahren.«

»Apropos – wie steht es denn bei Fabian? Er hat sich doch in eine von ihnen verliebt.«

»Im Augenblick hat er, glaube ich, schlechte Karten bei Simone.«

Max zog die Stirn in Falten. »Dann soll er besser die Finger von ihr lassen.«

»Wieso sagst du das? Du kennst sie doch gar nicht.«

»Ich kenne deinen Bruder, er braucht eher etwas Unkompliziertes.«

»Unkompliziert? Könntest du das etwas eingrenzen, damit ich es mir vorstellen kann?«

Er nickte ungerührt. »Er braucht das, was wir alle suchen: eine hingebungsvolle Geliebte, die uns morgens das Frühstück bereitet und abends das Bett wärmt.«

»Und zwischendrin den Mund hält?«

»O ja, das hätte ich beinahe vergessen.« Max' Grinsen war so frech, dass ich lachen musste.

»Meinst du nicht, dass Männer ziemlich anspruchslos sind?«

»Das nennst du anspruchslos? Finde heute erst einmal eine solche Frau! Da kannst du ziemlich lange suchen.«

Als wir die Rechnung bestellten, bestand Max darauf, mich in Anbetracht meiner angespannten finanziellen Lage einzuladen. Ich war ihm dankbar dafür und willigte ein. Obwohl der Weg nach Dahlem weiter war als zu ihm, überredete ich ihn, bei mir zu übernachten. Schulze sollte in der letzten Nacht bei mir nicht alleine bleiben.

Da ich vergessen hatte, die Heizung hochzustellen, verkrochen wir uns gleich ins Bett und holten nach, was wir in den vergangenen Tagen versäumt hatten. Es war kurz vor Mitternacht, als ich noch einmal aufstand, um uns eine Flasche Rotwein und zwei Gläser zu holen. Bei meiner Rückkehr ins Schlafzimmer lag Schulze auf Max' Decke und ließ sich kraulen.

»Es wird mir schwerfallen, ihn wieder abzugeben.«

»Aber du siehst ihn doch bei deiner Kundin immer wieder.«

»Schön wär's«, sagte ich und erzählte ihm, was sich in der Zwischenzeit zugetragen hatte.

»Wie geht es eigentlich diesem Herrn Claussen?«, fragte er, als ich geendet hatte.

»Gestern lag er noch im Koma. Aber ich hoffe, dass sie ihn bald aufwachen lassen. Meinst du, dass er sich an den Unfall und alles andere wird erinnern können?«

»Das hängt von der Schwere seiner Verletzungen ab.«

»Ich hoffe nur, dass sie die richtige Person verhaftet haben. Wenn nicht …«

Max machte ein skeptisches Gesicht. »Die Theorie, die deine Freundin hat, beschreibt doch, wenn ich es richtig verstanden habe, eher eine Ausnahme. Die Wahrscheinlichkeit, dass alles einen völlig anderen Verlauf genommen hat, ist demnach ziemlich groß. Und wenn ich es recht bedenke, möchte ich mir auch gar nicht vorstellen, dass da vielleicht eine selbsternannte Richterin herumläuft, die auch gleichzeitig noch als Henkerin fungiert. Sie hätte immerhin einen Mord und einen versuchten Mord auf dem Gewissen.«

»Oder mehr«, gab ich zu bedenken. »Du musst nur das, worüber ich gestern mit Simone gesprochen habe, ein wenig weiterspinnen. Simone regt sich nur über Leute auf, die sich nicht einmischen wollen. Aber Karoline?«

»Was heißt hier nicht einmischen wollen? Das klingt gerade so, als sei die Sache immer völlig klar. Damit machen es sich die Leute zu einfach.«

»Nein, Max, diejenigen machen es sich zu einfach, die nur bereit sind zu handeln, wenn eine Sache völlig klar ist. Aber ein Verdacht sollte ausreichen, um einzugreifen.«

Er stellte sein Glas ab und sah mich entgeistert an. »Das ist reine Theorie.«

»Hast du mal Berichte von Leuten gelesen, die Kinder aus völlig vermüllten Wohnungen holen? Oder von Rechtsmedizinern, die die diversen Misshandlungen eines toten Kindes auflisten? Ich glaube, wenn du denen mit reiner Theorie kommst ...«

»Marlene, auf die Gefahr hin, dass ich mich wiederhole: Ist dir klar, was ein falscher Verdacht anrichtet, in welche Situation du vielleicht völlig unschuldige Eltern damit bringst?«

»Und ist dir klar, in welcher Situation du ein Kind lässt, dessen Eltern möglicherweise schuldig sind und dem du aus Unsicherheit nicht hilfst? Das ist doch um ein Vielfaches schlimmer.«

Max rückte ein Stück von mir ab und stellte sein Weinglas neben das Bett. »Du redest von diesen Eltern, als seien es Monster. In den meisten Fällen handelt es sich aber um schlichtweg überforderte Menschen, die in einer schweren Krise stecken, die arbeitslos sind, einen Scheidungskrieg ausfechten ...«

»Und die ihr Kind schütteln, schlagen, einsperren, verwahrlosen oder verhungern lassen. Ja. Und?«

Max presste die Lippen zusammen und sah mich zutiefst verärgert an.

»Und jetzt komm mir nicht damit«, fuhr ich mit immer lauter werdender Stimme fort, »dass es so schwer ist, eine Misshandlung von einem Unfall zu unterscheiden.

Wenn es tatsächlich so schwer ist, warum macht ihr euch nicht schlau? Oder lohnt sich das etwa nicht, weil es eurer Meinung nach zu wenige Fälle sind? Dann seid ihr nicht besser als die Pharmaindustrie, die nur dort forscht, wo es sich lohnt.«

Max stand auf und zog sich an, ohne mich auch nur eines Blickes zu würdigen. Mir den Rücken zukehrend setzte er sich aufs Bett und band sich die Schuhe zu. Er schien die ganze Zeit über die Luft angehalten zu haben. Mit einem Stöhnen atmete er aus und drehte sich zu mir um. »Weißt du, wie viele Leute sich darüber schon Gedanken gemacht haben? Auch wenn du es dir noch so sehr wünschst – es gibt keine einfachen Lösungen.«

»Und was bitte schön spricht gegen eine schwierige Lösung?«

Es war nicht leicht gewesen, ihn zum Bleiben zu bewegen. Bis drei Uhr morgens hatten wir uns die Worte um die Ohren gehauen. Um einen gemeinsamen Nenner zu finden, kamen wir von zu unterschiedlichen Standpunkten. Dennoch gelang es uns irgendwie, einen Waffenstillstand zu schließen und erschöpft nebeneinander einzuschlafen.

Als um sechs Uhr der Wecker klingelte und Max im Bad verschwand, hätte ich mich am liebsten wieder umgedreht. Stattdessen quälte ich mich aus dem Bett und löste mein Versprechen ein, ihm Frühstück zu machen. Der Blick, den ich dafür erntete, war es wert.

Als Max gegangen war, kuschelte ich mich noch eine Weile mit Schulze aufs Sofa, sagte ihm, wie traurig ich darüber sei, mich von ihm zu trennen, und streichelte ihn so lange, bis es ihm zu viel wurde.

Den Vormittag verbrachte ich schließlich mit den üblichen Montagsbesorgungen für meine Kunden. Mittags aß ich in Windeseile, um mit Schulze noch eine Runde Katz und Maus spielen zu können. Als er sich schließlich erschöpft auf meinem Sofa zusammenrollte, gestand ich mir ein, dass sich seine Übergabe nicht länger hinauszögern ließ. »Das war's, mein Kleiner«, sagte ich traurig. »Jetzt geht's wieder nach Hause. Ich werde dich vermissen!«

Es tat mir in der Seele weh, den sich sträubenden, fauchenden Kater in den Katzenkorb zu zwängen. Als ich all seine Sachen beisammen und im Auto verstaut hatte, machte ich mich mit ihm auf den Weg. Genau wie in der Neujahrsnacht gab er während der gesamten Fahrt Protestlaute von sich.

Als ich an Heidrun Mombergs Tür klingelte, stellte ich mich darauf ein zu warten. Die alte Frau würde ihre Zeit brauchen, um zu öffnen. Es dauerte jedoch nur Sekunden, bis ein Gesicht im Türrahmen erschien: Karolines. Fast wäre ich vor Schreck einen Schritt zurückgewichen, konnte mich jedoch gerade noch beherrschen und schalt mich eine Närrin.

»Hallo«, begrüßte ich sie und hielt ihr den Katzenkorb entgegen. »Deine Mutter hat mich gebeten, Schulze heute zurückzubringen.«

Sie nahm den Korb. »Schön, dich zu sehen, Marlene«, sagte sie mit einem Lächeln.

»Die restlichen Sachen sind im Auto. Wenn du einen Moment wartest, hole ich sie schnell.«

»Ich kann dir auch helfen«, bot sie an.

»Nein, danke, es ist nicht viel«, rief ich auf dem Weg zum Wagen über die Schulter. Als ich zurück war, wollte ich alles an der Haustür abstellen, aber sie bat mich hinein. Widerstrebend folgte ich ihr. Heidrun Momberg würde nicht begeistert sein, mich zu sehen.

Drinnen nahm sie mir die Sachen ab. »Magst du einen Kaffee mit mir trinken?«

»Ich habe nicht viel Zeit. Für heute steht noch eine ganze Menge auf meinem Programm.« Ich tat ein paar Schritte rückwärts zur Tür.

»Du würdest mir eine Freude machen.«

»Deine Mutter wäre, glaube ich, nicht sehr begeistert von dieser Idee. Bei unserer letzten Begegnung hatten wir eine ziemlich heftige Auseinandersetzung.«

Sie winkte ab. »Mach dir deswegen keine Sorgen. Meine Mutter ist nicht nachtragend. Wie magst du deinen Kaffee? Stark oder eher schwach?«

»Meinetwegen musst du dir wirklich keine Mühe machen. Wo ist deine Mutter überhaupt? Sie sollte doch heute aus dem Krankenhaus entlassen werden.«

»Ich habe sie vorhin abgeholt. Aber es war alles ein bisschen viel für sie. Es wird dauern, bis sie wieder völlig auf dem Damm ist. Vor allem, bis sie Dagmars Tod verwunden hat. Sie hat sich oben hingelegt.« Karoline bedeutete mir, ihr in die Küche zu folgen. »Ende der Woche beginnt sie ihre Reha. Bis dahin kümmern wir uns hier um sie.«

Gegen den Küchentisch gelehnt sah ich ihr dabei zu, wie sie die Kaffeemaschine füllte. Auch wenn ich Heidrun Momberg verärgert hatte und sie mir sicher nicht wohlgesinnt war, beruhigte mich ihre Anwesenheit im Haus. Um mit Karoline allein zu bleiben, spukte mir Annas Theorie immer noch viel zu sehr im Kopf herum. Zwar hatte Max betont, dass es sich bei dieser Theorie um eine Ausnahme handelte, aber auch Ausnahmen konnten wahr werden. Um eine solche Ausnahme zu sein, hätte sie sich jedoch von einer Sekunde auf die andere in eine mordende Furie verwandeln müssen. Und das konnte ich mir beim besten Willen nicht vorstellen.

Sie stellte zwei Becher mit Kaffee auf den Tisch, holte Milch aus dem Kühlschrank und setzte sich. »Ich habe Dagmar nicht umgebracht«, sagte sie in der ihr eigenen abgehetzten Art. Und als sie meinen Gesichtsausdruck sah, fügte sie hinzu: »Ja, meine Mutter hat mir von eurem Gespräch erzählt.«

»Entschuldige, wenn ich …«

»Jede von uns hat sich unzählige Gedanken gemacht, wer Dagmar umgebracht haben könnte«, fiel sie mir ins Wort. »Und wir sind froh, dass jetzt endlich Schluss ist mit all den Verdächtigungen. Sie haben die Mörderin – Gaby Wiechmann, sie war eine Kollegin von Dagmar.« Sie schob den Kaffeebecher näher zu mir und hielt mir die Milchtüte hin.

Während ich Milch in den Kaffee goss, dachte ich an die K.-o.-Tropfen, die Dagmar zu sich genommen hatte, bevor sie erdrosselt worden war. Das Letzte, was ich tun würde, war, von diesem Kaffee zu trinken. »Weiß die Kripo denn inzwischen, warum sie es getan hat?«

Sie zuckte die Achseln. »Vielleicht hatte sie mit der Entführung des Jungen zu tun, und Dagmar ist ihr auf die Schliche gekommen.«

»Aber hätte Dagmar über etwas so Schwerwiegendes nicht mit euch gesprochen?«

»Sie hat wohl Andeutungen gemacht, nur haben wir die nicht verstanden.« Karoline sah auf ihre Hände und verfiel in Schweigen.

Als in diesem Moment mein Handy klingelte, atmete ich auf und meldete mich. Am anderen Ende hörte ich die Stimme von Klaus Trapp fragen, ob er mich kurz sprechen könne. Ich bat ihn dranzubleiben, entschuldigte mich bei Karoline und ging vors Haus. »Okay, jetzt bin ich allein. Worum geht es?«

»Am besten sage ich es, wie es ist«, begann er mit einem Zögern. »Unser letztes Telefonat geht mir immer wieder durch den Kopf. Was Sie mir da von diesem Richterspiel erzählt haben, ist zumindest interessant. Das heißt nicht, dass ich glaube, es könne für diesen Fall relevant sein«, beeilte er sich zu sagen. »Trotzdem würde ich gerne noch ein wenig mehr darüber erfahren. Hätten Sie Zeit, sich mit mir zu treffen?«

»Wann?«

»Am besten heute noch.«

»Ich bin gerade bei Heidrun Momberg zu Hause und trinke mit Karoline Goertz einen Kaffee. Danach stehen noch zwei Kundenbesuche auf meinem Plan. Wie wäre es, wenn wir uns so gegen neunzehn Uhr in der *Luise* hier in Dahlem treffen? Wissen Sie, wo das ist?«

»Ja, weiß ich. Dann um sieben.«

»Halt«, rief ich, um zu verhindern, dass er auflegte. »Können Sie bis dahin versuchen, etwas herauszufinden? Mich würde interessieren, ob es Zeugen aus Prozessen um Kindesmisshandlung und Kindesvernachlässigung gibt, denen nach den Prozessen etwas zugestoßen ist. Ich meine Ärzte, Hebammen, Erzieher, Sozialarbeiter, Nachbarn. Menschen, die den Kindern möglicherweise hätten helfen können, es aber nicht taten – aus welchen Gründen auch immer.«

»Wie kommen Sie auf diese Idee?«

»Das erkläre ich Ihnen heute Abend.«

Zurück in der Küche entschuldigte ich mich bei Karoline. »Das war eine Kundin, für die ich schnell noch etwas besorgen soll. Ich glaube, ich breche besser auf.«

Sie schien mich nicht gehört zu haben. »Du hast meine Mutter mit diesem Verdacht sehr aufgeregt.«

»Das tut mir leid.«

»Ich hoffe, du bist damit nicht hausieren gegangen.«

»Ich habe mit deiner Mutter gesprochen, weil mich ihre Einschätzung interessiert hat.«

»Aber wie bist du überhaupt darauf gekommen?«

Alles in mir drängte zur Tür, ich rutschte auf meinem Stuhl immer weiter nach vorne, bis ich die Kante erreicht hatte. »Mein blinder Kunde, Arnold Claussen, hat nach seinem Unfall etwas von einer Richterin gesagt.«

»Ja und?« Sie saß da, hatte die Arme vor der Brust gekreuzt und schien mich zu fixieren.

»Ich war überzeugt, dass diese Worte eine Bedeutung hatten. Und als ich von eurem Spiel hörte …«

»Hast du geglaubt, eins und eins zusammenzählen zu können. Verstehe.« Sie bewegte den Kopf von einer Seite zur anderen.

Ich konnte dieses Kopfschütteln nicht einordnen. Als Schulze um meine Beine strich, hob ich ihn hoch und streichelte ihn. Im Aufstehen sagte ich: »Wenn es dir recht ist, gehe ich kurz zu deiner Mutter hoch und sage ihr hallo. Ich würde mich gerne bei ihr für die ganze Aufregung entschuldigen.«

Karoline sah auf die Uhr. »Warte besser hier, sie kommt ohnehin jeden Moment herunter.«

Ich setzte mich wieder, was Schulze dazu animierte, sich auf meinem Schoß einzurollen.

»Du hast deinen Kaffee gar nicht angerührt. Magst du vielleicht lieber ein Wasser?«

»Nein, lass nur, danke, ich muss ohnehin los.«

Karoline stand auf, ging zu einem der Küchenschränke und fragte: »Was ist mit einem Keks? Oder einem Stück Kuchen? Ich habe welchen besorgt. In dem kleinen französischen Café. Die haben den besten. Meine Mutter liebt ihn. Aber es gibt …«

Eisige Kälte kroch in meinen Körper. Einen Moment lang wusste ich nicht, ob ich träumte. Als ich die Augen öffnete, war alles schwarz. Ich schloss sie wieder, wartete ein paar Sekunden, um sie schließlich noch einmal aufzuschlagen. Von einer Sekunde auf die andere erfasste mich Panik. Ich war wach, um mich herum war es stockdunkel. Meine Arme waren hinter dem Rücken gefesselt, meine Fußgelenke zusammengebunden und offensichtlich mit den Armfesseln verbunden. Ich versuchte, mich aufzusetzen, aber es war unmöglich. Das Klebeband über meinem Mund hinderte mich daran zu schreien. Die wimmernden Laute, die ich von mir gab, würde niemand hören. Mir wurde schwindelig vor Angst. Mit aller Kraft konzentrierte ich mich darauf, möglichst ruhig durch die Nase zu atmen. Nachdem ich eine Weile nichts anderes getan hatte, beruhigte sich mein Atem ein wenig. Immer wieder ging mir der eine Gedanke durch den Kopf: Wäre ich erkältet, wäre ich jetzt tot.

Irgendwie musste ich die Panik im Zaum halten! Ich versuchte mich zu konzentrieren – auf meine Muskeln, die völlig verkrampft waren, meinen Kopf, in dem es so stark pochte, dass ich meinte, er müsse jeden Moment bersten. Die Schmerzen in meinem Nacken waren fast unerträglich. Karolines heftiger Schlag hatte mich völlig außer Gefecht gesetzt. Ich musste ohnmächtig geworden sein.

Meine Nase sagte mir, dass ich mich in einem Kellerraum befand. Der Boden, auf dem ich lag, war eiskalt und rauh. Vermutlich war ich immer noch in Heidrun Mombergs Haus. Meine Ohnmacht hatte bestimmt nicht lange genug gedauert, um mich von dort wegzuschaffen. Ich betete, dass es so war. Wenn nicht ... Aber daran wollte ich nicht denken.

Ich hatte Klaus Trapp erzählt, wo ich mich aufhielt, als wir miteinander telefonierten. Allerdings hatte ich ihm auch gesagt, dass ich noch zwei weitere Kunden besuchen würde. Warum also sollte er mich ausgerechnet hier vermuten?

O Gott, wie spät war es? War es schon neunzehn Uhr? Wartete der Kripomann bereits auf mich? Er kannte mich nicht gut genug, um zu wissen, dass ich pünktlich war und Termine, die ich nicht einhalten konnte, stets absagte. Bis auf diese unselige Ausnahme vor einer Woche, als ich Claussen hatte warten lassen, ohne ihm Bescheid zu geben. Vermutlich läge ich nicht hier, hätte ich ihn nicht versetzt. Aber dieses Hätte-Wäre-Wenn half mir auch nicht weiter.

Ich versuchte, mir vorzustellen, was Klaus Trapp tun würde, wenn ich nicht zur verabredeten Uhrzeit in der Luise auftauchte. Erst einmal warten, dann unruhig werden. Nach einer Viertelstunde würde er meine Handynummer wählen. Karoline hatte das Gerät vermutlich abgeschaltet. Würde er auf meine Mailbox sprechen, das Lokal nach einer weiteren Viertelstunde verlassen und nach Hause fahren? Ich konzentrierte meine gesamte

Energie auf diesen Mann. Bitte, betete ich, lass ihn misstrauisch werden, lass ihn überlegen, wo ich sein könnte. Lass ihn hier klingeln und nach mir fragen.

Und dann? Heidrun Momberg wusste nicht, dass ich in ihrem Keller lag. Karoline würde dem Kripobeamten erzählen, dass ich Schulze abgegeben, einen Kaffee mit ihr getrunken und anschließend das Haus verlassen hatte. Danach sei ich zu weiteren Kundenbesuchen aufgebrochen. Mein Auto, schoss es mir durch den Kopf. Es stand vor dem Haus. Würde sie das Risiko eingehen, von Nachbarn dabei beobachtet zu werden, wie sie sich hineinsetzte und damit wegfuhr? Ja, das würde sie. In der Dunkelheit würde niemand genau erkennen können, dass sie es war und nicht ich.

In meinem Kopf ging es wild durcheinander. Dagmar war im Schlaf umgebracht worden. Warum lebte ich noch? Weil Karoline das mehr Zeit ließ, mich aus dem Haus ihrer Mutter zu schaffen? Als Leiche würde ich ziemlich schnell anfangen zu riechen – selbst in diesem kalten Raum.

Der Raum. Ich erinnerte mich an etwas, das Mark gesagt hatte: *Heidrun hatte sogar eigens Elternpuppen genäht, die zur Urteilsvollstreckung am Galgen aufgehängt oder unten im Keller in dem alten Luftschutzbunkerraum eingesperrt wurden.* Wenn es tatsächlich der alte Bunkerraum war, in dem ich lag, erklärte sich die völlige Dunkelheit.

Auf der Seite liegend, setzte ich alles daran, den Raum zu erkunden. Ich kam nur zentimeterweise voran und musste immer wieder pausieren, da mir alles wehtat und ich das Gefühl hatte, durch die Nase nicht genug Luft zu bekommen. Es war ein mühsames Unterfangen, ich wusste nicht einmal, ob ich mich im Kreis bewegte oder auf eine Wand zusteuerte. Ich suchte die Tür. Sie würde aus Stahl sein und – so hoffte ich – noch am ehesten Klopfgeräusche übertragen. Heidrun Momberg würde nicht die ganze Zeit schlafen, irgendwann musste sie aufwachen. Zum Glück war sie nicht schwerhörig.

Aber. Es gab immer ein Aber. Was, wenn Karoline oben Musik laufen ließ oder den Fernseher eingeschaltet hatte? Sie war nicht dumm, sie würde sich absichern. Ich gab mir alle Mühe, mich nicht wieder von Panik überschwemmen zu lassen. Immerhin lebte ich noch. Also hatte ich eine Chance.

Die Schmerzen in Muskeln und Nacken wurden immer schlimmer. Trotzdem rutschte ich weiter über den Boden – Zentimeter für Zentimeter. Dabei versuchte ich, die Kälte zu ignorieren. Max würde hier erfrieren, dachte ich. Max … wann würde er anfangen, mich zu vermissen? Beim Abschied am Morgen hatten wir verabredet, am Abend zu telefonieren. Fabian würde auch irgendwann merken, dass er mich nicht erreichen konnte. Ebenso Anna, Jördis und Grit. Bis jedoch einer von ihnen mich bei der Polizei als vermisst meldete, würde es mit Sicherheit zu spät sein.

Endlich spürte ich einen Widerstand. Ich arbeitete mich dichter heran und nutzte das geringe Bewegungsspiel meiner Füße, um dagegen zu treten. Genauso gut hätte jedoch ein Floh husten können. Das dicke Mauerwerk schluckte jeden Tritt. Zum ersten Mal in meinem Leben begriff ich, was es heißt, sich am Rande der Verzweiflung zu bewegen. Aber verzweifelt zu sein, bedeutete, keine Hoffnung mehr zu haben. Ich durfte nicht aufgeben. Die Laute, die ich von mir gab, klangen wie die eines Tieres. Ob Schulze mich hörte?

Während ich an der Wand entlang über den Boden rutschte, hoffte ich, dass ich mich in die richtige Richtung bewegte – zur Tür hin und nicht von ihr weg. Wenn ich sie erreichte, würde ich mit aller Kraft dagegen treten und gleichzeitig beten, dass nicht Karoline mich hörte, sondern ihre Mutter.

21

Dass Gebete nicht immer erhört werden, wusste ich schon seit langem. Und ich erfuhr es jetzt wieder, als die Tür aufging, das Licht eingeschaltet wurde und Karoline auf mich herabsah. Die bittenden Laute aus meiner Kehle schienen sie nicht zu erreichen. Nur wenige Schritte neben mir stehend, betrachtete sie mich wie ein Problem, das es zu lösen galt. Mit aller Kraft zerrte ich an den Fesseln.

»Das nützt nichts«, sagte sie, trat hinter mich, packte mich grob an den Oberarmen, setzte mich auf und lehnte mich gegen die Wand. Ohne ein weiteres Wort verließ sie den Raum. Sekunden später war sie zurück. Nachdem sie die Tür geschlossen hatte, ging sie in die Knie und stellte etwas neben mir ab. Es war eine Flasche Wodka.

Mein Herz klopfte wie verrückt. Wieder gab ich Laute von mir, dieses Mal schienen sie meine Kehle zu sprengen. Heidrun Momberg musste mich doch hören.

»Meine Mutter schläft«, sagte Karoline. »Sie hat eine Schlaftablette genommen.«

Ich legte all mein Flehen in meinen Blick, spürte jedoch, dass sie immun dagegen war. Es kam mir vor, als hätte ich es mit einer völlig anderen Person als die, die ich kennengelernt hatte, zu tun. Sie wirkte wie ferngesteuert. Ich dachte an Annas Theorie, dachte daran, wie alles gelaufen sein musste, damit Karoline mich jetzt auf diese Weise ansah.

Sie ging in die Knie und riss mir das Klebeband vom Mund. Ungerührt von meinem Schmerzensschrei, nahm sie die Flasche und öffnete sie. »Mach den Mund auf!«, befahl sie mir. Mit der einen Hand griff sie in meinen schmerzenden Nacken, die andere drückte mir die Flasche gegen die Lippen.

Gegen ihren Widerstand drehte ich den Kopf zur Seite und schrie um Hilfe.

Als wären meine Gebete doch noch erhört worden, öffnete sich in diesem Augenblick die Tür. Sekundenlang schloss ich die Augen, während mir Tränen über die Wangen liefen.

»Halt den Mund«, hörte ich eine Stimme sagen, die nicht Karoline gehörte.

Mit weit aufgerissenen Augen starrte ich Simone ins Gesicht. »Nein!«

»Trink das«, sagte sie in einem Ton, als wäre ich ihre ärgste Feindin.

»Nein!« Mein Schrei war ohrenbetäubend und setzte eine Kettenreaktion in Gang.

Karoline stieß mir den Flaschenhals in den Mund, während Simone mir in die Haare griff und meine Nase zuhielt. Ich würgte. Das Gefühl, an der Flasche zu ersticken, war übermächtig. Simone ließ mich für einen Moment los. Auf der Zunge spürte ich einen Splitter. War es Glas oder das Stück eines Zahns? Ich spuckte aus, fuhr mit der Zunge über meine Vorderzähne und wünschte, Luise Ahlert auch nur einen Augenblick lang Glauben geschenkt zu haben, als sie Simone als grob beschrieben hatte.

»Trink jetzt endlich, verdammt noch mal!«, sagte Karoline mit wutverzerrtem Gesicht. Wieder stieß sie mir die Flasche gegen den Mund und verletzte dabei meine Unterlippe.

Blut vermischte sich mit Wodka. Meine Lippe brannte ebenso wie meine völlig überreizte Kehle. Ich verschluckte mich und musste husten. Die Blicke, mit denen die beiden kommunizierten, waren beängstigend in ihrer Unbarmherzigkeit. An unserem Abend in der Pizzeria hatten sie mich wegen ihres Gleichklangs an Zwillinge erinnert. Wie ähnlich sie strukturiert waren, bekam ich jetzt auf grauenvolle Weise zu spüren.

»Was habt ihr mit mir vor?«, fragte ich, als ich wieder zu Atem kam. »Mich vor ein Auto stoßen?« Ich fixierte Simone. »Wie ihr es mit Herrn Claussen gemacht habt?«

Ihr Blick war Antwort genug.

»Was ihr hier mit mir macht, hinterlässt Spuren. Das Klebeband, die Fesseln, die Fasern von meinem Pulli an dieser Wand. Mein Auto steht vor der Tür. Damit kommt ihr nicht durch.«

»Du glaubst, jemand schert sich um ein Unfallopfer? Vergiss es.« Das war nicht die Frau, in die sich mein Bruder verliebt hatte.

»Simone, ich flehe dich an. Ihr könnt immer noch zurück.« Meine Angst war so groß, dass ich noch den kürzesten Strohhalm umklammert und ihr das unwahrscheinlichste Zukunftsszenario ausgemalt hätte.

»Wohin zurück?«, fragte sie, als hätte sie etwas verpasst.

»Die Leute von der Kripo sind nicht dumm«, versuchte ich es aus einer anderen Ecke, »erst wird eure Schwester umgebracht, kurz darauf einer ihrer ehemaligen Kollegen vor ein Auto gestoßen und nun soll auch noch ich einen Unfall haben? Das nehmen sie euch nicht ab.«

»Sie sind uns noch nicht einmal auf der Spur«, entgegnete sie abfällig.

Anna hatte von mörderischer Aggression gesprochen. Ich musste die beiden nur ansehen, um zu wissen, was sie damit gemeint hatte. Sekundenlang war die Panik übermächtig. Ich hatte keine Chance gegen sie. Es fiel mir wie Schuppen von den Augen: Ihre Hemmung, einen anderen Menschen zu töten, hatten sie vor langer Zeit überwunden. Dafür hatte ihre Mutter gesorgt, als sie ihnen Puppen nähte, die sie zum Tode verurteilte und von ihren Töchtern am Galgen aufknüpfen ließ.

Während Karoline mir den Wodka einflößte und Simone mir immer wieder die Nase zuhielt, versuchte ich, so viel wie möglich von der Flüssigkeit wieder auszuspucken. Fieberhaft suchte ich nach einem rettenden Gedanken. Die einzige Waffe, über die ich verfügte, waren Worte. Bis ich in diesem Keller aufgewacht war, hatte ich geglaubt, mich jederzeit mit Worten aus einer gefährlichen Situation retten zu können. Wie naiv. Die Art, wie sie mich ansahen, belehrte mich eines Besseren. Sie waren nicht erreichbar. Meine einzige Chance war es, Zeit zu gewinnen. Im Stillen betete ich, dass jemand nach mir suchte.

Beim nächsten Schluck tat ich, als habe ich mich wieder verschluckt. Karoline setzte sich zurück auf ihre Fersen und wartete voller Ungeduld.

»Sie sind euch sehr wohl auf der Spur«, sagte ich nach Luft schnappend. Allmählich spürte ich die Wirkung des Alkohols.

»Red keinen Blödsinn, du willst nur Zeit gewinnen«, blaffte Karoline. »Die Polizei sucht immer erst einmal nach Leuten, die ein Motiv haben. Wie sollen sie denn da ausgerechnet auf uns kommen?«

»Weil ich Klaus Trapp von dem Richterspiel erzählt habe. Weil Arnold Claussen nach seinem Unfall immer wieder von der Richterin gesprochen hat. Sie werden auf euch kommen. Es ist nur eine Frage der Zeit.«

Simone gab ihrer Schwester ein Zeichen. »Mach weiter!«

Ich drehte den Kopf zur Seite. Karoline stieß mir den Flaschenhals gegen die Zähne. Vor Schmerz schrie ich auf. »Ich habe Klaus Trapp gesagt, dass ihr euer Spiel in die Wirklichkeit übertragen habt. Ging es euch um die Eltern?«, fragte ich. »Um solche, die man mit einer Bewährungsstrafe hat davonkommen lassen? Oder ging es euch um die, die angeblich nichts bemerkt haben und nicht eingeschritten sind?«

Karolines Hand krallte sich um die Wodkaflasche, ihre Fingerknöchel traten weiß hervor. »Sie verdienen es nicht anders, wenn sie wegsehen. Weißt du, wie oft man wegsehen muss?«

»Aber du löst dieses Problem nicht dadurch, dass du sie umbringst. Was sollen sie denn daraus lernen?«

»Lernen?« Sie sah mich an, als sei ich verrückt. »Sie sollen bestraft werden. Mit aller Härte.« Ihr Ton ähnelte dem ihrer Mutter fast bis aufs Haar.

Ich redete um mein Leben. »Wird durch das, was ihr da tut, auch nur ein einziges Kind gerettet?« Ich schüttelte den Kopf. »Es muss einen anderen Weg geben. Einen Weg, bei dem die Leute sensibilisiert werden, genauer hinzusehen. Und es auch erst einmal für möglich zu halten, dass der Nachbar sein Kind misshandelt. Um schließlich einzugreifen. Allein durch die vielen Medienberichte hat sich das Anzeigeverhalten geändert, zumindest in Ansätzen. Es ist ein Anfang.«

»Du weißt nicht, wovon du redest«, hielt Karoline mir vor. »Jeden Tag werden Kinder misshandelt, geprügelt, erniedrigt und einfach vergessen. Es gibt immer jemanden, der helfen könnte, es aber nicht tut.« Sie redete sich in Rage. »Weil er sich auf seine Schweigepflicht herausredet.« Sie spie das Wort aus, als bereite es ihr Ekel. »Darauf, alles richtig gemacht zu haben, sich nichts vorwerfen zu müssen, und, und, und.«

»Was habt ihr diesen Menschen angetan?«, fragte ich, obwohl ich es eigentlich gar nicht wissen wollte.

»Wir haben sie aus dem Verkehr gezogen«, antwortete Simone, »damit sie nicht noch mehr Unheil anrichten können.«

»Wie?«

»Unfälle, Selbstmorde, nichts Auffälliges.« Sie sagte es, als handle es sich um leblose, wertlose Puppen.

»Und Dagmar? Habt ihr sie umgebracht, weil sie an Leons Entführung beteiligt war?«

Die beiden schienen sich über mich zu amüsieren. »Dagmar hätte ihn nie entführt«, meinte Karoline abfällig. »Sie hat nur den Anstoß gegeben. Hat von dieser Mutter erzählt, von dem unerträglichen Hochmut, mit dem sie meinte, die Medien würden die Sache mit den vernachlässigten Kindern überspitzt darstellen. Diese Frau, deren Tage wahrscheinlich mit Friseurbesuchen und Shopping ausgefüllt sind, maßt sich an, über das Leid dieser Kinder zu urteilen, es klein zu reden. Dagmar hat sich nur darüber aufgeregt. Aber wir haben der Frau eine kleine Lektion erteilt.«

»Ihr habt was?«, fragte ich erschüttert.

»Wir haben uns den Jungen geholt und ihn für eine Weile sich selbst überlassen«, antwortete sie.

Ich starrte sie an, bis ich endlich meine Stimme wiederfand. »Er war kurz davor, zu verhungern und zu verdursten.«

Sie nickte. »Anfangs haben wir ihm Beruhigungsmittel verabreicht und ihm gerade so viel zu essen und zu trinken gegeben, dass er überlebt. Ein Kind verliert schnell seine Kraft, wusstest du das?« Sie sah mich an, als erwarte sie tatsächlich eine Antwort. »Nach einer Weile versucht es gar nicht mehr zu schreien, sondern vegetiert vor sich hin.«

Immer noch sträubte sich ein letzter Rest in mir zu glauben, dass sie das wirklich getan hatten. »Wie könnt ausgerechnet ihr, denen es angeblich um das Wohl der Kinder geht, selbst einem Kind so etwas antun? Was ihr mit Leon gemacht habt, wird er sein Leben lang nicht vergessen.«

Simone blies Luft durch die Nase. »Für ihn waren es ein paar Tage. Für die anderen sind es oft Jahre. Und da kommt so eine Tussi und meint, das sei übertrieben. Jetzt wird sie wissen, was es heißt, wenn ein Kind vernachlässigt wird. Und sie wird wissen, wie schnell das geht, dass es völlig verwahrlost ist und fast stirbt.«

Die beiden lebten in ihrer eigenen Gedankenwelt. Sie waren unerreichbar und verursachten mir unvorstellbare Angst.

»Schluss jetzt, trink!« Sie gab Karoline ein Zeichen.

Kurz davor, vor lauter Angst zu erstarren, redete ich um mein Leben. »Leons Mutter wird daraus nur lernen, wie es ist, wenn ihr Kind entführt wird. Weiter nichts. Was war mit Dagmar? Ist sie euch auf die Schliche gekommen?«

»Dagmar hat sich das selbst zuzuschreiben«, antwortete Simone. »Sie konnte fürchterlich stur sein. Ständig hat sie wieder davon angefangen, dass sie Karos Auto auf dem Parkplatz habe stehen sehen, als sie mit der Gruppe in den Wald ging.« Einen Moment lang wirkte sie abwesend.

Karoline zwängte mir die Flasche in den Mund und kippte sie so, dass mir der Wodka in die Kehle lief. Ich schluckte und schluckte und fragte mich, warum niemand kam, um mir zu helfen. Während sie mich Luft holen ließ, starrte ich auf die Flasche. Ein Drittel ihres Inhalts fehlte bereits.

»Ich will es wenigstens verstehen«, flüsterte ich. »Erklärt es mir. Ein Auto dort stehen zu sehen, heißt noch gar nichts.«

»Sie ist misstrauisch geworden, weil ich es abgestritten habe«, antwortete Karoline. »Das war ein Fehler. Deshalb hat sie geglaubt, eins und eins zusammenzuzählen.«

»Wie?«, fragte ich.

»Simone und ich wollen gemeinsam ein Studio eröffnen. Dazu brauchen wir Geld. Irgendwann hat sie sich auf die Idee versteift, wir hätten den Jungen entführt, um Geld zu erpressen. Sie ist völlig durchgedreht wegen dieser Sache. Hätte sie Ruhe gegeben, wäre alles gut gewesen.« Ihr Atem ging stoßweise. »Gut, verstehst du? Stattdessen hat sie uns mit der Polizei gedroht. Und ist bei uns in die Wohnung gestürmt und hat jede Zimmertür aufgerissen.«

»Wo hattet ihr ihn versteckt?«

Karoline wirkte verwundert. »Überall hat sie gesucht, nur in der Abstellkammer nicht.«

»Aber sie hat trotzdem keine Ruhe gegeben«, schlussfolgerte ich atemlos. »Also habt ihr euch am Silvester-

407

abend mit ihr im Haus eurer Mutter verabredet. Ich nehme an, dass sie sich hier sicher gefühlt haben wird.« Ein Irrtum, den sie mit dem Leben bezahlt hatte. Ich versuchte, gegen die Panik anzukommen.

»Jetzt mach endlich«, herrschte Simone ihre Schwester an.

Während ich wieder ein paar winzige Schlucke trank, hoffte ich, dass mein Körper mich nicht im Stich ließ. Wie lange würde ich noch klar denken können? Der Alkohol war längst in meinen Hirnzellen angekommen. »Wart ihr noch im Haus, als wir dort ankamen?«

Simones Schnauben hatte etwas Verächtliches. »Wie konntest du einfach irgendeinen Typ mit ins Haus meiner Mutter bringen? Und auch noch mit ihm rumknutschen. Hast du geglaubt, für meine Mutter wäre das in Ordnung? Dann kennst du sie sehr schlecht.«

»Das, was ihr hier unten mit mir macht, würde sie ganz bestimmt nicht dulden. Habt ihr euch mal überlegt, in welche Lage ihr sie bringt, falls sie trotz Schlaftablette aufwacht? Sie ist heute erst entlassen worden. Eine solche Aufregung ist Gift für sie. Oder würdet ihr auch sie umbringen?«

Karoline sah mich entgeistert an. »Unsere Mutter? Bist du blöd?«

»Ihr habt selbst gesagt, dass euch nichts zu beweisen ist.« Mir war schwindelig, und meine Zunge fühlte sich schwer an. »Wenn ihr mich laufen lasst, steht Aussage gegen Aussage – zwei zu eins. Ihr habt alle Chancen, dass man euch glaubt und nicht mir. Was … riskiert ihr also?« Es war sinnlos, das zu sagen. Ich wusste es, und sie wussten es.

Simone gestikulierte ungeduldig mit den Händen.

»Du weißt viel zu viel«, fuhr sie mich an. »Es muss nur jemand ein Körnchen Wahrheit darin vermuten ...« Sie stockte mitten im Satz. »Hast du das gehört?«, fragte sie Karoline.

Ihre Schwester nickte und sah auf die Uhr. »Wer sollte denn so spät noch klingeln?« Sie wirkte verunsichert. »Am besten rühren wir uns nicht.«

»Das ist zu riskant«, meinte Simone, die mir den Mund zuhielt. »Geh nach oben und sieh nach!«

Immer noch unschlüssig, stand Karoline auf, rang sich schließlich jedoch durch, den Befehl ihrer Schwester auszuführen. Die Tür ließ sie einen Spaltbreit auf.

»Glaub nur nicht, ich hätte Hemmungen, dir auch noch die Nase zuzudrücken.« Simones Ton ließ keinen Zweifel daran, dass es ihr ernst war.

Ganz vorsichtig drehte ich den Kopf in ihre Richtung und versuchte, ihr mit Blicken zu verstehen zu geben, dass ich ruhig bleiben würde. Nach ewig währenden Sekunden verringerte sie den Druck etwas. Mit der anderen Hand hielt sie ein Büschel meiner Haare fest.

»Hast du deine Schwester umgebracht?«, flüsterte ich mit immer schwerer werdender Zunge und überlegte fieberhaft, wie ich auf mich aufmerksam machen konnte. Irgendjemand stand da oben an der Tür. »Mit mir wäre es der zweite Mord, den ihr im Haus eurer Mutter begeht. Ist das eure Art, euch bei ihr zu bedanken?« Das Schwirren in meinem Kopf wurde fast übermächtig. Auf keinen Fall durfte ich einschlafen. Die Konzentration schien mich meine letzte Kraft zu kosten. Aber ich musste reden, sie in Sicherheit wiegen, den richtigen Moment abpassen, um zu schreien. »Glaubst du wirklich, sie würde befürworten oder sogar gutheißen, was ihr hier tut? Sie würde es verurteilen. Stell dir vor, du wärst des Mordes an Dagmar angeklagt, und deine Mutter wäre die Richterin. Wie, glaubst du, würde sie entscheiden? Mit Milde? Ganz bestimmt nicht. Sie würde dich mit aller Härte bestrafen. Du hast ihre Tochter umgebracht.«

Einerseits versuchte sie zu hören, was oben vor sich ging, andererseits schien meine Frage das Fass bei ihr zum Überlaufen zu bringen. »Lass meine Mutter aus dem Spiel!«, fuhr sie mich mit leiser Stimme an.

»Das ist nicht möglich«, sagte ich lallend. »Deine Mutter ist der Schlüssel. Hätte sie mit euch nicht dieses perfide Spiel gespielt, säßen wir nicht hier auf dem Boden, verstehst du?«

»Unsere Mutter ist eine ganz wunderbare Frau. Sie hat uns gerettet, wusste immer, was richtig ist. Sie …«

Ich hatte all meine Kraft zusammengenommen für diese eine Bewegung, schmiss mich gegen Simone und schrie aus Leibeskräften um Hilfe. Es dauerte nur Sekunden, bis sie sich berappelt hatte, sich über mich warf und mir Mund und Nase zupresste. Ich hatte keine Chance gegen sie. In meinem Kopf drehte sich alles, und ich glaubte zu sterben. Da war nichts als Todesangst. Als sie von einer Sekunde auf die andere von mir abließ, strömte Luft in meine Lungen und ließ mich fast wieder ohnmächtig werden. Mein benebelter Kopf hatte Schwierigkeiten, zu erfassen, was vor sich ging. Es war, als würde sich vor meinen Augen ein Film abspielen, von dem ich nur die Hälfte mitbekam. Aber ich realisierte das Wichtigste – den Hauptdarsteller.

22

Klaus Trapp hatte Max angerufen und gebeten, mich nach Hause zu bringen, nachdem der Notarzt sein Okay gegeben hatte. Er musste ihm das Nötigste erklärt haben, denn Max fragte mich so gut wie nichts, sondern hielt mich im Arm, bis ich eingeschlafen war. Was in Sekundenschnelle geschehen sein musste.

Mitten in der Nacht schrak ich einmal auf, tastete nach Max und schlief wieder ein. Beim nächsten Mal war es sechs Uhr. Der Wecker klingelte. Max brummelte etwas und drehte sich auf die andere Seite. Mit einem unterdrückten Stöhnen stand ich auf. In diesem Moment hätte ich nicht sagen können, welche Stelle meines Körpers am stärksten schmerzte. Die Zähne zusammengebissen, lief ich ins Bad, schluckte zwei Tabletten und wartete sehnsüchtig, dass die Schmerzen nachließen. Ich schloss die Augen und versuchte, an etwas anderes zu denken, nur nicht an diesen entsetzlichen Kater. Sekundenlang glaubte ich, Schulze zu hören und seinen schnurrenden Körper an meinem Bein zu spüren. Es war zwar nur eine schöne Vorstellung, aber sie half mir, in Bewegung zu kommen. Schwerfällig schlüpfte ich in Jeans und Pulli und setzte in der Küche Kaffeewasser auf.

Max hatte nicht viel Zeit. Während er im Stehen seinen Kaffee trank, sah er mich prüfend an. »Das dauert nicht lange«, meinte er mit Blick auf meine dicke Lippe.

»Ist nur ein winziger Schnitt. Von den diversen Prellungen wirst du leider noch eine ganze Weile etwas haben. Aber den Kater wirst du vielleicht schon in ein paar Stunden nicht mehr spüren.«

Ich ging zu ihm, lehnte mich gegen ihn und umschlang ihn mit den Armen. »Mir steckt die Angst noch immer in den Knochen. Ich bin mit jeder Minute betrunkener geworden …«

»Die beiden können dir nichts mehr tun«, sagte er mit rauher Stimme. »Dieser Herr Trapp hat gesagt, du sollst ihn anrufen, wenn du wieder nüchtern bist.« Er räusperte sich und hielt mich ein Stück von sich weg. »Ich muss leider gleich los. Kann ich dich allein lassen?«

Ich nickte.

»Sicher?«

»Ganz sicher.«

Wir blieben noch einen Augenblick so stehen, dann löste er sich von mir, gab mir einen Kuss und machte sich auf den Weg.

Nachdem ich ein heißes Bad genommen hatte, rief ich Anna an und fragte sie, ob sie so viel Zeit hätte, mit mir zu frühstücken. Ich hatte Glück: Ihr erster Patient würde erst um zehn kommen, bis dahin sei sie zu allem bereit. Eine Dreiviertelstunde später stand sie mit Brötchen vor der Tür und hörte sich in aller Ruhe an, wie nah ihre Theorie der Wahrheit gekommen war. Als sie um kurz vor zehn aufbrach, gab sie sich mit Klaus Trapp die Klinke in die Hand. Wie er sagte, habe er nicht erst auf meinen Anruf warten wollen, um mit mir zu sprechen.

»Na?«, fragte er, als er mir im Flur gegenüberstand und mit zur Seite geneigtem Kopf versuchte, meinen Zustand zu begutachten.

»Ich bin wieder einigermaßen nüchtern«, antwortete ich, »und im Augenblick halten sich die Schmerzen zum Glück in Grenzen.« Nachdem ich ihn mit einem Becher Kaffee versorgt hatte, verzog ich mich aufs Sofa. Einen Moment lang sah ich ihn schweigend an. »Ich habe gebetet, dass Sie mich suchen.«

»Hätten Sie mir nicht diesen Auftrag erteilt, hätte ich es vielleicht gar nicht getan, sondern nur angenommen, Ihnen sei etwas dazwischengekommen.«

»Welchen Auftrag?«, fragte ich irritiert.

»Etwas über das Wohlergehen von Zeugen aus bestimmten Gerichtsprozessen herauszufinden. Dabei bin ich auf eine auffällige Häufung von Unfällen und Suiziden gestoßen. Zwei der Opfer, die überlebt haben, behaupteten genau wie Arnold, jemand habe sie gestoßen. Es gab jedoch weder Beweise noch Zeugen. Als Sie zur vereinbarten Zeit nicht in der Luise erschienen, habe ich mehrmals auf Ihrem Handy angerufen, aber es war abgeschaltet. Ich war längst zu Hause. Die Sache ließ mir jedoch keine Ruhe. Mir fiel ein, wo Sie gewesen waren, als wir am Nachmittag telefonierten. Also habe ich einen Kollegen gebeten, mich zu begleiten, und bin mit ihm zum Haus von Heidrun Momberg gefahren.«

»Karoline hat Ihnen geöffnet.«

Er nickte. »Als ich sie fragte, ob sie wisse, wo Sie seien, behauptete sie, Sie an diesem Tag nicht gesehen zu haben. Natürlich wäre es möglich, dass Sie am Nachmittag ihre Mutter besucht hätten, dazu könne sie nichts sagen. Sie selbst sei erst vor einer Stunde gekommen. Ihr war deutlich anzusehen, dass sie nervös war. Außerdem hatte sie Blut an der Hand. Nichts davon hätte jedoch ausgereicht, um Zutritt zum Haus zu verlangen. Also gab ich vor, die

Gelegenheit nutzen zu wollen, um ihr noch ein paar Fragen zu stellen. Ich musste lange insistieren, bis sie uns endlich hereingelassen hat. Sie wollte uns so schnell wie möglich durch den Flur ins Wohnzimmer schleusen, sagte, ihre Mutter habe einen sehr leichten Schlaf und dürfe keinesfalls gestört werden. Wir waren schon fast an der Kellertür vorbei, als Sie um Hilfe schrien.« Er lächelte. »Damit hatten wir endlich Gefahr im Verzug und konnten die Kellerräume durchsuchen. Sie haben sich mit diesem Schrei vermutlich das Leben gerettet, Frau Degner.« Er seufzte. »Den Rest kennen Sie.«

Ich lächelte ihn dankbar an.

»Eines würde mich interessieren: Welcher Teufel hat Sie geritten, dieses Haus zu betreten und sich von Karoline Goertz zum Kaffee einladen zu lassen? Sie hatten doch einen schwerwiegenden Verdacht gegen die Frau.«

»Und Sie haben gesagt, das sei Blödsinn. Außerdem musste ich den Kater zurückbringen. Natürlich hätte ich ihn einfach an der Tür abgeben können … aber … Sie halten mich wahrscheinlich für völlig naiv, wenn ich das sage, aber ich habe geglaubt, sie würde mir nichts tun, solange ihre Mutter da oben im Bett liegt und schläft.«

Er bat mich, ihm so genau wie möglich alles zu wiederholen, was ich im Keller von den beiden Frauen erfahren hatte. Als ich zu erzählen begann, schaltete er sein Diktaphon ein und machte sich zusätzlich Notizen.

»Wissen Sie, was ich nicht verstehe?«, meinte ich schließlich. »Warum sind die beiden bei Dagmar von ihrem Muster abgewichen? Bis dahin haben sie jeden Mord als Unfall oder Suizid getarnt. Warum nicht bei ihrer Schwester?«

»Weil sie dieses Mal ganz sichergehen mussten, vermute ich mal. Es durfte nichts schiefgehen. Hätte Dagmar Momberg den Unfall überlebt, wären sie dran gewesen. Die Zeugen aus den Gerichtsprozessen, die diese Anschläge überlebten, hatten ja überhaupt keine Ahnung, wer es auf sie abgesehen hatte. Es gab kein erkennbares Motiv.«

»Aber dass sie es gewagt haben, ihre Schwester im Haus ihrer Mutter umzubringen, will mir immer noch nicht in den Kopf.«

Er dachte darüber nach. »Möglicherweise hat sich Dagmar Momberg auf keinen anderen Treffpunkt eingelassen. Bisher weigern sie sich noch, auch nur eine einzige Frage zu beantworten. Aber ich hoffe, es wird irgendwann Antworten geben.«

»Wissen Sie, wie es Leon inzwischen geht?«

»Besser. Er erholt sich langsam.«

Es tat gut, das zu hören. »Als Dagmar an Silvester das letzte Mal mit ihrem Freund telefonierte, hat der sie gefragt, was sie sich für das neue Jahr wünsche. Sie hat geantwortet, sie wünsche sich, dass sie sich irre. Jetzt verstehe ich, wie sie das gemeint hat. Ich habe mir alle möglichen Versionen zusammengereimt, wer das Kind entführt haben könnte und warum. Aber auf ein so perfides und menschenverachtendes Motiv bin ich nicht gekommen.«

»Die beiden sind schwer gestört. Ihnen fehlt jede Einfühlung und jedes Mitgefühl. Damit werden sich zu gegebener Zeit die Gutachter zu befassen haben.«

»Werden Sie ihnen all das überhaupt beweisen können?«

»In Ihrem Fall ist die Beweislage eindeutig. Bei dem Mord an Dagmar Momberg wird es schwieriger. Selbst wenn wir den Schwestern DNA- und Faserspuren zuordnen können, beweist das nur, dass sie dort waren. Es sagt jedoch nichts über den Zeitpunkt aus. Um ihnen den Mord anzulasten, bräuchten wir zum Beispiel DNA-Spuren unter den Fingernägeln des Opfers. Aber eine Gegenwehr haben die beiden durch die K.-o.-Tropfen verhindert. Es gibt jedoch auch noch die Entführung des Jungen. Zurzeit befassen sich meine Kollegen von der Spurensicherung mit der Wohnung der Schwestern. Sollten sie Leon tatsächlich dort gefangen gehalten haben, wird es Spuren geben. Was die Verbrechen an den Verfahrenszeugen betrifft: Um die Namen der Zeugen zu erfahren, müssten sie schon in den Verhandlungen gesessen haben. Irgendwer wird sich finden, der sich an sie erinnert. Und letzten Endes, Frau Degner, haben wir durch Ihre Aussage deutliche Hinweise. Damit ist nichts bewiesen, aber irgendwann werden die beiden vielleicht doch reden und sich in Widersprüche verwickeln.« Nachdem er seinen Kaffee ausgetrunken hatte, stand er auf. »Ich mache mich auf den Weg.«

»Was ist mit Gaby Wiechmann?«, fragte ich, während ich ihn zur Tür begleitete.

»Sie ist heute Vormittag aus der Untersuchungshaft entlassen worden.«

»Und wird sie …?«

Er schüttelte den Kopf. »Wir haben der Kita-Leiterin von dem Misshandlungsverdacht erzählt. Sie kümmert sich darum.«

»Und haben Sie schon mit Heidrun Momberg gesprochen?«

»Das werde ich gleich tun. Die Ereignisse des vergangenen Abends hat sie offensichtlich verschlafen. Apropos schlafen – Arnold ist aufgewacht.«

»Wann?«

»Gestern Nachmittag.«

»Wie geht es ihm?«

Klaus Trapps Lächeln spiegelte seine Erleichterung wider. »Er wird wieder«, meinte er voller Zuversicht.

»Erinnert er sich, was geschehen ist?«

Der Kripomann schüttelte den Kopf. »Sein Arzt meint jedoch, die Erinnerung könne mit der Zeit wiederkehren.«

Claussens Augen waren geschlossen, als ich sein Zimmer betrat. Auf Zehenspitzen ging ich zu seinem Bett und betrachtete ihn. Er hatte einen Hauch mehr Farbe im Gesicht, ansonsten sah er unverändert friedlich aus. Leise zog ich mir einen Stuhl heran und setzte mich. Meine Gedanken wanderten zu den Geschehnissen des vergangenen Abends. Simone und Karoline entkommen zu sein, grenzte für mich immer noch an ein Wunder. Ich hatte gebetet. Aber jeder Schluck Wodka und jede Minute, die verstrich, hatte mir ein wenig mehr die Hoffnung geraubt, noch rechtzeitig gefunden zu werden.

Obwohl sie versucht hatten, mich umzubringen, fiel es mir nach wie vor schwer, die unterschiedlichen Bilder der beiden zu einem Ganzen zusammenzufügen. Ich sah Simone vor mir, wie ich sie kennengelernt hatte, und ich sah sie mir die Nase zudrücken. Ich dachte an Fabian, dem ich in aller Ruhe würde beibringen müssen, in wen er sich verliebt hatte. Auch für ihn würde es schwer werden.

»Wer ist da?«, riss Claussens Stimme mich aus meinen Gedanken.

»Marlene Degner. Hallo, Herr Claussen.«

Sein leerer Blick wanderte in meine Richtung. »Guten

Tag.« Sekundenlang schwieg er und schien nachzudenken. »Sie sehen hübsch aus heute.«

Bei dem Versuch, zu lächeln, fuhr der Schmerz in meine geschwollene Lippe. »Woher wollen Sie das wissen?«, fragte ich.

»Klaus hat es mir gesagt.«

»Was hat er denn noch so gesagt?«

»Dass ich nett zu Ihnen sein soll. Sie hätten eine schwere Zeit hinter sich.« Er sprach langsam.

»Bei Ihnen war es auch nicht gerade ein Zuckerschlecken, oder?«

Er ließ sich Zeit mit der Antwort. »Wohl eher nicht«, meinte er schließlich, wobei ihm fast die Augen zufielen.

Ich stand auf und trat an sein Bett. »Ich fasse jetzt Ihre linke Hand an, wenn ich darf.« Da er nicht protestierte, strich ich vorsichtig darüber und drückte sie. »Soll ich in den nächsten Tagen wieder vorbeikommen und Sie besuchen?«

»Warum nicht gleich morgen?«, fragte er mit geschlossenen Augen.

»Einverstanden!«

Als sich kurz darauf die Tür des Krankenhauses hinter mir schloss, legte ich den Kopf vorsichtig in den Nacken. Die Schmerzen waren nicht ohne, aber ich wollte die Schneeflocken auf meinem Gesicht spüren. Einen Moment lang blieb ich so stehen – einfach nur dankbar, am Leben zu sein.

Da ich alle Aufträge für diesen Tag abgesagt hatte, rief ich Mark Hinrichs an und fragte ihn, ob er Zeit für ein kurzes Treffen habe. Wir verabredeten uns in dem Café in Kreuzberg, in dem wir uns bereits einmal getroffen hatten.

»Was hast du gemacht?«, fragte er, als wir uns gegen-
übersaßen, und deutete auf meine Lippe. »Zu heftig geküsst?«

»Schöne Vorstellung, trifft es aber nicht ganz.« Ich erzählte ihm, wie es zu dieser und allen anderen Verletzungen gekommen war.

Er hörte fast schweigend zu, stellte nur hin und wieder eine Zwischenfrage. »Starker Tobak«, meinte er, als
ich geendet hatte. »Und traurig, sehr traurig. Wäre es anders gelaufen, hätten die beiden eine reelle Chance gehabt. Wie verkraftet Heidrun das?«

»Keine Ahnung. Leicht wird es aber ganz bestimmt
nicht für sie. Eine Tochter tot, zwei in Haft – diese Bilanz
ist niederschmetternd für einen alten Menschen, der es
letzten Endes nur gut gemeint hat.«

Mark runzelte die Stirn. »Ich habe nach unserem Gespräch noch sehr viel über diese Zeit nachgedacht.« Er
schwieg einen Moment. »Den Mädchen gegenüber habe
ich Heidrun als sehr liebevoll und behütend in Erinnerung. Sie konnte jedoch auch ablehnend und aufbrausend
sein, wenn es nicht so lief, wie sie es sich vorstellte oder
wenn sie schlichtweg überfordert war. Die Frage ist deshalb nicht, ob sie es gut gemeint hat, sondern, wie sie es
angepackt hat. Um Kindern mit einer so problematischen
Vergangenheit eine wirkliche Chance zu geben, musst du
dich intensiv mit ihnen beschäftigen und dich auf ihre
Vergangenheit einlassen. Du bekommst diese Kinder
mit allem, was sie durchgemacht haben. Das zu akzeptieren, bedeutet auch, ihre Bedürfnisse zu respektieren.
Da kann es sein, dass ein zehnjähriges Kind noch einmal
wie ein Baby behandelt werden möchte oder dass du all
seine Wut zu spüren bekommst. Du musst bereit sein,

diesen Weg mitzugehen. Was auf die meisten Pflegeeltern zutrifft – sie sind eine Rettung für die Kinder. Aber sie kennen sich selbst gut und wissen, was sie sich zutrauen können. Denn wenn sie sich überschätzen oder die Kinder zur Lösung ihrer eigenen Probleme brauchen, kann es schiefgehen. Und dann trifft es Kinder, für die ohnehin schon viel zu viel verkehrt gelaufen ist. Leider passiert auch das.« Er nahm seine Kaffeetasse in beide Hände und sah mich darüber hinweg an.

»Vielleicht wusste Heidrun Momberg es nicht besser«, sagte ich in dem Versuch, für die alte Frau einzutreten.

»Vielleicht glaubte sie aber auch, es besser zu wissen als alle anderen. Auch das ist denkbar. Wie auch immer es gewesen sein mag – Heidrun und Kurt hatten die Verantwortung für die Kinder.« Er fuhr sich übers Gesicht, als sei er erschöpft. »Weißt du, wenn ich mit den Jugendlichen hier auf der Straße rede, mir anhöre, wovor sie zum Teil weggelaufen sind …« Mark stellte die Tasse ab und sah aus dem Fenster. »Es gibt Verhältnisse, die kannst du dir einfach nicht vorstellen. Und dorthin schickt man Kinder zurück. Weil ihre Eltern Rechte haben. Weil ein Sozialarbeiter überlastet ist. Weil ein Familienrichter meint, Verwahrlosung beginne erst sehr viel später. Und irgendwann tritt und schlägt ein Jugendlicher da draußen zu. Weil er nur Gewalt kennengelernt hat. Weil jedes Mitgefühl aus ihm herausgeprügelt wurde. Weil ihm niemand geholfen hat, als er in größter Not war. Und dann schreit die Gesellschaft nach harten Strafen. Nach Strafen ausschließlich für diesen Jugendlichen – nicht für diejenigen, die ihn zu einem Schläger haben werden lassen.«

»Weil es genügend Gegenbeispiele gibt«, sagte ich leise. »Weil längst nicht alle misshandelten und verwahrlosten Kinder aus dem Ruder laufen. Deshalb müssen – wie es so schön heißt – die Ursachen in dem Kind selbst liegen. Das Kind ist schuld, niemand sonst.« Die Anspannung des vergangenen Abends löste sich in Tränen auf. Ich ließ sie laufen.

»Die Veranlagung spielt sogar sicher eine Rolle«, meinte Mark. »Aber auch aus einer schlechten Veranlagung kann etwas Gutes entstehen. Und umgekehrt. Es kommt auf die Umgebung an. Die uralte Diskussion«, meinte er mit einem Seufzer.

»Wie muss es in Simone und Karoline aussehen?«, sprach ich meinen Gedanken laut aus.

»Verheerend.«

»Ich finde entsetzlich, was sie getan haben. Wenn ich an Leon denke, an Dagmar und die anderen – die angeblichen Unfallopfer.« Claussen hatte zum Glück überlebt. »Ich verstehe, wie es dazu kommen konnte, aber es gibt keine Entschuldigung dafür. Letztlich haben sie Rache geübt.«

»Sie haben nichts anderes getan als das, was ihnen beigebracht wurde.«

Max und ich brachten meinem Bruder so schonend wie möglich bei, welcher Kelch an ihm vorübergegangen war. Meine Erfahrung mit Simone und Karoline verschwiegen wir ihm fürs Erste. Im Augenblick hatte er genug mit sich selbst zu tun.

So lange, bis ich den Schrecken verdaut hatte, den mir die beiden Frauen eingejagt hatten, würde ich bei Max übernachten. Seine Nähe war Balsam für mich. Während ich in der Nacht geborgen neben ihm lag, dachte ich an Leon. Seine Erzieherin war bei dem Versuch gestorben, ihn zu retten. Ich erinnerte mich an das fröhliche Bild, das er für Dagmar gemalt und das sie in ihrer Küche aufgehängt hatte. Ich wünschte ihm, dass sein sonniges Gemüt ihm dabei half, die körperlichen und seelischen Folgen seiner Entführung zu bewältigen.

Meine Gedanken wanderten von ihm zu Dorothee Momberg. Dem Umfang ihres Bauches nach zu urteilen, würde es nicht mehr lange dauern, bis sie ihr Kind zur Welt brachte. Wie würde sie all das verkraften? Ich erinnerte mich an das, was sie bei unserer ersten Begegnung über den Verdacht ihrer Schwester Dagmar gesagt hatte: hanebüchener Unsinn. Und Claussen hatte geantwortet, dieser hanebüchene Unsinn könnte Dagmar das Leben gekostet haben.

Wie würde Heidrun Momberg diese Zeit durchstehen? Ich hatte den Besuch bei ihr so lange wie möglich hinausgeschoben. Am Donnerstagnachmittag fasste ich mir endlich ein Herz und fuhr in die Musäusstraße. Am nächsten Tag würde die alte Richterin für drei Wochen zur Reha fahren.

Dieses Mal dauerte es tatsächlich, bis die Tür geöffnet wurde. Sie stand mir mit Unterarmgehstützen gegenüber und starrte mich an. »War es nicht genug, dass Dagmar tot ist?« Ihre Frage war ein einziger Vorwurf. Ob er sich gegen mich richtete, war nicht zu erkennen.

»Darf ich einen Augenblick hereinkommen?« Zwar fiel es mir sehr schwer, das Haus noch einmal zu betreten, aber ich brauchte diesen Abschluss.

Zum Zeichen, dass ich ihr folgen solle, hob sie eine ihrer Stützen. Mit vorsichtigen Schritten ging sie mir voraus. Als wir ins Wohnzimmer kamen, fiel mir auf, dass irgendetwas anders war. Ich sah mich um. Das Sofa, hinter dem Dagmar gelegen hatte, war ein paar Meter weiter gerückt worden. Die Stelle, an der sie umgebracht worden war, schmückte jetzt ein lachsfarbenes Rosenherz.

»Dorothee hat es gebracht«, sagte sie, ohne durchblicken zu lassen, ob ihr das recht war. Sie nahm auf dem Sofa Platz.

Als ich mich ihr gegenüber in einen Sessel setzte, hörte ich ein vertrautes Maunzen. Gleich darauf strich Schulze schnurrend um meine Beine. Ich streichelte ihn. »Wer kümmert sich um den Kater, während Sie in der Reha sind?«

»Dorothee«, antwortete sie knapp. »Warum haben Sie das getan, Frau Degner? Warum haben Sie und dieser Herr Claussen keine Ruhe gegeben? Die Schuldige war längst gefunden.« Sie sah mich an, als sei allein ich für das Unglück verantwortlich, das über ihre Familie hereingebrochen war.

»Frau Momberg«, sagte ich und bemühte mich, ruhig zu klingen, »Dagmar wurde von Simone und Karoline umgebracht. Die beiden haben den kleinen Jungen entführt, um ein Exempel zu statuieren. Menschen haben sterben müssen, weil die beiden ein Kinderspiel in die Realität übertragen haben. Und sie hätten weitergemacht.«

Heidrun Mombergs Realität war jedoch eine andere. »Ich habe die Mädchen bei ihrem Spiel damals sehr genau beobachtet, sie waren stets gerecht, haben nie Unschuldige bestraft. Darauf habe ich großen Wert gelegt.« Ihr Blick wanderte zum Fenster. »In den vergangenen Jahren haben die beiden oft Fälle mit mir diskutiert. Diskutiert, verstehen Sie? Nur darum ist es gegangen. Die beiden haben immer wieder meinen Rat eingeholt, mich nach meinem Urteil gefragt. Ich habe stets betont, dass eine Richterin über sehr viel Lebenserfahrung verfügen und weise sein muss. Diesen Zustand erreicht man letztlich erst im Alter. Aber die beiden waren auf einem guten Weg. Wir haben uns oft Fälle aus der Zeitung als Grundlage für unsere Diskussionen genommen und haben über wirksame Bestrafungen nachgedacht.«

Ich erinnerte mich an die Zeitungsberge in Simone und Karolines Wohnung. »Nachgedacht?« Es fiel mir schwer, ruhig zu bleiben. »Ihre Töchter haben nicht nur über Strafen nachgedacht, sie haben sie vollzogen.«

Es war, als würde die alte Frau mich nicht hören, als verharre sie in ihrer eigenen Welt. »Sie haben sich ihre Entscheidungen nie leichtgemacht. Haben stets das Für und Wider abgewägt. Und wenn ihr Urteil einmal gefällt war, hatte es Substanz.« In ihr Lächeln mischte sich Stolz. »Einmal hat Simone mich gebeten, sie zu einer Verhandlung ins Kriminalgericht zu begleiten. Sie wollte meine Meinung hören. Obwohl sie längst auf eigenen Füßen stehen konnte. Simone ist sehr gut darin, Situationen klar zu durchschauen und den Finger auf den wunden Punkt zu legen.«

»Den wunden Punkt?«, hakte ich nach, als sie nicht weitersprach.

»Dorthin, wo das Gericht versagt hat.«

»Frau Momberg, diese Bestrafungsszenarien haben sich nicht in den Köpfen Ihrer Töchter abgespielt, sondern in der Realität. Sie haben Menschen umgebracht.«

»Es ging immer nur um Gerechtigkeit.«

»Was ist gerecht daran, einen fünfjährigen Jungen zu entführen und verwahrlosen zu lassen, um seiner Mutter einen Denkzettel zu verpassen? Fällt das vielleicht unter Kollateralschaden Ihrer sehr persönlichen Definition von Gerechtigkeit?«

Die alte Frau sah mich lange an. Als sie schließlich ansetzte zu sprechen, klang ihre Stimme rauh. »Ich habe mich auch immer gefragt, was daran gerecht sein soll, Kindern das anzutun. Diese Eltern waren es nicht wert, überhaupt Kinder zu bekommen. Sie haben sie nicht verdient. Aber sie bekamen sie wie die Karnickel. Und haben auf sie eingeschlagen. Schließlich kamen die Kinder zu uns. Wir haben ihnen ein Zuhause gegeben. Bei uns wurde nicht geprügelt. Niemals. Bei uns haben sie gelernt, was es heißt, behütende Eltern zu haben, Eltern, die ihre Kinder lieben.«

Es lag mir auf der Zunge zu sagen, dass sie darüber hinaus ein fatales Spiel gelernt hatten, als sich ein beunruhigender Gedanke in den Vordergrund schob. Ich erinnerte mich an etwas, das Mark in unserem ersten Gespräch gesagt hatte: *Heidrun hatte Dorothees leiblicher Mutter Geld gegeben, damit sie ihre Tochter bei ihnen ließ. Heidrun wollte auf Nummer sicher gehen.* War sie bei Simones Vater und Karolines Mutter auch auf Nummer sicher gegangen? »Waren diese Eltern, die es nicht wert waren, Kinder zu bekommen, es auch nicht wert, am Leben zu bleiben?«

Sie schien durch mich hindurchzusehen.

»Haben Sie nachgeholfen?«

»Nachgeholfen?« Sie wiederholte das Wort in einer Weise, als irritiere es sie. »Ich habe geholfen. Geholfen, dass Simone nicht noch ein zweites Mal zu diesem Säufer zurückmusste und Karoline endlich wieder nach Hause kommen konnte.«

Schlagartig wurde mir bewusst, dass Heidrun Momberg die Grenze zwischen Spiel und Realität schon vor langer Zeit überschritten hatte. Anna hatte recht gehabt: Aus Angst waren Simone und Karoline ihrer Mutter ähnlich geworden und hatten fortgesetzt, was sie begonnen hatte. Ich sah sie erschüttert an. »Sie haben Simones Vater und Karolines Mutter umgebracht.«

»Das ist lange her. Dafür interessiert sich heute niemand mehr.« Ihr Blick verdüsterte sich.

»Wie können Sie sich da so sicher sein? Nur weil Sie vierundsiebzig Jahre alt sind? So einfach werden die Sie nicht durch die Maschen fallen lassen.«

»Oh doch, Frau Degner. Glauben Sie mir! Es waren schließlich Unfälle.«

»Unfälle, die Sie inszeniert haben.«

»Gehen Sie nur zur Polizei. Erzählen Sie, was Sie glauben zu wissen. Sie werden schon sehen, wie groß das Interesse ist, auf das Sie stoßen.«

»Vielleicht haben Sie recht«, sagte ich, stand auf und verabschiedete mich von ihr. »Vielleicht aber auch nicht«, murmelte ich, als die Tür endlich hinter mir zufiel und ich auf mein Auto zuging. Aus meiner Manteltasche zog ich Claussens Diktaphon und drückte die Stopptaste.

Ich dachte an das, was er in der »unsichtBar« zu mir gesagt hatte: Noch wüssten wir nicht, was in Wahrheit geschehen sei. Es gebe lediglich einen Hinweis, worum es hier gehen könnte: um mangelnde Impulskontrolle. Ich hörte seine Stimme, als stünde er neben mir: »Irgendjemandem ist die Hand ausgerutscht. Und möglicherweise ist deshalb ein Kind verschwunden und seine Erzieherin tot.« Auf einen kurzen Nenner gebracht stimmte das sogar – wenn auch in einer völlig anderen Konstellation, als es anfangs den Anschein gehabt hatte.

Es schneite immer noch. Ich streckte die Hand aus, fing ein paar Schneeflocken ein und meinte die Stimmen der Kinder zu hören, die im Park laut juchzend auf ihren Schlitten den Abhang hinuntersausten. Wenn alles gutging und man ihm Zeit ließ, würde Leon vielleicht auch irgendwann wieder eines dieser Kinder sein. Er würde sein Trauma im Spiel überwinden können, da es jemanden gab, der ihn das Spiel bestimmen ließ.

***

Mein ganz besonderer Dank gilt

Dr. Monika Nienstedt und Dr. Arnim Westermann
Ragnhild Löns und Dr. Claudius Löns
Eberhard Stendel
Susanne Klausing und Axel Meyer
Dr. Frank Glenewinkel
Jessica Doenges

ohne deren fachliche Unterstützung ich diesen Roman niemals hätte schreiben können. Sollten sich bei der Umsetzung meiner Recherchen Fehler eingeschlichen haben, sind diese allein mir anzulasten.

Sabine Kornbichler

Der gestohlene Engel

Roman

Als Ariane unheilbar an Krebs erkrankt, hat sie nur einen Wunsch: Ihre kleine Tochter Svenja soll nicht bei ihrem Ex-Mann aufwachsen, da er nicht der leibliche Vater des Kindes ist. Die einzige Spur, die zu dem echten Vater führt, ist ein kleiner goldener Engel, den er nach einer gemeinsamen Nacht zurückgelassen hat. Ihre Freundin Sophie begibt sich auf die Suche nach dem Mann und entdeckt ein Geheimnis, das sie in einen schweren Gewissenskonflikt stürzt.

»Eine mitreißende Familiengeschichte.
›Bitte nicht stören‹-Schild vor die Tür hängen!«
FRANKFURTER STADTKURIER

Knaur Taschenbuch Verlag

Sabine Kornbichler

Im Angesicht der Schuld

Roman

Für Helen Gaspary bricht eine Welt zusammen, als eines Abends die Polizei vor ihrer Tür steht: Ihr geliebter Mann Gregor, ein angesehener Anwalt für Familienrecht, ist vom Balkon seiner Kanzlei in die Tiefe gestürzt. Die Polizei geht von Selbstmord aus, doch Helen kann das nicht glauben. Schließlich war Gregor ein glücklicher Mann, der seine Frau und seine kleine Tochter aufrichtig liebte. Helen beginnt selbst im Nachlass ihres Mannes nach Spuren zu suchen – und stößt auf ein großes Geheimnis. Immer tiefer dringt sie in ein Dickicht aus schuldhaften Verstrickungen und falsch verstandener Loyalität vor und muss erkennen, dass sie nicht mal ihren besten Freunden trauen kann …

»Spannend bis zur letzten Seite.«
Der Nordschleswiger

Knaur Taschenbuch Verlag

Sabine Kornbichler

Gefährliche Täuschung

Kriminalroman

Als die Kinderbuchillustratorin Emma an einem strahlenden Spätsommertag zu einer Radtour aufbricht, ahnt sie nicht, dass ein Alptraum beginnt: Ein Unbekannter lauert ihr auf und entführt sie. Fünf Tage bleibt sie in der Gewalt des Mannes, der sein Gesicht hinter einer Maske verbirgt. Als Emma endlich freikommt, ist das noch nicht das Ende ihres Schreckens. Zwar beginnt die Polizei mit intensiven Ermittlungen, stößt dabei jedoch auf einen Hinweis, der den Verdacht auf Emma lenkt: Hat sie ihre Entführung etwa selbst inszeniert? Emma bleibt kein anderer Weg, als von sich aus Nachforschungen anzustellen …

»Krimistory mit Sogwirkung.«
WESTFÄLISCHES VOLKSBLATT

Knaur Taschenbuch Verlag